러블리 스프링

러블리 스프링

2017년 3월 14일 초판 1쇄 인쇄
2016년 3월 17일 초판 1쇄 발행

지은이 안은찬
발행인 이종주

기획 편집 주종숙 이은정
경영 지원 배진경 이미현
마케팅 김정수 김슬기

발행처 (주)로크미디어
출판등록 2003년 3월 24일
주소 서울시 마포구 성암로 330(상암동) DMC첨단산업센터 3층 14호
Tel (02)3273-5135 **Fax** (02)3273-5134
홈페이지 rokmedia.blog.me
E-mail romance@rokmedia.com

값 10,000원

ISBN 979-11-6130-434-2 03810

LOVELY SPRING

러블리 스프링

안은찬 장편소설

사랑은 특히 준비되지 않은 사람들을 덮치는 아주 괘씸한 놈이다.
마음의 준비를 할 때는 어디 계속 기다려 보라는 듯이 비웃으며 지나치는 주제에
모든 것을 내려놓고 아무런 기대도 하지 않는 그 순간 갑자기 들이닥친다.

ROCOCO

contents

프롤로그
어느 날의 꿈

굽 낮은 구두가 보도블록의 바닥을 누르듯 앞으로 나아갔다. 또각또각, 낮고 차분하게 울리는 소리는 마치 영애의 심장 고동과도 같았다.

근 몇 년간 이토록 가슴 뛴 적이 없었다. 눈을 뜬 순간부터 벅차오르기 시작한 마음은 하루 종일 도통 가라앉을 줄 몰랐다.

누군가를 만나러 가는 길이 이렇게까지 설렐 수 있다는 사실이 새삼스러웠다. 그리고 새로웠다. 모든 것이 너무도 오랜만이어서 실감이 나지 않았다.

조금씩 흘러가는 시간을 따라서 영애는 30~40여 년 전, 꽃같던 시절에 서 있었다. 가장 수수했고, 가장 빛나던 시절.

특징도 개성도 없이 칙칙하게 복제된 교복을 입고 있었음에

도 그 당시 우리들은 그 무엇보다 화사했다. 영애는 막 피어나던 시절의 젊음을 그렇게 자신할 수 있었다.

오늘의 만남은 영애를 그 향수 속으로 안내했다. 아름다운 꽃이 더는 시든 기억으로만 남아 있지 않을 수 있게.

영애의 가느다란 손이 레스토랑의 출입구에 닿았다. 살짝 힘주어 문을 밀자 조금은 분주한 공기와 함께 따스한 냄새가 코끝에 맴돈다.

내부를 슥 둘러보는 사이 직원이 다가와 웃음을 건넸다.

“예약하셨습니까?”

“네, 했어요. 박혜숙으로 되어 있을 거예요.”

“박혜숙 님……. 아, 이쪽입니다.”

홀 직원의 단정한 유니폼에 눈길이 가고, 천장에 매달린 샹들리에에도 시선을 빼앗긴다. 모든 게 반듯하게 정돈된 느낌이 들고, 그러면서도 더없이 화려한 분위기를 풍긴다. 어색함에 숨을 내쉬는 것도 조심스러웠다. 그 곁으로는 묘한 긴장감도 함께 자리를 잡았다.

이렇게 갖추어 입고 외출을 한 게 오랜만이라서 그런 걸까. 자신이 있을 만한 곳이 아닌, 다른 사람들의 공간에 숨어든 것만 같은 기분이 들었다. 아까부터 강하게 귓전을 울리는 고동소리가 스스로를 너무 피곤하게 만드는 것은 아닐까 하는 생각마저 들 정도였다.

그러나 직원이 “좋은 시간 보내십시오.” 하며 어느 테이블 앞에서 인사했을 때, 모든 소리가 멈추었다.

“윤영애……?”

혼자서 테이블을 지키고 앉아 있던 여자가 고개를 들며 영애의 이름을 불렀다. 뽀얗게 피부 화장을 하고 입술도 붉게 칠했지만 눈가에 있는 자잘한 주름까지는 숨기지 못했다. 세월의 흐름을 담고 있는 얼굴이었다.

변함없는 눈빛 속에서 과거를 만난 듯 영애가 그녀를 바라보며 웃었다. 그러자 여자가 의자를 밀고 일어나 그녀를 향해 다가섰다.

"……영애지? 영애 맞지?"

"응. 나야, 혜숙아. 윤영애 맞아."

"윤영애……!"

혜숙이 얼굴을 잔뜩 찡그리며 목소리를 높였다. 그리고 자연스럽게 팔을 뻗어 단숨에 그녀를 끌어안았다.

주변 테이블에서 식사를 하던 사람들이 두 명의 중년 여성을 쳐다보았다. 하지만 혜숙은 쉽사리 영애를 놓지 못했다. 열아홉 살 소녀들로 돌아간 듯 가슴속에 담겨 있던 감정을 참지 않고 토했다.

영애는 울먹이는 혜숙의 등을 토닥였다. 자신도 눈시울이 빨갛게 달아올랐지만 입술을 깨물어 눈물을 꾹 참았다.

스물이 되던 해 여고를 졸업했으니 정확히 38년 만의 재회였다.

혜숙이 쌉싸래한 커피를 한 모금 마신 뒤 잔을 내려놓았다. 식사를 하는 도중에도 감정이 북받치는지 포크를 쥔 채 몇 번이나 부들부들 떨다가 후식이 나오고 나서야 겨우 진정되었다.

그 모습이 곧 있으면 환갑 되는 사람 같기는커녕 열아홉의 모습 그대로인 듯해 영애는 웃음이 나왔다.

"웃지 마. 반가워서 갑자기 감정이 폭발했어. 나 왜 이렇게 주책이니."

"예전이랑 하나도 변한 게 없어서 그래. 그대로야."

영애는 그녀 특유의 온화한 미소를 지으면서 눈을 마주쳤다. 예나 지금이나 옆 사람까지 기분 좋아지게 만드는 미소였다.

변한 게 없다는 말에 의심스러운 표정을 짓던 혜숙이 붉어진 눈을 가늘게 뜨며 물었다.

"얼굴이?"

"얼굴도, 성격도."

"에이, 얼굴은 거짓말이지? 주름이 자글자글해. 이래서 한 살이라도 젊을 때 관리했어야 했는데."

"관리를 해도 우리 나이에는 어쩔 수 없어."

"넌 주름 안 보이거든?"

아이처럼 눈물을 짤 땐 언제고 아무렇지 않게 톡 쏜다. 거의 다 기억 속에서 잊힌 줄 알았는데 아니었다. 말투나 작은 행동 같은 것들에서 영애는 과거의 혜숙을 발견할 수 있었다.

그녀를 보고 웃는 스스로의 감정에 한 치의 거짓도 없다는 사실이 마음마저 맑아지게 한다. 나이 많은 아줌마에 불과했던 자신이, 밖에서는 벌써 할머니 소리를 듣는 자신이, 그녀와 함께 있는 순간만큼은 어린 시절로 돌아간다.

여전히 소녀처럼 웃기만 하는 영애를 보며 혜숙이 의자에 등을 기댔다. 그리고 긴장이 완전하게 해소된 듯 편안한 목소리로 말했다.

"네 연락처 어떻게 알아냈는지는 안 궁금해?"

"경례한테 물었다며."

"최경례 그년, 내가 비밀로 해 달랬더니 그새를 못 참고 쪼르르 말했네."

처음 혜숙의 연락이 왔던 날, 영애는 뜻밖의 선물을 받은 기분이었다. 삶에 지쳐 가까운 이조차 제대로 챙기지 못하며 지내던 와중에 지나간 시간을 한 번 정도는 돌이켜 보라는 무언의 메시지를 받은 것도 같았다.

반가운 마음에 한참 통화를 하고, 언제 만나자는 약속까지 잡으면서도 어떻게 연락을 하게 된 건지는 끝내 말하지 않던 혜숙이었다. 하루가 지난 뒤 '혜숙이한테 연락 왔어?' 하고 걸려 온 경례의 전화가 아니었다면 아마 오늘이 오기 전에는 끝까지 몰랐을 것이다.

"경례 나오는 요리 프로그램 봤다며?"

"응, 등잔 밑이 어둡더라. 생전 안 보던 요리 프로그램을 봤는데 경례 그게 나오고 있잖아. 걔가 요리 전문가 같은 게 됐을 줄 상상도 못 했다, 난."

"어렸을 때도 이것저것 만들어 먹는 걸 좋아했잖아. 적성 찾은 거지."

솔직하면서 다른 사람의 좋은 점만 보는 것도 그때와 다르지 않다. 혜숙은 그런 영애를 보면서 세월의 흐름이 무색하다고 생각했다.

자신의 기억 속 단짝은 여전했다. 어른이 되었다는 변화를 제외하고서는 무엇도 달라진 것이 없었다. 따뜻한 성격도, 아름다운 마음도.

그래서 무던히 찾고 싶었다. 가장 순수했던 여고 시절, 누구보다 자신에게 의지가 되어 주었던 친구를.

그 당시 혜숙과 영애는 집이 풍요롭지 않다는 공통점을 가지고 있었다. 하지만 그뿐이었다. 혜숙은 영애만큼 공부를 잘하지도 못했고, 영애만큼 교우 관계가 좋지도 않았다. 자격지심으로 똘똘 뭉쳐 주변에 가시를 세우고 있던 열일곱의 박혜숙은 모든 것이 불만이었다. 자신을 향해 친근하게 건네는 말 하나하나가 가식처럼 느껴졌고, 마주 보며 웃어 주는 미소조차 걸림돌 같았다.

그럼에도 불구하고 영애는 그 모든 감정들을 스펀지처럼 빨아들였다. 매일 아침 건네는 인사는 여전히 산뜻했고, 미소도 천진했다.

혜숙은 싸워 보지도 못한 채 패배했다. 처음에는 '이게 누구 놀려?' 싶던 마음이 점차 사그라지더니 어느 순간 영애의 인사에 얼떨결에 대답하는 스스로를 발견했다. 그게 시작이나 마찬가지였다.

둘도 없는 단짝이 되는 건 시간 문제였다. 일단 마음을 열기 시작한 혜숙은 영애를 여동생처럼 감싸고돌기에 바빴고, 영애는 공부에 서툰 혜숙의 곁에 붙어 하나부터 열까지 가르쳐 주며 도왔다. 또 혜숙이 교복 치맛자락을 휘날리며 왈패처럼 굴 때면 영애는 언니 같은 얼굴을 하고서 잔소리를 했다.

혜숙에게 영애는 그런 친구였다. 작은 몸집으로도 강단 있고, 사랑스러웠던 친구.

고등학교를 졸업할 때만 해도 영애와 그렇게 쉽사리 연락이 끊길 줄은 혜숙 본인도 미처 몰랐다. 온 가족이 빚쟁이들에게 쫓기다시피 마을을 떠나게 될 것이라고는 상상조차 해 본 적 없었으니까.

"엄마랑 아빠, 동생들까지 빚 갚느라 꽤 애먹으며 지냈어. 나도 하루에 열댓 시간을 공장에서 살다시피 하고."

"그랬구나. 갑자기 이사를 갔다기에 무슨 일이 있었을 거라는 건 짐작했었어."

"그때도 휴대 전화 같은 게 있었으면 좋았을 텐데……."

어느 시간, 어느 사건에도 아쉬움은 남는다. 이미 한참 전에 지나가 버린 일에 대해서도 혜숙은 많은 것이 아쉬웠다.

하지만 그런 것들은 영애의 앞에 서면 아무것도 아닌 것이 되어 버리고는 한다. 바로 지금과 같은 순간에.

"만날 사람은 다 만나, 우리처럼."

달그락. 테이블 위에 잔을 내려놓으며 영애가 웃었다. 모든 것을 달관한 사람 같았다. 그게 평화 속에 지내 온 얼굴인지, 반복된 체념과 수긍으로 만들어진 것인지 의아할 정도로 그랬다.

"너도 참 그대로다, 여러 의미로."

혜숙이 턱을 괴며 말했다. 궁금한 게 많아 밤을 새워도 부족할 지경이었지만 그 여러 가지의 의미에 대해서는 차차 알아가도 좋을 것이라 생각했다.

"칭찬으로 듣는다?"

"아무렴 그러시겠지요. 어쨌든 그땐 힘들었어도 요샌 두 다리 뻗고 잘 정도로 굉장히 잘 지내고 있어. 혹시라도 걱정할까 봐 말하는 거야."

"그런 것 같아. 얼굴도 좋아 보여. 남편이랑 애들은?"

영애가 눈을 빛내며 물었다. 나이가 들어 만나면 다들 이런 걸까. 내가 알지 못했던 시절을 어떻게 살아왔는지, 그래서 지금은 어떤 생활을 하고 있는지가 가장 궁금했다.

혜숙은 가만히 자신의 이야기를 듣고만 있던 영애가 질문을 해 오자 무척 반가웠다. 그러나 이내 가족들의 생각 끝에 서운한 게 떠올랐는지 입술을 쭈욱 내밀었다.

"남편은 사업하느라 바빠. 벌써 사흘째 얼굴도 못 봤어. 아, 맞다. 그 사람, 나 공장 다닐 때 종종 마주치던 거래처 사장님이었다? 솔직히 남편 잘 만나서 빚 갚고 인생 폈다고 해도 할 말은 없어. 돈만 보고 결혼한 건 아니지만 사실 상황이 그랬으니 믿어 주는 사람도 없고."

"난 믿어."

"……어렸을 때도 생각한 건데 네가 남자였으면 난 분명 너랑 결혼했을 거야, 영애야."

그 눈빛이 짐짓 진지해 보여 영애가 웃음을 삼켰다. 그녀의 웃음을 보며 고향으로 돌아온 기분이라도 느낀 듯, 혜숙이 이번에는 상체를 앞으로 쑥 내밀며 말했다.

"애들은 아들 하나, 딸 하나. 딸애는 진즉 결혼해서 지금 유치원 다니는 손녀가 있는데 엄청 귀여워. 사진 볼래?"

그렇게 말하며 휴대 전화를 꺼내는 혜숙의 얼굴에는 즐거움이 가득했다. 순식간에 대화의 흐름을 타고 두 여자의 시선이 휴대 전화 속에 박혔다. 귀여운 얼굴이 모습을 드러낼 때마다 그녀들은 사진에 더욱 집중했다.

손녀의 사진만 족히 수백 장. 전부 보여 줄 수 없음에도 혜숙은 한 장이라도 더 자랑하고 싶어 손가락으로 빠르게 화면을 넘겼다. 그러나 그것도 얼마 지나지 않아 멈추었다.

신이 나서 휴대 전화 화면을 넘기던 도중 어느 잘생긴 남정네의 사진이 불쑥 튀어나온 것이다.

"세상에. 이건 누구야? 사위야? 아니면 아들?"

"아들이야, 아들."

"잘생겼네."

"어휴, 말도 마. 완전히 애물단지야."

"왜?"

딸과 손녀의 사진을 보면서 뿌듯한 웃음을 짓고 있던 혜숙의 표정이 축 가라앉는 건 순식간이었다. 뽀얗게 화장을 한 이마 밑으로 내 천川 자의 주름이 생겼다. 표정이 아들을 보는 건지 빚쟁이를 보는 건지 모를 정도로 묘했다.

"나이가 서른다섯인데 아직 사귀는 여자 하나 없어. 이게 말이 되니? 가끔 누굴 만나는 것 같아서 조만간 인사라도 시키려나 하고 기대하면 꼭 금방 헤어지더라. 한 달이 뭐야? 일주일도 안 돼서 차이기가 부지기수야. 절대 찬 적은 없어. 항상 차이기만 하지. 그래서 더 속 터져. 미국에서 지낸 게 몇 년인데 그렇게까지 숙맥일 수가 있다니? 그거 키스나 제대로 해 봤을까 몰라."

"에이, 아무리 그래도 나이가 있는데. 인물 좋으니까 좋은 사람 금방 생길 거야."

"얼굴 잘생기면 뭐해. 여자한테 하는 게 영 초등학생 수준인데. 남자가 여자한테 사탕 주는 날 있잖아, 왜. 기껏 사탕을 사서는 근처에서 나이트 삐끼한테 받았다고 주는 애야. 그게 말이니, 방귀니? 특별한 날에 어떤 여자가 삐끼가 주는 사탕을 받고 싶어 하겠어. 직접 산 거여도 말을 그렇게 하면 받고 싶겠니? 어휴, 평생 일만 하다가 가지 않으면 다행이야. 나 죽기 전에 걔 장가보내는 게 소원이다, 얘."

쌓인 게 많았는지 줄줄이 내뱉는 그녀의 한탄 속에는 아들의 칭찬인 것 같기도 한 말과 욕인 것 같기도 한 말이 애매하게 뒤섞여 있었다. 하지만 그것이 전부 걱정에서 비롯된 것이라는 걸 알 수 있었기에 영애는 잠자코 그녀의 말을 들어 주었다.

물론 자신의 상황과 크게 다르지 않다는 이유도 있었다.

"사실 나도 조금 알 것 같은 기분이야. 우리 집에도 그런 애 하나 있어."

"응?"

"우리 딸."

"너 딸 있어? 몇 살인데?"

"올해로 서른둘."

"어머, 사진 있어? 사진 보여 줘 봐, 사진."

혜숙이 눈을 빛내며 재촉하자 영애가 한숨을 내쉬며 휴대전화를 꺼냈다.

몇 번 정도 화면을 터치하고 나니 몰래 찍은 게 분명한 사진 한 장이 나타났다. 거리가 조금 있기는 했지만 그래도 얼굴은 선명하게 잘 나와 어느 정도의 인물인지 알아볼 수 있었다.

"예쁘네."

"평생 시집 안 갈 건가 봐. 연애는 두어 번 하는가 싶더니 그나마도 일주일을 못 넘긴 것 같아."

"……누구랑 비슷하네."

아무리 단짝이었다고는 하지만 굳이 아들과 딸의 연애 성향이나 현재의 상황까지 닮을 필요는 없는 것 아니냐고, 두 사람은 속으로 잠시 그런 생각을 했다. 본인의 입장에 대입하니 너도 참 속이 말이 아니겠구나 싶은 마음이 들기도 하고.

"그래도 남편은 얼른 시집보내기 싫어할 거 아냐. 이렇게 예쁜 딸이면 평생 옆에 끼고 살아도 안 아쉽겠다."

"그런가?"

"그러고 보니 남편 이야기를 못 들었네. 남편은 뭐 하는 사람이야?"

"음……."

뭐라고 대답하면 좋을까 고민하던 영애가 "흐음." 하고 작게 숨을 내쉬는가 싶더니 조용히 손을 들었다. 혜숙의 시선이 영애의 손끝을 따라갔다. 영애가 검지를 가느다랗게 올려 보이며 천장을 가리켰다.

"응? 그게 뭔데?"

"저기 위에 있어. 하늘나라."

"아……."

혜숙의 마음속에서는 속상함과 미안함이 한데 뒤섞였다. 이런 친구를 앞에 두고 남편의 얼굴을 사흘째 못 보고 있다는 소리나 해 댔으니. 나이만 먹었지, 철부지 열일곱의 자신과 지금의 자신은 크게 다른 구석이 없다. 그런 생각이 들자 혜숙은 속이 따끔했다.

"대체 언제……."

"임신 8개월 정도 되었을 때였나. 출산 두 달 앞두고, 딸애가 태어나기도 전에 죽었어."

"……."

"사고였어. 흔한 교통사고."

"……교통사고?"

다른 생명을 구하기 위해서였다. 그 사람의 죽음에는 그런 이유가 있었다.

영애의 남편은 아내가 먹고 싶다던 카스텔라 몇 개를 사 들고 퇴근하는 길이었다. 발걸음이 몹시 가벼웠던 날, 회사에서 승진에 대한 이야기를 들은 날이기도 했다. 첫째의 탄생과 승진이 겹칠 예정이었다. 겹경사였다. 앞으로 일어날 모든 일이 행복하기만 한 저녁이었다.

그런 마음으로 횡단보도 앞에 서 있던 그때, 그의 눈앞에 도로를 향해 달려가는 작은 몸집이 하나 보였다. 앞서 데굴데굴 굴러가는 공보다는 컸지만 빠른 속도로 달리는 차들에 비하면 한없이 작기만 했다.

그 작은 시선 안에는 오로지 공만 보이는 듯했다. 엄마로 보이는 여자가 뒤늦게 그 모습을 보고 비명을 질렀는데, 그때는 이미 영애의 남편이 도로 위로 몸을 던진 뒤였다.

카스텔라는 마른 낙엽처럼 나뒹굴었다. 저 멀리 굴러가는 공보다 하늘을 나는 듯 붕 떠오른 그의 몸이 더욱 가벼워 보였다.

그는 그렇게 아이를 살렸다. 이름도 모르는 어느 남자아이에게서 언젠가 태어날 자신의 아이를 본 듯이.

이마에 반창고를 붙인, 고작해야 허벅지까지 올까 싶은 작은 아이였다. 남편의 사고 소식을 듣고 만삭의 몸으로 병원에 갔을 때 확인했다.

눈물범벅인 웬 여자는 아들로 보이는 아이를 끌어안고서 한참이나 고개를 숙이며 사죄했다. 죄송합니다, 고맙습니다, 죄송합니다, 고맙습니다. 죄송한 게 먼저인 건지, 고마운 게 먼저인 건지 알 수도 없을 정도로 굉장히 긴 시간 그렇게 그 자리에 서 있었다.

아이를 구해 준 남편에 대한 고마움, 그리고 만삭의 몸으로 남편을 잃은 자신을 향한 죄송함. 아마 그랬을 것이다. 영애는 그때를 돌이켜 보며 그런 것이었을 거라고 어렴풋하게 추측했다.

엄마의 품에 안긴 아이는 멀뚱멀뚱 눈을 뜨고 있다가 이내 크게 울음을 터뜨렸다. 상황을 파악하지 못해 어리둥절하다가 엄마의 울먹이는 목소리에 울컥 속상해진 것이다.

띄엄띄엄 '엄마, 울지 마.' 하며 한 마디씩 뱉어 내는 아이를 보고 결국에는 영애마저 눈물을 흘리고 말았다. 자신의 곁에는 누구도 없었다. 울지 마. 그렇게 말해 줄 사람이 없었다. 그래서 목 놓아 울 수 있었다. 누구도 말리지 않았으니까.

남편의 사고 소식을 부모님께 채 알리기도 전이었다. 시부모가 없었기에 친정 부모님을 빼면 연락을 할 곳도 없었다.

텅 빈 복도. 가족이라고는 배 속의 아이가 유일했던 시간.

영애는 아파 오는 배를 부여잡고 기다란 의자에 앉았다. 아직 태어나지도 않은 자신의 아이가 엄마를 따라 벌써부터 울고 있는 것만 같았다.

그 후로 몇 번이나 외로움에 허덕였다. 남편이 마지막으로 남겨 준 소중한 흔적을 세상에 내놓을 때는 기쁨과 환희보다 슬픔이 가득했다.

"지금도 생각해. 만약 그 사람이 죽지 않았다면, 산통이 왔을 때 당황해서 어쩔 줄 몰라 하며 내 손을 잡아 주었겠지. 나보다 더 놀란 표정으로, 더 울먹이는 얼굴로 내 걱정을 하며 벌벌 떨었겠지."

"……."

"아이를 낳았을 때는 다른 의미로 눈물이 계속 나더라. 굳은살이 잔뜩 박인 손으로 이리저리 쩔쩔매면서 딸아이를 안는 그 사람의 모습을 상상했어. 세상 가장 소중한 보물이라면서, 어떻게 손을 대야 할지 몰라 마냥 바라보기만 했을지도 모르는 그 사람의 모습."

"영애야……."

"그런 아빠가 되어 주었을 사람이었어."

30여 년 전의 일도 바로 어제처럼 생생했다. 영애는 눈앞에서 과거를 바라보는 사람처럼 말했다.

혜숙은 표정 관리를 하는 게 이토록 힘든 일인 줄 몰랐다. 당사자는 저토록 덤덤하게 말하는데 주책없게도 자신이 울컥했다. 그동안 힘들었겠다고 다독여 주고 싶지만 태연한 척하는 친구의 상처를 들쑤시는 꼴이 될까 봐 아무런 말도 할 수 없었다.

"어라, 너 또 울게?"

"울긴 누가 운다고 그러니. ……그 뒤로 다른 사람은 안 만났어?"

"나 아직도 그 사람 사랑해. 서른이 채 안 된 나이여서 그랬는지, 안 그래도 다들 다른 사람 만나 보라고 하더라. 그런데 내 마음이 그게 잘 안 됐어. 30년이 지난 지금도 계속 남편 생각이 나."

그때에 머물러 있는 마음인지도 모른다. 그 사람의 흔적을 가족이란 형태로 남기고 평생을 추억하며 살고 싶은 것인지도 모른다.

아이를 키우는 게 힘들어서, 먹고사는 게 힘들어서, 그런 것들은 완벽한 변명이 되어 주지 못했다. 결국에는 막 시작되던 그 사람과의 행복을 묻어 둔 채 이런 식으로나마 혼자서라도 그 사랑 속에 살고 싶었던 것인지도.

여전히 남편을 사랑한다는 영애의 말에 혜숙이 짠하다는 표정을 짓자 영애가 웃으며 어깨를 으쓱였다.

"그래도 우리 가족은 행복하게 지냈어. 그것도 엄청."

슬픈 건 그리 오래가지 않았다.

작은 손에 손가락을 살짝 끼워 넣으면 미약한 힘으로 꼬옥 잡아 오는 어린 딸아이의 모습에 모든 마음이 녹았다. 남편이 지키고 싶었던 게 바로 이렇게 사랑스럽고 소중한 존재가 아니었을까 생각하니 이해가 될 것도 같았다.

처음에는 다른 가족의 행복을 위해 왜 내 가족이 희생당해야 하는 거냐고 수도 없이 원망했다. 하지만 이내 생각을 고치고 또 고쳤다.

아이의 사고를 가만히 서서 목격만 했다면 그는 그 나름대로 괴롭지 않았을까.

남편은 그런 성격이었다. 그건 어쩔 수 없는 것이었다.

그렇다면 하늘나라에서 미안해하고 있을 그 사람을 위해 마음의 짐이라도 덜어 줘야 하는 게 아닐까. 잘했다고, 영웅 같은 아버지였노라 말할 수 있게 해 주어서 고맙다고, 그에게 여러 번 인사를 전했다. 그러고 나니 아무것도 모른 채 배시시 웃는 딸을 더욱 솔직하게 바라볼 수 있게 되었다.

어떻게든 지키고, 어떻게든 행복하게 살아야겠다고 생각했다.

그리고 다짐은 곧 현실이 되었다.

영애는 친정 부모님과 함께 힘을 내기 시작했다. 가족이 힘을 합쳐 작은 가게를 꾸려 나갔고, 그런 가족의 품에서 사랑받으며 자랄 수 있도록 밝은 환경에서 딸을 키웠다. 남편이 지키려고 했던 생명이 더욱더 빛을 발할 수 있게.

딸은 그렇게 컸다. 누구보다 당차게, 솔직하게.

"다들 아버지 없이 컸다고 하면 안쓰럽게 생각하더라고. 그 아이에게는 할아버지도, 할머니도, 엄마도 있었는데."

"……."

"사람들 눈에는 우리 가족이 무언가 결여되어 보였나 봐. 눈에 보이는 성격 하나, 작은 행동 하나까지 전부 애 아빠의 부재와 연결 짓고는 하더라."

누군가가 가지고 있는 것을 다른 누군가는 가지지 않았을 수 있다. 누군가에게는 익숙한 부재가 다른 누군가에게는 가여운 결핍으로 보이기도 한다.

하지만 누구도 다른 사람의 기준을 함부로 정하거나 판단할 수 없는 일이다. 그럼에도 영애는, 그녀의 딸은, 타인에게 판단되어지고는 했다.

가족조차 모르는 것을 타인이 어떻게 아는 척할 수 있는 걸까. 한마디의 가벼움을 깨닫지도 못하면서 말이다.

"사람의 성격이 꼭 어떤 환경 때문에 만들어지는 것만은 아니잖아."

"그거야 그렇지."

"내 딸이 전부터 좀…… 또래 여자애들에 비해 말수도 없고 살갑지도 않은 성격이었어. 그런데 그게 다 아빠가 없어서라느니, 이래서 가정환경이 애들 성장에 중요하다느니, 이런저런 말이 많았어. 사실 그 아이는 평범하게 컸거든. 할아버지, 할머니, 엄마가 있는 아주 화목한 가정에서 사랑받으면서."

"응."

"얼마나 피곤했는지 오죽하면 본인 입으로 그러더라. '꼭 사랑받은 티가 나야 돼? 사랑받고 자란 티가 난다는 게 어떤 건데?'라고. 그게 걔 여덟 살 때였나."

혜숙은 생각이 많아졌다. 그 어떤 사람을 만나야 이런 대화를 나눌 수 있을까. 30년이 넘도록 혼자만의 사랑을 지켜 내는 여자가 있다는 것을, 사랑받고 자란 티가 난다는 게 어떤 거냐고 묻는 여덟 살짜리 여자아이도 있다는 것을 어떻게 알 수 있었을까.

"영애야."

"응?"

"네 딸 서른둘이라고 했지."

"응, 그건 왜?"

외로움을 겪고도, 시련을 겪고도, 그래도 행복했었다며 웃는 사람들을 어디에 가서 또 만날 수 있을까.

"진지하게 우리 집에 보낼 생각 없어?"

"……뭐어?"

"네 딸 말이야. 내 며느리 삼고 싶어. 나 너랑 사돈 맺고 싶어, 영애야."

영애가 입을 멍하니 벌린 채 얘가 지금 무슨 소리를 하는 거냐는 표정을 지었다. 그 당시 '우리 서로 아들딸 낳으면 결혼시킬까?' 하면서 소꿉놀이 같은 이야기를 나누기는 했지만, 느닷없는 결론은 오히려 현실감을 떨어뜨릴 뿐이었다.

"나야 좋지만……. 네 아들이 우리 딸을 좋아할까? 애교도 없고, 여우 같은 구석이라고는 없을 텐데."

"바로 그거야. 그래서 더 마음에 들어, 난."

아들을 장가보내고 싶은 건지 골탕을 먹이고 싶은 건지 도통 알 수가 없다. 영애가 눈만 깜빡이며 혜숙을 보았다.

혜숙은 진지했다. 다급하기는 했지만 조용히 빛을 내는 눈이 빈말이 아니란 것을 증명하고 있었다. 며느릿감에 대한 신뢰는 이미 자신의 친구를 통해 확신하고 있는 듯했다.

"……그러고 보니 아들 이름이 뭐라고?"

"아, 말을 안 했구나. 김시원이야, 우리 집 애물단지."

"김시원……."

영애가 아들의 이름을 조용히 중얼거리자 바라던 일이 벌써 코앞까지 다가왔다는 듯 혜숙이 상기된 목소리를 냈다.

"네 딸은? 이름이 뭐야?"

"서문봄."

"문봄이?"

"아니, 외자야. 봄."

남편이 지어 준 태명이었다. 출산 예정이 봄이어서 봄이라 불렀다. 아들이든 딸이든 봄에 태어나면 따스한 아이가 될 거라고 하며 수시로 봄아, 봄아, 하고 불렀었다. 그랬던 것이 진짜 이름이 되었다. 그 이름은 남편이 딸아이에게 남긴 마지막 선물이었다.

"얼굴만 예쁜 줄 알았더니 이름도 예쁘네."

"진짜 애들 소개팅시키게?"

"그 나이에 만나면 그게 소개팅이겠니? 빼도 박도 못하게 선이지."

연애의 '연'도 모르는 30대의 바보들이 만나 어떤 대화를 나눌지 감이 잡히지 않았지만 혜숙은 그래도 좋았다. 불쑥 들이밀어진 서로의 이름과 그로 인한 결혼의 압박에 숨 막히다 해도 좋으니 일단은 만나게 하고 싶었다.

영애와 자신이 서로를 만나 친구가 되고, 수십 년의 세월을 뛰어넘어서도 지난 시간의 사랑스러움을 느낄 수 있었듯이, 그 아이들도 그랬으면 하고 바랐다.

"시키자, 결혼."

모든 일은 그렇게 엄마들의 욕심으로부터 시작되었다.

01
봄은 그렇게 말도 없이

"대리님, 방금 메일로 파일 보냈어요. 확인해 주세요."

"아, 고마워요."

봄이 가볍게 손을 올렸다. 자리에서 일어나지 않고도 할 수 있는 인사였다.

파티션 너머를 잠시 내다보는가 싶던 그녀의 시선이 다시금 모니터로 향했다. 메일을 열어 첨부 파일을 확인하는 손가락의 놀림이 예사롭지 않았다. 1분, 아니, 1초의 시간도 허투루 쓰고 싶지 않다는 의지가 담겨 있는 듯했다.

평소와 같은 오전이었다. 조금은 분주하고, 조금은 훈훈한 공기가 감도는 사무실. 누구도 여유를 부리지는 않았지만 그렇다고 해서 눈코 뜰 새 없을 정도로 바삐 일하는 사람이 있는 것도 아니었다.

봄이 몸을 담고 있는 개발 1팀의 분위기는 최근 들어 항상 이랬다. 원래 있던 팀장이 불륜 스캔들로 자리에서 물러나고, 2팀의 팀장이 대신 결재 처리를 도와주게 된 것이 벌써 일주일.

팀장의 부재에 갈피를 못 잡을 줄 알았던 팀원들은 생각보다 위기 대처 능력이 뛰어났다. 그리고 그중 제일은 단연 봄이었다.

칼 같은 단발과 찰랑이는 머리카락 밑으로 드러난 희고 가는 목, 거기에 날카로운 시선까지. 사람들의 눈에 그녀는 봄보다 겨울이라는 이름이 더욱 잘 어울리는 사람이었다. 오죽하면 별명이 서문겨울일까.

물론 겉모습 때문만은 아니었다. 한 치의 실수도 용납하지 않겠다는 듯한 업무 태도 때문만도 아니었다. 그녀가 가지고 있는 오라가 그랬다. 사람마다 하나씩 가지고 있다는 그 오라는 그녀에게서 나올 때면 꽤 낮은 온도를 띠었다.

차분하게 뜨인 그녀의 시선 끝에서 프레젠테이션 자료가 화면을 가득 채웠다. 깔끔하고 정갈하게 정리되어 있는 자료는 더 보탤 것도 없이 완벽했다.

그러나 그녀의 머릿속은 그만큼 개운하지 않았다. 아침에 지나간 작은 실랑이가 떠올랐기 때문이다.

친구의 아들이라고, 정말 괜찮은 사람이니 한 번만 만나 보라던 영애와 그런 인위적인 만남은 싫다며 고집을 부리던 봄. 두 사람으로 인해 집 안은 간만에 시끌벅적했다.

영애도 봄도 언성을 높이며 자신의 주장을 내세우는 타입과는 거리가 멀었다. 그런 만큼 서로 지지 않으려 드는 모습은 그리 자주 볼 수 있는 것이 아니었다.

좀처럼 다툴 일 없던 모녀 사이의 언쟁. 그 안에서 먼저 백기를 든 것은 다름 아닌 봄이었다. 평소라면 온화한 미소 하나로 마냥 고개를 끄덕여 주었을 영애가 '엄마가 너한테 처음으로 하는 부탁이야.'라는 한마디를 뱉는 순간 머리가 싹 비워진 것이다.

사실이었다. 영애는 엄마라는 위치를 내세워 봄에게 자신의 의견을 억지로 관철시킨 적이 단 한 번도 없었다.

남편 없이 아이를 키우다 보면 힘겨웠던 날들에 대한 보상심리 때문에라도 자식을 향한 욕심이라는 게 생기기 마련이다. 그렇지만 영애는 봄에게 조금도 그런 부담을 주려고 하지 않았다. 있는 그대로 자랄 수 있게, 떠오르는 그대로 생각하며 꿈꿀 수 있게, 그 어떤 제약도 속박도 없이 성장할 수 있게 했다.

누구보다 그것을 잘 아는 봄이었기에 엄마의 부탁을 외면할 수 없었다. 수긍이라기보다는 약간의 합의나 협조에 가까웠다.

영애의 부탁은 그 사람과 당장 연애를 하라는 것도, 결혼을 하라는 것도 아닌, 그저 한번 만나 보기나 하라는 것이었다. 봄의 마음속에는 언제나 엄마를 향한 작은 안쓰러움이 존재했는데, 아마 그 마음이 그때 제대로 자극을 당해 버린 것인지도 모르겠다.

사실 그녀가 더 큰 무언가를 바라고 있다는 것을 느끼지 못한 바는 아니었지만 첫발을 떼는 것만으로도 봄에게는 꽤 큰 도전이었다. 억지스러운 만남에 대해 반감을 가지고 있던 봄이었으니 말하자면 입 아픈 부분이었다.

고마워, 딸.

그저 누군가를 만나기 위한 짧은 시간만 들이면 되는 일인데, 그게 뭐라고 그녀는 고맙다고 한 걸까. 엄마로서 30여 년 만에 처음으로 한 부탁이 고작해야 그런 것이었다고 생각하니 어쩐지 마음이 무겁기도, 또 가볍기도 했다. 이상한 기분이었다.

프레젠테이션 파일을 최종적으로 검토하고 인쇄 버튼을 누른 봄이 나직하게 한숨을 쉬었다. 그러자 주변 사람들이 조용히 침을 삼켰다. 딱히 아무런 말도 하지 않았는데 자기들끼리 수군거리며 한 걸음씩 뒤로 물러났다. 범접할 수 없는 분위기를 지켜보는 듯했다.

그 시선들을 느끼지 못한 채 터벅터벅 인쇄물을 가지러 걸음을 옮기는 봄의 눈 속에는 작은 고민 같은 것이 담겨 있었다. 엄마의 부탁이라 받아들이기는 했지만 그 딱딱한 분위기를 어떻게 견디며 앉아 있을지, 마음에 들지 않는 상대일 경우에는 어떻게 대처를 해야 할지, 여러모로 생각할 게 많았다.

하물며 엄마에게 있어 가장 친한 친구의 아들이라니. 차라리 몇 다리를 건너 소개받는 편이 나을 뻔했다.

탁, 탁. 인쇄물을 가져와 책상 위에 두어 번 내리치고 스테이플러로 정갈하게 마무리했다. 찰칵하는 소리와 함께 찍힌 종이의 모서리를 바라보며 봄은 친구인 진솔과 통화로 나누었던 대화를 떠올렸다.

– 선을 본다고?

'역시 소개팅이라고 하기에는 무리가 있어 보이지, 네가 듣기에도.'

– 당연하지. 그나저나 오래 살고 볼 일이다. 서문봄이 선 자리에 나가는 걸 구경하게 될 줄이야.

'엄마 친구 아들이래. 그래서 더 부담스러워.'

연애라고는 태어나서 딱 두 번. 그마저도 며칠을 채 못 넘겼다. 로맨스에 대한 환상을 가지고 있는 것은 아니지만 그래도 적당히 현실과 이상을 타협하며 만나면 좋겠다는 생각을 했다. 이런 식으로 현실만 마주하며 만나는 것을 원했던 것이 아니다.

– 만나 보지도 않고 깔 생각부터 하는 거야?

'그런 자리는 별로야. 마음이 안 가.'

– 그래서 어떻게 하면 자연스럽게 깔 수 있을지에 대해 논의하고 싶으시다?

'응, 최대한 엄마를 곤란하지 않게 할 수 있는 방법으로.'

진솔은 꽤 적극적으로 함께 고민해 주는 듯했다.

봄과 알고 지내기 시작한 대학 시절부터 꼬박 11년을 사귄 남자 친구와 헤어진 지 얼마 안 된 시기였다. 그래서인지 요즘의 그녀는 연애에 대한 시선이 적잖이 삐뚤어져 있었다.

세상의 모든 연애, 다 망해 버려라! 술을 마시고 그렇게 외치던 게 떠올랐다. 파투를 내기 위한 고민이 흥미롭고 즐거워 보이는 진솔의 목소리에 봄은 이게 제대로 된 상담이기는 한 걸까 잠시나마 생각하지 않을 수 없었다.

– 야, 아무리 생각해도 답이 없다. 그냥 또라이처럼 굴어. 그리고 네가 뻥 차이는 거야.

'또라이처럼 구는 게 뭔데? 그런 걸 해 봤어야 알지.'

– 뭐래. 평소의 너잖아.

진솔의 말을 떠올리며 봄이 이를 부득 갈았다. 냉정하게 굳은 얼굴은 프레젠테이션 자료를 한쪽에 정리해 두는 내내 좀처럼 풀어질 줄 몰랐다.

참 나, 또라이라니……. 또라이라니!

봄이 스스로를 되짚어 보며 속으로 몇 번이나 중얼거렸다.

그때 힐끔거리는 팀원들 틈으로 훤칠한 남자 하나가 스윽 모습을 드러냈다. 그는 파티션 위로 한쪽 팔을 올리며 사람 좋게 웃었다.

"봄 대리, 오늘 중요한 약속 있습니까?"

"네?"

느닷없는 물음이 정수리에 울리자 봄이 고개를 들었다. 생글거리며 웃고 있는 얼굴은 영업 2팀의 과장인 재강이었다.

그는 대학 시절, 봉사 동아리에서 봄과 여러 번 마주치고는 했던 선배였다. 졸업 후 흐지부지 연락이 끊겼는데 이 회사에 들어와 다시 만나게 되면서 부쩍 가까워졌다.

남자는 그저 일과 관련된 사람들이 전부인 봄에게 있어 조금이나마 사적인 이야기를 나눌 수 있는 상대이기도 했다. 물론 봄은 자신의 이야기를 하기보단 들어 주는 편에 속했다.

그 때문인지 재강은 부서도 다르면서 외근을 다녀오는 길이면 이런 식으로 한 번씩 개발 1팀에 얼굴을 비치고는 했다. 물론 그럼에도 봄과 스캔들 한번 나지 않은 것은 아마 그녀가 시종일관 일밖에 모르고, 표정도 언제나 딱딱하게 굳어 있기 때문일 것이다.

그래도 재강은 아랑곳하지 않았고 언제나 상냥했다. 봄의 성격을 이미 다 알고 있다는 여유에서 비롯된 태도 같았다.

"오늘따라 평소와 좀 달라 보여서요. 처음 보는 옷인데, 그거?"

"아, 네. 중요한 약속이 있어요."

틀린 말은 아니다. 중요하다면 중요한 약속이지…….

봄이 속으로 생각하다가 한숨을 삼켰다. 또라이처럼 보여 세차게 차이고 오라는 친구의 조언에도 불구하고 엄마를 위한 최소한의 예를 갖추기 위해 저도 모르게 잔뜩 꾸미고 나와 버렸다. 그래 봤자 새로 산 옷, 한 번도 달아 본 적 없던 브로치, 평소보다 조금 더 반짝이는 귀걸이가 전부였지만.

봄이 오늘의 제 모습을 돌이켜 보다가 고개를 들어 재강과 눈을 마주쳤다. 그는 누구와 대화를 하든 좀처럼 시선을 피하지 않고 경청해 주는 보기 드문 타입이었다. 사적인 대화를 나눌 수 있는 유일한 남자.

거기까지 생각이 미치자 남자들은 어떤 여자를 싫어하느냐고 묻고 싶어졌다. 하지만 입 밖으로 낼 수 없는 질문이었다. 한심한 고민을 타인에게 들키는 것이 달갑지 않았다.

"예뻐."

그녀가 혼자만의 고민에 사로잡힌 사이, 재강은 그 한 마디만을 남긴 채 손을 흔들며 영업팀 쪽으로 걸어갔다. 봄은 그의 뒷모습을 가만히 바라보다가 다시 모니터로 시선을 두었다.

예뻐 보인다니 다행인 일인지 곤란한 일인지 모르겠다. 차일 생각으로 가는 건데…….

재강이 사라진 뒤 팀원들을 비롯하여 다른 팀, 다른 부서의 사원들까지 그녀를 힐끔거렸다. 내내 굳은 표정으로 일만 처리하는 그녀의 주변에 평소보다 한층 더 낮은 한기가 몰아치는 기분이 들었다.

"아무래도 오늘 기분 별로인 것 같지?" 하고 1팀의 김 과장이 물었다. 그러자 그 곁에 있는 2팀의 박 과장이 "예쁘다는데도 별로 기쁘지 않은 표정이잖아."라는 말과 함께 고개를 끄덕였다.

봄이 턱을 괴고는 모니터를 바라보며 한숨을 길게 내쉬었다. 그 한숨 소리에 뒤에 있는 신입 사원 중 하나는 '설마 자료에 문제라도 있나……? 나 엄청 깨지는 거 아냐……?' 하는 표정으로 마른침을 삼켰다.

그러나 심기를 거스르지 말자는 주변 반응과 달리 봄은 퍽 이렇다 할 생각조차 들지 않을 정도로 무기력하기만 했다.

모니터에 얼굴을 처박다시피 한 봄이 아무에게도 들리지 않을 정도로 조용히 중얼거렸다.

"아……. 배고파……."

✽✽✽✽✽

바스락거리며 이불 스치는 소리가 났다. 잠시 뒤척이는가 싶던 이불 속의 무언가는 다시 잠잠해지더니 나른한 숨을 내쉬었다.

커튼이 완벽하게 빛을 차단한 공간. 세상의 모든 고요함이 그곳에만 머무는 것 같았다.

하지만 평화는 오래 지속되지 않았다. 예고도 없이 삑삑 눌리는 도어록의 소리가 평온하던 호흡을 멈칫하게 만들었다. 밖으로 삐죽 나와 있던 단단한 팔이 슬금슬금 이불 속으로 파고들며 모습을 숨겼다. 거북이처럼 몸이 움츠러들었다.

현관문이 닫히는 소리에 이어 경쾌하고 빠르게 실내 슬리퍼를 끄는 발소리가 들렸다. 이미 잠은 깨 버렸다. 청각이 곤두서기 시작하는 순간부터 깨닫고 있었다. 그럼에도 순순히 일어나기가 억울해 시원은 더욱 이불을 뒤집어썼다. 꿈틀거리는 움직임은 무언의 반항과도 같았다.

"일어나."

혜숙이 침대 옆에 서서 말했다. 한 손은 허리 위에 올린 채 한숨을 겨우 삼키는 표정이었다. 하지만 이불 속의 인물은 움직일 생각이 없어 보였고, 암막 커튼 탓에 아직 밤이나 다름없는 방의 내부는 답답하기만 했다.

일어나란 말 외에 아무런 말도 덧붙이지 않던 그녀는 돌연

창가 쪽으로 다가갔다. 그리고 망설임 없이 커튼을 옆으로 확 젖혔다.

강렬한 오전의 빛이 창을 통해 쏟아졌다. 이불을 뒤집어쓰고 있어도 느낄 수 있을 만큼 밝은 빛이었다. 얼굴을 파묻은 채 어떻게든 몸을 숨기려던 시원이 낮게 한숨을 흘렸다. 잔뜩 피로 섞인 목소리가 꾸물거리며 이불 밖으로 나왔다.

"……엄마, 나 아직 시차 적응도 안 됐어."

"그럼 지금부터 적응해. 일어나."

그러나 약한 소리는 통하지 않는다는 듯 냉정하게 뱉은 말에도 시원은 결코 움직이지 않았다.

혜숙이 커튼을 쥐고 있던 손을 놓고 창문을 활짝 열었다. 그러자 차가운 바람이 안으로 휘몰아쳤다. 이불 밖으로 노출되어 있던 발가락에 찬 공기가 닿자 시원이 발을 움츠려 이불 속으로 넣었다. 그 모습을 보니 혜숙은 복장이 터질 것만 같았다.

결국 걸음은 다시 침대 쪽으로 향했다. 혜숙이 시원의 곁으로 다가가 말 없는 이불을 눈이 따가울 정도로 쏘아보았다. 그러다 문득 말이 통하지 않으면 몸으로 해결을 보는 수밖에 없다는 생각이 들었다.

혜숙의 손이 이불을 거칠게 빼앗았다. 야무진 손은 서른다섯이나 먹은 아들의 엉덩이며 허벅지를 차지게도 내리쳤다. 찰싹거리는 마찰음이 방 안을 울렸다.

"아, 아프다……."

"그러니까 맞기 싫으면 일어나. 일어나란 말만 벌써 세 번째야."

마지못해 몸을 일으킨 시원이 부스스한 머리를 신경질적으로 매만졌다. 잠을 제대로 못 잔 건지 너무도 과하게 잔 건지 얼굴이 퉁퉁 부어 있었다. 그 모습을 보며 혜숙은 '잘생겼다고 믿고 올 텐데 저걸 어쩌면 좋아…….' 하면서 관자놀이를 짚었다.

"나 귀국한 지 지금 몇 시간 지났는지 아시냐고."

"그게 중요해? 얼른 일어나서 씻어."

"저 아줌마가……."

"너 오늘 저녁에는 무슨 일이 있어도 그 자리에 나가야 돼. 안 가려고 수 쓰는 거면 안 통하니까 그런 줄 알아."

뉴욕에 발을 붙이고 일하며 지낸 것이 꼬박 5년이다. 장시간의 비행을 좋아하지는 않았던 터라 출장이 아니고서는 굳이 한국에 들어온 적도 없었다. 그 덕분에 돈을 모았고, 가족을 향한 애틋함도 모았다. 하지만 연애에 대해서는 더욱 쇠퇴하고만 신세. 부정할 수 없을 정도로 사실이었다.

그럼에도 딱히 나쁘지 않은 생활이라고 생각했는데, 정작 애틋하게 생각했던 가족에게는 그렇지 않았던 모양이다. 그중에서도 특히, 서른다섯을 먹어도 여전히 애 취급만 하는 엄마라는 존재에게는.

뉴욕에서 10여 시간을 날아와 한국 땅을 밟은 게 하루도 채 되지 않았다. 몇 년 만에 완전히 돌아온 한국이었기에 조금 더 제대로 된 환영을 받고 싶던 시원이었다. 현관문을 열자마자 환영의 인사 대신 '너 내일 선 좀 봐라.'라는 말을 듣고 싶었던 것이 결코 아니었다.

"당장 다음 주부터 다시 출근이야. 그때까지는 좀 쉬게 해 줘."

타국 생활에 물리던 시기. 슬슬 자리를 옮겨 볼까 하던 차에 스카우트 제의를 받았다. 굳이 거절할 필요가 없는 금액이었다. 하지만 무엇보다 결정하는 데 큰 무게를 지닌 것은 바로 정情이었다.

스물, 어렸던 나이에 해외 봉사 활동 단체에서 만나 오래도록 알고 지낸 형의 제안이었다. 한국에서 그가 설립한 회사로의 초대이기도 했다. 이제 겨우 몸집이 커졌다고. 와서 힘 좀 실어 달라고.

흔쾌히 승낙했다. 책임을 질 만한 가정이 있는 것도 아니었고, 그때의 시원에게 필요한 것은 새로운 자극제였으니까.

"어쨌든 지금은 백수라는 거잖아. 엄마가 용돈 줄 테니까 말 좀 듣자, 아들."

"내가 엄마한테 용돈 받아 쓸 군번이야? 나도 돈 많수다."

혜숙이 핸드백에서 지갑을 꺼내 흔들자 시원은 침대 옆 협탁에 놓인 자신의 카드 지갑을 흔들었다. 더는 용돈으로 꾀어 낼 수 없는 위치임을 실감하고 나자 혜숙은 괜스레 분한 마음이 들었다. 세월이 빨라도 너무 빠르게 흘렀다.

"그런데 넌 언제까지 엄마라고 부를 거야? 너 벌써 서른다섯이야. 그 나이 먹고 애처럼 굴래?"

"30년을 넘게 엄마라고 불렀는데 하룻밤 새에 어머니 소리가 나올 것 같냐고. 그리고 지금 애 취급은 엄마가 하고 계시거든요."

그렇게 말하며 시원이 침대에 비스듬히 누웠다. 뒤통수에 손을 괸 채 누운 그는 금방이라도 폭발할 듯한 그녀를 올려다보며 하품을 했다. 혜숙은 점점 뒷골이 당겨 오는 것을 느낄 수 있었다.

"내일부터는 퍼질러 자도 뭐라고 안 할 테니까, 아니, 불쑥 집에 찾아오고 그러지 않을 테니까 오늘만 가. 이발도 좀 하고, 면도도 하고, 멋지게 보일 준비 같은 것 좀 하란 말이야."

"충분히 멋진데 여기서 어떻게 더 멋있어져."

"다시 말해 봐."

눈빛을 달리하며 되묻는 혜숙의 표정에 시원이 은근슬쩍 시선을 피했다. 이대로 침대 위에서 실랑이를 반복해 봐야 달라질 게 없을 거라는 것 정도는 그도 알 수 있었다.

바닥에 두 발을 내려놓으며 일어선 시원이 찌뿌드드한 몸을 이리저리 움직여 가볍게 스트레칭을 했다. 겨우 한 걸음이나마 내디디게 했다는 생각이 들었는지 혜숙이 안도의 한숨을 내쉬었다.

"만나 보기나 하라는 거야. 혹시 아니? 서로 잘 맞으면 평생의 짝이 될지."

"장가를 가든 말든 알아서 하라고 할 땐 언제고……."

시원이 하룻밤 사이에 까칠하게 올라온 수염을 매만지면서 심드렁하니 말했다. 하지만 그게 신호탄이 된 모양이다. 결국 꾹꾹 눌러 참고 있던 혜숙이 불처럼 치솟는 마음을 입 밖으로 쏟아 냈다.

"내가 너 이 나이 될 때까지 연애도 제대로 못 하고 살 줄 알았겠어? 나이가 서른다섯이야, 서른다섯! 너 마흔이 먼 것 같지? 눈 깜빡할 사이에 마흔 되는 거라고. 홀아비로 늙어 죽는 꼴을 내가 어떻게 봐! 살면서 키스나 제대로 해 봤니? 어?"

잘못 밟았다. 뒤늦게 후회를 해 보지만 이미 늦었다. 시원이 슬금슬금 욕실을 향해 걸음을 옮기기 시작했다. 상황에 대한 회피였지만 결국은 그녀의 뜻대로 되고 말 거라는 준비의 움직임이기도 했다.

혜숙이 아직 제대로 풀지도 않은 시원의 짐 가방을 뒤적였다. 한 장씩 그의 옷가지들을 꺼내며 괜찮아 보이는 옷을 찾고 또 찾던 혜숙은 "짐 정리도 좀 하고!" 하며 언성을 높였다. 아들이 나이를 먹으면 먹을수록 엄마의 스트레스도 함께 비례하는 모양이라고 시원은 생각했다.

"자꾸 화내면 하루가 다르게 늙을 텐데, 우리 엄마."

"뭐야?"

"아무것도 아닙니다. 씻습니다, 씻어요. 면도도 할 거고, 머리도 하러 갑니다. 예, 예."

처음부터 이렇게 될 것을 예상했다. 말로는 아니다, 싫다, 아무리 엇나가려고 해도 결국에는 순순히 그녀의 말을 따르고 만다.

어쩌면 혜숙 본인도 알고 있었을지 모르겠다. 몇 번씩 이야기하면 결국 부탁을 들어주고 말 아들이라는 것을.

물론 과정은 결단코 순순했던 적이 없었다. 그러나 그것이 시원 모자의 표현 방식이었다.

욕실 문을 열던 시원이 안으로 발을 들여놓기 전 힐끔 혜숙을 보았다. 체념한 얼굴 위에는 약간의 불만이 담겨 있었다.

"그리고 분명히 말하는데 키스'는' 많이 했거든."

불필요한 강조점에 혜숙이 얼빠진 표정을 지은 것은 말할 것도 없었다.

✻✻✻✻✻

시원이 말끔해진 턱을 매만지며 거울을 응시했다.

엘리베이터가 한 층씩 숫자를 높여 가고 있었지만 긴장감은 상승할 기미를 보이지 않았다. 연애가 아닌 결혼에 가까운 만남이라는 생각 때문이었다.

상대는 좋아서 나올까? 아니면 자신처럼 마지못해 나올까? 차라리 후자였으면 좋겠다. 부담이라도 덜 수 있도록.

만약 후자일 경우, 부모의 의견에 어쩔 수 없이 등 떠밀리듯 나온 남녀가 어디까지 기대에 부응할 수 있을까? 그 의문에 대한 답이 무엇이든 그리 후한 점수를 주고 싶지는 않았다. 조건보다 마음이 우선시되는 철부지 30대였으니까.

너무 딱딱해 보이지는 않되 신경 썼다는 인상을 줄 수 있는 슈트와 잘생긴 얼굴을 더욱 돋보이게 해 줄 짧은 머리, 그 위에 부드러운 미소만 짓는다면 금상첨화일 텐데 마지막 그게 잘 안 됐다.

거울을 바라보며 억지로 씩 웃다가 도로 관두기를 두어 번. 엘리베이터는 어느덧 약속 장소에 멈추었다.

안으로 발을 내디딘 시원이 소매를 살짝 걷어 시간을 확인했다. 20분 정도 이르게 도착했다. 결과가 좋을 거라는 기대는 버려둔 지 오래였지만 용납 가능한 수준에서까지 벗어나고 싶지는 않았다. 최소한 개념이나 예의는 차리고 싶었다.

어차피 얼굴, 성격, 그런 것들을 다 떠나서라도 이 만남에 자신들의 의지가 없다는 게 이미 결과나 다름없었다.

"김시원입니다."

이름을 대자 직원이 "일행분은 먼저 와서 기다리고 계십니다." 하며 시원을 안내했다.

느긋하게 한 손을 주머니에 넣다가 멈칫했다. 자신도 꽤 여유 있게 도착했다고 생각했는데, 약속 시간이 20분이나 남은 이 상황에서 이미 기다리는 중이었다면 상대는 대체 언제 도착했다는 건가. 연애에 능한 타입은 아니었지만 여자를 기다리게 한 적은 없었던 터라 적잖이 뒤통수를 맞은 기분이었다.

한 걸음씩 직원의 안내를 받아 걸어가며 시원은 여자의 얼굴이 궁금해졌다. 종일 궁금하지 않았던 얼굴이 만나기 몇 초 전이 되어서야 호기심을 자극한다.

사진 정도는 보여 줄 수도 있지 않나? 끝까지 직접 확인하라던 혜숙의 말을 떠올리며 시원은 그 짧은 순간 수없이 많은 타입의 여자들을 상상해 보았다.

"이쪽입니…… 일행이 한 분 더 계셨나요?"

"……?"

그게 무슨 소리냐는 듯 시원이 앞쪽으로 한 걸음 나와 직원과 같은 곳으로 시선을 옮겼다.

함께 닿은 시선의 끝에는 차분한 단발머리를 한 여자가 허리를 꼿꼿하게 세운 채 앉아 있었다. 그리고 가까이에는 금방이라도 비어 있는 맞은편 자리에 앉을 듯 그녀를 내려다보고 서 있는 또 다른 남자가 보였다.

만나기도 전에 삼각관계인 건가. 그런 생각을 하며 시원이 입을 일자로 굳게 다물었다.

그때 곁에 있던 직원이 테이블로 가까이 다가가려 한 걸음을 내디뎠다. 그러자 그가 손을 뻗어 움직임을 막았다. 괜찮으니 가 보시라고 눈짓을 하자 직원은 눈치껏 고개를 숙이며 멀어져 갔다.

덩그러니 혼자 남은 시원이 얼마 되지 않는 거리에서 테이블을 주시했다.

"아까부터 계속 지켜봤습니다. 혼자 계신 게 신경 쓰여서요. 이런 미인을 바람맞히다니 염치도 없는 사람이네요. 괜찮으시다면 제가 여기에 앉아도 될까요?"

"아니요."

봄이 무표정하게 남자를 쳐다보며 말했다. 그러면서 느긋하게 앞에 놓인 커피를 마셨다.

약속 시간보다 30분 이상 일찍 도착해 버렸다. 퇴근하자마자 왔기 때문에 시간이 붕 떠 버린 것이다. 하지만 굳이 다른 곳에 가서 남은 시간을 때울 필요를 느끼지 못했다. 늦는 것보다는 이른 편이 낫다는 작은 신념이 있었다.

차라리 확 늦어 버리면 나쁘게 찍힐 수도 있겠지만, 차이기로 했다고 해서 기본도 되어 있지 않은 사람으로 비치고 싶지는 않았다. 엄마의 얼굴에 작은 먹칠조차 하고 싶지 않은 마음이기도 했다.

그래서 애피타이저라고 하기에는 조금 속이 쓰리지만 커피를 시켰다. 그게 고작해야 10분 전의 일이다. 커피는 아직도 뜨겁고, 상대가 오기까지는 20분이라는 시간이 남았다. 마음을 가다듬고 남은 시간을 즐길 수 있었다.

그래, 눈앞에 보이는 제삼자가 아니었더라면 그랬을 것이다.

10분이 지났을 뿐인데, 이 사람에게는 '아까부터 계속'이 고작해야 그 정도인가 보다. 인내심이 그리 길어 보이지는 않는 남자다. 10분간 혼자 커피를 마셨다고 해서 당연히 바람맞았을 거라고 생각하는 저 머릿속에는 대체 뭐가 든 걸까.

여지도 주지 않고 딱 잘라서 거절하는 그녀의 반응에 남자의 표정이 잠시 변했다. 알기 어려운 타입은 아니시네. 그렇게 생각하며 봄이 남자를 올려다보던 시선을 차분하게 내리깔았다.

냉정하게 의사를 표시했다고 생각했는데 남자는 포기를 모른다. 눈치도 없다.

"혹시 제가 마음에 안 드……."

"올 사람 있어요."

약속 시간까지 앞으로 18분. 시간이 더디게 흘러간다. 마음에 들지 않는 상황을 마주하면 언제나 그렇듯이.

봄이 아무렇지 않게 시간을 확인하자 테이블 옆에 서 있는 남자의 얼굴이 보기 좋게 구겨졌다. 그럼에도 봄의 시선은 남자의 얼굴이 아닌 정면을 향하고 있을 뿐이었다. 남자의 셔츠 단추를 보는 건지 허리띠를 보는 건지 모를 오묘한 각도. 아래로 향한 그녀의 시선은 꽤 차분했다.

클럽도 아닌 레스토랑에서의 헌팅이 신선하면서도 어이없었다. 오늘 여러 가지 새로운 경험을 하고 돌아갈 것만 같다.

하지만 이 상황보다 더욱 어이없는 것이 있었다. 바로 자신의 하반신 쪽으로 시선이 향하는 봄을 알아챈 순간 오히려 의기양양해진 눈앞의 남자였다.

그는 허리에 힘을 주며 배를 더욱 앞으로 내밀었다. 남성성에 대한 자신감인지 자만심인지는 모르겠지만, 아무튼 그 비슷한 것에 자극을 받은 모양이었다.

별로 숨겨진 특정 신체 부위에 관심이 있던 건 아닌데……. 아무래도 직접 말을 해 주지 않으면 모를 것 같다. 그러고도 남을 사람으로 보인다.

"여자란 본디 남자다운 매력에 마음이 가기 마련이죠. 원래 본능이란 게……."

"저기요."

허리를 꼿꼿하게 세우던 남자가 봄의 부름에 그녀와 눈을 마주쳤다. 봄의 시선은 여전히 남자의 하반신으로 향해 있었다. 그의 눈엔 '이 여자 너무 노골적인데.' 하는 생각과 함께 묘한 뿌듯함이 차 있었다.

"지퍼 열렸어요."

봄이 가감 없는 현실의 상황을 일러 주기 전까지는.

남자는 눈을 크게 뜨더니 급하게 고개를 내려 자신의 바지를 확인했다. 얼굴이 당황과 수치로 물들었다. 저럴까 봐 애써 모른 척하려고 했던 건데. 그가 당당하게 하체를 더 내밀지만 않았어도 가만히 입을 다물고 있었을 것이다.

"……."

시원은 그 둘의 모습을 바라보다가 조용히 고개를 숙였다. 혹시나 싶어 자신의 바지도 확인한 것이다. 다행이다. 제대로 닫혀 있다. 이게 뭐라고 안심할 일인지는 모르겠지만, 눈앞에서 대놓고 망신당하는 남자를 보니 그러지 않고는 배길 수 없었다.

남자는 바지춤을 붙잡아 급하게 지퍼를 올리면서 봄의 테이블을 벗어났다. 창가 자리로 가더니 급하게 재킷을 챙겨 든다. 이런 레스토랑에 혼자 식사를 하러 왔을 확률은 적어 보이고, 아무래도 바람을 맞은 건 그쪽이었나 보다.

봄과 시원의 시선이 동시에 남자의 등 뒤에 따라붙었다. 남자는 모든 테이블에서 따라오는 시선을 감당할 자신이 없었는지 출입구 쪽으로 후다닥 몸을 숙여 달아났다.

그대로 똑같이 따라가던 시선이 천천히 거두어질 때쯤 봄과 시원의 눈이 마주쳤다. 가까운 곳에 어정쩡하게 서 있는 그가 수상해 보였는지 봄이 의아한 얼굴을 했다.

시원은 방금 전 그 남자와 같은 취급을 받고 싶지 않아 빠르게 한 걸음을 내디뎠다. 성큼성큼 다가간 그는 1초도 채 되지 않는 짧은 순간 봄의 앞에 섰다.

"……."

"……."

어쩌다 보니 방금 전과 비슷한 위치, 비슷한 자세가 되어 버렸다. 제삼자로 인해 첫인상이 이상하게 굳어지는 것 같아 괜스레 억울한 마음이 든다.

애써 평온한 표정을 지으며 인사를 건넸다.

"김시원입니다."

그의 이름에 봄의 표정이 잠시 풀렸다. 그러더니 다시 시간을 확인한다. 약속 시간까지 아직 10여 분이 남았다. 상대도 그 정도는 이르게 올 수 있다는 사실을 간과했다. 방금 전의 해프닝을 여태 지켜보고 있었나 보다. 뻔뻔하게 '지퍼 열렸어요.' 하고 말하던 자신을 돌이켜 보니 굳이 애쓰지 않아도 수월하게 차일 수도 있겠다는 생각이 든다.

"서문봄입니다."

봄의 인사를 받으며 시원은 생각했다. 이름이 가진 커다란 힘을.

사진을 보지 않고 이름만 들었을 때 자신이 얼마나 터무니없는 이미지를 상상했었는지 이 순간 알 수 있었다. 정면에서 그녀의 얼굴을 보니 그렇게 느끼지 않을 수가 없었다. 그는 봄의 동료들과 비슷한 생각을 하고 있었다. 봄이라는 이름을 지니기에는 온도가 꽤 낮아 보이는 여자라고.

봄은 앉으라는 말 대신 질문부터 했다.

"어디부터 보고 계셨어요?"

"예?"

"방금 그거요."

그녀가 말하는 게 무엇인지 바로 알아차렸다. 그렇게 중요한 일은 아니라고 생각하면서도 시원은 자신도 모르게 대답을 하고 있었다.

"아마도 처음……부터?"

"아."

"……."

"앉으세요."

앉으라는 말 뒤로 잠시 생각에 잠기는 얼굴. 시원은 그녀를 보며 이미지 관리에 실패한 게 좌절스러울 수 있지, 그럴 수 있지, 하고 생각했다. 어쩔 수 없이 나왔다고는 해도 나름 잘 보이고 싶은 마음이 아예 없지는 않았을 테니까.

그러나 시원의 생각과 달리 정작 봄은 '반응이 덤덤하네. 그 정도로 까이는 건 무리인가.' 따위의 생각을 하고 있었다.

의자를 빼 맞은편에 앉은 시원이 고심하는 듯한 그녀를 보며 어설픈 위로랍시고 입을 열었다.

"굉장히 멋지던데요."

봄의 눈이 '뭐가요?' 하고 묻는다. 시원은 자신이 여자 앞에서 얼마나 말주변 없는 남자였는지를 잠시 잊은 채 뚫린 입으로 최대한의 매너를 지키며 말했다.

"자칫하면 변태로 오인받을 수도 있는 상황이었는데 전혀 개의치 않고 노골적으로 공격하는 모습이요. 몹시 인상적이었습니다."

"……."

칭찬이야, 욕이야?

봄은 속으로 생각했다. 칭찬이면 의도가 그리 썩 먹히지 않아 문제고, 욕이라면 그건 그거대로 심기가 상할 일이다.

알 수 없는 묘한 감정을 느끼며 봄이 앞에 놓였던 커피를 마셨다. 애피타이저만으로도 속은 이미 충분히 쓰리기 시작했다.

조금 엇나가고 싶은 마음이 든 건 계획적이기도 했고, 약간의 장난이 가미된 심술이기도 했다.

"지금 그쪽도 지퍼 열렸어요."

"……."

시원의 눈동자가 움직임을 멈추었다. 그는 테이블 위에 놓여 있던 물컵을 꽉 쥐며 당황한 기색을 보였다. 동공이 잠시 흔들린 것도 같았지만 이내 한곳에 멈추어 정지했다. 봄은 태연하게 시원을 바라보았고, 시원은 그 짧은 찰나 수만 가지의 생각을 했다.

"……아까 확인했습니다. 열리지 않았었습니다."

"아, 굳이 확인하셨어요?"

"……."

이거 혹시 덫인가.

경험해 본 적 없는 여자의 태도에 잠시 시원의 사고가 정지했다. 봄은 마시던 커피를 옆으로 슥 밀어 놓으며 눈동자조차 움직이지 않는 시원을 느긋하게 바라보았다. 도저히 속을 알 수 없는 얼굴이다. 아니, 표정에 드러나는 게 전부인 것만 같다.

컵을 만지작거리는 손이 더욱 산만해지기 시작한다. 지금이라도 슬쩍 테이블 밑으로 손을 내려 확인해 볼까. 하지만 갑자기 손을 내리면 지퍼를 확인하려는 의도가 너무 티 날 텐데.

선부르게 행동했다가 더 이상한 사람으로 비칠 것 같아 시원은 함부로 움직일 수도 없었다. 애꿎은 물컵에만 연신 손자국을 남겼다.

“그렇게 믿고 싶으시다면 그대로 계셔도 되고요. 지퍼 열려 부끄러운 건 제가 아니니까. 괜찮으시면 이제 음식 시킬까요?”

시원이 그 순간 직접 확인했던 스스로의 모습을 의심하게 된 것은 그리 이상한 일이 아니었다. 한 치의 거짓도 없어 보이는 눈이, 낮은 온도의 냉정해 보이는 느낌이 자신의 기억보다 더 정확하게 느껴졌다. 조급했다.

‘이상하다. 아까 분명 닫혀 있었는데?’

“여기요.”

시원은 결국 봄과의 싸움에서 패배했다. 그녀가 직원을 부르며 잠시 고개를 옆으로 돌린 순간, 의심할 여지도 없다고 생각했던 자신의 확신을 내버리고 그는 고개를 내려 아래를 확인했다.

흔들리던 시야 안에 정확하게 닫혀 있는 지퍼가 보였다. ‘낚였다’라는 생각이 듦과 동시에 그의 귓전을 울리는 봄의 목소리는 그보다 더 어이없는 것이었다.

“인사 잘하신다.”

“…….”

정수리를 보이고 있던 그의 고개가 천천히 들렸다. 낯빛이 하얗게 질린 채였다. 태어나 처음 보는 생물을 마주한 것과도 같은 얼굴이었다. 그럴 수밖에 없을 것이다. 봄 역시 이렇게까지 행동한 것은 그가 처음이었으니까.

봄은 진솔과 나누었던 통화를 떠올렸다. 이 만남을 최대한 자연스럽게 끝낼 수 있는 방법.

'그냥 또라이처럼 굴어.'

닿지 않는 물음이어도 괜스레 묻고 싶어졌다. 그것이 진솔을 향한 것이든, 마음속의 자신을 향한 것이든 말이다.

……이건 '또라이처럼'이 아니라 그냥 '또라이'인 게 아닐까?

완벽한 실패이거나 엉망진창인 성공이다. 아무런 말도 하지 않고 가만히 자신을 바라보는 시원의 눈을 마주하며 봄은 그런 생각을 했다.

갑자기 엄마의 얼굴이 떠올랐고, 일주일도 채우지 못한 채 끝났던 20대의 짧았던 연애가 떠올랐고, 깜깜하기만 한…… 미래도 떠올랐다.

두 사람은 그렇게 한참이나 말이 없었다.

02
사랑스럽지 못한

시원의 인생에서 연애는 손가락에 꼽힐 정도의 경험이었다. 물론 기간이 아닌 횟수 한정으로.

시작은 언제나 절절한 감정이 아닌 약간의 호감이었다. 대부분의 연인이 그런 감정에서 시작한다는 것을 잘 알고 있었다. 그저 누구에게나 그 마음을 유지하는 것이, 표현하는 것이 어려울 뿐이다.

그는 솔직하지 못한 성격이 중증이라고 할 만한 수준이었다. 좋아하는 감정을 가지고도 솔직하게 좋아한다 말하지 못했고, 상대를 위한 선물을 있는 그대로 선물이라 말하지 못했다.

그게 쑥스러움이 불러온 빗나간 표현이었음을 누구도 알 수 없었다. 평생을 곁에서 지켜봐 온 가족을 제외하고 일주일 남짓 만난 타인이 바로 알아채기에는 무리가 있는 것이 당연했다.

연인들이 사탕이나 초콜릿 따위를 주고받는다던 날, 종일 인터넷을 뒤지고 뒤져 정보를 얻고 무난한 것으로 겨우 구입을 했어도 입 밖으로 튀어나오는 말은 '오는 길에 나이트 삐끼가 주더라.'였다.

예쁘게 포장되어 있는 것을 보면 누구라도 단번에 알아챌 수 있을 만한 선물이었지만 진실하지 않은 말이 반복되어 나오면 결국에는 상대를 지치게 할 뿐이었다. 이별의 원인은 주로 그런 것이었다.

'오빠, 나 좋아해?' 하고 물으면 '그럼 싫겠어?'라든가, '오늘 누구한테 무슨 소리 들었어?' 하며 말을 돌리는 남자. 애정이 고픈 여자에게 있어 익숙하지 않다는 이유로 행해지는 모든 반응들은 이해의 범주를 넘어서는 것이었다.

그저 한마디면 충분한데 그에게는 그게 어려웠다. '네 생각이 나서 샀어.' 또는 '응, 좋아해.'와 같은 그 흔한 말. 아니, 흔하지만 귀중한 말. 그에게는 가장 중요한 그것이 없었다.

사실 누군가를 사랑해 본 적이 있냐고 묻는다면 그는 그렇다고 대답할 자신이 없었다. 진심으로 좋아해 본 적이나 있었는지 스스로를 의심했다.

정말 진심으로 좋아했다면 그렇게 삐뚤어지고 솔직하지 못한 행동들이 과연 나올 수 있었을까, 그런 생각이 들어서.

혼자만의 생각에 빠져 있던 시원이 흘끔 고개를 들어 맞은편에 앉은 봄을 살폈다. 간만에 이런 생각들을 하게 되다니.

앞에 있는 여자의 영향인가 싶다.

최근에는 딱히 연애 앞에 선 자신을 돌이켜 볼 일이 없었는데.

"……."

"……."

식사를 하면서 틈틈이 몇 마디의 말을 주고받았지만 테이블이 거의 비워지자 이야깃거리가 떨어진 듯 몇 분째 침묵이 맴돌았다.

무거운 식사 시간이 싫어 속도를 냈더니 만난 지 얼마 되지도 않아 이 자리가 끝을 보이는 기분이 들었다.

봄은 생각이 많은 눈으로 시원을 바라보았다. 자신은 예의도, 버릇도 없는 여자로 비쳐졌을 것이다. 서른둘이라는 나이가 무색할 정도로. 아주 분명하게.

잘못된 판단이었음을 깨닫기에는 너무 늦었다. 이미 벌어진 상황을 제자리로 돌리는 것이 얼마나 어려울지 하나씩 생각하던 봄은 곧 관둬 버렸다.

그나마 다행인 것은 눈앞에 있는 남자가 조금도 불쾌한 기색을 보이고 있지 않다는 것. 그것이 호의인지 무감흥인지는 알 수 없었지만 말이다.

남자를 대하는 것이 어색하다는 건 봄 스스로도 무척 잘 알고 있는 사실이었다. 공부와 일이 더욱 쉬웠다고 말할 수 있을 만큼 연애는 취약이었다.

고작 두 번의 연애. 그 경험을 통해 봄은 '목석'이라는 타이틀을 거머쥔 채 연애라는 링 위에서 내려왔다.

애교도 없고 눈치도 없었다. 살가운 여우가 되지도 못했고 순한 곰이 되지도 못했다. 연애를 전제로 한 남자의 앞에 서면 그저 피근피근하게 굴기에 바빴다.

사랑에 눈이 멀면 모든 감정을 펴 줄 수 있다는데, 봄은 그런 감정을 한 번도 느껴 본 적이 없었다. 그것이 자신의 마음을 지키거나 상대를 상처 주지 않는 방법이기는커녕 벽을 세우고 빈틈조차 막아 버리는 행위임을 봄은 몰랐다.

생각해 보면 제대로 된 첫사랑을 해 보지도 못했다. 연애는 언제나 상대의 고백으로 인해 시작되어 '마지못한' 느낌이 많았다. 연애 세포라는 게 본래 시간이 흐를수록 줄어드는 거라고 하던데, 봄에게 있어 그 세포는 애초에 존재하지도 않아 분열을 할 것도 없어 보였다.

설레는 말을 해도 그게 왜 설레는 말인지 이해를 하지 못하는 부분에 있어서 혹시 공감 능력이나 사교성에 문제가 있는 건 아닐까 진지하게 고민을 해 본 적도 있었다.

그때 진솔은 말했다. 넌 그냥 돌려 이야기하면 못 알아듣는 타입인 거라고. 제아무리 설레는 말도, 진실한 고백도, 직구로 던지지 않으면 받아치지 못하는 멍청한 병이 있을 뿐이라고.

그러니까 그저…… 남자들에게 있어 조금 사랑스럽지 못한 여자일 뿐인 거라고.

봄은 진솔의 말에 고개를 끄덕였다. 틀린 말은 아니라고 생각한 것이다. 그리고 생각했다. 특별히 사랑스럽지 못해도 나쁠 게 무어냐고.

엄마도 그렇게 받아들여 줄까. '사랑받고 자란 티가 난다는 건 어떤 건데?' 하고 물었을 때 아무 말도 하지 못하던 그녀에게 '사랑스럽지 않으면 안 돼?' 하고 물으면, 또 똑같은 표정을 지을까.

사랑이라는 단어는 너무도 많은 질문을 가지고 온다.

"김시원 씨."

"예."

"사실 전 오늘 차이려고 나왔어요."

시원은 예상하지 못한 봄의 말에 잠시 눈을 동그랗게 떴다. 그리고 이내 다시 가늘게 뜨며 되물었다.

"차는 게 아니고요?"

"네."

이 자리가 마음에 안 들면 먼저 냉정하게 잘라 내면 그만이다. 그렇게 나와도 이상할 것 없는 성인 남녀다. 하지만 봄은 무언가를 신경 쓰고 있었다.

시원은 그게 무엇인지 알 수 있었다. 어찌 되었든 모르는 사이로 남을 수는 없을 것만 같아서다. 상대에 대해 안 좋은 이야기를 입에 담아도 될 만큼 거리를 두고 살아도 되는 사이가 아니기 때문이다.

봄과 시원의 머릿속에는 오늘 아침까지도 얼굴을 맞대었던 소중한 사람이 한 명씩 있었다.

"김시원 씨도 마찬가지겠지만, 저는 엄마의 부탁으로 나왔어요. 두 분이 둘도 없는 친구 사이라고 해서 부담을 느낀 것도 사실이고요."

"예."

"억지로 자리를 만들어 인연이라 이름 붙여 가는 걸 별로 좋아하지 않아요. 그래서 이 만남에도 자신이 없었어요. 그렇지만 제 취향과 맞지 않는 방식이라고 해서 기껏 시간 내어 나와주신 분에게 '전 이런 만남 싫어해요. 죄송합니다.' 하고 마음대로 자르는 것도 좀 아닌 것 같아요. 머리 맞대며 신경 쓰셨을 두 분도…… 이제 와서 말이지만 조금 마음에 걸리고."

시원은 요점이 뭐냐고 묻지 않았다. 한도 끝도 없이 빙빙 돌려서 말할 사람이 아니라는 것 정도는 식사를 하는 그 짧은 시간 안에 충분히 파악할 수 있었다.

그러니까 그녀는 이제 곧 결론을 꺼낼 것이다.

"그래서 말인데요."

어딘지 모르게 괴짜인 듯 보이는 그녀만의 신선하고 독특한 결론을.

"시늉이라도 하죠."

그래. 시늉이라도 하자는 결론을…….

물을 마시려고 컵을 붙잡던 시원의 손이 그대로 멈추었다. 그는 그녀가 말하는 시늉이라는 게 뭔지 제대로 듣고 싶다는 듯 눈길조차 돌리지 않고 똑바르게 봄을 보았다.

봄은 처음부터 그랬듯이 숨김없는 표정으로 그를 마주했다.

"마음이 바뀌었어요. 만나고 싶지 않다는 한마디로 누군가에게 스트레스를 주거나 제가 받고 싶지도 않아요. 그렇게 말해 봐야 앞으로 또 다른 선 자리가 생기지 않을 거라 장담할 수도 없는 일이고."

"……."

"그러니까 짧게나마 사귀는 시늉이라도 하고 헤어지는 척하죠. '최선을 다해 만나 봤는데 잘 안 됐다.' 정도로 말하면 안심하시지 않을까 싶어요. 아, 여기서 말하는 안심이라는 건 제 연애 능력 같은 거예요. 남자를 잘 못 만난다고 걱정하고 계시거든요."

어쩐지 남의 이야기 같지 않은 건 착각인가…….

"연애를 별로 안 해 본 겁니까?"

"솔직히 말하면, 네, 맞아요. 그래서 이번 기회에 몇 달간 만나는 척이라도 해서 당분간 연애니 결혼이니 하는 재촉들에서 자유롭고 싶기도 해요. 그때 가서 헤어졌다고 해도 이별한 사람한테 바로 누군가를 만나라며 등을 떠밀지는 않겠죠. 결혼에 대한 압박에서 잠시나마 벗어날 수 있을 것 같아요."

역시. 남의 이야기가 아니다. 시원에게도 그런 걱정을 하는 인물이 한 명 있지 않은가.

그는 머릿속으로 혜숙의 얼굴을 떠올리며 한숨을 삼켰다. 대충 어떤 연유로 지금의 만남이 주선된 것인지 알 것도 같은 기분이 들었다. 그리 유쾌한 이유는 아니다. 그녀는 솔직하게 자신이 나오게 된 이유를 드러냈지만 시원은 그럴 수 없었다. 아니, 그러고 싶지 않았다.

연애 능력, 연애나 결혼으로의 재촉. 그런 것들로 스스로를 점수 매기면 낙제점이나 면할 수 있을까 싶다. 하지만 끝까지 자신만은 아닌 척하고 싶은 것이 시원의 솔직한 마음이었다.

말없이 가만히 있는 시원이 의아했는지 봄이 얼굴을 오른쪽으로 살짝 기울이며 물었다.

"아, 혹시 제가 계획했던 대로 절 차 주실 생각인가요? 그렇게 해 주시면 저야 마음은 편하지만."

그렇게 되면 그쪽은 수월하겠지만 앞으로의 내 한국 생활과 싱글 생활은 더욱 피곤해질 겁니다.

시원의 대답은 차마 입 밖으로 나오지 못했다. 대신 그는 그녀의 제안을 받아들이기로 했다. 당분간은 피곤하겠지만 그 뒤가 편안할 수 있도록.

"계획대로는 힘들고, 제안대로 하죠."

"그 말은……."

"적당히 남들처럼 만나다가 적당한 시기에 그럴듯하게 헤어지는 걸로 하면 어떻습니까? 그쪽, 아니, 서문봄 씨 말대로 시늉은 하는 편이 좋을 것 같으니까. 저도 연애나 결혼에 대한 재촉에서 자유롭고 싶은 입장이거든요."

봄은 자신의 제안에 협조하는 것보다 차라리 차는 편이 그에게는 더 편하고 간단한 일일 것이라 생각했다. 그랬기에 시원의 대답은 의외가 아닐 수 없었다.

예상하지 못했다는 듯 눈을 동그랗게 뜨고 바라보는 봄의 반응에 시원은 생각지도 못한 표정을 보게 된 게 더욱 의외라는 양 어깨를 으쓱였다.

다시 차분한 얼굴로 돌아온 봄이 잠시 무언가 생각하다가 입을 열었다.

"1년 3개월."

"……?"

앞뒤 다 자르고 대뜸 나온 말에 시원이 눈꺼풀을 조금 더 진하게 들어 올렸다. 아무리 눈치 좋은 사람도 방금 전의 그 말을 바로 이해하기는 힘들 것이다.

봄은 시원이 전하는 무언의 질문을 들었다. 그리고 그녀의 설명은 그리 오랜 시간을 들이지 않고 이어졌다.

"미혼 직장인 기준, 평균 연애 기간은 1년 3개월에서 1년 6개월 사이라고 하더군요."

"아."

독특한 여자다. 그런 생각을 했다. 감성적인 것 같다가도 어느 순간 온몸을 철갑으로 두른 채 딱딱하게 나온다.

언뜻 보면 감정이 결여된 컴퓨터 같기도 했고, 눈을 마주칠 땐 반짝이는 까만 동공이 예뻐 신기하게 느껴지기도 했다. 결코 차갑지는 않은데 아직 알을 깨고 나오기 직전의 무언가처럼 단단하다.

그녀의 눈을 바라보던 시선이 천천히 내려가 귀 밑에서 찰랑거리는 짧은 머리칼에 닿는다. 시원의 시선이 어디에 닿든 말든 신경 쓰지 않는다는 듯 봄은 하고자 하는 말을 했다.

"연극에 1년 이상을 허비할 생각이세요? 아니면 1년 이상 지내보고 싶을 만큼 제가 마음에 드셨다든가."

"미, 미쳤습니까, 내가?"

너무 눈에 띄게 당황해 버렸다. 나쁜 짓을 하다가 들킨 것 같았다. 왜 이런 기분이 드는 것인지 이유를 정확하게는 알 수 없었다. 단지 방금 전의 당황을 끝까지 인정하고 싶지 않았을 뿐.

시원이 입을 더욱 굳게 다물었다. 아마 눈빛마저 긴장으로 뻗대는 중일 것이다.

저도 모르게 그녀를 뚫어지도록 관찰했다. 그저 태연한 척 하려는 자신에 비해 그녀가 진심으로 태연해 보이는 것이 신경을 사로잡았을 뿐이다. 그렇게 생각하기로 했다. 비슷한 처지라고 생각했던 스스로가 한심하게 느껴질 정도로 그녀는 아무렇지 않아 보였다.

이성에게, 아니, 자신에게 일말의 감정도 없는 사람처럼.

처음 본 사람이니 당연한 일이다. 그녀의 눈동자 색, 그녀의 머리카락, 그녀의 흰 목선 하나까지 시선에 담아 두던 자신이 오늘따라 별난 것이다.

"농담인데 정색하실 것까지야."

"……."

찔린 자에게는 웃을 타이밍조차 찾지 못할 농담이었다. 본인은 모르겠지만.

"어쨌든…… 아까도 느꼈지만 상황 파악이 빠르시네요. 그럼 앞의 1년은 떼어 버리고 3개월은 어떠세요."

"3개월이요?"

"3개월이 지나면 보통 연인들에게는 100일이라는 기념일이 오죠. 애들 연애도 아닌데 기념일까지 챙기고 이별할 이유는 없으니 그 정도면 적당할 것 같아서요. 서로 맞는지 안 맞는지 확인하는 시기로 부족하거나 과하지도 않은 느낌이고, 헤어지더라도 바로 다른 사람 만날 여유를 갖지 못하겠다는 핑계를 댈 수 있을 만한 최소한의 기간이기도 하고."

연애를 제대로 해 본 적도 없는 사람들이 나누는 연애 통계,

그리고 계획. 제삼자가 보았다면 그마저도 웃었을지 모를 일이지만 시원과 봄은 그 순간 꽤 진지했다.

봄은 자신이 알고 있는 지식 안에서 이유를 들어 합리화를 했고, 시원은 터무니없는 예상조차 개연성이라 믿기로 했다.

"이론이 빠삭하시네요. 연애를 책으로 공부하셨나."

어쩌다 보니 봄의 말에 휘둘리고 자연스럽게 이끌려 간다. 시원의 말에는 약간의 심술이 담겨 있었다.

"친구들의 연애 상담을 해 주다 보니."

그러나 봄은 빙빙 돌려서 말하는 의도를 알아챌 수 있을 만큼 연애에 있어 눈치 좋은 여자가 아니었다. 있는 그대로를 받아들일 뿐이었다.

돌려서 이야기하면 알아듣지 못하는 여자라는 걸 뒤늦게야 알아챈 시원이 입을 더 굳게 다물다가 멈칫했다. 방금 전의 대답을 돌이켜 본다.

'친구들의 연애 상담을 해 줬다고? 상담자 역할을 할 수 있을 만큼은 된다는 소린가?'

친구라고 부를 수 있을 만큼 가까운 사람들이 많지 않았던 시원은 일을 통해 만났던 동료이자 선배, 그리고 후배들과의 관계를 떠올려 보았다. 그들이 자신에게 연애와 관련된 상담이나 조언을 구한 적이 있었는가. 몇 번을 반복해 생각해 보아도 전무했다.

그녀와 자신은 여러 상황에서 비슷한 처지일 거라고 생각했던 묘한 확신에 금이 가기 시작했다. 자신은 점점 더 모자란 남자가 되어 간다. 물론 연애 한정, 그녀의 앞 한정으로.

"그럼 오늘이 28일이니까 정확하게 세 달 뒤 28일까지. 어때요?"

"좋습니다."

봄이 휴대 전화를 꺼내어 캘린더에 날짜를 체크했다. 시원은 다리 위에 손을 올린 채 가만히 그녀가 하는 행동을 보고만 있었다. 매사에 굉장히 꼼꼼한 성격인가 보다. 저렇게 보면 약간 인간미가 떨어지는 것 같기도 하고……. 좀처럼 만나 본 적 없는 타입이었다.

아무래도 그래서 자꾸만 시선이 가는 것일 것이다. 시원은 반복해서 합리화를 했다.

"오늘 돌아가면 분명 어땠냐고 물으실 테니 서로 마음에 들어 만나 보기로 했다고 하죠. 이 정도 입 맞추는 건 아무것도 아니죠?"

"굳이 말하면 입 아픈 이야기 아닙니까? 그러라고 정한 세 달이고."

"그리고 데이트는……."

이야기 진행이 빨라도 너무 빠르다. 만난 지 1시간 만에 연애를 확정 지은 걸로도 모자라 데이트에 대한 계획까지 세운다니.

물론 앞뒤의 순서라고는 전혀 찾아볼 수도 없는 상황이라 애초에 속도를 운운하는 것이 무의미한 일이었다. 그래도 시원에게는 '데이트'라는 단어가 생각보다 꽤 큰 무게를 지녔다. 봄은 전혀 그래 보이지 않았지만.

"데이트는 최소 주 1회로 하죠. 어때요? 시늉만 하는 건데 너무 잦을 필요는 없을 것 같아요."

"뭐, 그럽시다."

태연한 척 말했지만 속은 태연하지 못했다. 마치 '계약 사항 제1조 1항!' 하고 외쳐야 할 것 같은 기분. 시원은 하나씩 조건을 제시해 가는 봄을 보며 정말 계약서라도 작성해야 하는 게 아닌가 하는 생각까지 했다.

그러나 무의미한 계약에는 득도 실도 없을 것이다. 계약을 중도에 불이행한다고 해도 상대가 감수해야 할 손해 같은 것 역시 없다. 그저 안타깝게 '차인' 사람으로 남게 될 뿐.

아, 어쩌면 그게 더 편할지도 모르겠다. '전 잘해 보려고 했는데 차였어요.' 하고 말하면 '또 차여?'라는 한마디는 들을지언정 이후의 귀찮은 재촉에 시달릴 일은 없을 테니까.

"그럼 세 달 동안 잘 부탁드려요, 애인 씨."

"애, 애인……."

시원이 눈을 깜빡이며 봄을 보았다.

처음에는 봄이란 이름이 무색하게 찬바람 부는 겨울 같더니 지금은 또 다르게 보인다.

이 여자, 어쩌면 생각보다 화끈한 여름일지도 모르겠다.

지피지기면 백전백승이라고 했다. 앞으로의 계획을 짧게 나눈 시원과 봄은 서로에 대한 것들을 머릿속에 조금씩 메모했다.

시원은 미국에서 건너온 지 얼마 안 됐다는 말부터 다음 주면 바빠질 것이라는 이야기를, 봄은 거의 대부분의 시간이 바쁘지만 회사 일정으로 특정 날짜에는 시간을 내는 게 더욱 힘들 수도 있다는 이야기들을 했다.

서로의 일에 대한 것, 시간 관리에 대한 것들이 대부분이었다. 과거의 연애사는 너무 짧고 알맹이도 없어 불필요한 언급 같아 보였고, 앞으로의 연애를 어떤 식으로 잘 포장할지에 대한 것은 그때의 일로 미뤘다.

진짜 연애도 제대로 해 본 적 없는 사람들에게 가짜 연애의 시작이란 그런 것이었다.

"여기, 계산이요."

시원은 지갑을 꺼내다가 자신보다 빠르게 카드를 내미는 봄의 손에 당황했다. 그녀의 손을 잠시 제지하며 "제가 내겠습니다." 했더니 봄이 '굳이 왜요?' 하는 의아한 시선을 보낸다.

"제가 계산하는 게 부담스러우세요?"

"부담스럽다기보다는……."

"그렇다고 딱 잘라 반반 내면서 더치페이 하면 더 어색해질 것 같은데."

틀린 말은 아니다. 첫 만남부터 당당한 더치페이는 가깝지도 않던 거리를 더욱 넓혀 줄 뿐이고, 따지고 들면 그리 자연스러워 보이지도 않는다. 식사 후 각자의 몫을 따로 계산하는 남녀라니, 아직까지는 그리 유쾌하게 받아들일 수가 없다. 친구 사이도 아닌데.

"정 신경 쓰이시면 다음 데이트 때 김시원 씨가 사 주세요. 오늘은 제가 내고 싶어서 그래요. 아까 무례한 장난을 걸었던 사과의 뜻이기도 하고요."

무례한 장난이라면…… 설마 인사 잘하신다, 그거?

시원이 아까의 그 골 때리는 인사를 떠올리는 사이 봄은 벌써 계산을 마치고 앞장서는 중이었다. 괜스레 계산대의 직원이 이상한 눈으로 쳐다보는 것만 같은 기분이 든다.

애써 미련을 떨친 시원이 그녀를 조금 앞서 출입문을 열었다. 봄이 의아하게 바라보자 그가 "먼저 나가세요." 하며 문을 붙들었다. 아무리 봐도 '왜 굳이……?' 하고 묻는 듯한 시선에 식은땀이 난다. 유독 힘든 만남이다. 그런 생각을 하며 시원은 봄의 뒤를 따랐다.

엘리베이터 안에서는 어색함에 매우 답답했다. 건물 밖으로 나오고 나서야 숨통이 트였다. 밤 시간이었지만 날이 선선하니 기분이 좋았다. 레스토랑 안에만 있을 때보다 한결 상쾌한 느낌이 든다.

시원이 공기를 한껏 들이마시다가 봄을 보았다. 눈이 마주치자 저도 모르게 푸쉬식, 바람 빠지듯이 숨을 뱉게 된다.

입을 다시 꾹 다물던 그가 짐짓 단정한 체하며 물었다.

"어느 쪽으로 가십니까?"

"길 건너 정류장에 직행 버스가 다녀요."

"같은 방향이니 태워다 드리겠습니다. 제 차 타고 같이 가시죠. 여자가 계산하게 만든 게 처음이라 아직 충격이 가시질 않는데, 집까지 혼자 보내면 회생이 힘들 것 같습니다."

자존심이랄 것까지도 없지만 약간의 체면 정도는 차리고 싶었다.

잠깐 넋을 놓는 사이 그녀에게 밥을 얻어먹은 남자가 되어 버렸다. 그대로 손을 놓고 있는 건 스스로가 허락하지 않았다.

다음 데이트 때 사라는 말? 보답이라고 할 것도 없이 아주 당연한 일이다. 하지만 당장 오늘의 체면은 누가 차리게 해 준단 말인가.

그런 시원의 속을 알 리 없는 봄은 그가 아무렇게나 내뱉은 말 속에서 괜한 꼬투리를 찾아냈다. 무작정 데려다주려고만 하는 그의 말 속에 있는 아주 작은 실수.

“저쪽에서 버스를 탄다고만 했지, 아직 어디로 간다고는 말씀 안 드렸는데요. 같은 방향일지는 어떻게 아시고?”

“……저, 저쪽으로 빠지는 길은 어차피 거기서 거기인 거 아닙니까. 저도 거기 어디쯤이니까 그냥 타세요.”

어떻게든 데려다주고 말겠다는 의지가 엿보이는 것도 같다. 봄은 정반대 방향이면 집에 갈 때 괜한 수고를 하게 될 텐데 하는 생각이 들어 잠시 망설였다. 그러나 시원의 표정이 꽤 단호했다. 한 번 더 확인을 할 필요도 없어 보여 결국 고개를 끄덕였다.

“그럼 태워 주세요. 감사합니다.”

흔쾌히 받아들인 것까지는 아니었지만 괜한 실랑이를 반복하지 않은 것만 해도 시원에게는 다행인 일이었다.

일에 관해서는 누구보다 냉정한 판단을 하며 한마디도 허투루 뱉지 않을 자신이 있는데, 이상하게도 이성에 대한 감정을 앞세운다고 생각하면 그것이 생각처럼 잘 되지 않았다.

가짜 연애도 연애라는 자각이 있기는 한 모양이다. 봄의 앞에서도 다를 바가 없었다.

시원이 자신의 차가 있는 곳까지 봄을 안내했다. 그리고 그녀가 탈 수 있게 조수석 문을 열어 주려는 순간, 동시에 손잡이로 향한 두 개의 손이 맞닿았다. 멈칫하며 바로 떼어 내기는 했지만 그 짧은 순간 손의 온기가 느껴질 정도는 되었다.

"왜요?"

"아, 문을 열어 드리려고……."

"저도 손 있는데요."

"……."

고의로 이러는 것 같지는 않다. 일부러 철벽을 세우는 것도 아닌 것 같고. 그렇다고 자신이 마음에 들지 않아서 그러는 건 더더욱 아닌 것 같은데…….

성격이 원래 이런 모양이라고 생각하니 이해하지 못할 것도 아니지만 시원은 괜히 자존심이 상했다. 그녀가 자신을 조금도 남자로 의식하지 않고 있다는 생각이 들어서였다.

차이는 경험을 반복하면서 나름 여자의 입장에서 좋아할 법한 것들에 대해 연구를 하기도 했다. 비록 '연애를 글로 배웠어요!' 하는 수준에서 벗어나지는 못했지만 그래도 꽤 능숙해 보일 것이라고 자신했다. 그 탓에 보통의 여자라면 이런 걸 자연스럽게 받아들일 줄 알았다.

그녀가 보통의 여자가 아니거나, 이 배움이 쓸데없거나. 아마 실패의 원인은 둘 중 하나일 것이다.

그녀 역시 연애를 제대로 해 보지 못했다는 말이 조금씩 이해되기도 했다. 그럼에도 불구하고 자신에게는 다른 모습을 보여 주려고 노력하지 않을까 내심 기대라도 했었던 걸까.

생각해 보니 우습다. 오늘 처음 만난 남자가 대체 뭐라고 그녀가 자신을 위해 그런 노력까지 한단 말인가? 스스로에게 신랄한 비판을 퍼부어도 보지만 꼬깃꼬깃 구겨진 자존심은 이미 저만치 데구루루 굴러갔다.

차에 타자마자 봄은 내비게이션에 자신의 집 주소를 찍었다. 이쪽으로 가 주세요, 저쪽으로 가 주세요, 매 교차로마다 입 아프게 말하느니 이게 더 편하겠다는 판단 때문이었다.

안전벨트를 채우던 시원이 내비게이션에 찍힌 주소를 보고 천천히 액셀을 밟아 주차장을 빠져나가며 말했다.

"처음 만나는 남자한테 주소를 이렇게 막 알려 줘도 됩니까?"

"아, 찾아오시게요?"

"제가 거길 가, 가긴 왜 갑니까?"

"안 오실 거면 됐죠, 뭐."

아무래도 바보가 되어 가는 모양이다. 생각지도 못한 부분을 불쑥 찌르고 들어올 때면 저도 모르게 말더듬이가 되는 기분이다.

하지만 봄은 시원의 그런 반응에 크게 개의치 않았다. 태연하게 지나쳐 가는 바깥 풍경 따위에 시선을 두고 있을 뿐이었다.

처음부터 바로 적응하기는 힘든 여자다. 무작정 살갑게 구는 사람이 좋은 것은 아니지만 좋고 싫은 감정의 유무가 보이지 않는, 어쩌면 무관심일지도 모르는 이런 태도가 괜한 심술을 자꾸만 자극했다. 이상하게 말 걸어 보고 싶고, 어떤 반응을 보일지 기대하게 된다. 관심을 갈구하게 만드는 사람은 처음이다.

"아까 말했던 연애 능력이라는 거 말입니다."

시원이 부드럽게 브레이크를 밟자 차가 신호 앞에 천천히 멈추어 섰다. 노랗던 신호가 빨간색으로 바뀌자 그가 기어를 중립으로 옮긴 뒤 힐끔 봄을 살피며 말을 이었다.

"안심시켜 드리고 싶다고 말했던 거요."

"아아, 네."

"어떤 연애를 해 왔던 겁니까? 굳이 말하고 싶지 않으면 안 해도 되지만, 어쨌든 지금은 애……인이니까 물을 자격 있을 것 같은데."

애인이라는 말을 꺼내는 게 이렇게 힘든 일이었나. 별게 다 버겁게 느껴진다.

그가 힘을 주어 말한 단어의 무게감까지는 느끼지 못한 듯, 봄은 창밖을 쳐다보면서 "으음." 하고 잠시 생각에 빠졌다. 그리고 몇 초 지나지 않아 고개를 돌리더니 시원과 눈을 마주쳐 왔다.

조금의 흔들림도 없는 시선이 온전하게 자신을 향하자 갑자기 숨이 턱 막힌다. 이쯤 되면 진짜 궁금해진다.

이 여자, 대체 정체가 뭐지.

"그냥 연애를 했어요."

"그냥 연애요? 그게 대답입니까……?"

"네, 그냥 연애요. 제가 했던 연애가 평범한 연애였는지, 특별한 연애였는지는 모르겠어요. 고작해야 두 번이었고, 연애 상담에는 자신 있다고 하지만 사실 '남들 같은 연애'가 어떤 건지 정의를 내리는 것도 저한테는 꽤 힘들거든요."

횟수까지 알고 싶었던 것은 아니다. 어떤 연애를 했는지 물은 주제에 그녀의 연애 경력을 스치듯이 들은 것만으로도 괜히 배알이 꼴린다.

'그래도 연애는 내가 더 많이 해 봤네.' 하고 생각도 해 보지만 정말 쓸데없었다. 자신은 그 여러 번의 연애에서 아무것도 건지지 못했고, 한 달을 넘겨 본 적도 없었고, 무엇보다 좋아한다는 말을 나눠 본 적도 없었고, 그렇기에 '제대로 된' 연애를 해 봤다고는 말할 수도 없었기 때문에.

"아무튼…… '제대로 된' 연애는 아니었던 것 같아요."

"……."

이상한 부분에서 통한다. 역시 이상한 여자야.

시원이 봄을 가만히 쳐다보고만 있자 그녀가 "신호 바뀌었어요." 하며 앞을 가리켰다. 뒤늦게 기어를 바꾸고 내비게이션이 안내하는 방향대로 핸들을 꺾었다. 점점 자신의 집에서는 멀어지고 있지만 그녀를 내려 주고 돌아갈 길이 그리 피곤하게 느껴지지 않을 것 같았다.

짧은 질문의 시간이 끝나고 둘 사이에는 다시 침묵이 맴돌았다. 30미터 앞, 우회전입니다. 직진입니다. 내비게이션만이 쉬지 않고 떠들었다. 기계 속의 그녀마저 없었으면 적잖이 숨막혔을 것이다.

진작 라디오라도 틀 것을 그랬나. 중간에 음악을 틀면 괜히 더 어색할 것 같아 시원이 운전에만 집중하는 척 정면을 보았다. 하지만 다시금 그녀의 옆모습으로 시선이 향하고, 라디오를 켤까 말까 고민이 시작된다.

그때, 봄이 갑자기 시원을 돌아보며 말했다.

"라디오 틀어도 될까요?"

"아, 무, 물론이죠."

독심술……?

자꾸 생각을 들여다보고 말하는 것 같다. 시원이 어색하게 대답을 하고는 라디오를 틀었다.

DJ의 목소리는 이제 막 페이드아웃 되는 중이었고, 서서히 커지기 시작하는 음악 소리가 차 안을 맴도는 공기 속에 흘렀다. 밤거리를 서정적으로 만드는 기타 소리와 가수의 나직한 목소리가 썩 잘 어울리는 곡이었다.

박자에 맞추듯 핸들 위의 손가락을 까닥거리며 움직이던 때였다. 귓가를 간질이는 노래 사이로 흥얼거리는 작은 콧소리가 섞여 들었다.

시원이 운전을 하다 말고 옆을 보았다. 창밖으로 고개를 돌린 채 인도 위를 걷는 사람들을 바라보던 그녀가 라디오의 노래를 따라서 흥얼거리기 시작했다.

"……."

말할 때는 조금도 느끼지 못했다. 나직이 흥얼거리는 그녀의 소리가 이렇게까지 간지러울 수 있다는 것을. 저도 모르게 '목소리가 예쁘네.' 하고 생각했다.

시원이 괜스레 침을 삼키며 정면으로 시선을 옮겼다. 앞서 가는 차와 간격을 두면서 일정한 속도로 운전을 했다. 하지만 옆에 있는 여자와의 간격은 자꾸만 들쑥날쑥 일정치 못하게 변화하는 것이 느껴졌다.

이상한 여자라고 생각했고, 곧 때리는 여자라고 생각했고, 아주 조금……

궁금한 여자라고 생각했다.

✾✾✾✾✾

아침에 눈을 뜨자마자 시원은 봄의 생각을 했다.

가짜이긴 하지만 연애를 하기로 한 지 며칠이 지났다. 일상이 크게 달라졌다거나 한 것은 아니었지만 그저 연애라는 단어를 곱씹어 보게 된 것 자체로도 변화는 분명히 존재했다.

그녀의 집 앞에 도착했을 때, 함께 내려 배웅을 하려던 시원의 부산스러운 움직임이 허무해질 정도로 봄은 냉큼 내려 버렸다. 그리고 조수석의 문을 닫기 전 그녀는 운전석에 앉은 시원을 보며 '감사합니다.' 하고 말했다.

그게 전부였다. 감사하다는 말 외에는 덧붙이는 말이 아무것도 없었다.

안전벨트를 풀기 위해 손을 가져갔던 시원이 멍하니 그녀를 바라보았다. 그러나 봄은 미련 없이 문을 닫고 보닛을 지나쳐 집을 향해 걸어갔다. 몇 미터 남짓 되는 위치에 그녀가 가족과 함께 사는 빌라가 있었다.

그녀는 늦은 밤 또각거리는 소리를 내며 아직 몇 개의 불이 켜진 건물을 향해 걸었다. 그리고 건물 안으로 사라질 때까지 단 한 번도 뒤를 돌아보지 않았다.

한 번 정도는 뒤를 돌아봐 줄 수도 있는 거 아닌가. 한 번 정도는 더 인사해 줄 수도 있는 거 아닌가. 그런 생각들을 했지만 부질없었다.

모르는 동네, 모르는 빌라가 가득한 어느 골목길. 시원은 한참이나 차를 세워 둔 채 아쉬운 것 같기도 한 묘한 감정에 사로잡혔다. 그 상태로 10분 정도는 더 있다가 겨우 핸들을 돌렸다.

"……."

씻는 동안에도 계속해서 그녀를 만났던 날의 일이 떠올랐다. 그날의 기억은 끊임없이 달라붙는 잡생각들처럼 좀처럼 떨어지지 않았다.

시원이 밖으로 나와 젖은 머리를 털어 내다 말고 힐끔 테이블 위에 놓인 휴대 전화를 보았다. 말없이 한참 쳐다보기만 하다가 슬쩍 손을 뻗어 홈 버튼을 눌러 봤다. 하지만 시간만이 큼직하게 쓰인 액정 위에는 아무런 알림도 뜨지 않았다.

그날 귀가하는 길에 번호를 교환하기는 했는데 어쩐지 단 한 번도 연락이 온 적이 없다. 가짜 연애이기는 하지만 그래도 연애인데……? 속으로 그렇게 생각을 해 보지만 직접 말할 수는 없었다.

먼저 연락을 해도 되는 일인데 휴대 전화를 붙잡았다가 내려놓기만 수십 번을 반복했다. 무관심해 보이던 그녀의 얼굴을 생각하면 뭐라고 첫 마디를 꺼내야 할지도 감이 잡히지 않았다.

그녀가 연애 능력이라고 표현하던 그것. 이쪽도 상태가 아주 심각했다. 누굴 탓하겠는가.

일주일에 한 번은 만나기로 했는데, 데이트 약속은 그럼 어느 쪽에서 먼저 잡아야 하는 걸까. 언제쯤으로 잡으면 제일 적당한 걸까.

첫 연애도 아닌데 바닥이 난 연애 세포를 끄집어내고 최하위 레벨의 연애 스킬을 열심히 활용해 보면서 시원은 고민을 거듭했다.

셔츠를 입고, 넥타이를 매고, 출근 준비를 하는 내내 머릿속에는 회사의 일보다 그렇게 봄과 겪을 일들이 먼저 떠올랐다.

아, 너무 많이 생각했나.

눈앞에 둥둥 떠다니는 것 같았던 그녀의 모습이 어느 순간 현실이 되어 펼쳐졌다.

모두의 이목이 집중된 사무실. 시원은 첫 출근을 하기가 무섭게 자신의 삶에 또다시 멋대로 나타나 버린 여자를 응시하며 눈을 깜빡였다. 그리고 그건 봄도 마찬가지인 듯했다.

"우리 개발 1팀에 새로 오신 김시원 팀장님입니다. UMK 코퍼레이션 뉴욕 본사에 계시다가……."

김 과장이 시원을 두고 열심히도 설명을 했다. 시시콜콜한 이력까지는 말하지 않아도 될 텐데 싶은 마음은 모두에게 있었지만 아무도 그의 말을 자르거나 하지는 않았다.

시원 역시 마찬가지였다. 그는 김 과장이 꺼내는 이야기가 자신의 것인지도 몰랐다. 오로지 시선은 정면만을 향했다. 정면에 있는 낯익은 얼굴의 한 여자에게.

"팀장님, 인사 한 말씀 하시죠."

어쩐지 오늘 아침부터 쓸데없이 봄의 생각이 많이 난다 했다. 의외라는 듯한 시선에 또다시 차분함이 스치는 것을 보면서 시원은 반가움 속에서의 아쉬움을 느꼈다. 봄은 봄인데 아직은 그녀에게서 느껴지는 기운이 살짝 쌀쌀하다.

"김시원입니다."

초봄, 연애가 시작되는 계절이었다.

03
설치한 적도 없는 덫에 멋대로 덜컥

아무도 모르는, 그러나 둘만은 알고 있는 연애가 시작된 지 며칠. 시원은 지금의 관계에 '사내 연애'라는 타이틀을 가져다 붙였다. 그리고 같은 사무실에서 지내는 사이 그는 봄에 대한 이미지도 대략이나마 파악할 수 있었다.

일주일에 한 번씩 만나서는 그녀에 대해 제대로 알 수조차 없었을지 모르겠다. 그런데 우연인 듯 운명인 듯 같은 회사, 같은 부서에 있게 되면서 최소 하루 9시간은 그녀를 관찰할 수 있게 된 것이다.

때문에 꽤 득이 되는 게임이라는 생각을 했다. 어차피 3개월이면 끝날 연애에 왜 굳이 그녀를 관찰하고 알아 가야만 성이 찰 것 같았는지는 스스로도 알 수 없었다.

일단 최근에 알게 된 사실 하나가 있는데…….

"김 과장님이 안 계시던데 이따가 오시면 이 서류 좀 전해 줄래요?"

"네, 그럴게요. 여기 두고 가세요."

바로 저기 저 남자. 영업 2팀의 윤재강이라는 남자가 생각보다 꽤 자주 봄의 자리를 지나쳐 간다는 것이었다.

영업팀의 과장이 대체 왜 자꾸 개발팀에 들락거리는 건지 이해할 수가 없다. 물론 같은 층을 쓴다는 당당한 이유가 있기는 했지만, 그 이유를 들어 지나칠 때마다 당당 그 이상으로 봄에게 말을 거는 것이 시원은 마음에 들지 않았다.

시원이 자신의 책상 옆, 그러니까 회의실 문 앞에 팔짱을 낀 채 비스듬히 기대어 섰다. 봄의 자리가 아주 잘 보이는 위치였다. 그녀는 파티션 위로 고개를 든 채 재강과 이야기를 나누고 있었다. 화사하게 웃거나 하는 건 아니었지만 말투가 친절했다.

"새 팀장님 오신 지 곧 일주일 되나? 괜찮은 분 같아요?"

재강이 파티션 위에 팔을 걸치더니 느긋한 표정으로 말을 걸었다. 여전히 자리에 앉아 있는 봄을 내려다보기 위해 그가 눈을 느릿하게 내리깔았다.

"음…… 그럭저럭이요."

뭐? 그럭저럭?

봄의 말에 시원이 욱해서 한 걸음을 내디디려다가 다시 문에 기대었다. 김시원이란 남자는 이렇게 매사 감정적으로 구는 사람이 아니다. 특히나 회사에서는 더더욱.

그가 입을 일자로 꾹 다문 채 코로 숨을 내쉬면서 두 사람을 응시했다.

"아, 봄아. 머리 잠깐 숙여 봐. 뭐 묻었다."

"그래요?"

봄아? 봄아아?

가장 마음에 안 드는 건 바로 저거다. 대화를 하다가 갑자기 아무렇지 않게 이름을 부른다는 것. 부서도 다른데 어떻게 해서 그 정도로 가까워졌는지는 모르겠지만, 남들은 못 듣는다 생각하고 저러는 건지 재강은 어쩌다가 한 번씩 '봄아.' 하고 그녀를 불렀다.

서문 대리라고 부르는 게 힘들어서 다들 봄 대리라고 부르는 것까지는 이해했다. 하지만 '봄아'라니. 명백하게 공과 사 중 '공'에 해당하는 장소에서 그건 좀 아니지 않나?

봄의 표정은 한결같이 덤덤해 그나마 다행이었지만 그렇다고 해서 아예 신경이 안 쓰이는 것은 아니었다. 같은 회사에 종일 있다 보니 자꾸 시선이 가는 걸 막을 수가 없다.

가짜 애인도 어쨌든 애인이라서? 답해 줄 사람도 없는데 질문만 난무한다.

시원이 천천히 걸어가 봄의 파티션 위에 재강처럼 한 팔을 걸치며 친절한 웃음을 띠었다.

"영업 2팀 윤재강 과장님이시죠?"

재강이 고개를 돌려 시원과 눈을 마주쳤다. 여유롭고 사람 좋아 보이는 시원의 인사에 재강 역시 영업팀 에이스답게 부드러운 미소로 무장했다.

"아, 김시원 팀장님이시죠. 제대로 인사를 나누는 건 처음인 것 같습니다. 절 아시네요?"

"소문이 자자합니다. 미혼에 엄청난 훈남이라고. 우리 개발팀에서는 굉장한 유명 인사신데, 본인만 모르시나 봅니다."

영업팀 사람이 왜 자꾸 개발팀에 오는 거야. 잠자코 본인 업무에만 충실하셨으면 좋겠는데. 그런 뉘앙스를 담아서 말해 보지만 재강의 얼굴은 여전히 살가운 웃음으로 가득했다.

알맹이를 넣는다고 넣었는데도 너무 깊숙이 숨겼는지 알아채는 이가 별로 없다. 솔직하지도 못한데 돌려서 말하는 것까지 서투니 언제나 실속도 제로.

"김 팀장님에 비하면 명함도 못 내밀죠. 제가 훈남입니까? 흔남 같은데."

"흔한 얼굴은 아니죠. 윤 과장님 잘생겼어요."

두 남자의 대화에서 쏙 빠져 혼자 업무를 보던 봄이 모니터에 시선을 둔 채 한마디 툭 뱉었다.

그 순간 시원과 재강의 시선이 모두 그녀에게로 향했다. 흘깃, 왜 그러냐는 봄의 눈빛에 두 남자는 짜기라도 한 듯 동시에 고개를 저었다.

한 명은 직구로 날아온 잘생겼다는 칭찬에 대한 기쁨으로, 한 명은 '그럼 나는?' 하며 미간을 잔뜩 좁힌 불만으로 얼굴이 물들었다. 스스럼없어 보이는 모습이 시원에게 이상한 박탈감을 가지게 한다는 걸 봄은 알지 못하는 듯했다.

자리를 오래 비울 수는 없다는 듯 재강이 시간을 확인했다. 그는 시원에게 가벼운 고갯짓으로 인사를 했고, 봄에게도 수고하라는 말을 남기며 개발 1팀을 빠져나갔다.

재강이 사라진 뒤에도 시원은 여전히 봄의 파티션 위에 팔을 걸친 채 미묘하게 인상을 쓰고 있었다. '칭찬에 인색한 줄 알았는데, 이 여자 대체 뭐지?' 그런 시선이었다.

"봄 대리."

"네."

남들이 부르는 걸 들어도 어색한데 직접 부르는 건 더 어색하다. 이름만 부르는 것도, 직급만 부르는 것도 아닌 그 묘한 느낌이 며칠째 통 적응되지 않는 시원이다.

그는 봄의 이름을 입안에서 조용히 굴려 보다가 흘끔 그녀를 내려다보았다. 봄이 파티션 위로 고개를 든 채 시원의 말을 기다렸다. 눈을 깜빡이는 모습이 '저 바쁘니까 빨리 말하세요.' 하고 재촉하는 것 같아 괜히 조급한 마음이 든다.

"그러니까 저기 그……."

일주일에 한 번씩 하기로 했던 우리 데이트는 어떻게 된 거냐고 물어야 하는데 입이 떨어지질 않는다.

'공과 사를 구분하지 못하는 건 오히려 나였나.'

머릿속이 점점 어지럽게 이지러졌다. 멀쩡하고 태연한 것은 자신을 바라보는 그녀의 얼굴뿐이었다.

시원이 말문만 열고 제대로 된 이야기를 하지 않는 사이 자리를 비웠던 김 과장이 돌아왔다. 방금 전 재강이 맡기고 간 서류를 챙기며 봄이 시원을 쳐다보았다.

"급한 이야기는 아닌 것 같으니 나중에 생각나면 말해 주세요."

"……."

어정쩡한 자세로 파티션에 팔을 기댄 시원이 김 과장의 자리로 향하는 봄의 등을 응시했다. 짧은 단발 밑으로 흰 뒷덜미가 보였다.

차가운 것 같기도 하고, 아닌 것 같기도 하고. 영 헷갈린다.

결국 데이트의 '데' 자도 꺼내지 못한 그가 뒷머리를 긁적이며 자신의 자리로 돌아섰다.

힐끔 고개를 돌려 그녀를 다시 확인하고 싶었지만 그러다가 눈이라도 마주치면 자신이 그녀를 신경 쓰고 있다는 사실을 들킬 것 같아 관두었다. 신경을 쓴다고 해서 그게 잘못이라거나 약점이 되는 것도 아닌데 그런 기분이 들었다.

한 걸음, 또 한 걸음. 자리로 돌아가는 걸음이 느렸다. 자리에 도착해 '개발 1팀장 김시원'이라고 적힌 명패를 가만히 쳐다보다가 책상을 손으로 훑었다. 공적인 일에 자꾸 사적인 감정이 끼어드는 게 느껴진다.

시원이 의자에 앉아 등을 깊숙하게 기댔다. 쳐다보지 않으려고 했는데 저도 모르게 자꾸 봄의 자리로 시선이 향했다.

마침 김 과장에게 서류를 건네준 봄이 자리로 돌아왔다. 그녀는 책상 위에 놓인 휴대 전화를 가만히 내려다보다가 돌연 시원의 자리로 고개를 돌렸다. 눈이 마주칠까 놀란 시원이 재빠르게 고개를 숙여 서류를 보는 척했다.

가짜 연애인데 여러 가지로 신경 쓰이는 게 많다. 그리고 신경 써야 할 것 역시 많다. 가짜 여자 친구라지만 그녀의 모든 행동들을 주시하게 된다.

스스로도 거슬리는 지금의 행동이 가짜 연애가 만든 가짜 마음인지, 스스로의 마음조차 속일 수 있을 만큼의 연기인 건지, 둘 다 아니면 또 다른 무언가인지 헷갈리기 시작했다.

그때였다. 드르륵, 휴대 전화가 진동했다. 확인하니 화면에 '서문봄'이라는 글자가 떠 있다. 시원이 정 없이 저장해 둔 그녀의 이름 석 자였다.

고개를 들어 봄의 자리를 다시 확인했다. 하지만 그녀는 어느새 모니터에 시선을 둔 채 업무에 집중하고 있었다.

"……."

책상 쪽으로 의자를 바짝 당겨 앉은 시원이 휴대 전화를 손에 쥐었다. 같은 사무실에 있으면서 굳이 문자 메시지를 보낼 일이 뭐가 있나 싶어 의아하면서도 꼭 은밀한 신호라도 되는 것 같아 괜히 긴장되었다.

문자 메시지 아이콘을 누르자 조금은 딱딱한 그녀의 몇 마디가 나타났다.

[이번 주 데이트는 오늘 어때요.]

가감 없고 솔직해 저도 모르게 당황했다.

한 줄의 문장을 바라보며 시원은 수없이 많은 고민을 했다. 배배 꼬인 의중이 숨어 있는 게 아닐까 하는 생각을 일부러 하기도 했다. 하지만 문자 그대로의 의미 외에는 다른 것을 찾을 수가 없었다.

그러니까 이건…… 의심할 여지 없이 데이트 신청인 것이다.

시원은 뒤늦게 후회했다. 망설이지 말고 쿨하게 물었어야 했는데 결국 그녀가 먼저 말을 꺼내게 만들어 버렸다. 지난번

식사도 봄이 계산을 하는 바람에 남자로서의 체면이 잔뜩 구겨진 기분이었는데. 그런 상황이 또다시 반복되고 있는 것만 같아 불길하다.

이래서 연애 능력이 바닥이라고들 했던 건가. 일에 관련해서는 결코 지지 않을 추진력이 연애 앞에서는 이 모양 이 꼴이 된다.

휴대 전화를 손에 쥔 채 한참을 망설이던 시원이 한 글자씩 답장을 썼다. 오타라도 날까 무척 조심스러운 움직임이었다.

[왜 문자로 말합니까?]

문자 메시지를 보내 놓고도 그녀의 자리로는 고개 한 번을 돌리지 못했다. 일부러 신경 쓰지 않는 척 서류에 코를 박자 1분도 채 지나지 않아 답장이 왔다.

[회사잖아요. 팀장님께 할 이야기는 아니라서요.]

그 말인즉 팀장 김시원이 아닌 남자 김시원에게 해야 할 이야기라는 뜻이다.

시원은 바로 알아챌 수 있었다. 공과 사의 구분이 명확한 여자라는 생각이 들기도 하면서, 그래도 남자로 봐 주기는 하는 건가 싶은 일말의 희망 같은 것이 보인 듯도 했다.

그녀에게 남자로 보이는 게 대체 무슨 희망이라는 건지 모르겠지만 말이다.

[끝나고 봅시다.]

한 사람은 모니터를, 한 사람은 휴대 전화를 내려다보며 얼굴도 마주하지 않은 상태로 첫 데이트 일정을 잡았다.

✻✻✻✻✻

“잘 먹었어요.”

한강 근처에 위치한 레스토랑이었다. 봄이 문을 열고 나오는 길에 시원에게 인사했다. 그녀의 인사에 시원은 한결 좋아진 얼굴로 대답했다.

“드디어 밥을 살 수 있어서 마음이 편합니다.”

“그저께 회식도 쏘셨잖아요.”

“그건…….”

팀장으로서 팀원들에게 대접했을 뿐이지, 남자로서 여자인 당신에게 밥을 사는 건 다른 문제입니다. 그 말이 목 끝까지 찼지만 입 밖으로 나오지는 않았다.

별것 아닌 말들도 왜 막상 꺼내려고 하면 별것이 되는지 모르겠다. 가짜 연애도 그저 ‘연애’로 인식해 버리면서 생기는 작은 오류 같았다.

시원이 대답을 하지 않는 사이 봄은 앞장서서 걸었다. 작은 보폭을 눈여겨보던 시원이 금세 그녀의 곁으로 따라붙었다.

선선한 바람을 맞으면서 천천히 걸음을 옮기다 보니 얼마 걷지 않아 한강의 야경이 한눈에 보였다. 별다른 이야기를 나누지도 않았고, 특별한 장소로 향한 것도 아니었지만 이상하게 분위기가 꽤 고즈넉했다. 이런 순간 봄과 함께 있는 것이 낯설고 이상한 시원이었다.

그는 그녀의 보폭에 걸음을 맞추면서도 쉽사리 고개를 돌려 옆을 볼 생각은 하지 못했다. 관심이 너무 드러나는 것을 들키고 싶지 않은 이유도 있었고, 가짜 연애에 혼자만 너무 적극적으로 비쳐지는 것을 막고 싶은 이유도 있었다.

가짜는 가짜고, 세 달은 세 달일 뿐이다. 주문도 아닌 것을 주문처럼 내내 머릿속에 달고 다녔다.

"제대로 된 연애를 해 본 적이 없어서 하는 말인데요, 팀장님."

언제는 팀장님에게 하는 데이트 신청이 아니라고 하더니 정작 밖에 나와서 부르는 호칭은 팀장님이다. 내심 이름을 부르는 게 듣고 싶었지만 너무 노골적으로 요구하는 꼴이 될 것 같아 살짝 벌어지던 입을 도로 다물어 버렸다. 시원은 잠자코 그녀의 말을 들었다.

"데이트다운 데이트에는 아무래도 저런 코스가 한 번쯤은 들어가는 게 좋겠죠?"

"저런 코스……요?"

그녀의 시선이 어느 지점으로 향했다. 검은 물결이 주변과 하나가 되어 출렁이는 것조차 보이지 않을 만큼 어두운 한강이었다.

어둠 속에서도 노란 불빛이 화려하게 빛나고 있었다. 천천히 한강 위를 움직이는 그 공간은 마치 다른 세계 같았다.

"저기 있는 유람선을 말하는 겁니까?"

"네, 저거요."

느릿한 속도로 나아가는 유람선을 보았다가 다시 힐끔 봄의 얼굴을 살핀다. 그녀는 한강변에 있는 가로등 불빛 아래에서도 몹시 희었다. 눈을 깜빡일 때면 기다란 속눈썹이 위아래로 움직이기도 했다.

그녀를 가만히 바라보던 시원이 어느덧 저 멀리 작아져 가는 유람선을 바라보다가 고개를 끄덕였다.

“갑시다.”

봄이 마시던 커피를 밑에 내려 둔 채 유람선 난간에 손을 올렸다. 물길 위를 나아가는 내내 선선한 바람이 그녀의 짧은 머리카락을 스쳤다. 귓가를 간질이는 머리카락과 그것을 살며시 넘겨 내는 흰 손가락이 시원의 시선을 사로잡았다.

‘데이트다운 데이트’라는 이름은 자신들이 붙인 것이지만 막상 그렇게 표현을 하고 보니 이상하게 간지러운 기분이 들었다. 유람선에 타고 있는 많은 사람들을 지나쳐 이 주변의 공기만이 따스하게 부유하는 것 같다.

연애는 가짜여도 데이트는 진짜라서 그런 걸까.

여러 생각을 하고 있던 시원이 흘끔 봄을 향해 다시 고개를 돌렸을 때였다. 마침 자신을 바라보던 그녀와 눈이 마주쳤다.

“뭐, 뭡니까?”

“뭐가요?”

“왜 그, 그렇게 쳐다보고 있습니까?”

“그냥 본 건데요.”

차라리 대놓고 본 그녀는 당당했다. 훔쳐보듯 힐끔거리던 시원이 오히려 더욱 뜨끔했다. 그는 반짝이는 다리 위를 올려다보면서 애써 태연한 척했다. 그러는 동안에도 봄의 시선은 시원의 옆모습에 닿아 있었다. 그게 느껴져 한쪽 볼이 뜨끈해지는 기분이었다.

"팀장님."

며칠 사이 이름보다 더 익숙해진 호칭을 들으며 시원이 고개를 돌렸다. 봄이 주머니에서 휴대 전화를 꺼내 보였다. 의미를 모르겠다는 듯 눈빛에 의문을 담자 그녀가 당당히 요구 사항을 말했다.

"데이트를 했다는 인증 사진이 필요할 것 같아요. 의심의 여지를 없애기 위해서요. 사진 찍는 거 싫어하지는 않으시죠?"

"딱히 싫어하지는 않습니다만……."

시원이 봄의 말에 대답하면서 자신의 손에 들려 있던 커피를 그녀의 커피 옆에 내려 두었다. 그러고는 휴대 전화를 건네받았다.

그는 몇 보 뒤로 물러서더니 난간에서 머리칼을 흩날리며 서 있는 그녀를 휴대 전화 카메라 속에 담았다.

"……뭐 하세요, 지금?"

혼자 멀뚱히 선 봄이 그를 바라보며 물었다. 금방이라도 촬영 버튼을 눌러 사진을 찍으려던 시원이 휴대 전화를 살짝 내리면서 그녀와 눈을 마주쳤다.

"사진이 필요할 것 같다면서요. 서문봄 씨 찍어 주려던 참입니다."

"……."

방금 되게 한심하다는 표정이었던 것 같은데, 착각인가?

시원이 가만히 봄을 바라보고 서 있자 그녀가 먼저 걸음을 떼었다. 그의 앞으로 성큼 다가온 그녀는 그의 손에 쥐어 있던 자신의 휴대 전화를 도로 빼앗았다.

“같이 찍자는 말이었어요.”

제대로 눈을 마주치면서 똑바로 말한다.

시원이 본 그녀는 모든 순간 너무도 솔직했다. 지금도 그렇다. 놀리려는 의도도, 머쓱해하는 모습도 없었다.

봄은 시원의 옆에 서서 휴대 전화 카메라를 전면으로 돌리고 손을 들었다. 45도? 얼짱 각도? 그런 건 알지도 못했다. 마치 증명사진을 찍듯 정확한 각도로 인해 화면 속에는 봄의 얼굴이 가득하게 찼다. 심지어 시원은 코에서 잘렸다.

“저기…… 서문봄 씨.”

그녀를 따라 회사에서 하던 것처럼 ‘봄 대리.’ 하고 부르고 싶었지만 공과 사를 구분하지 못하는 팀장이 되어 버릴까 싶어 시원은 굳이 이름을 불렀다. 성을 붙여 서문봄 씨라고 부르는 게 더 딱딱한지, 직급을 붙여 봄 대리라고 부르는 게 더 딱딱한지는 사실 잘 모르겠지만 말이다.

“예, 팀장님.”

“……셀프 카메라 같은 건 찍어 본 적이 없나 봐요?”

“딱히 찍을 일이 없어서요.”

지금 화면 속에서 제 코가 댕강 잘려 나갔습니다. 그 말을 할까 하다가 시원은 조용히 휴대 전화를 다시금 자신의 손으로 옮겨 왔다.

유람선의 불빛들이 잘 보이도록 알맞은 각도로 팔을 들어 올린 그가 말했다.

“앞으로 사진은 키 큰 제가 찍겠습니다.”

시원은 말을 뱉고 '앞으로'의 의미를 되새겼다. 지금의 이 만남이 정말 연속적일 수 있을지에 대한 생각을 하지 않을 수 없었다.

제약을 걸고 시작한 만남에 대해 거짓말 보태지 않고 몇 분에 한 번씩은 의식하고 있다. 의식하지 않을 수 있다면 더 좋을 텐데. 진짜 연애 이상으로 신경 쓰이는 게 많은 관계다.

"네, 그러세요."

하지만 그녀에게 '앞으로'의 의미는 그리 큰 무게를 지니고 있지 않은 듯했다. 태연한 대답이 시원에게 안도도 서운도 아닌 묘한 감정을 부른다.

기다란 팔을 뻗은 시원이 화면 속에 자신과 봄의 모습을 담았다. 화면을 올려다봐야 하는 각도가 되자 살짝 눈을 치켜뜬 그녀의 표정이 새치름해 보인다. 고개를 돌려 확인하지 않아도 화면 속에서 그 모습을 볼 수 있어 다행이었다.

눈을 마주치지 않고도 그녀를 마주하고 있는 기분을 느끼며 시원이 휴대 전화의 각도를 다시 고쳐 잡았다. 그녀와 자신의 모습이 나란했고, 그 뒤로 반짝이는 유람선의 불빛이 아른거렸다. 노란빛이 배경을 수놓으며 화면에 함께 잡혔다. 손가락을 천천히 움직여 촬영 버튼을 누르자 찰칵, 순식간에 한 장의 사진이 휴대 전화에 담겼다.

시원이 휴대 전화를 그녀의 손에 건넸고, 봄은 그것을 받아 들어 방금 찍은 사진을 확인했다.

한 번도 남자와 단둘이, 그것도 나란히 서서 사진이란 것을 찍어 본 일이 없었다. 몸은 나오지 않고 얼굴만 둥둥 떠다니는 사진이었지만 어딘지 모르게 어색하기 그지없는 표정에도 이상하게 보람차기는 했다.

봄이 사진을 가만히 바라보고 있자 시원이 곁에 서서 흘끔 화면을 내려다보았다. 왜 사진은 찍는 순간과 찍고 난 다음의 결과물이 일치하지 않는 걸까. 나름 잘생긴 표정을 짓는다고 지었는데도 영 맹구처럼 나왔다. 그가 미간을 좁히며 '한 번 더…….' 하고 말하려던 때였다.

메시지에 그 사진을 첨부한 봄이 영애에게 '데이트 중이에요.'라고 쓴 뒤 전송 버튼을 눌렀다.

"방금……."

누구에게 뭘 보낸 거냐고 묻지 않아도 충분히 알 수 있었다. 엄마라고 적힌 저장명을 옆에서 직접 확인했으니까.

한 번 더 찍을 생각도 하지 않고 미련 없이 전송하는 모습을 보며 시원은 괜스레 아쉬워졌다. 조금 더 잘생긴 얼굴을 보여 드린다면 훨씬 만족하실지도 모르는데, 대체 왜……. 하물며 사진관에서도 여러 번 찍고 제일 잘 나온 걸로 인화해 주는 판국에…….

예비 장모에게 잘 보이고 싶은 예비 사위의 마음도 아니고. 남자가 되어서는 그게 뭐라고 몹시 신경 쓰였다.

"고맙습니다. 이왕 하는 거 확실하게 하고 싶었거든요."

"아, 예……."

"팀장님께도 보내 드릴까요?"

시원이 그녀를 보았다. 눈이 마주쳤음에도 봄의 시선에는 조금의 흔들림도 없다. 저렇게 올곧게 쳐다보면 당황스럽다는 걸 본인은 왜 모르는 걸까?

얼떨결에 고개를 끄덕였다. 딱히 봄이 영애에게 했던 것처럼 자신도 혜숙에게 보내거나 하려는 건 아니었다. 그저 나름의 추억거리로 두는 것도 나쁘지는 않겠다는 생각이 들어서였다.

태어나서 유람선을 타 본 것이 처음이었다. 그것도 여자와의 데이트라는 명목으로 탄 것은 더더욱. 이렇게 불빛이 예쁘게 반짝일 줄도 몰랐고, 이렇게 바람이 선선할 줄도 미처 몰랐다.

시원이 잘게 흩어지는 봄의 짧은 머리카락을 바라보다가 잠시 내려 두었던 두 잔의 커피를 다시 집어 들었다. 그리고 그녀에게 커피를 건네며 아직도 불빛이 가득하게 들어찬 어느 빌딩을 바라본다.

"날이 좋습니다."

시원이 말하자 봄이 두 손으로 커피를 감싸 쥐며 그의 곁에 섰다. 정면을 보던 그녀가 검게 갈라지는 유람선 밑의 물길을 내려다보았다. 방심하는 순간 빠져들 것처럼 검다.

나직이 대답했다.

"그러게요. 날을 잘 잡은 것 같네요, 우리가."

예? 우리……요?

커피를 쥔 시원의 손끝에 힘이 들어갔다. 그 우리라는 게 단순히 함께 있는 두 사람을 의미하는 거라고 하면 할 말 없지만 저도 모르게 내심 의미라도 부여한 것인지 흠칫해 버렸다.

아무리 생각해도 연애 레벨에 있어서 자신은 아직 튜토리얼

단계인 게 분명했다. 서른다섯의 나이가 무색해졌다.

일부러 신경 쓰이게 행동하고, 자신을 신경 써 달라고 말하던 지난 여자들과는 조금 달랐다. 그저 평범했고, 자연스러웠고, 적당한 거리감이 있었을 뿐이다.

그래서 더욱 헷갈렸다. 심지어 첫인상이 못 견딜 정도로 사랑스럽다거나 모든 이성적인 판단을 내던지고 한눈에 반할 정도로 아름다웠던 것도 아니다.

그러던 중 꽤 미적지근하게 식은 커피를 한 모금 넘기던 시원의 생각 끝에 갑자기 재강의 모습이 떠올랐다. 보기 좋은 이 야경 사이로 왜 그 생각이 났는지는 모르겠지만 썩 유쾌한 기분은 아니었다.

묘하게 찌푸려지는 시원의 표정을 언뜻 보았는지 봄이 아예 고개를 돌려 그에게 얼굴을 고정시켰다.

"왜 그러세요? 커피가 써요?"

"서문봄 씨."

그 순간 시원은 자신이 평소와는 조금 다르다는 것을 느꼈다. 사적인 감정을 직설적으로 표현하는 것은 가족 외에 누구에게도 좀처럼 하지 않는 것이었다. 하지만 살짝 벌어진 입술 틈으로 머리를 거치지 않은 본연의 궁금증이 고스란히 튀어나와 버렸다.

"그…… 영업 2팀의 윤재강 과장 있지 않습니까?"

"네."

"친합니까?"

이 질문을 꺼냄과 동시에 자신이 줄곧 그를 신경 쓰고 있었다는 게 드러나고 말 것이라는 생각이 들었지만 묻지 않고는 버틸 수 없었다. 무슨 사이냐고 구체적으로 물은 건 아니었지만 마음 넓은 남자인 척 행동하려던 계획에 금이 간 것만은 확실했다.

가짜 연인의 주변 인물까지 파악하려고 든다고, 그게 아니면 속 좁게 질투 같은 걸 하는 거냐고, 그렇게 물어 온다면 대체 뭐라고 대답해야 할까.

시원이 친하냐는 한 마디를 건네고서 대답을 기다리는 그 짧은 시간, 봄의 시선은 언제나처럼 올곧게 시원에게만 닿아 있었다. 커피를 쥔 그녀의 손가락이 가볍게 춤을 추는 듯 움직이다가 멈췄다.

"음, 친한 것 같아요."

"얼마나요. 아니, 어떻게요?"

미간이 더욱 좁혀졌다. 그 미묘한 표정 변화가 무얼 의미하는지 봄은 알 수 없었지만 제대로 물어 오는 질문에 대답해 주지 않을 이유는 없다고 생각했다.

"같은 대학교 선배였어요. 졸업하고 연락이 끊겼었는데 입사해서 우연히 마주쳤고요."

"그리고요."

"더 말해야 되나요? 그게 끝인데요."

이런 질문은 자신에게 무척 어려운 것이라고만 생각했는데 한번 물으니 그다지 어려운 것도 아니었다. 대답이 이어질 때마다 계속해서 더 파고들지도 모르겠다는 예감마저 들던 참이었다.

하지만 봄의 대답은 너무도 쿨하고 간결했다. 괜한 설명을 덧붙이지도 않았으며 구태여 어떠한 이야기를 뺀 것 같지도 않았다.

검은 동공이 시원을 향했다. 눈을 두어 번 깜빡이자 그녀의 눈동자에 자신의 모습이 비쳤다가 사라진다.

궁금증이 너무 쉽게 해결되었다. 그게 끝이라는 말을 믿지 않을 수가 없는 얼굴이었다.

"……그럼 됐습니다."

"네."

이 정도면 정말 관심이 없나 싶어진다. 시원이 다 식어 버린 커피를 그대로 쭉 들이켜고 선선한 공기 중으로 크게 숨을 내쉬었다. 그러다가 고개를 휙 돌렸다.

봄이 여전히 자신을 바라보고 있다. 관심은 없어 보이는데 눈이 마주치기는 또 엄청 자주 마주쳐서 사람을 참 헷갈리게 한다.

"왜 물어본 건지는 안 궁금합니까?"

"네."

"……."

뭐지, 이 안심은.

철벽도 저런 철벽이 없다. 남자가 하는 질문에 어떤 뜻이 숨어 있을지 의심조차 해 보지 않는 저 무심한 태도를 보니 걱정을 조금 덜어도 될 것 같다는 생각이 들었다. 저 철벽을 뚫은 남자가 있기나 했을까 싶어서.

자신의 연애 능력이 바닥을 친다는 것도 잠시 잊고 시원은 오로지 봄에게만 초점을 맞춘 채 호기심과 의심, 눈치와 안심을 오고 가며 나름의 바쁜 사고를 반복하고 있었다.

유람선은 선착장을 향해 천천히 방향을 틀고 있었다. 봄은 강변에서 느긋하게 밤 산책을 즐기고 있는 사람들에게 시선을 두었고, 시원은 그 틈을 타 봄을 마음껏 훔쳐볼 수 있었다.

그녀의 옆모습을 바라보다가 커피를 쥐고 있는 가느다란 손가락으로 시선을 내렸다. 언젠가 저 손을 잡고 싶다는 생각이 드는 때도 있을까. 앞일은 모르는 거라고 하던 많은 사람들의 이야기를 떠올리면서 시원은 견고할 줄 알았던 자신의 벽이 어쩐지 의미 없어지는 것 같다는 생각을 했다.

그때, 봄이 보냈던 사진을 확인했는지 영애로부터 전화가 걸려 왔다. 봄은 시원에게 살짝 눈짓을 하며 통화 버튼을 눌렀다.

"응, 엄마. 데이트 중이야. 유람선 맞아."

혜숙에게 반존대를 쓰는 자신과 달리 친구처럼 이야기하는 게 내심 신기하다. 시원의 눈에 봄이 아주 조금 아이처럼 보이는 순간이었다.

은근슬쩍 그녀의 곁에 선 시원이 유람선에서 내릴 준비를 하는 사람들을 응시했다.

"응, 시원 씨랑 같이 있어."

데이트 상황을 보고하듯 말하던 그녀가 아무렇지 않게 자신의 이름을 입에 담자 시원의 고개가 저도 모르게 휙 돌아갔다. 내내 팀장님이라고 부르더니 느닷없이 그 작은 입에 제 이름을 올린다. 직접 불러 주는 것을 듣지는 못했지만 간접적으로 전해 듣는 것도 꽤 설레는 느낌이라 기분이 묘했다.

……잠깐, 설레다니?

시원의 눈이 크게 지진을 일으켰다. 내가 지금 무슨 생각을 하는 거냐고 스스로에게 되묻는다. 내 생각에 왜 내가 놀라는 거지.

마침 통화를 끝낸 봄이 옆에서 그의 어깨를 툭 건드렸다. 내리는 사람들을 바라보다가 눈을 마주쳐 오면서.

"내려야 돼요."

"아."

시원은 그녀를 앞장세워 먼저 내리라고 손짓했다. 그러고는 봄의 뒤를 따라 걸음을 내디디며 주변 사람들을 훑었다.

연애라는 형태를 갖추면 모든 것은 정말 연애가 되는 걸까. 데이트라는 이름을 붙이면 기분마저 데이트로 바뀌고 마는 걸까. 말로 하기 나름이라는 듯이, 말의 힘이라는 듯이, 모든 것들은 시원의 기분이나 마음 상태마저 진심처럼 헷갈리게 만들어 갔다.

주변에 있는 많은 연인들 중 하나로 보일지도 모르겠다는 생각이 들었을 때, 그 사실이 의외로 나쁘거나 귀찮은 느낌이 아니어서 생소했다.

"팀장님?"

한참을 말없이 있자 봄이 재차 자신을 부른다. 그런 그녀의 모습을 보며 시원은 생각했다.

이 터무니없는 시간 때우기가 의외로 즐거워질지 모르겠다고.

✽✽✽✽✽

– 유람선 데이트 했다며?

"아주머니들이라 그런가. 소식도 빠르네."

– 봄이는 지 엄마한테 사진까지 보냈다는데 너는 왜 아무것도 없어?

"실시간으로 사진 보내면서 인증이라도 하라고요? 예?"

– 못 할 건 또 뭐니?

넥타이를 빼다 말고 한숨을 내쉬었다. 가짜 연애인데 그렇게까지 해야 되냐고 했다가는 더 난리가 날 것 같아 참았다.

서문봄 씨가 조금 더 섬세해서 그랬을 뿐이라고, 자긴 그런 거 못 한다고 딱 잘라 말했다. 그게 대답할 수 있는 최선이었다. 그랬더니 다행스럽게도 더 이상의 실랑이는 없었다. 둘이 제대로 만나기는 했구나 하는 안도감이 혜숙을 더 보채지 않게 만든 듯했다.

공개적인 연애가 이렇게 피곤한 거구나. 그런 생각이 들면서도 한편으로는 차라리 이 정도의 피곤함이 연애 좀 하라는, 결혼 안 할 거냐는 압박보다 나은 것 같았다.

통화를 끝내고 휴대 전화를 협탁 위에 내려놓은 지 몇 초나 지났을까. 시원은 자꾸만 휴대 전화 쪽을 힐끔거렸다. 그녀를 집에 데려다주고 돌아와 아직 옷도 채 벗지 않은 상태였다. 목에 걸쳐져 있던 넥타이를 쭈욱 잡아당겨 손에 쥐면서 푹 쉬라는 한마디를 보낼까 말까 고민해 본다.

침대 위에 엉덩이를 걸치고 앉았다. 어느새 방황하던 손이 휴대 전화를 도로 쥐고 있다.

"……."

첫 만남 때도 하지 않던 짓을 첫 데이트라는 이유로 하자니 괜스레 속이 간지럽다. 아무도 뭐라 하는 사람이 없는데 혼자서 무슨 눈치를 보는지 모르겠다.

답답함에 와이셔츠 단추를 두어 개 풀어낸 시원이 휴대 전화를 한참이나 만지작거렸다. 그러다가 겨우 손가락을 움직인 곳이 휴대 전화 속 사진첩이었다.

좀처럼 사진을 찍는 타입도 아니어서 저장된 사진이 몇 장 없었다. 그런데 휑하던 그 안에 지금은 그녀와 찍은 사진이 떡하니 자리를 잡았다.

아까는 미처 확인하지 못했는데 이렇게 홀로 남아 유심히 들여다보니 그녀가 꽤 화사하게 웃고 있다.

"……뭐 이렇게 예쁘게 웃어, 이 여자는."

자신이 혼자서 무슨 말을 뱉고 있는지도 인지하지 못한 채 시원의 시선은 그렇게 한동안 봄의 얼굴에 머물렀다.

그녀와 찍은 첫 사진이자 그녀와 공유한 첫 추억, 혹은 기념.

태어나 처음 연애해 보는 사람처럼 시원은 웃기도 했다가 표정을 굳히기도 하며 나사 하나는 빠진 사람처럼 굴었다.

'역시 이상한 여자야.'

그리고 그 끝에는 언제나 모든 게 그녀의 탓이라며 쑥스럽게 책임 전가를 하는 못나고 서툰 남자가 있었다.

04

이유 모를 시간

"이게 뭐예요?"

그러게 말입니다. 대체 그게 뭡니까. 제가 묻고 싶습니다.

재강을 향해 눈을 동그랗게 뜨는 봄의 모습 하나하나를 시원은 멀찍이서 눈에 담았다.

언뜻 보면 스토커 같기도 하고, 철천지원수 같기도 하고. 가시 돋친 시선이 영 수상해 보인다는 것을 본인은 조금도 모르고 있었다.

간혹 시원이 그런 표정으로 봄을 쳐다볼 때면 주변에서 '봄 대리 찍힌 거 아니야?' 하고 수군거렸다. 그만큼 다정하거나 따뜻해 보이는 눈은 아니었다는 소리다.

평소에도 그랬지만 지금 이 순간에는 조금 더 유별날 정도로 그랬다. 이게 뭐냐고 묻는 봄의 질문만큼 시원의 눈에도 의

문이 가득했기 때문이다.

재강은 봄의 품에 한 다발의 장미를 건네며 사람 좋게 웃었다.

"꽃."

봄이 자신의 품에 안긴 꽃다발을 쳐다보다가 다시 고개를 들어 재강과 눈을 마주쳤다. 재강은 여유롭게 웃었다.

모두가 보고 있는 사무실에서 저러는 행동이 얼마나 큰 여파를 불러올지 조금도 예상하지 못하는 걸까. 불만을 가득 담은 시원의 시선은 다른 사람들과 마찬가지로 그 둘에게 고정되어 있었다.

"갑자기 무슨 꽃이에요?"

"오늘 거래처 사람한테 선물로 받았습니다. 와인이랑 꽃다발이 왔거든요. 와인은 집에 가져가서 마시면 되는데 꽃은 알레르기가 있어서. 못 가져간다고 버릴 수는 없잖아요. 영업팀은 시커먼 남자들뿐이라 꽃 같은 건 있으나 마나니까 개발팀 사무실에 두고 봄 대리 기분 전환이라도 하라고."

사실인지 핑계인지 확인할 길은 없었으나 봄은 재강의 말을 완벽하게 믿었다. 개발팀 사람들 역시 잠시나마 둘 사이에 묘한 기류가 흐르는 게 아닌가 싶어 집중하다가 재강의 말에 이내 흥미가 식은 듯 각자의 자리로 흩어졌다.

정말 그렇고 그런 사이였으면, 모든 사람의 시선을 모를 리 없을 텐데도 불구하고 저렇게 태연한 핑계를 대며 줄 리가 없다고 생각한 것이다.

거래처라는 핑계 따위 없이 아예 당당하거나, 아니면 아무도 모르게 확 은밀하거나. 남자답고 훈훈한 그는 적어도 둘 중 하나이지 않을까 하는 게 재강을 향한 여사원들의 환상이었다.

그들이 그런 환상을 품거나 말거나 봄은 꽃다발을 품에 안은 채 살며시 웃었고, 그 모습을 지켜보는 시원의 미간에는 움푹 팰 정도의 깊은 주름이 생겼다.

꽃다발을 받고 저렇게까지 기뻐할 수 있는 여자라고는 생각한 적 없었다. 언제나 시큰둥하고 덤덤해 보이기만 해서 보통 여자들과는 다른 부분으로 점철되어 있을 줄만 알았지.

사람들이 "봄 대리 지금 잠깐 표정이 썩었었지? 저거 비웃는 거 맞지?" 하고 서로 속삭였지만 시원의 눈에 그 미소는 누구보다 화사하게만 보였다.

"예쁘네요. 고맙습니다."

"꽃이 이제야 주인을 찾은 느낌인데? 그럼 수고해요, 봄 대리."

"과장님도요."

몸을 돌려 영업팀으로 돌아가는 재강의 뒷모습에 시원의 날카로운 시선이 박혔다.

꽃이 이제야 주인을 찾은 느낌이라니. 대체 저런 닭살스러운 멘트는 어디서 배워 오는 걸까. 입 밖으로 내려고 해도 목에서부터 덜컥 걸리는 기분이라 자신은 엄두도 못 낼 성싶었다.

심기가 불편한 걸 숨기지 못하겠다는 듯 시원은 어두운 오라를 풍기며 재강이 완전히 모습을 감출 때까지 그 방향을 쳐다보고 또 쳐다보았다. 그러고 나서야 봄에게로 시선을 옮길 수 있었다.

봄은 화병으로 쓸 만한 병을 하나 구해 오더니 정수기에서 물을 받아 꽃을 꽂았다. 두리번두리번, 마땅히 놓을 자리를 찾지 못하겠는지 주변을 살피다가 결국 자신의 책상 가장자리에 놓는다.

모니터 근처가 분홍빛 장미로 화사해졌다. 물끄러미 꽃을 바라보던 봄이 그녀답지 않게 뿌듯한 표정을 지었다. 그 얼굴을 보며 시원은 이유도 모른 채 심장이 쿵 떨어지는 기분을 느껴야 했다.

"봄 대리."

시원이 봄의 자리로 다가가 파티션 위에 팔을 걸쳤다. 까만 정수리만 보이고 있던 봄이 고개를 들어 시원과 눈을 마주쳤다. 할 말이 있으면 하라는 듯 단 한 번의 깜빡임도 없는 눈동자가 언제나처럼 뚫어지게 그를 응시한다. 마른침이 절로 넘어갔다.

"저기 혹시……."

"……?"

꽃 좋아합니까?

그 한마디의 물음이 이렇게까지 어려울 줄이야.

대놓고 무언가에 대한 호감을 표시하는 일이 드문 그녀였기에 재강이 준 꽃다발에 대한 방금 전의 미소와 반응을 재차 확인하고 싶었다.

그녀가 좋아하는 게 무엇인지 제대로 알고 싶기도 했고, 그 결과를 통해 앞으로의 계획을 조금 더 구체화할 수 있지 않을까 하는 생각도 했다. 언제나 찬바람 불도록 무표정하던 그녀가 저 꽃다발 앞에서 '예쁘네요.' 하며 화사하게-비록 시원의 눈에만 그래 보였더라도- 웃지 않았는가.

차라리 '꽃이 좋은 겁니까, 저 자식이 좋은 겁니까?' 하고 묻는 편이 더 속 시원할까. 어찌 되었든 시원의 호기심은 이미 잔뜩 자극받은 뒤였다.

생각보다 예쁘게 웃는 여자라는 건 이미 함께 찍었던 한 장의 사진을 통해 확인했다. 그러나 그 미소가 결코 자신과 있을 때만 나오는 게 아니라는 걸 알게 된 이상 이상한 분노 같은 게 표출되는 것까지는 막을 수 없었다.

가짜 연애라는 것도 잠시 잊은 채 '내 애인입니다.' 하고 재강을 향해 으르렁거리고 싶은 기분이 들었다.

봄은 별거 아닌 사이처럼 말했지만 이미 재강은 시원의 눈 밖에 난 지 오래였다. 같은 팀이 아니라는 게 그나마 다행인 일이었다. 지금보다 더 열정적으로 공과 사를 구분하지 못하는 못난 팀장이 되어 버렸을지도 모르니까.

시원이 흘끔 봄의 책상 위에 놓인 장미꽃을 바라보았다. 그의 시선을 알아챘는지 봄도 꽃을 보며 말했다.

"예쁘죠."

……예쁘기는 개뿔.

"예쁘네."

은근슬쩍 존대 따위는 집어치우고 불퉁한 목소리로 대답했는데 자신의 심기를 알아채기나 했는지 모르겠다. 시원의 검은 눈동자가 다시금 아까처럼 봄을 뚫어지게 응시했다.

그러나 정작 그녀는 '예쁘죠.'라는 말 뒤로 별다른 대꾸가 없다. 그저 하던 일을 지속할 뿐이다. 얼굴은 모니터를 향한 채 손가락으로는 열심히 키보드를 두드리기 바빴다.

"……."

하고 싶은 말은 많은데 입 밖으로 나오는 건 시답지 않고, 침묵을 고수하자니 이상하게 마음을 들쑤시는 눈앞의 여자 때문에 손안 가득 저 장미를 확 움켜쥐고 싶어진다.

뚫어질 듯한 시선에 정수리가 따끔거리기라도 한 걸까. 적당히 빠질 줄 알았는데 여전히 파티션 위에 꿋꿋하게 서서 사라지지 않는 시원의 모습에 봄이 잠시 타이핑을 멈추었다. 다시 고개를 들자 차분한 시선이 허공에서 닿는다.

"팀장님, 더 하실 말씀이라도? 저 지금은 좀 바쁜데."

"……."

매정한 여자. 그렇게 뚫어지게 눈을 마주쳐 오면 뭘 하나. 따뜻함이라고는 눈곱만큼도 담겨 있질 않은데.

시원이 미간을 좁히며 "저도 바쁩니다!" 하고 팩하니 등을 돌렸다. 성큼성큼 자신의 자리를 향해 걸어가는 몇 걸음에는 서른다섯답지 않은 투정이 잔뜩 묻어나는 듯했다.

하지만 봄은 그의 뒷모습을 단 한 번도 돌아보지 않았다.

❀❀❀❀❀

연인다운 감성은 하나도 없이 두 번째 데이트가 다가왔다. 가볍게 영화나 한 편 보고 저녁을 먹기로 한 정도지만 그래도 명백하게 데이트였다.

약속 장소에서 조금 떨어진 곳에 주차를 한 시원이 운전석에서 내리며 높은 하늘을 올려다보았다. 쓸데없이 날씨가 맑다. 사람들이 입을 모아 말하는 '데이트하기 좋은 날씨'였다.

데이트, 데이트, 데이트……. 아직도 적응되지 않는 단어를 입안에서 사탕처럼 몇 번 굴려 보다가 주머니에서 휴대 전화를 꺼냈다. 혹시나 싶어 어디냐고 물었더니 '거의 다 왔어요.'라는 간결한 답장이 왔다.

이 여자는 부지런해도 너무 부지런하다. 일부러 약속 시간보다 늦게 오며 밀당을 하는 것보다는 훨씬 낫지만, 아무리 그래도 약속 시간이 30분은 족히 남았는데 벌써 다 왔다니. 그럼 자신은 앞으로 얼마나 더 서둘러야 이 여자보다 빠를 수 있다는 건가. 이런 식이면 세 달 뒤에는 시간을 정하는 의미도 사라져 있을 것만 같다.

"……."

처음부터 정해 놓은 기간인데 왜 갑자기 확 와닿는 걸까. 시원은 자신도 모르게 머릿속으로 떠올린 세 달의 시간이 처음보다 더욱 커다랗고 무거워진 것을 느꼈다. 기분이 이상했다.

못해도 일주일에 다섯 번은 만나는 여자. 이렇게 주말 시간을 빼서 볼 때는 엿새도 연달아 보게 되는 여자. 그렇지만 생각은 일주일 내내 나던 여자…….

데이트는 이번이 고작 두 번째지만 매일같이 보다 보니 벌써 정이라도 든 걸까.

생각을 최소화하자며 고개를 내젓던 시원이 휴대 전화를 도로 넣으려다가 잠시 멈추었다. 무언가 떠오른 듯 사진첩을 누르니 그날 밤 함께 찍은 사진이 화면을 가득 채운다.

그때 이후로 사진을 확인하는 횟수가 늘었다. 같은 사진을 보고 또 보고. 가짜 연인 시늉을 하는 두 남녀의 어색한 한때이자 단 하나의 증거물이 어느덧 소소한 기쁨이 되었다.

오늘은 또 무슨 인증을 남기려고 할까. 보고용 촬영을 생각하면 한숨이 절로 나왔지만 그러면서도 어느덧 그에 대한 작은 기대마저 생겼다. 이런 식으로 몇 번의 데이트를 반복할 때마다 하나씩 흔적이 쌓여 갈 것이라 생각하니 기분도 꽤 괜찮았다.

사진을 보다 말고 작은 폴더 하나를 만들었다. '서문봄'이라고 이름을 정해 첫 사진을 옮겼다. 그러자 그 안에 이것저것 가득 채우고 싶은 마음이 점점 더 커지기 시작한다.

연애다운 연애를 해 본 적도 없으면서 하는 짓은 영락없이 남들이 하는 꼴 그대로였다. 비록 본인은 전혀 모르고 있었더라도 말이다.

만족스러운 표정을 지은 시원이 한 걸음씩 내디디며 봄과의 약속 장소를 향해 걸어갔다.

남들이 하는 건 한 번씩 다 해 보려고 하는 데이트가 될 테고, 누가 보아도 연인처럼 보이는, 가족조차 깜빡 속여 넘길 수 있을 정도로 다정하게 행동하는 하루가 될 것이다.

분명 서로 협조하며 만나는 의무적인 시간인데도 그 '척'이라는 게 전처럼 귀찮고 성가시지 않았다. 다행이라면 다행이고, 이상하다면 이상한 일이었다. 매일 보는 얼굴인데도 그녀와 약속한 장소가 점점 가까워질수록 묘한 긴장감이 맴돌았다.

이 감정의 원인이 무엇일까 생각하며 걸음을 조금 더 빨리 하려던 그때였다. 대로변에 위치한 작은 꽃집이 시원의 발길을 붙들어 세웠다.

"……뭐야, 김시원. 왜 여기서 멈추는데."

그대로 쭉 지나쳐서 걸어가면 되는데 걸음이 굳이 꽃집 앞에 멈춰 움직일 생각을 하지 않는다. 시원은 불만스레 중얼거리면서도 앞을 향해 나아가지 못했다.

한 걸음 앞으로 갔다가 다시 뒷걸음질 쳤다. '꽃'이라고 적힌 간판을 보다가 다시 성큼성큼 걸었고, 그러다가 재차 몸을 돌려 제자리로 돌아오기를 몇 번. 결국 그는 꽃집의 문을 열고 안으로 들어섰다.

재강이 준 꽃다발을 품에 안고 웃던 봄의 얼굴이 생각난 것이다.

안으로 들어간 시원은 망설일 것도 없이 장미부터 찾았다. 다른 꽃은 몰라도 장미라면 확실하게 찾아낼 수 있다. 재강이 주었던 분홍색의 장미를 떠올리다가 입을 일자로 굳게 다물고는 붉은 장미 앞에 섰다.

검은 단발머리가 찰랑이는 모습과 냉정하게 자신을 마주하는 봄의 얼굴을 떠올린다. 그리고 그녀에게 어울리는 건 이 매혹적인 붉은 장미라고 결론을 내린다. 아직 단 한 번도 그녀에게서 매혹적인 면모를 찾아보지는 못했지만 얼굴이 희어서 그런지 유독 빨간 입술이 장미 꽃잎 같을 때가 있었다.

그러다가 멈칫했다. 지금 자신이 무슨 생각을 하는 건지 깨달은 시원이 얼굴을 벌겋게 물들였다. 무의식중에 그녀의 입술을 관찰했던 자신을 깨닫자 말로 할 수 없는 자괴감 같은 게 밀려오는 것도 같았다.

두 손으로 얼굴을 쓸어내리면서 연애는 초짜여도 음흉한 놈만큼은 되지 말자고 스스로를 꾸짖었다. 겉으로 드러내 버렸다가는 봄의 독설이 얼마나 날카로운 비수가 되어 박힐지 상상하기도 힘들었다.

"그거 드려요?"

"예, 이 빨간 장미로 한 다발 주십시오."

싹둑싹둑. 가위의 날에서 잘려 나가는 줄기의 끝과 떼어지는 가시를 보며 시원은 상상했다.

자신 앞에서도 화사하게 웃으며 '예쁘네요.' 하고 말하는 봄의 모습을.

그러나 한 가지 간과한 것이 있었다.

"갑자기 웬 꽃이에요?"

꽃은 같아도 그 꽃을 전해 주는 남자는 다르다는 사실.

시원은 전혀 생각지 못했다. 자신은 '꽃이 이제야 주인을 찾았네.' 따위의 달콤한 대사를 날릴 수 없는 바보 천치라는 것을. 윤재강과 자신은 완벽하게 다른 인물이라는 것을.

앞으로 내밀어진 붉은 장미에 봄이 눈을 동그랗게 떴다. 그리고 시원을 바라보며 대답을 기다렸다.

"어…… 그러니까…… 이, 이 꽃이 뭐냐면……."

꽃을 좋아하는 것 같아서 샀다고, 당신 생각이 나서 샀다고,

어느 쪽이든 솔직하게 말하기만 하면 되는데 시원에게는 그게 어려웠다. 솔직하게 감정을 표현한다고 해서 누가 잡아가는 것도 아닌데 예전부터 꼭 그랬다. 자존심이 상한다거나 하는 것도 아니었다.

쑥스러움이 과해 관계를 망친 것이 여러 번. 그럼에도 아직 제대로 변화하지 못했다. 달라진 게 하나도 없었다.

용기를 내자고, 너도 멋진 대사 한마디쯤은 날릴 수 있는 남자라고, 그렇게 생각하며 속을 쥐어짰다.

"길바닥에 떨어져 있길래 가져왔으니까 서문봄 씨 가지든가요."

……그게 아니잖아!

완벽한 오답이라는 걸 스스로도 잘 알면서 입 밖으로 튀어나오는 것까지는 막지 못했다.

퉁명스러운 말과 함께 꽃다발을 슥 내밀었다. 그냥 눈치껏 받아 주면 안 되나. 그런 생각을 하면서 흘끔 봄을 쳐다보지만 여전히 냉정한 눈빛을 한 이 여자는 조금의 자비도 없는 대꾸를 한다.

"그걸 왜 가져와요. 주인이 잃어버린 거면 어쩌려고. 꽃다발 상태도 멀쩡한 걸 보니 곧 찾으러 오겠네. 제자리에 가져다 놔요."

봄도 시원 못지않았다. 눈치 없는 걸로는 시원의 뺨을 몇 대는 치고도 남을 인물이었다.

전에 만나던 여자들이 '오빠가 산 거잖아. 말이라도 예쁘게 하면서 주면 안 돼?'라고 받아쳤다면, 봄은 시원의 말을 한 치의 의심 없이 고스란히 믿었다. 빈말이라는 걸 모르는 사람처럼, 평소 자신이 그렇게 살아왔던 것처럼 타인에게도 똑같이 그런 시선을 건넸다.

아무리 그래도 진짜 길바닥에 떨어져 있던 걸 줬을까. 뭐 이렇게까지 눈치가 없냐고 생각해 보지만 애초에 말도 안 되는 대사를 입에 담은 건 시원 자신이었다. 눈치 없는 봄을 탓할 자격이 하나도 없었다.

그런데도 괜스레 욱하는 마음이 드는 건 왜일까. 다시 머리를 굴리고 목소리를 쥐어짜 보지만 설상가상, 그 사자성어 외에 지금의 상황을 설명할 수 있는 건 아무것도 없었다.

그러니까…….

"윽……. 누, 누가 버려서 주워 온 겁니다!"

……따위의 말이 나와서.

차분하게 가라앉은 시선이 묵묵히 시원을 향했다. 저 붉은 입술을 타고 또 무슨 말이 흘러나올까 싶어 시원은 긴장하지 않을 수 없었다. 얼마나 강한 독설을 던질까. 솔직하지 못한 제 입을 탓하는 동시에 그는 두려워하고 있었다.

"그럼 더 문제네요. 남이 버린 걸 왜 주워 와요. 꽃다발이 갖고 싶었어요? 하나 사 드려요?"

이 여자가 진짜……!

시원이 욱하는 마음에 입을 반쯤 벌렸다가 도로 꾹 다물어 버렸다. 그래, 저런 취급을 당할지도 모른다는 생각을 0.1초 정도 하기는 했었다.

꽃다발을 손아귀에 꽈악 쥐었다. 화가 날 것도 같았고 분하기도 했다. 봄을 향한 것이 아니었다. 서른다섯이나 먹고도 자연스럽게 다정한 말조차 뱉지 못하는 스스로가 한심하게 느껴져서였다.

언제나 이런 식이기는 했지만 자기 자신을 답답하게 여긴 적은 그리 많지 않았다. 싫으면 관두든가, 마음에 안 들면 헤어지든가. 연애에 대한 태도는 언제나 그랬다. 그래서 일주일도 채 못 넘겼는지 모르겠다. 어쩌면 자신을 바꿀 생각은 하지 않은 채 '난 원래 그래.'라고 포장하며 이해받기를 원해 왔었는지도.

그런데 지금 이 순간 자신이 하는 말을 곧이곧대로 믿는 여자 앞에서 조금이라도 더 솔직하지 못하는 자신이 한심해 견딜 수가 없었다. 그러면서도 끝까지 당신이 생각나서 사 왔다는 말은 나오지 않아 이러다가 속이 곪지 싶었다.

'가짜 연애인데 뭘 이렇게 전전긍긍해, 김시원.'

시원이 애써 태연한 얼굴을 했다. 자신이 애쓸 수 있는 수많은 것들 중에 그래도 가장 자신 있는 것이었다. 태연한 '척'이라는 것은.

"됐습니다. 그냥 제가 가지고 다니겠습니다. 저 꽃 무지 좋아합니다."

"그럼 그러세요."

"……."

고개를 끄덕이며 대답하는 봄의 목소리는 '척'을 하는 시원과는 비교도 되지 않을 만큼 차분하고 이성적이었다.

자신도 감정보다 이성이 앞서는 사람이라고 생각하며 지내

왔던 30여 년의 시간들. 그 기나긴 기억들을 떠올리며 시원은 무엇 하나 제 뜻대로 흘러가게 놔두지 않는 눈앞의 여자를 응시했다. 그리고 냉정하게 등을 돌려 건물 안으로 들어서는 봄의 뒷모습을 보고 나서야 그는 겨우 시선을 떼어 낼 수 있었다.

주말이어서 그런지 사람이 많았다. 물론 어디를 가도 인파에 치였을 테지만 영화관에 특히 더 많은 사람들이 모인 기분이었다.

위로 오르는 엘리베이터를 비집고 탄 시원과 봄은 '아, 집에서 DVD를 보는 게 낫겠다.' 같은 생각을 했다. 이리저리 몸을 구기면서 끙끙대는 사람들 속에 끼어 한숨도 제대로 쉬기 버거웠다.

그래도 좋다고 그 좁은 공간에서 서로를 마주 보며 웃는 커플들. 그들을 보며 이렇게 부대끼면서까지 이런 날에, 이런 장소에서 만나야 하는 이유를 잘 이해하지 못하는 두 사람이었다. 남들이 하는 데이트를 다 해 보기로 한 전제가 아니었다면 결코 오지 않았을 것이다.

숫자가 하나씩 위로 향하는 걸 물끄러미 보던 봄이 힐끔 시원을 살폈다.

버려진 꽃다발을 주워 올 정도로 꽃을 좋아한다던 사람이 품에 안아 지키기는커녕 손에 쥐어 아래로 축 늘어뜨리고 있다. 사람들의 움직임에 꽃다발의 포장이 바스락거리며 뭉개지는 소리가 들렸다. 저도 모르게 얼굴을 찡그렸다.

봄에게는 자신의 잣대로 상대를 판단하거나 쉽사리 의심해서는 안 된다는 신념이 있었다. 그래서 누구를 만나도 있는 그대로, 그 사람 자체를 보려고 노력했다. 대인관계에 특출한 스킬이랄 것도 없었기에 상대가 하는 말과 표정을 고스란히 받아들이고 이해하는 것이 최선이라는 생각이었다.

그런 그녀에게 있어 시원은 여태 접해 왔던 사람들 중 제일 변덕스러웠으며 종잡을 수 없었다. 이랬다가 저랬다가, 말은 A인데 행동은 B이고. 무슨 남자가 저렇게 속 모를 성격일까 싶었다. 그러면서도 어차피 세 달이니 그러려니 하고 깊게 생각하지 않으려 했다.

성격을 파거나, 고민하거나, 내내 신경을 쓰기에는 그런 감정들이 꽤 번거롭게 느껴졌다. 그리고 번거롭다는 감정이 여태 자신의 연애를 망친 주범이었다는 것을 문득 떠올려 내기도 했다.

지금의 연애가 가짜 연애라 천만다행이었다. 자신 때문에 망가질 일 없는 관계라서.

엘리베이터 문이 열리자 사람들이 모두 같은 층으로 우르르 내렸다. 비좁은 공간에서 나오자마자 팝콘 냄새가 코끝을 건드린다. 별생각도 없던 팝콘이 갑자기 확 당길 정도로 달콤하고 고소한 냄새가 관내에 가득했다.

얼마 만에 와 보는 영화관이더라 하면서 주변을 둘러보는 시원과 달리 봄의 시선은 내내 집요하게도 그의 꽃다발로 향해 있었다.

예상 그대로였다. 무심하게 꽃다발을 들고 걸을 때마다 꽃

잎이 밑으로 후두둑 떨어졌다. 사람들에 치여 잔뜩 뭉개진 것이다.

그걸 아는지 모르는지 무신경한 남자는 티켓 박스로 뚜벅뚜벅 걸었다. 꽃다발을 손에 들고 휘적휘적 팔을 흔들면서.

"팀장님."

당연히 뒤에 바짝 붙어 따라올 줄 알았던 봄이 아직 멀찍이 선 채 자신을 부르자 시원이 의아한 표정으로 그녀를 바라보았다. 제자리에 선 채 왜 그러냐는 듯 봄의 말을 기다리고 있자 봄이 또각또각 군더더기 없는 걸음으로 걸어와 시원 앞에 섰다. 그러고는 그의 손에서 꽃다발을 빼앗았다.

"진짜 꽃 좋아하는 거 맞아요?"

"……."

"이게 뭐예요."

처음 봄에게 내밀었을 때의 풍성한 모습은 조금 볼품없어지려 하고 있었고 포장의 형태는 잔뜩 구겨졌다.

그가 자신을 위해 사 왔을 거라고는 생각지도 않는 봄이 미간을 좁히며 꽃다발을 톡톡 건드렸다. 몇 번 매만지니 다시 제대로 모양을 갖춰 그럴듯해졌다. 그러는 동안에도 시원은 할 말을 찾지 못해 그저 눈만 깜빡이고 있을 뿐이었다.

그녀가 받지 않는 꽃다발이 시원에게 있어 별다른 의미를 지닐 리 없었다. 대충 들고 다니다가 어디 버리거나 누군가를 줘 버리거나 하면 그만이라고 생각했다.

자신의 무신경함이 연애에서만 적용되는 것이 아님을 새삼스레 깨달은 남자의 얼굴. 왜 저 꽃다발 하나 때문에 이 여자에게 혼나고 있어야 하는 건가. 그렇게 말하는 듯했다.

그 와중에 아무래도 좋다던 표정은 온데간데없이 자신을 쏘아보는 봄의 눈빛이 날카롭고 예쁘다. 아, 저 여자는 저렇게 새침하게 눈을 치켜뜰 때 유난히 매력적이구나. 시원은 얼빠진 얼굴로 봄의 변화하는 눈빛을 관찰했다.

"안 좋아하는데 거짓말을 한 거예요, 아니면 좋아하는데 다룰 줄을 모르는 거예요?"

사실 그렇게까지 좋아하는 건 아니었다고 말하면 거짓말쟁이가 된다. 하지만 좋아하는데 다를 줄 모르는 것뿐이라고 해도 역시 거짓말쟁이가 된다.

꽃다발을 주는 순간부터 솔직하지 못하다는 핑계로 이미 거짓말쟁이가 되어 버리기는 했지만, 봄과 있을 때 유독 반복해서 나타나는 이 못된 습관이 자신을 양치기 소년으로 만들 것 같아 시원은 잠시 고민하지 않을 수 없었다.

그러면서 생각했다. 어쩌면 그동안 연애를 해 왔던 나는 좋아하면서도 그 감정들을 다룰 줄 몰라 실패를 반복했던 걸지도 모르겠구나. 좋아하지 않는 게 아니었을지도 모르겠구나.

비록 이제는 얼굴조차 기억나지 않는 사람들이더라도.

"그럼 서문봄 씨가 들고 있어요."

"네?"

"내가 들고 있다가는 영화 보고 나올 때까지 그 꽃다발이 무사할 거라고 장담할 수 없을 것 같거든요."

"……."

"들고만 있으라고."

도통 모를 사람이라는 듯 봄은 시원을 바라보다가 나직이 한숨을 내쉬었다. 그 뒤로 "그러죠, 뭐." 하고 짤막한 대답이 따라붙는다.

한숨 섞인 한마디에도 시원은 자신이 원하는 것을 전부 이뤄 낸 듯한 만족감을 느꼈다.

첫마디가 어땠었는지, 과정은 또 어땠었는지, 그런 것들은 어느새 그에게 있어 중요치 않아졌다. 결과적으로 꽃다발은 봄의 품에 안겼고, 자신은 그녀에게 주려고 했던 것을 전달했으니 그것으로 됐다는 생각뿐이었다.

어딘지 모르게 시큰둥한 표정으로 자신을 쳐다보는 그녀가 낯설고도 신기했다. 본 적 없는 얼굴을 보여 주었다는 게, 서로의 앞에서 나답지 않은 변화를 보이기 시작했다는 게 자신에게만 국한된 일은 아닌 것 같아 만족감이 더욱 커졌다.

모로 가도 서울만 가면 돼. 시원은 스스로를 격려했다.

티켓을 사고 스낵바 앞에 선 두 사람은 꽤 그럴듯한 연인으로 보였다. 봄은 꽃다발을 선물 받은 여자 친구처럼 보이기에 충분했고, 그 곁에 선 시원은 꽃다발 정도는 일상일 것만 같은 로맨틱한 남자 친구로서의 분위기를 풍겼다.

정작 그 둘은 멀뚱멀뚱 스낵바 메뉴판에 있는 다양한 콤보를 올려다보며 정신을 빼놓고 있었지만 말이다.

"팝콘 먹습니까?"

"먹을 때도 있고, 아닐 때도 있어요."

"종류가 많네요."

"그러게요."

그냥 팝콘 하나에 콜라 두 개면 될 거라고 생각했는데 막상 그 앞에 서니 휘황찬란하게 붙어 있는 온갖 종류에 괜한 고민이 시작된다. 그녀가 뭘 좋아하는지 알 수 없어 선부르게 사는 것도 망설여졌다.

그때 메뉴를 바라보던 봄이 시원에게만 들릴 정도로 조용히 중얼거렸다.

"맥주에 영화라……. 좋네……."

"……."

봄의 시선을 따라간 곳에는 '비어 콤보'라는 이름으로 맥주 두 잔과 팝콘의 사진이 있었다. 영화관에서 술을 팔기도 한다는 사실을 처음 안 듯 시원이 눈을 동그랗게 뜨고 메뉴를 재차 확인했다.

그러면서 봄이 원래 술을 좋아했나 생각해 보기 시작했다. 지난 회식 자리에서는 그녀를 제대로 신경 쓸 겨를이 없었다. 다른 사원들의 질문 세례에 파묻혀 그녀가 얼마나 마셨었는지에 대한 기억이 선명하지 않았다.

단둘이 술을 마시면 어떤 기분일까. 앞으로 몇 번이고 더 하게 될 데이트에는 그녀와 술잔을 기울이는 순간도 있겠지. 생각의 끝에는 짧은 상상이 덧붙기도 했다.

"그럼 저걸로 할까요."

시원이 말했다. 나직하게 말해도 서로는 들을 수 있는 아주 가까운 거리. 연인 사이의 간격으로 서서.

"저거요? 설마 맥주 말씀하시는 건가요?"

"네."

계산대로 한 걸음 걸어가 주문을 하려고 하자 꽃다발을 품에 안은 봄이 그를 따라 두 걸음 더 앞으로 나왔다. 힐끔 옆을 바라보자 똑바로 마주쳐 오는 눈동자가 오늘따라 유독 검다.

"됐어요."

"마시고 싶은 거 아니었습니까?"

"이것도 나름 데이트잖아요. 데이트 중에 낮술을 하고 싶지는 않아요."

"……."

시원은 그 자리에 선 채 멍하니 봄을 응시했다. 별거 아닌 대답이었지만 그 순간 그에게 와닿은 무게감은 그녀의 의도보다 더 컸다. '나름'이라는 말은 들리지도 않았다.

그녀가 지금 자신과의 하루를 데이트라 완벽하게 인식하는 중이고, 그로 인해 아주 자연스럽게도 자신을 애인의 위치에 세워 놓았다는 것이 느껴져 말로 할 수 없는 성취감이 차올랐다.

그는 데이트라는 단어에 집중했다. 그 흔한 단어가 대체 뭐라고 이렇게까지 기분이 좋아지는 건지는 모르겠지만, 자신에게 관심조차 없는 줄 알았던 목석같은 여자의 한마디는 지금의 데이트를 더욱 데이트답게 만들기에 충분했다.

"여기 팝콘 큰 거 하나랑 콜라 두 개 주세요."

넋 빠진 남자를 뒤로하고 대신 주문하는 봄의 동그랗고 마른 어깨를 보며, 찰랑이는 단발 밑으로 보드랍게 휘어진 블라우스 칼라를 보며, 시원은 새삼스러운 생각을 하고 있었다.

봄은 분명 한 번도 만나 본 적 없는 타입의 여자였다.

무척, 여러 가지의 의미로.

✾✾✾✾✾

모든 것은 평범했다. 아니, 그 이상으로 너무 평이하고 딱딱하기까지 해 업무 스케줄을 이행하는 것 같기도 했다.

느끼는 바는 봄이나 시원이나 크게 다르지 않았다. 잠깐씩 서로에 대한 생각을 다시 해 보게 만드는 순간이 있기는 했지만 그건 너무도 순식간이었고, 그것을 음미하고 있을 새도 없이 바로 다음 스케줄을 이행하기에 바빴다.

영화를 보고 나왔을 때도 그랬다. 영화가 어땠느니 배우는 어땠느니 하며 그에 대한 감상을 나눌 법도 한데 둘이 나오자마자 한 말은 고작해야 '밥 먹으러 가죠.'였다.

두 사람이 본 것은 심금을 울린다는 홍보 문구와 딱 어울리는, 아련하다 못해 슬프기까지 한 멜로 영화였다. 스크린을 바라보며 관객들이 훌쩍이고 있던 2시간 동안 봄과 시원은 눈만 멀뚱멀뚱 뜨고 있었다.

슬픔을 감수하고 헤어져야만 하는 연인을 보며 연애 세포가 부족한 여자와 연애 스킬이 뭔지도 모르는 남자는 머릿속으로 이런 생각을 했다.

'그렇게 사랑한다면서 왜 헤어져. 별로 사랑한 게 아닌가 보지.'

'헤어지기 싫으면 안 헤어지면 되는 거 아닌가? 도대체 이해할 수가 없네.'

연애를 하고 사랑을 하면서 가질 수 있는 복잡하고 말로 표현할 수 없는 감정들에 대한 경험이 전무했다. 그 때문이라고 스스로를 설득해 본다. 결코 감정이 결여된 게 아니라고 하면서. 그런 부분에서 둘은 은근히 공통점이 많았다.

"오늘도 감사했습니다."

식사를 마치고 여운을 즐길 새도 없이 도착한 봄의 집 앞. 창 너머로 보이는 자신의 집을 확인한 봄이 시원을 향해 인사했다.

집까지는 30분도 채 걸리지 않았다. 그동안 도란도란 서로에 대한 이야기를 나눌 법도 한데, 둘은 오는 내내 다음 주 개발팀 일정과 관련한 대화만 했다.

다른 사람에게는 스릴 넘치는 사내 연애가 봄과 시원에게는 업무의 연장이 되어 버리고 마는 안타까운 현장이 아닐 수 없었다.

"다음부터는 굳이 데려다주지 않으셔도 돼요. 집, 반대 방향이잖아요."

"그걸 어, 어떻게 알았습니까?"

요즘 부쩍 그녀 앞에서 바보 같은 얼굴만 보인다는 생각이 들었지만 표정 관리가 쉽지 않은 시원이다. 봄은 그런 시원을 보며 그녀 특유의 덤덤한 말투로 말했다.

"저번 회식에서 직접 말씀하셨어요. 댁이 어디시냐는 김 과장님 말에 몹시 당당하고 반듯한 발음으로."

"아……."

살짝 벌어진 입술 사이로 영혼이라도 빠져나갈 기세다.

시원의 얼굴을 바라보며 봄이 눈을 한 번 정도 천천히 감았다가 떴다. 팀장 김시원으로 마주할 때와 남자 김시원으로 마주할 때의 갭이 너무 커서 때때로 현실 감각이 떨어지는 것 같을 때가 있다. 꼭 지금처럼.

회의라도 할 때면 김 과장조차 바짝 얼음으로 만들어 버리는 사람이 왜 자신과 있을 때면 저렇게 본인이 얼어 버리는 걸까. 처음에는 착각인가 했는데 계속 보니 아무래도 아닌 것 같다.

이쯤 되니 '내가 불편한가?' 싶은 생각이 아예 안 들기도 힘들었다. 괜한 연애 제안으로 자신을 불편해할 바에야 차라리 회사에서처럼 공적으로 대해 주는 게 나을지도 모르겠다.

봄이 그런 생각들을 정리하며 불쑥 시원의 앞으로 꽃다발을 내밀었다.

"저 이제 들어갈게요."

평소처럼 미련 없이 내려서 들어가 버릴 거라고만 생각하던 시원은 그녀가 내민 눈앞의 꽃다발에 잠시 할 말을 잃었다.

"예……. 그런데 이걸 왜 저한테 줍니까?"

"불편하다고 맡겨 놓으신 거잖아요. 아, 뒷좌석에 둘까요?"

그걸 정말 그대로 믿었나 보다. 모로 가도 서울만 가면 된다며 그녀에게 꽃다발을 전해 줬다는 사실로 만족하던 참인데. 또다시 박탈감이 고개를 든다. 그런 시원의 시선을 미처 눈치채지 못한 듯 봄은 뒷좌석을 향해 상체까지 틀고 있었다.

이건 아니다. 결국 시원은 꽃다발을 뒤에 놓으려 뻗던 그녀의 팔을 붙잡았다.

“……?”

봄이 고개를 돌려 시원과 눈을 마주쳤다. 가느다란 팔을 붙잡은 채 시원은 입을 달싹였다.

고작해야 몇 초 남짓의 시간. 그런데도 몇 분은 족히 흐른 것처럼 침묵이 버거웠다. 조금만 솔직해지자고 스스로를 채찍질하는 시원을 아는지 모르는지 봄은 눈동자에 의문을 가득 담은 채 시원을 바라보고만 있었다.

왜 그러냐고 물으며 채근해 오지 않아서일까. 이상하게 그때만큼은 눈 딱 감고 용기를 내는 게 가능할 것도 같았다.

“그 꽃다발…… 사실 제가 산 겁니다.”

겨우 말했다. 막상 뱉고 보면 별것도 아닌 말인데 하루를 꼬박 들이고 이렇게 끝의 끝까지 몰려야만 나오는 게 한심하기도, 답답하기도 했다.

시원은 그 순간 솔직해졌다는 생각 하나에 사로잡혀 자신이 그녀를 붙들고 있다는 것도 잊었다. 괜한 긴장이며 쑥스러움에 팔을 잡은 손에 힘이 들어갔는지 봄이 “아.” 하고 작은 소리를 냈다. 멈칫하며 얼떨결에 팔을 놓자 그제야 봄이 상체를 돌려 앞을 보았다.

한참을 정면만 쳐다보던 그녀가 갑자기 고개를 옆으로 휙 돌린다. 피하고 말고 할 새도 없이 눈이 마주치자 시원이 다시금 딱딱하게 얼었다.

“그래서요?”

바닥에 떨어져 있던 걸 주워 온 것도, 누가 버린 걸 가져온 것도 아니라는 소리로만 들은 걸까. 오로지 직접 샀다는 팩트만 인식하는 봄의 반응에 시원이 미간을 좁히며 한마디를 덧붙였다.

"……서문봄 씨 주려고 산 거였다는 말입니다."

구체적으로 진심을 전하자 봄의 표정이 잠시나마 변한 것도 같았다. 그녀는 긴 속눈썹을 깜빡이며 올곧은 시선으로 시원을 바라보고 있었다.

아직 봄의 품에 안겨 있는 꽃다발이 바스락거리며 작은 소음을 냈다. 봄이 천천히 고개를 내려 꽃을 보았다가 다시 시원을 보았다. 재강에게 꽃을 받았던 그때와 비슷한 반응이었다.

재강의 얼굴을 떠올리니 또다시 욱한다. 하지만 그게 질투인 걸 알 리 없는 시원은 여전히 불만스러운 얼굴로 낮은 숨만 들이쉴 뿐이다.

그때였다. 봄의 눈가가 보기 좋게 휘어졌다. 초승달 모양으로 눈이 접히는가 싶더니 입꼬리도 예쁘장한 호선을 그렸다. 그 모습을 보는 순간 시원은 말문이 턱 막힌다는 게 무엇인지 온몸으로 느꼈다.

"예쁘네요. 고맙습니다."

재강에게 했던 것과 토씨 하나 다르지 않은 대답. 그러나 커다란 것이 달랐다.

시원이 그녀에게서 발견한 것은 그때보다 조금 더 진실한 표정과 솔직한 미소였다. 자신처럼 마음에도 없는 말을 하거나 거짓으로 무언가를 꾸며 보이려는 모습은 없었다.

조금이나마 깨달을 수 있었다. 자신이 솔직하게 그녀를 대하는 만큼 그녀 역시 자신에게 더없이 솔직한 반응을 보여 준다는 사실. 상대에 대한 마음을 솔직하게 표현할수록 상대 또한 솔직하게 좋아해 준다는 그 간단한 진리를 그제야 제대로 알 수 있을 것 같았다.

연애가 단번에 쉬워지거나 '아, 이게 연애구나!' 하고 깨닫게 되는 말도 안 되는 기적 같은 건 없었지만, 그래도 머리로만 알고 있던 것과 행동으로 옮겼을 때의 결과는 그 차이가 명확했다.

고맙다며 웃는 봄의 미소를 통해 확실하게 느낄 수 있었다.

그녀가 꽤 사랑스러워 보이는 순간이었다.

05
평범하지만 평범하지 않은

가을도 아닌데 하늘이 높았다. 선선한 바람이 나뭇잎을 장난스레 괴롭혔고, 때때로 흩날리는 꽃씨에 뺨이 간지러운 기분이 들었다.

아무런 문제없이 지속될 수 있을까 걱정만 가득했던 데이트는 벌써 몇 번째에 접어들었고, 둘의 만남은 어느덧 한 달을 훌쩍 넘겼다.

누군가는 연애라고 깜빡 속을 연애였고, 누군가는 눈썰미 좋게 어색한 간격을 알아챌 수 있을 만한 연애였다. 그렇게 연명하다가 장렬하게 전사할 시한부 연애.

"봄이 언니죠? 반가워요. 전 예원이에요, 김예원. 우리 오빠 잘 부탁드려요."

상견례와 같은 지금의 분위기가 어색한 건 그 때문이었다.

가짜 연애라서.

"자기야, 오빠랑 새언니 왔어!"

예원이 고개를 돌려 방 쪽으로 목소리를 높이자 서너 살 정도 되어 보이는 작은 여자아이를 품에 안은 건장한 남자가 나왔다. 그녀의 남편, 그러니까 시원의 매제인 상혁이었다.

"두 사람 다 왜 그러고 있어요? 들어와요. 맛있는 거 잔뜩 해 놨어요."

"……그럼 실례합니다."

현관에 멀뚱히 서 있던 봄은 자신보다 더 어색해하는 시원을 뒤로하며 구두를 벗었다. 안으로 들어서서 집 안을 훑어보는 봄의 눈에는 낯선 곳에 도달한 사람의 호기심 같은 것이 서려 있었고, 그런 봄과 달리 시원은 무거운 마음으로 한숨을 내쉬었다.

예상에도 없던 데이트, 아니, 상견례와 비슷한 지금 이 만남의 시작은 1시간 전으로 돌아간다.

✻✻✻✻✻

시원도 봄도 데이트 계획을 짜는 것에 있어서는 어려움이 많았다. 그래서 주로 다른 사람들이 어떤 데이트를 하는지 어렴풋하게 파악한 뒤 대부분의 시간을 식사와 영화 관람 등으로 때웠다.

오늘도 크게 다르지 않았다. 연인들이 함께 보기 좋다는 최근 상영작 중 하나를 골라 보고 나오는 길이었다.

봄은 언제나처럼 영화 포스터 앞에 선 채 시원과 다정한 척 사진을 찍었고, 시원이 맹구처럼 나오든 말든 아랑곳하지 않은 채 영애에게 문자 메시지를 보냈다. 그럼 영애는 2분도 채 지나지 않아 '선남선녀가 따로 없네. 즐겁다니 엄마도 좋다.' 하고 답장을 보내왔다. 데이트 스케줄 이행과 보고용 사진에는 시원도 슬슬 익숙해지고 있었다.

그리고 익숙해지는 것과 별개로 그는 또 다른 변화를 느끼기 시작했다.

그녀에게 꽃을 선물했던 밤, 시원은 작은 깨달음 하나를 얻었다. 남들에게는 별거 아닐지도 모르는 '솔직함에 대한 용기'였다.

사람이 갑자기 달라질 수는 없겠지만 조금만이라도 더 솔직하게 자신이 하고 싶은 이야기를 하자고. 마음에도 없는 소리를 하거나 굳건하게 입을 다물고만 있지는 말자고. 봄의 화사한 미소를 떠올리며 그 뒤로 시원은 몇 번이나 그런 생각을 했었다.

'예쁘네요, 고맙습니다.'

평범하고 솔직한 인사의 힘은 그렇게 둘의 관계에서 분명한 효과를 보였다.

시원과 봄은 상영관을 빠져나오며 영화에 대한 감상을 주고받았다. 서로 때문에 속 뒤집히는—실제로 속이 뒤집힌 건 대부분 시원 혼자만의 일이었지만— 몇 번의 데이트를 통해 건진 꽤 큰 발전이었다. '이제 밥이나 먹죠.'와 '그럴까요.'의 조합에서 '생각보다 재미있네요?'와 '감독의 의도는 아직도 잘 이해가 안 되지만요.'까지 왔다는 건 본인들이 생각해도 신기한 일이었다.

한 달을 꼬박 만나고 둘만의 시간을 주기적으로 갖다 보니 아주 자연스럽게 겪게 된 변화라고 두 사람은 생각했다. 남자와 여자로서 가까워진다는 느낌보다 사람 대 사람으로 서로를 받아들이기 시작한 느낌이라고 해석한 게 문제라면 문제였을 뿐.

"저녁은 뭐 먹을까요. 서문봄 씨가 골라 봐요."

"이 근처에 가게 많으니까 어디든 들어가죠. 제가 그다지 미식가는 아니라서요."

"하긴, 그동안 쭉 지켜보니 그런 것 같기는 했습니다."

"……무슨 뜻인데요?"

시원이 봄을 바라보았다. 전 같았으면 '네.' 하고 대꾸도 하지 않았을 텐데 이제는 자신의 말에 의문을 갖기도 한다. 나도 나지만 이 여자는 언제 이렇게까지 변한 걸까 싶어 지난 한 달을 되짚게 된다.

그때였다. 무슨 뜻이냐는 봄의 물음에 마땅히 대답할 말을 찾지 못해 입술만 달싹이는 사이 시원의 주머니에서 옅은 진동이 울렸다. "잠시만요." 하며 휴대 전화를 꺼내자 액정에 엄마라는 두 글자가 떴다. 밖에 있는 게 분명할 시간에 굳이 전화를 하는 일은 없었던 터라 갑자기 무슨 일인가 싶어졌다.

봄에게 양해를 구한 시원이 그녀로부터 몸을 살짝 돌려 서며 통화 버튼을 눌렀다.

"엄마?"

– 받았네? 안 받을 줄 알았는데.

"……안 받을 줄 알았다는 것치고 되게 끈질기게 진동이 울리던데."

– 데이트하고 있었어?

"아시면 용건만요."

옆에 사람을 세워 두고 통화를 오래 하는 건 시원의 성미에 맞지 않았다. 그런 아들의 성격을 아는 혜숙이 한숨을 쉬며 말을 꺼냈다.

– 엄마가 오늘 예원이네 가서 반찬 좀 했어.

"그게 나한테 굳이 전화까지 해서 전달할 내용인가?"

– 말을 끝까지 들어, 이 자식아.

미간을 좁히며 잔뜩 인상을 쓰는 혜숙의 얼굴이 눈앞에 그려지는 듯했다. 시원이 침묵으로 긍정의 대답을 하며 흘끔 봄을 살폈다. '엄마?' 하고 부르던 첫마디를 들었는지 그녀는 이쪽으로 고개도 돌리지 않은 채 느긋하게 그를 기다리고 있었다.

크게 개의치 않는 얼굴에 왜 괜스레 마음이 조급해지는지 모르겠다. 1분 1초도 방해받고 싶지 않아서 그런가.

– 네 반찬도 예원이네 전부 그대로 두고 왔어. 나이 먹은 엄마가 네 집까지 손수 배달할 수는 없지 않겠니? 네 거니까 네가 알아서 가져다 먹어.

"알았어요. 내일이든 모레든 가지러……."

– 예원이한테는 오빠가 오늘 내로 가지러 갈 거라고 말해 뒀어.

"뭐라고요?"

저도 모르게 톤이 높아졌다. 시원이 멈칫하다가 다시 차분하게 목소리를 가라앉혔다. 봄이 의아한 얼굴로 자신을 보고 있을 것 같아 애써 고개는 돌리지 않은 채였다.

"내가 못 가는 상황이면 어쩌려고 그렇게 막 질러?"

– 데이트 중인데 못 갈 게 뭐 있어?

"데이트 중이니까……!"

기껏 인내한 보람도 없이 재차 커진 목소리는 봄의 시선을 잡아끌었다. 얼떨결에 이쪽을 바라보는 봄과 눈을 마주치며 시원이 애써 속삭이듯이 말을 끝맺었다.

"……못 가지."

데이트라고 동네방네 알리기라도 할 작정인 사람처럼 보였을 것이다. 시원이 답답하다는 듯 셔츠의 첫 단추를 풀며 통화에 집중했다. 오늘따라 우리 여사님이 왜 이러시는지 속을 모르겠네. 어느덧 잔뜩 찌푸려진 인상은 쉽게 펴질 줄을 몰랐다.

– 새언니 될 사람이랑 같이 갈 거라고 했어. 맛있는 거 많이 준비해 둔다니까 가서 동생네 부부랑 정답게 놀다가 와.

"엄마, 잠깐……! 박혜숙 여사!"

통화 종료라는 네 글자가 뜨는 걸 보며 시원이 잠시 넋 나간 얼굴을 했다.

고의다. 아무리 생각해도 이건 명백한 고의였다.

어련히 잘 사귀고 있겠거니 하는 마음으로 아무런 터치도 안 하는 게 신기하다고는 생각했다. 하지만 이런 식으로 자신을 궁지로 몰아넣을 줄은 몰랐다. 봄을 직접 보자니 부담스러워할 것 같아 나름 머리를 굴린 게 틀림없었다. 자신이 봄에 대한 이야기를 도통 하지 않아 분명 예원을 이용하려는 것이다.

시원이 까맣게 꺼진 화면만 내려다보고 있자 근처에 서 있던 봄이 가까이 다가왔다. 그의 얼굴을 보고, 손에 쥐어진 휴대 전화를 보고, 다시 좁혀진 미간에 시선을 둔다.

"팀장님?"

미리 말이라도 해 주지. 물론 미리 말했어도 절대 안 간다고 했겠지만…….

그녀에게 뭐라고 말을 꺼내야 할지 몰라 시원이 난처한 얼굴을 했다. 평소에 보던 난처함과는 조금 달라 보여 그를 바라보는 봄의 얼굴도 어쩐지 낯설어졌다.

봄은 시원을 한 번 정도 더 불렀을 뿐 무슨 일이냐고 재촉하여 묻지 않았다. 가만히 그의 말을 기다릴 뿐이었다.

반복해서 생각해 보아도 봄에게서 좋은 대답이 나올 것 같지는 않지만, 그럼에도 조금이나마 솔직해지기로 했던 다짐을 떠올렸다. 엄마의 일방적인 서프라이즈로 집에서 음식을 해 놓고 기다릴 동생과 불편한 기색으로 자신을 바라볼 봄의 얼굴을 상상해 보기도 한다.

시원이 결국 나직한 한숨과 함께 그녀의 눈을 보았다.

"서문봄 씨, 지금부터 내가 하는 이야기에 싫으면 싫다고 딱 잘라서 말해요."

"네, 그럴게요. 저 좋고 싫은 건 확실하거든요."

"그건 알고 있…… 아니, 그게 아니고."

솔직해지기로 했다고 끝을 모르고 솔직해질 뻔했다. 더 말해 보라는 듯이 자신을 바라보는 봄의 시선에 혼자 뜨끔한 시원이 말끝을 흐렸다.

그러고는 차분하게 방금 전의 통화에 대해 이야기했다. 섣부르게 가자고 그녀를 이끌 수도 없었고, 그녀에게 숨긴 채 동생에게 '나 못 가.' 하며 일방적으로 통보할 못된 오빠도 되지 못했다.

그는 자신이 할 수 있는 최선의 행동을 하는 중이었다. 솔직하게 굴었을 때 자신에게 돌아오는 태도의 변화를 깨달은 뒤였기에.

동의조차 구하지 않은 혜숙의 짓궂은 약속이었고 장난이었다. '그건 좀…….' 하면서 난색을 표해도 이해 가능한, 아니, 어쩌면 당연한 일이었다.

하지만 봄의 대답은 의외였다.

"그래요. 가요."

"예?"

시원의 반응이 더 의외라는 듯 봄이 눈을 동그랗게 뜨며 그와 시선을 마주쳤다. 혹시 싫다고 대답하기를 원하셨던 건가요? 시원에게 그렇게 묻는 듯했다.

"정말입니까? 진짜 갈 겁니까? 안 불편하겠어요?"

"아예 안 불편하다면 거짓말이겠죠. 그래도 어차피 시늉을 하기로 한 거, 제대로 해야 하지 않겠어요? 팀장님도 데이트 때마다 제가 사진 찍어 보내는 일에 협조해 주고 계시잖아요."

"……."

아, 시늉인 건가.

대체 무슨 기대를 했던 건지. 이상할 정도로 밀려드는 허탈감에 시원의 표정이 잠시 딱딱하게 굳었다.

그녀에게는 이 연애가 시늉이고, 자신이 함께하는 모든 것들이 그저 협조에 불과했다는 것을 실감하고 나자 기분이 이상해졌다. 알고 있던 사실인데도 그랬다. 그동안 인정하고 싶지 않았던 것을 억지로 받아들여야 할 때가 된 것처럼.

솔직한 그녀의 반응을 얻기 위해 자신도 솔직해지자고 마음먹었던 그리 길지 않은 시간들, 그리고 다짐들. 그녀에게 꺼내기까지 한참을 맴도는 한마디의 말과 저도 모르게 기울이고 마는 작은 관심까지.

모든 것이 왜 허무해졌는지, 갑작스레 왜 마음이 따끔거리기 시작했는지 시원은 알 수 없었다.

✽✽✽✽✽

"시러어."

"뭐야, 인마? 넌 삼촌이 싫어? 어? 싫다는 말 누가 가르쳤어."

"아빠아!"

시원이 조카인 소미를 품에 안고 이리저리 뺨을 비볐다. 꽉 끌어안고는 쉽게 놓아주지 않겠다는 듯 힘을 주기도 했다. 자꾸만 귀찮게 구는 삼촌에게서 벗어나고 싶었는지 소미가 칭얼거리며 아빠를 찾았다.

손으로 얼굴을 밀치는 것만 여러 번이었는데 그럼에도 시원은 내내 웃는 얼굴로 소미에게 뺨을 들이밀었다.

식사 후, 식탁 앞에 앉아 예원과 커피를 마시던 봄의 시선은 내내 그런 시원에게로 향해 있었다.

거실을 누비며 소미와 시간을 보내는 그의 모습이 봄은 영 낯설고 신기했다. 툭툭 던지는 말투와 어딘지 모르게 불만스러운 표정들이 트레이드마크인 줄로만 알았는데, 저런 표정도 지을 줄 아는구나. 그 순간 봄은 새로이 발견한 그의 얼굴에서 눈을 뗄 수 없었다.

웃는 모습을 본 적이 없는 것은 아니었다. 하지만 지금의 저 미소와는 달랐다고 단언할 수 있었다. 온전하게 자신을 받아들여 주는 곳에서의 그는 언제나 저런 표정인 걸까. 한 번도 궁금하게 여긴 적 없었던 그의 다른 표정을 상상해 보기도 했다.

"어어. 아빠 왔어, 아빠."

방에서 나온 상혁이 달래듯 말하자 소미가 바동거리며 아빠를 향해 두 팔을 뻗었다. 서운함이 가득 스치는 얼굴을 하며 시원은 마지못해 소미를 그의 품에 넘겼다.

작은 얼굴 위로 내내 인상을 쓰고 있던 조카가 아빠에게 안기자마자 볼이 빵빵해지게 웃는 모습에 뭔가 분하기도 하고 시무룩해지기도 했다.

하나뿐인 조카라서 그런지 유독 애착이 강한 것 같았다. 그렇게 가정적인 성격은 아니었지만 이상하게도 조카를 보면 저도 모르게 그렇게 되고는 했다. 스스로 인식을 하고 말고 할 새도 없을 만큼.

"의외네요."

"네? 언니, 뭐가요?"

시원의 모습을 바라보며 봄이 나직하게 말하자 맞은편에 앉아 있던 예원이 물었다. 아까부터 내내 유지하고 있던 호기심 가득한 표정이었다.

"팀…… 아니, 시원 씨가 저렇게 아이를 좋아하는 줄 몰랐어요."

"아이를 좋아하는 건 아니고 그냥 자기 조카라서 저래요. 애들 우는 거 되게 싫어하던데, 우리 오빠."

"아, 그래요?"

"그래도 이게 시작이죠. 저도 결혼해서 소미 낳기 전까지는 애들 별로 안 좋아했어요. 오빠도 조카를 시작으로 '내 새끼'의 귀여움을 알게 되지 않을까요? 아, 혹시 그래서 결혼할 생각도 하게 된 건가? 나랑 우리 소미 영향으로?"

"……."

진짜 결혼을 전제로 만나는 게 아니었기에 봄은 일단 침묵했다. 뻔뻔하게 거짓말로 응수할 정도의 성격은 되지 못했다.

이렇게 침묵함으로써 오해를 살 수도 있다는 걸 모르는 바는 아니었지만 이 순간 회피 외에는 마땅한 방법이 없었다. 저렇게 반짝이는 눈으로 자신을 바라보니 생각지도 못했던 죄책감이 자극을 받는 것도 같고.

그때 거실에 있던 시원이 식탁 쪽으로 다가오더니 봄의 옆에 앉았다. 느긋하게 커피를 마시며 수다를 떨던 두 여자의 시선이 동시에 시원에게 닿았다. 시원의 얼굴은 꼭 연인에게 차인 남자 같았다.

"애 좀 그만 괴롭혀, 오빠."

"예뻐한 거야."

"귀찮다고 칭얼거리는데도 계속 붙들고 있었으면서? 소미가 아직도 갓난쟁이인 줄 아나 봐."

"쟤 성장이 좀 남다른 것 같다? 왜 저렇게 훌쩍 크는 거야."

"내가 오빠 보러 뉴욕 갔을 때 소미가 몇 개월이었는지 알고나 말하는 거야? 그리고 원래 애들은 금방 커. 다음에 오빠 올 때는 '시러어.'가 아니라 '싫어!' 하고 딱 잘라 말할걸, 아마."

"……넌 엄마가 되어서는 애한테 부정적인 말부터 가르치냐. '삼촌 좋아.'나 '삼촌 멋있어.' 같은 걸 알려 주라고. 얼마나 기특하겠어."

허물없는 남매의 대화를 들으며 봄이 조용히 커피를 홀짝였다. 외동이었어도 별로 외롭다고 느낀 적은 없었는데 이상하게 이 순간 자연스러운 대화가 애틋하고 즐겁게 들렸다. 공존하기 힘든 감정인 것도 같았지만 딱히 표현할 수 있는 말이 없었다.

시원의 새로운 모습들이 연달아 나오는 동안 봄의 마음에서도 굉장히 다양한 감정들이 이리저리 뒤섞였다. 언제나 평온하던 마음에 돌이라도 던져진 듯 그 변화는 바로 적응키 힘들었다.

"봄이 언니."

"네?"

정말 가까운 언니라도 부르는 듯한 목소리에 봄이 잔을 내려놓으며 예원과 눈을 마주쳤다.

예원은 처음 마주했을 때부터 연신 생글거리는 미소를 감추지 않은 채 살갑게 굴었다. 봄이 마음에 든 것인지, 시원이 처음으로 애인을 데리고 왔다는 반가움 때문인지는 정확하지 않았지만 확실한 건 호감으로 똘똘 뭉쳐 있다는 것이었다.

그런데 이상하게 그 호감 어린 눈빛이나 부름이 부담스럽지 않았다. 진짜 사귀는 사이도 아니고 결혼을 할 사이도 아닌데 그랬다.

봄이 생각해도 몹시 의아할 정도였다.

"오빠 첫인상은 어땠어요?"

"첫인상이요?"

"네. 우리 오빠가 어디 가서 첫인상이 막 좋아 보일 타입은 아니잖아요."

"야, 김예원."

시원이 중간에서 막으며 그런 걸 왜 묻냐는 듯이 미간을 좁혔지만 봄의 얼굴에는 작은 미소가 떠올랐다. 그녀의 표정을 본 시원은 앞으로 내밀었던 상체를 서서히 제자리로 가져와 의자에 등을 기대었다.

이 여자가 이렇게 순순하게 웃는 사람이었나. 새삼스러운 생각이 몇 번째 반복되었는지 모르겠다.

"어쩌죠. 저 거짓말은 잘 못하는데."

"솔직하게요."

솔직해도 너무 솔직해서 탈이지. 시원이 그런 생각을 하며 혼자 고개를 끄덕거렸다. 봄의 입술을 타고 나올 말이 무엇일지 생각도 하지 못한 채.

"좀 가식적이었죠."

……응? 가식?

"자, 잠깐, 서문봄 씨. 방금 가식이라고 했습니까? 제가요?"

속 시원한 봄의 대답이 마음에 든다는 듯 예원이 소리 내어 웃었고, 시원은 아예 봄의 방향으로 몸을 돌리고 앉았다.

그리 유쾌하지만은 않았던 첫 만남을 떠올렸다. 그녀가 자신에게 했던 말도 안 되는 인사와 그녀 앞에서 쪽도 못 쓸 것처럼 당황하던 자신의 얼굴, 그리고 애써 태연하게 굴며 입을 꾹 다물던 그 순간의 노력까지 전부.

능숙하거나 자연스러워 보이려 했던 노력들이 그녀의 눈에는 가식으로 보였다고 생각하니 갑자기 부끄러워진다. 있는 그대로의 자신을 보고 있다고만 생각했는데, 이 여자는 대체 어디까지 나를 파악했던 걸까. 어쩌면 쩔쩔매던 그 모든 순간들을 훤히 들여다보고 있었던 건 아니었을까 하는 생각마저 든다. 그만큼의 눈치가 있을 거라고 예상한 적은 없었지만.

봄과의 대화가 즐겁다는 듯 예원이 손을 휘저으면서 시원을 막았다. "오빠는 좀 빠져 봐." 하면서.

"그럼 하나 더요. 우리 오빠 어디가 마음에 들어요?"

"음……."

좀처럼 망설이는 모습을 볼 수 없었기 때문일까. 잠시나마 대답을 고민하는 봄의 모습에 시원은 저도 모르게 마른침을 삼켰다.

언제부터였는지 모르겠다. 그녀의 표정 변화, 대답 하나에 이렇게 긴장하고 온갖 상상을 하기 시작한 것이.

동생인 예원이 자신을 신기하다는 양 바라보는 것도 모른 채 시원은 봄의 입술만 한참 동안 응시했다. 그녀의 대답이 이 순간 그에게는 가장 중요했다.

그래서 서문봄 씨, 당신은 내 어디가 마음에 듭니까?

아니, 마음에 들기는 합니까?

"차라리……."

"응?"

"……마음에 안 드는 부분을 물어봐 주면 안 될까요. 질문이 많이 어렵네요."

"언니 진짜 짱이다. 솔직한 게 완전 내 스타일이야!"

저 여자가 진짜……!

웃으며 서로를 보는 여자들과 달리 시원의 표정은 몇 초 사이에 획획 변했다. 봄에게 말도 안 되는 걸 기대했었다며, 다시금 현실로 떨어진 그의 얼굴은 붉으락푸르락했다. 가짜 연애인 걸 알면서도 그 사실을 잠시 망각한 채 진심으로 모든 신경을 기울인 탓이었다.

흘끔 자신의 오빠를 보는 예원의 얼굴에는 흥미가 가득했다. 가족과 있을 때는 좀처럼 저런 변화를 보이지 않는 시원이다. 물론 조카가 태어난 뒤 부쩍 그답지 않게 구는 일이 있기는 했지만 가족이 목격할 수 있는 모습은 대부분 거기서 거기였다.

밖에서는 저런 얼굴을 하는구나. 아니, 만나는 여자 앞에서는 저런 모습이었구나.

본 적 없던 얼굴에 예원은 즐거웠다. 연애 하나 제대로 못하는 오빠를 향해 한숨만 푹푹 내쉬던 엄마를 떠올리며 가만히 턱을 괴기도 했다.

상대방의 한마디에도 이랬다저랬다 할 수 있다는 게, 마음과 표현이 따로 놀거나 혹은 저도 모르게 솔직해질 수 있다는 게 신기하고 또 신기했다. 자신에게는 익숙한 것이 오빠에게는 익숙하지 않다는 걸 누구보다 잘 알고 있는 입장이었기 때문에 더욱 잘 와닿았는지도 모르겠다.

예원은 봄이 마음에 들었다. 자신의 오빠를 잘 다뤄 줄 수 있을 만한 사람이라는 생각이 들었다. 남들이 들으면 가족이냐 원수냐 물을지도 모르겠지만 예원도 혜숙만큼이나 시원에 대한 시각이 명확하고 냉정했다.

……바보 같을 때는 좀 심각하게 바보 같아서.

그러다 보니 반대의 질문이 떠올랐다. 그녀가 자신의 오빠를 어떻게 생각하는지, 어디 가서 제대로 예쁨 받지도 못하던 남자와 어떻게 연애할 마음까지 들었는지. 하지만 그 궁금증은 잠시 뒤로 미루었다. 막상 시원의 얼굴을 보니 봄에 대한 것도 묻고 싶어진 것이다.

예원은 알고 있었다. 조금만 어긋나도 헤어지면 그만이라는 마인드였던 시원을. 누군가를 진심으로 좋아해 마음을 표현하거나 그로 인해 자기 자신의 변화를 느낄 정도로 빠져 본 적도 없는 시원을. 그래서 매번 차였고, 차여도 별 감흥이 없던 시원을.

진심인지 장난인지 모를 봄의 말에 벌게진 얼굴로 실망한 기색을 비추는 시원을 보며 예원이 웃었다.

"오빠는?"

"어?"

"오빠는 봄이 언니가 왜 좋은데?"

예상하지 못했던 질문에 시원이 잠시 멈칫했다. 커피를 한 모금 들이켜던 봄의 손짓도 멈추었다. 예원의 예리한 눈썰미가 두 사람을 빠르게 훑었다.

봄이 식탁 위에 잔을 내려놓으며 시원을 향해 고개를 돌린다. 내심 대답이 궁금해진 눈치였다. 시원은 뭐 그런 걸 묻느냐며 미간을 좁혔지만 자신을 향하는 봄의 시선을 느끼고서 도로 입을 다물어 버렸다.

진짜 연인이 아니기 때문에 더 쉽기도 했고, 반대로 더 어렵기도 했다. 좋은지 아닌지를 물어야 할 것 같은 사이인데 좋아한다는 감정이 당연하게 전제된 상황에서 대뜸 이유부터 물어버리니 머릿속을 뭔가로 얻어맞은 것 같았다.

난 이 여자가 좋은 건가, 안 좋은 건가. 좋아하는 걸로 되어 있으니 상상해 본다. 만약 이 여자를 좋아하게 된다면 그 이유는 뭘까.

아무렇지 않게 연기를 하는 게 힘들었다. 자신의 마음이 진심인 것도, 진심이 아닌 것도 아닌 상태에 걸쳐져 있다는 생각이 들었다. 따지자면 호감 쪽일 것이다. 가짜 연애라고는 해도 일단 연애는 연애이니 그 정도 감정도 없이 관계를 지속하기는 힘들다.

그런 생각을 할수록 스스로의 질문이 마음을 더 집요하게 파고든다. 그래서 좋다고? 어디가? 어떻게 좋은 건데? 예원의 질문은 한 가지였는데 수십 가지의 질문들을 던지는 스스로가 마음속 어딘가에 있었다.

'그래도 어차피 시늉을 하기로 한 거, 제대로 해야 하지 않겠어요?'

갑자기 그녀의 말이 떠올랐다. 왜였는지 모르게 허탈한 마음을 불러오고, 얼마 만에 느끼는지 모를 서운함을 남겼던 몇 마디. 그때의 감정을 떠올리던 시원이 입을 일자로 굳게 다물었다가 열었다.

……그래. 시늉인데, 뭐.

"예뻐서."

"응?"

"예뻐서 좋다고."

"아, 진짜. 예뻐서 만난다니! 무드 없어!"

"그러니까 그런 걸 왜 물어봐."

시답지 않은 질문 같은 거 하지 말라는 듯 시원이 손을 휘저었다.

어째서인지 봄이 있는 쪽으로는 고개를 돌리기가 힘들었다. 자신이 뱉은 말이 반은 진심이고 반은 시늉이기 때문이었다.

그녀의 말에 자신이 벌건 얼굴로 솔직하게 반응했던 것과 달리 그녀는 아마 덤덤할 것이다. 하지만 이마저도 결국은 예상일 뿐. 실제로 어떤 표정을 짓고 있을지 직접 바라볼 용기는 나지 않아 애꿎은 예원을 향해 투박한 말을 뱉는 게 전부였다.
시원은 나중에야 그것을 후회했다.
예쁘다는 자신의 말에 그녀는 어떤 표정이었을까.

✲✲✲✲✲

다음부터는 따로 가자는 말에도 불구하고 오늘도 역시 시원은 자연스럽게 봄의 집을 향해 핸들을 돌렸다.
가장 가까운 역에 내려 달라고 말했지만 그는 굳이 그럴 필요를 느끼지 못하겠다는 표정으로 대꾸했고, 역을 그냥 지나치는 움직임에 봄은 그러려니 하며 금방 체념했다. 몇 번 다녔던 길이라 그새 익숙해졌다는 듯 시원의 차는 마치 제집으로 향하는 듯 자연스럽게 도로 위를 달렸다.
차 안에는 잔잔한 라디오 소리만이 차올랐고 시원과 봄은 아무런 말이 없었다. 꼭 처음 만나 집으로 돌아가던 날 같았다. 그때도 이렇게 라디오 음악에 의지하며 그녀의 집까지 갔었다. 그때처럼 노래를 흥얼거리는 봄의 목소리는 없었지만 첫 만남의 어색한 분위기와는 다른 묘한 공기가 있는 것만은 분명했다.
자신의 가족을 소개했다는 실감이 나기 시작한 걸까. 그래서 머리부터 발끝까지 뒤늦은 부담감이 작용한 걸까. 핸들을 잡은 시원의 머릿속에서는 봄에게 직접 확인하지 못한 여러 가지 감정들이 뒤섞여 부유하는 중이었다.
머리가 복잡한 건 봄도 마찬가지였다.

봄은 예원과 나누었던 대화를 몇 번씩 떠올리고 곱씹었다. 남편을 바라보며 수줍게 웃는 예원의 얼굴과 그런 예원을 바라보며 여전히 사랑에 빠진 남자의 얼굴을 하던 상혁의 모습이 잔상처럼 남았다.

'원래 연애하면 그렇잖아요. 사랑스럽고, 보고 싶고, 정말 좋아 죽겠는데도 이상하게 자꾸만 가슴 아픈 일들이 생기고. 예원이랑 저도 남들 같았어요.'

'맞아. 우리 서로 힘들고 아프다고 그만하려고 마음먹은 게 몇 번이었는데.'

'그래도 헤어지기 싫은 게 더 컸지. 그래서 결혼했잖아. 어떤 의미로든 헤어지기 싫어서.'

상혁은 사랑스럽고, 보고 싶고, 좋지만 아픈 감정들을 겪은 일에 대해 남들 같았다고 했다. 그리고 봄은 자신이 그 '남들'에 해당되지 않는다는 것을 깨달았다.

누군가를 통해 그 정도로 사랑스럽고 애틋한 감정을 느껴 본 일이 없었다. 이별을 겪어도 딱히 아팠던 적이 없었기에 최소한 자신이 '남들 같은 사랑'을 했던 적은 없었다는 것을 알 수 있었다.

서로 사랑하는 사람들을 가장 가까운 곳에서 마주한 느낌이었다. 진솔도 10여 년이 넘게 연애를 하기는 했지만 봄이 바라보는 그쪽의 연애는 설레는 사랑보다는 지는 꽃 같았다. 거의 시들어 이젠 수명도 다해 버린 오래된 무언가를 가만히 지켜보기만 하는 것에 가까웠다. 그래서 진솔의 오랜 연애보다 예원과 상혁의 완성된 연애담이 더 환상처럼 다가왔는지도 모르겠다.

결실을 맺은 사람의 연애는 조금 더 진정한 사랑에 가까운 기분을 느끼게 했다. 결혼이 모든 사랑의 엔딩이 아니란 것은 잘 안다. 그럼에도 완성도만큼은 다를 수도 있지 않을까 하는 생각이 들었다. 연애다운 연애조차 해 보지 못한 봄에게는 그랬다.

봄의 시선 끝에 시원이 닿았다. 그는 이 침묵이 익숙한지 정면을 보며 운전에만 집중했다.

때때로 자신을 보며 팀장으로서의 직급 같은 건 다 잊은 듯 얼굴을 붉히던 그의 모습이 생각났다. 딱딱한 말을 뱉고, 이랬다가 저랬다가 하며 변덕을 부리고, 그러다가 느닷없이 솔직해지기도 하고.

도통 알 수 없는 사람이라고만 생각하다가 오늘 가장 자연스러운 그의 모습을 본 것 같아 기분이 묘했다.

"오늘 좋았어요."

나직한 목소리가 차 안에 울리자 시원이 멈칫하다가 힐끔 봄에게 시선을 돌렸다. 봄은 어느새 창밖을 바라보고 있었다. 눈조차 마주치지 않고 하는 좋았다는 말이 이상하게 가슴을 울린다. 그 좋았다는 한마디에 자신에 대한 것이 몇 퍼센트나 들어 있는지는 모르겠지만.

"불편할 것 같았는데 좋았다니 다행입니다."

오늘 하루가 어떻게 지나갔는지도 모를 정도로 정신이 없었다. 예원에게 수많은 질문을 받고, 대답을 하고, 그때마다 봄이 어떤 표정과 어떤 마음으로 말을 했는지 하나씩 헤아릴 수도 없어 한숨이 절로 나왔다.

그러면서 그녀와 단둘이 보낼 수 있는 시간을 방해받은 것 같아 아쉽기도, 그녀가 자신의 울타리 안으로 조금 더 가까이 들어온 것 같아 안심이 되기도 했다.

봄의 집이 점점 가까워지고 있었다. 이러다가 5분도 되지 않아 도착할 것 같다는 생각이 들자 갑자기 아쉬운 마음이 커졌다.

시원이 조금씩 속도를 줄였다. 신호가 걸릴 것 같다 싶으면 일부러 여유를 부려 그대로 멈추어 섰다. 평소라면 속 터졌을 신호의 연속이 지금만큼은 다행이었다.

“오, 오늘따라 속도를 내기가 힘드네요, 하하.”

어색하게 웃으면서 흘끔 봄의 눈치를 보자 앞에 있는 빨간불을 바라보며 봄이 말했다.

“드라이브 같고 좋네요.”

어……? 빨리 집에 가서 쉬고 싶어 할 줄 알았는데……?

차 안에서 자신과 함께하는 시간이 길어져도 괜찮다는 건가 싶어 마음이 들떴다. 이대로 그녀를 싣고 어딘가 한 바퀴 더 돌고 싶은 기분이 들게 하는 말이었다.

핸들을 꽉 쥔 시원이 용기 내어 말했다.

“그럼 드라이브라도 하다가 갈래요? 아무래도 서문봄 씨가 이대로 집에 가는 걸 아쉬워하는 것 같아서 말입니다.”

“그건 아니고요. 저 신경 쓰지 않으셔도 돼요. 아, 신호 바뀌었네요.”
“…….”
웬일로 빈틈을 보여 준다 했다.
시원이 실망한 표정으로 눈을 가늘게 뜨며 액셀을 밟았다. 더는 여유를 부리거나 시간을 끌지도 않았다. 오늘따라 속도를 내기가 힘들다던 게 거짓말처럼 그의 차는 주인의 이름만큼이나 시원스럽게 달렸다.
하지만 시원의 마음은 그게 아니었다. 이름값도 하지 못하는 상태는 물러갈 생각을 하지 않은 채 여전히 지속 중이었다. 봄을 만난 이후로 쭉.

“안녕히 가세요.”
“예에.”
참 한결같이 냉정하다. 봄은 인사를 한 뒤 미련 없이 집을 향해 걸어갔다. 오늘도 역시 단 한 번을 돌아보지 않으며 마르고 곧은 등만 내보일 뿐이었다.
평소와 같은 모습을 보며 시원은 평소와 다른 서운함을 느꼈다. 핸들에 두 팔을 올린 채 저 여자가 이쪽을 돌아보는 날이 오기는 할까 생각했다. 그녀만큼 자신도 앞만 보고 갈 수 있으면 좋으련만.
그런 생각을 하며 기어를 바꿀 때였다. 집을 향해 걸어가던 봄이 갑자기 그 자리에 멈추어 서더니 몸을 돌리는 게 아닌가.
시원이 눈을 동그랗게 뜨며 창밖의 그녀를 바라보았다. 헤어지는 길은 언제나 그녀의 뒷모습이 끝이었는데, 저렇게 자신을 향해 서는 모습을 보게 될 줄이야.

한 번쯤은 이쪽을 돌아보라고 생각하기는 했지만 막상 예고도 없이 현실이 되자 마음의 소리가 들리기라도 한 건 아닐까 싶어 괜히 뜨끔했다.

말로 인사를 전해도 어차피 들리지 않을 거리였다. 말없이 뚫어지게 보고만 있자 봄이 그의 차 쪽으로 아예 몸을 돌리고 선 채 가벼이 손을 흔들었다. 사무적으로 고개를 꾸벅이는 것도 아니었다. 오른손을 들어 흔들흔들. 무척 가까운 사이처럼.

"……."

마치 꽃을 단 나뭇가지가 살랑이며 흔들리는 듯했다. 시원은 기어를 바꾸고도 액셀을 밟지 않은 채 멍하니 그녀에게 홀려 있었다.

봄은 시원의 차가 사라질 때까지 보고 있을 작정인지 쉽게 등을 돌리지 않았고, 그런 그녀의 의도를 알아챈 시원은 뒤늦게야 조금씩 속도를 높여 골목을 빠져나가기 시작했다.

그녀를 지나치고, 사이드 미러에 그녀의 모습이 비치는 동안에도 그의 정신만큼은 여전히 골목길에 머물며 미처 그 자리를 떠나지 못했다.

백미러에 비친 시원의 얼굴은 불에 데기라도 한 듯 시뻘겋게 달아올라 있었다. 자꾸 예쁜 것 같기도 하다고 생각했더니 진짜 점점 예뻐 보이기 시작하는 건가.

이유를 알 수 없는 기쁜 마음을 느끼며 시원은 아까 자신이 했던 대답을 떠올렸다.

'예뻐서.'

나는 지금 당신이 예뻐서 호감이 가는 걸까. 아니면…… 호감이 가서 예뻐 보이는 걸까.

닿지 않는 질문이 마음속을 맴돌았다.

06
어느 상냥한 밤

조금은 어수선한 분위기의 사무실. 봄은 자신의 자리에 앉아 멍하니 모니터만 응시하고 있었다.

점심 식사 직후면 언제나 그랬듯 식곤증으로 나른하기는 했지만 지금 그녀의 상태는 평소와 조금 달랐다. 조용히 숨을 내쉬면 그게 단순한 호흡인지 한숨인지 오묘할 정도의 온도를 띠었고, 언제나 누굴 향하든 선명하게 빛을 내던 눈동자는 초점이 흐렸다. 잠시 누군가 그녀의 영혼만 쏙 빼내 어디론가 데리고 간 것 같았다.

"뭐지……."

그리 높지 않고 차분한 목소리가 공기 중을 갈랐다. 봄이 나직하게 중얼거리면서 턱을 괴었다. 눈을 한 번 깜빡였지만 초점은 모니터의 어느 부분인지 모를 곳에 멍하니 닿을 뿐이

었다.

봄의 마음은 요즘 부쩍 그녀의 것 같지 않았다. 이유는 단 하나, 시원 때문이었다.

그의 생각을 하다 보면 고민이 걷잡을 수 없이 깊어지는 듯했고, 애써 그의 생각을 하지 않으려고 하면 주변에서 연달아 그의 이름을 입에 올렸다. 정확하게 언제부터였는지는 모르겠다. 문득 깨닫고 보니 이미 그런 상태였다.

호칭은 여전히 공과 사가 구분되지 않는 '팀장님'이었지만 이상하게도 회사에서 눈이 마주칠 때마다 그 시선이 공적인 것인지 사적인 것인지 헷갈리기 시작했다. 전에는 당연하던 것들이 당연하게 느껴지지 않으면서 그녀는 요즘 자신이 많이 피로한 것 같다고 생각했다.

신제품 때문에 개발 1팀 전체가 부쩍 바빠지기 시작한 것도 있었고, 가족으로부터 독립하기 위해 회사 근처에 집을 알아보느라 정신이 없는 탓도 있었다. 피로의 원인은 찾아보면 많았다.

그러면서도 이 마음이 제 것 같지 않은 이유만큼은 분명하게 시원이라는 걸 모르려야 모를 수가 없었다. 그게 더 마음을 어지럽혔다. 저도 모르는 사이 그의 앞에서 성장기 아이가 되어 가는 기분이 들었다.

자신을 내려 준 뒤 돌아가는 그가 문득 궁금해졌고, 손 흔드는 자신을 바라보며 눈을 동그랗게 뜨는 얼굴이 더는 낯설지 않아졌다.

현관문을 닫으면 등 뒤로 들리는 차의 엔진 소리는 벌써 몇 번이나 반복되어 익숙해질 만큼 익숙해져 있었는데, 창밖으로 비치는 그 빨간 불빛을 직접 배웅하고 싶기는 처음이었다. 어울리지 않게 당황으로 물든 얼굴을 마주하는 게 전처럼 쉽지만은 않은 것도 이상할 정도의 변화였다.

그러다가 끝에 가서는 한참 전에 지나쳐 간 예원의 질문에 진지하게 고민하는 스스로를 발견하기도 했다.

'우리 오빠 어디가 마음에 들어요?'

그때는 쉽게 듣고 가볍게 넘겼던 질문이다. 그랬던 질문의 내용을 되짚어 보기 시작했다는 것만으로도 낯선 변화가 지니는 의미는 남달랐다. 저도 모르게 시원의 어디가 마음에 드는지를 생각하면서도 가장 중요한 전제는 염두에 두지도 않고 있었다.

봄은 미처 눈치채지 못했다. 마음에 들었다는, 아니, 들어왔다는 그 자연스럽고 놀라운 전제를.

서로의 편안한 일상을 지키기 위해 시작한 연애였다. 달력에 날짜까지 표시해 둔, 유효기간이 존재하는 연애. 그래서였을까. 짧게나마 했던 과거의 연애와는 다른 무언가가 있다고 생각했다.

시원과의 가짜 연애를 떠올리다 보니 지나간 짧은 연애와 그 연애들의 끝이 함께 기억났다.

'봄아, 내가 너 진짜 좋아하는데⋯⋯ 아, 진짜 그래도 좀⋯⋯

심해. 벽이랑 대화하는 것 같다고.'

첫 연애라고는 부를 수 있지만 첫사랑이라고 말하기는 힘든 남자가 있었다. 그의 고백을 받고 자신은 두 번 고민할 것도 없이 예스라는 대답을 건넸었다. 지금에 와서 생각해 보면 왜 조금도 망설이지 않았는지 모르겠다.

그때는 자신이 그 남자를 좋아했기 때문이라고만 생각했다. 하지만 설렘이라는 단어와는 거리가 멀었던 그때의 마음들을 생각해 보면 사실 누구였든 상관없었던 게 아니었을까? 연애라는 것에 대한 호기심이나 욕심 때문이 아니었을까? 그런 생각이 들기도 했다.

진심으로 가슴이 뛰어 기뻐하거나 설렌 적이 없었다. 살가운 한마디, 사랑스러운 미소를 제대로 지어 준 적도 없었다. 그래서 이별 당시 그런 말을 들으면서도 쉽게 인정하고 받아들였던 것 같다. 상대에게 '벽' 취급을 받았는데도 말이다.

두 번째 연애는 어땠더라.

'야, 완전 목석도 그런 목석이 없다니까?'

그래도 면전에 대고 직접 말한 건 아니었으니 상처는 아니었다고 해야 할까.

친구들에게 자신을 목석이라고 말하는 걸 들었을 때 생각했다. 아무래도 난 연애라는 단어와는 잘 안 맞는 걸지도 모르겠다고.

벽, 목석, 그런 종류의 단어들은 봄을 사랑스러움과는 점점 더 멀어지게 만들었다. 그러다 보니 종국에는 누군가를 사랑하고 싶다는 감정이나 연애를 하고 싶다는 욕심 같은 것도 아예 사라졌다.

누구의 탓이라고 생각한 적도 없었다. 그냥 자신은 처음부터 그런 여자인가 보다 했다.

그래서 이상했다.

지금과 같은 이런 고민, 낯선 생각들이.

"……."

모니터만 응시하던 봄이 시원의 자리로 고개를 돌렸다. 평소의 그처럼 힐끔거리거나 조심스레 쳐다보는 것도 아니었다. 까만 눈동자가 그를 향해 노골적으로 시선을 주고 있었지만 시원은 알아채지 못했다.

그는 점심시간이 채 끝나기도 전부터 다시 일 삼매경이었다. 그 때문에 식사를 하면서도 내내 일 이야기를 들었을 김 과장이 아직까지도 그의 곁에서 연신 고개를 주억거리고 있었다. 오전 미팅을 내내 달구었던 중국 출장 건이 제대로 마무리되지 않은 듯했다.

언제나 알고 있던 모습인데도 그것조차 새삼스럽게 느껴지는 건 지금의 이 기분 탓일까. 원래 저렇게 일에 대해선 조금의 타협도 없는 사람인데, 귀찮을 정도로 부하 직원을 괴롭히는 사람인데, 둘이 있을 때의 모습을 부쩍 떠올리다 보니 솔직하지 못하고 자주 당황하는 사람이라는 이미지가 너무 강하게 박혔다.

머릿속에 여러 가지 표정의 시원이 떠올랐다. 그래, 저런 모습 말고도 간혹 다정한가 싶은 순간들이 꽤, 아니, 그보다 더 많이 있었다.

그런데 잠깐. 다정이 뭐지?

다정의 사전적 의미에 대해서만 알고 있었지, 누군가의 태도나 성격을 통해서 그런 걸 느껴 본 적은 없던 봄이었다.

그래, 그랬다. 과거 짧게 만났던 남자들도 소위 '다정하다'고 평가되는 사람들이었지만 봄은 그들이 하는 행동을 다정하고 따뜻하다고 느낀 적이 없었다. 그런데 저렇게 퉁명스러운 남자에게서 다정을 느꼈다니. 아무리 생각해도 자신에게는 다른 사람들이 느끼는 기준과는 다른 무언가가 있는 게 분명했다.

넌 아무래도 사람들과 조금 다른 구석이 있는 것 같다던 진솔의 말을 떠올리면서 저도 모르게 고개를 끄덕였다. 정말 그런 것 같다고.

봄이 책상 위에 있던 달력을 뒤로 넘겼다. 두 달도 채 안 남은 날짜가 시선을 사로잡았다. 빨간색 동그라미를 쳐 놓은 그 날. 유지될 수 있을까 의심스러웠던 지금의 연애가 마침표를 찍는 날이었다.

특정한 누군가에 대한 생각이 이렇게까지 커다래질 수 있다니.

세 달이 생각보다 짧은 시간만은 아니구나 싶던 그때였다. 아까부터 봄을 힐끔거리며 눈치를 보던 막내 사원이 다가와 그녀를 불렀다.

"저기, 봄 대리님."

"……?"

할 말 있으면 하라고 쳐다보자 막내 사원의 등 너머로 몇몇 다른 사원들이 이쪽을 주시하고 있는 게 느껴졌다.

뭐야. 대표로 나선 건가? 무슨 말을 하려고.

"소문 때문에 그러는데요……."

"소문?"

"혹시……."

"혹시?"

그녀의 말을 듣는 순간 봄은 변화하고 있는 게 결코 자신의 마음만이 아니라는 것을 알 수 있었다.

사원들의 시선이 집중되는 그 속에서 그녀는 이렇게 물었다.

"팀장님이랑…… 사귀세요?"

❊❊❊❊❊

"먼저 들어갑니다."

"다들 얼른 퇴근하세요. 내일 뵐게요."

해가 지고 창밖에 어둠이 내려앉았다. 맞은편 빌딩에서 여전히 불빛들이 반짝였지만 하늘은 벌써 하루를 마감한 지 오래였다.

사원들이 하나둘 퇴근 준비를 하고 가방을 챙겨 사무실을 빠져나갔다. 마무리하는 분위기 탓에 사무실은 점심때와는 다른 의미로 어수선했다.

봄은 인사하는 사람들에게 가볍게 고개를 끄덕여 대답을 대신하고 다시 키보드에 손을 올렸다. 아직 끝내지 못한 일들이 있어 오늘은 야근을 확정 지은 상태였다.

그때 파티션 위로 팔 하나가 불쑥 올라와 기댔다. 그 자세를 취하는 사람은 딱 둘, 재강과 시원뿐이다. 언뜻 손끝만 보고도 봄은 바로 알 수 있었다. 시원이라는 것을.

고개를 들어 눈을 마주치자 시원이 잠시 생각하는 듯하다가 입을 열었다.

"잠깐 이야기 좀 합시다."

"네, 하세요."

"여기서 하기는 좀 그렇고……. 회의실로."

업무와 관련된 이야기는 아닌 눈치였다. 아직 나가지 않은 사람들을 보던 시원이 회의실 쪽으로 가볍게 눈짓을 했다. 그리고 봄은 이내 회의실로 향하는 시원의 뒷모습을 바라보며 생각했다.

언제나 저렇게 뒷모습을 보인 건 나였구나.

그는 집을 향해 들어가는 자신의 뒤에 서 있었고, 함께 걸을 때면 아주 자연스럽게 자신보다 일보 뒤처진 곳에 있었다. 의식하고 한 행동은 아니었겠지만 일단 깨닫고 나니 의미를 부여하게 된다.

자리에서 일어나 회의실로 따라 들어가는 봄의 뒤로 퇴근을 준비하던 두어 명의 시선이 달라붙었다. 하지만 곧 거두어졌다. 오후와 같은 의심의 눈초리는 아니었다.

"사원들이 서문봄 씨에게 우리 사귀냐고 물은 게 사실입니까?"

"네."

뒤늦게야 그 이야기를 들은 듯, 회의실 문을 닫기가 무섭게 시원이 물었다. 봄은 등 뒤로 닫힌 문을 다시금 확인하고는 고개를 끄덕이며 대답했다.

평온해 보이는 봄의 얼굴과 다르게 시원은 어딘지 모르게 조금 상기되어 있었다. 그게 긴장인지 걱정인지 봄은 알 수 없었다. 원래부터 시원은 파악하기 어려운 사람이었다. 표현과 생각하는 것이 달라 종잡을 수 없을 때가 대부분이었기에.

"그래서…… 뭐라고 대답했습니까?"

"아니라고요."

"……."

아니라고 대답했다는 말에 시원이 입을 꾹 다문 채 몇 초간 봄을 응시했다. 하고 싶은 말이 있는 것 같기도, 그 말을 바로 꺼내지 못해 잠깐 망설이는 것 같기도 했다.

그의 얼굴을 마주하며 봄은 몇 시간 새 달라진 사람들의 시선을 떠올렸다. 덤덤하게 부정했을 뿐인데 '그럼 그렇지.' 하던 얼굴들. 그들이 중얼거렸던 그 짧은 말은 봄에게 잊고 있던 궁금증을 불러일으켰다.

그럼 그렇지.

사람들의 눈에 나는 대체 뭐가 '그럼 그런' 걸까?

"서문봄 씨."

깊게 잠겨 들고 있던 봄이 시원의 목소리에 상념 속에서 빠져나왔다.

서로의 눈을 마주하며 대화하는 것이 어느덧 익숙해졌다. 이 순간 시원은 팀장이 아닌 남자의 얼굴을 하고 있었고, 봄은 그의 앞에서 자신이 대리가 아닌 여자 서문봄이라는 것을 느낄 수 있었다.

"네."

"우리 사귀는 사이 아닙니까?"

"사귀는 사이죠."

"아니라고 했다면서요."

"가짜잖아요."

"……."

"가족만 속이는 걸로 이야기가 된 줄 알았는데, 회사 사람들에게도 공개했어야 하는 건가요? 거기까진 생각해 보지 않아서."

너무도 냉정한 봄의 말에 시원의 표정이 미묘하게 변했다.

퇴근 직전 그 이야기를 들었을 때만 해도 봄이 뭐라고 대답했을지 크게 의식하거나 기대하지 않았다. 하지만 정말 딱 잘라 아니라고 했다는 사실을 확인하고 나니 이상하게 입안이 썼다.

확인 사살. 이럴 때 쓰는 말이었던가.

짧은 침묵의 의미를 모르겠다는 듯 봄의 시선에는 한 치의 흔들림도 없었다. 검은 동공이 올곧게 시원을 향했다.

시원은 어쩐지 기운 빠진다는 얼굴로 테이블에서 의자 하나를 빼 털썩 앉았다.

"……됐습니다. 그보다 더 완벽한 대처도 없었겠지."

용건은 끝난 것 같은데 자리를 잡고 앉는 그의 모습은 그래 보이지 않는다. 할 말이 더 남았나 싶어 봄은 여전히 그 자리에 선 채 시원을 바라보았다.

그를 따라 맞은편에 앉거나 할 일말의 여지도 보이지 않았다. 그 자리에 서 있다가 언제든지 등을 돌려 나가면 될 사람처럼. 그게 시원의 신경을 건드린다는 것은 알 턱이 없었다.

불만스레 치켜뜬 눈으로 봄을 주시하고 있자 그녀가 내심 궁금했다는 듯이 물었다.

"느닷없이 왜 그런 소문이 났을까요? 팀장님과 제가 사귄다는 소문이요."

"느닷없지는 않았을걸요."

"네?"

"아닙니다."

수시로 그녀에게 향하던 시선을 스스로도 아주 잘 알고 있는 시원이다. 그런 제 모습을 누군가가 보았어도 몇 번은 보았을 터였다. 그 정도로 단언하기는 힘들겠지만 만약 그 눈빛이 노골적이었다면 그런 오해를 샀어도 이상할 게 없었다. 아니, 사귀는 건 맞으니 딱히 오해도 아닌가.

새삼스럽지만 시선 관리를 해야겠다는 생각이 들었다. 시원이 봄을 바라보던 것만큼 요즘 그녀의 시선도 그를 향했을 거라는 건 생각지도 못한 채였다.

힐끔거리던 시선이 어느샌가 곧게 상대를 향하고, 그 곧은 시선이 쌍방이 되어 가는 자연스러운 변화는 소리도 없이 은근하게 파고든 지 오래였다.

"아, 그리고."

"……?"

테이블 위에 한쪽 팔을 올린 시원이 턱을 괴면서 봄을 뚫어지게 응시했다. 단둘이 있을 때면 어딘지 모르게 안절부절못하며 불안정해 보이던 그였는데 지금은 조금 다른 것도 같다. 흔들림이 없는 눈이 이상하게 낯설었다.

"저 내일부터 일주일간 중국 출장입니다."

"알아요."

……아는데 왜 이렇게 태연해?

뭔가 다른 대답이 나오기를 기대했던 듯 시원의 얼굴에 약간의 서운함이 스쳤지만 봄은 알아채지 못했다. 시원은 또다시 마음속으로 몇 번의 주문을 외웠다. 하고 싶은 말을 솔직하게 하자. 솔직하게. 솔직하게.

"데이트는……."

"일 때문이니까 한 번 정도는 빠질 수도 있죠."

"……."

칼이다, 칼. 그 외에는 마땅한 단어를 찾기가 힘들었다. 열 마디를 하면 그중 두어 번 정도 원하는 대답을 해 줄까 말까.

전 같았으면 '그, 그렇죠. 데이트가 별겁니까!' 하면서 마음에도 없는 말을 했겠지만 지금의 시원은 그때와 조금 달랐다. 몇 번이나 머릿속에 떠올리던 것을 재차 곱씹으며 다짐하는 것은 그리 어려운 일이 아니었다.

한 뼘만큼의 솔직함. 아직 완벽하지는 않았지만 시원은 그 힘을 배웠다.

"빠질 수도 있기는 뭘 빠질 수도 있습니까? 이번 주 데이트는 조금 당겨서 오늘 하기로 하죠."

"오늘이요?"

그렇게 놀랄 일인가 싶다. 남들은 즉흥적으로도 잘만 데이트하던데. 더군다나 같은 회사에 근무하는 입장 아닌가. 퇴근길의 가벼운 식사가 별거 아닌 평범한 데이트가 될 수도 있다는 것을 시원은 이제야 어렴풋하게 알 것 같았다.

시간이 아까웠다. 두 달도 남지 않은 앞으로의 연애도, 그중 일주일이나 떨어져 있어야 한다는 것도 그랬다. 일보다 중요한 건 없다고 생각했던 시원에게 있어 그답지 않은 불만이었다. 바쁜 스케줄이 연애를 방해한다는 생각이 들다니. 태어나 처음 해 보는 생각이었다.

봄은 자신과 달랐다. 이 연애에 대한 시각도, 자신에 대한 생각도, 지금의 관계에서 나아가는 속도조차 다르기만 했다. 아주 잘 알고 있다. 그럼에도 불구하고 시원은 혹시나 하는 생각을 아예 내려놓을 수 없었다.

모든 관계가 그런지는 모르겠지만 적어도 자신은 봄과의 관계에 있어서 많은 것을 느꼈다. 아주 작은 날갯짓 하나가 커다란 폭풍을 불러온다는 나비효과처럼 그녀가 고개를 돌려 자신에게 손을 흔들어 준 그 순간부터 이상하게 알 수 없는 욕심이 커져 갔다. 어떤 욕심이라고 정의를 내리거나 설명할 수는 없지만 봄을 향한 것만큼은 분명했다.

"예, 오늘. 아니, 지금. 퇴근 시간 지났네요. 정리해요, 나가게."

시원이 의자에서 몸을 일으켰다. 봄을 지나쳐 문 앞에 서자 그녀가 고개를 돌려 그의 단정한 뒤통수에 대고 말했다.

"저 오늘 야근인데요."

퇴근 후 사람들의 시선을 피해 은근슬쩍 밖에서 만나는 긴장감 넘치는 데이트. 그 행복한 상상은 시원의 머릿속에서 와르르 무너졌다.

회의실 문고리를 잡은 시원의 손끝에 힘이 실렸다. 거절 아닌 거절. 아, 1초 전까지만 해도 입가에 미소가 걸려 있었는데.

"야…… 뭐요?"

"야근이요."

고개를 돌려 마주한 얼굴. 또박또박 다시 말하는 입술이 새삼스레 밉다. 시원이 미간을 좁혔다.

"다른 사람들 다 퇴근하는데 서문봄 씨만 무슨 야근을 합니까?"

"일이 많으니까 어쩔 수 없어요."

"누가 시켰습니까, 그거."

너요.

……라고 말하고 싶은 걸 꾹 참은 봄이 눈을 가늘게 뜨며 시원을 바라보았다.

미팅 때 마치 다른 사람 대하듯 자신을 보며 무슨 일이 있어도 출장 가기 전까지 완벽하게 정리해 책상 위에 가져다 놓으라 신신당부한 자료가 있었다. 본인 입으로 한 글자 한 글자 씹어 가면서 말했다. 내일 아침에 출근하면 자료만 챙겨 바로 공항으로 가야 할 테니 결국 오늘 내로 하라는 소리나 마찬가지지.

"팀장님이요."

"제가…… 말입니까?"

"네."

기억도 나지 않는다는 듯이 눈을 끔뻑이는 시원을 보다가 봄이 문 앞으로 바짝 다가와 섰다. 갑자기 가까워진 거리에 잠시 당황한 시원이 멈칫하며 한 걸음 물러섰다. 이상한 짓을 하려는 것도 아닌데 은근슬쩍 피하는 느낌이 들어 봄의 표정도 미묘하게 변했다.

정말 속을 알 수 없는 사람이라고 다시금 생각한다. 당장 오늘 저녁에 데이트를 하자며 막무가내로 굴어 놓고, 한 걸음 가까워졌다는 이유만으로 물러서는 이 움직임은 또 뭐지. 어느 것 하나 일관성이 없다.

"막차 끊기기 전에 마치고 가려면 10분도 아까워서요. 전 그럼 일하러 가 볼 테니 먼저 퇴근하세요. 자료는 정리되는 대로 출력해 둘게요. 메일로도 보내 드릴 테니 미리 확인해 주셔도 되고요."

"……."

봄이 문고리를 잡았다. 시원이 잡고 있다가 놓은 문고리에는 미지근한 온기가 남아 있었다. 잠시 자신의 손을 내려다보던 봄이 들리지 않을 정도로 작게 호흡했다.

철컥 소리와 함께 문을 열며 회의실에서 나갔을 때 사무실에는 아무도 없었다.

시원은 그녀가 나오고도 몇 분 정도 더 지나서야 회의실을 빠져나왔다.

✻✻✻✻✻

언제나 정신을 차려 보면 이미 이별한 뒤였다. 지난 일들을 되짚어 보다가 '그래도 생각보다 좋은 감정이 많았었구나.' 하며 스스로의 감정을 깨닫는 순간도 있었다.

그렇게 모든 건 시간이 흐르고 누군가 떠난 뒤에야 이루어졌다. 그게 익숙했기 때문에 요즘처럼 숨 쉬듯 자연스럽게 자신의 주변에서 변화하는 것들을 목격하고 깨닫는 것이 낯설었다.

그럼에도 불구하고 시원은 그 낯선 것을 열심히 감지하기 시작했다.

지금도 정확하게 정의를 내리는 건 어렵기만 했다. 감정에 이름을 붙이거나 그 형태가 어떤 모습인지 묘사하는 건 아마 시간이 흐르고 또 흘러도 어려울 게 분명했다.

그래도 어느 방향을 향해 흘러가는지는 어렴풋하게 느낄 수 있었다. 그게 시원을 가만히 있을 수 없게 했다. 마음에도 없는 말은 여전히 가슴속에 웅크리고 있었지만 전처럼 누군가에게 상처를 주거나 실망으로 유도하는 못난 남자는 되고 싶지 않았다.

그 여자, 바로 서문봄 때문에.

'먼저 퇴근하세요.'

"……."

엘리베이터 앞에 선 시원의 귓가에 봄의 목소리가 메아리처럼 맴돌았다. 선을 긋는 듯 냉정한 말에 시원이 할 수 있는 건 침묵뿐이었다. 그리고 그 뒤에 이어질 행동은 그녀의 말대로 퇴근하는 것, 내일의 출장을 위해 최대한 빨리 집에 가서 지금의 피로를 푸는 것 정도. 하지만 정말 그가 하고 싶은 건 그게 아니었다.

해야 하는 것과 하고 싶은 것의 차이를 분명하게 하자. 그 순간 시원은 머릿속에 단 한 가지를 떠올려 낼 수 있었다.

하고 싶은 것. 그녀와 함께 있는 것.

땡 하는 소리와 함께 엘리베이터가 도착했다. 시원은 성큼 들어가 닫힘 버튼을 눌렀다. 그리고 잠시 숫자 버튼에서 망설이는가 싶더니 지하 주차장이 아닌 지상 1층을 눌렀다. 나름의 의지를 실어 꾸욱 누르는 손가락에는 어떠한 다짐 같은 게 담겨 있는 것도 같았다.

건물 밖으로 나와 시원이 향한 곳은 근처에 있는 초밥 가게였다. 이 회사로 온 뒤 가끔 도시락을 포장해 가고는 하던 곳이었다. 누군가와 함께 온 적은 없었지만 누군가와 함께 있기 위한 도움을 줄 수는 있을 것이다.

안으로 들어선 시원이 웃는 얼굴로 직원 앞에 섰다.

"도시락 두 개만 포장해 주세요."

시원을 보는 봄의 얼굴은 그야말로 가관이었다. 웬만해서는 보기 힘든 귀여운 표정. 눈을 동그랗게 뜬 얼굴이 원래 저렇게 귀여웠었나 하고 시원은 생각했다.

"못 볼 거라도 본 얼굴이네. 왜 그런 눈으로 봅니까?"

"퇴근하신 거 아니었어요?"

"예, 아니었습니다."

책상 위에 도시락을 내려놓는 손길은 자연스러웠고, 표정은 여유로웠다. 여유로운 건지 여유로운 척하는 건지 봄으로서는 정확하게 파악할 수 없었지만 적어도 평소처럼 당황하거나 딱딱하게 굳어 있지는 않은 듯했다.

이게 뭐냐는 듯 봄이 손을 뻗어 도시락을 꺼냈다. 익숙한 상호명이 보였고, 도시락을 열자 정갈하고 예쁜 색감으로 놓인 초밥 몇 개가 시선을 사로잡았다. 점심 이후 커피 한 잔을 마신 게 전부였기 때문에 저도 모르게 침이 꿀꺽 넘어갔다.

"이걸로 데이트 퉁치죠."

"……?"

"제가 정해 놓은 계획이 흐트러지는 걸 못 견뎌 하는 편이라서 말입니다. 출장 때문이어도 주 1회 데이트는 이미 정해져 있던 건데, 제 사정에 따라 어길 수는 없지 않겠습니까? 그러니 이걸 데이트라고 합시다."

"같이…… 도시락 먹는 걸로 말인가요?"

"사, 사무실 데이트 정도?"

완벽했는데 마지막 말을 살짝 더듬어 버렸다. 조금만 더 태연한 척하면 멋져 보일 수 있었을 텐데. 시원이 속으로 아쉬움을 삼켰다. 그러고는 나란히 놓인 두 개의 도시락을 보다가 나무젓가락 하나를 똑 소리 나도록 떼어 봄을 향해 건넸다.

"서문봄 씨도 저와의 일정은 최대한 지키는 걸로 해요. 방금 전에도 말했지만 공은 공이고, 사는 사인 겁니다. 공 때문에 사에 영향 주지 말자고.”

초밥 하나를 집어 든 시원이 우물거리며 말했다. 그러자 목 마르겠다며 함께 포장해 온 국물을 옆으로 슥 밀어 주는 흰 손이 보인다.

자기밖에 모를 것 같았던 여자. 그녀가 이런 식으로 은근슬쩍 챙겨 줄 때면 확 얹힐 것만 같다. 다른 남자랑 밥 먹을 때도 이렇게 챙겨 줄까 싶은 질투가 뒤늦게 쿡쿡 찔러 오기 시작한다.

“저는 괜찮은데 피곤하지 않으시겠어요?”

“피곤해도 어쩔 수 없습니다.”

마음에 없는 소리는 해도 아예 아닌 소리는 하지 않는 타입. 봄은 어렴풋하게 그에 대해 정의를 내려 보기 시작했다.

피곤하지 않다는 빈말은 결코 꺼내지 않는다. 이게 시원이 표현하는 그만의 솔직한 마음이지 않을까 생각하니 신기하기도 하고, 부담되지 않아 이상하게 편안하기도 했다. 편안함과 설명할 수 없는 긴장이 공존한다는 것 자체가 이미 말이 되지 않더라도 말이다.

어쨌든 솔직한 반응이라는 것 자체로 봄은 만족스러웠다. 피곤하지 않아서가 아니라 피곤한데도 불구하고 굳이 데이트를 해야겠다는 그 의지가 더욱 마음에 와닿았다.

“혼자 야근하면 안 무섭습니까?”

불이 꺼진 다른 팀을 바라보며 시원이 물었다. 봄의 자리 주변에만 불이 켜져 있어 어딘지 모르게 쓸쓸해 보이기도 했다.

"왜 무서워야 하죠?"

정작 봄은 아무런 것도 느끼는 바가 없는 듯했지만 말이다.

"귀신이 나올 것 같다든가……."

"그런 거 안 믿어요."

"수상한 사람이 나타날 것 같다든가……?"

"경비가 24시간이라 잡상인 출입이 힘들다는 건 팀장님도 아실 것 같은데."

"……."

듬직한 모습을 어필하고 싶었는데 빈틈을 보이지 않아 그것조차 쉽게 할 수 없었다. 자신이 그동안 왜 연애 실패자로 남았는지에 대해서 몇 번을 곱씹어 보았는데, 그 수많았던 고민과 후회가 이 여자 앞에서는 전부 무용지물이 되고 말 것이라는 예감이 든다. 시원은 얼빠진 얼굴로 그런 생각들을 하고 있었다.

그가 자신을 어떻게 보든지 말든지 크게 신경 쓰지 않는다는 듯, 봄은 초밥 하나를 입에 넣으며 마저 일을 시작했다. 그녀가 일에 집중하자 대화가 끊겼고, 사무실은 다시 조용해졌다. 사람이 둘이나 있었지만 타이핑 소리 외에는 아무것도 들리지 않았다.

그녀의 곁에 의자를 끌어와 앉은 시원이 여린 어깨 너머로 모니터를 힐끔 보았다. 그제야 자신이 시켰던 일들이 생각났다. 회의 시간에 쥐 잡듯 그녀를 잡으며 어떻게든 오늘 안에 다 해치우라고 닦달했던 기억도 함께 떠오르고.

그래도 내내 뒤통수만 보고 있으려니 괜히 아쉽고 갈증이 난다. 조금 더 얼굴을 마주하고 눈을 바라보고 싶다. 당장 내일부터 일주일이나 못 볼 생각을 하니 더욱 그랬다. 최근 매일 보고 주말에도 쉼 없이 함께 있었으니 닥쳐오는 일주일의 부재가 생각 이상으로 크게 느껴질 법도 했다.

"일이 많습니까?"

"그것도 직접 시키셨으니 팀장님께서 더 잘 아실 것 같고요."

"……."

당해 낼 수가 없네. 시원이 그녀에게 들리지 않을 정도로 중얼거렸다. 그러자 때마침 모니터만 바라보던 봄이 고개를 돌려 시원을 보았다.

아무도 없는 공간과 일정한 거리만을 비추는 전등, 키보드를 두드리던 손길마저 멈춰 완전하게 적막해진 그곳에서 온전하게 살아 있는 것은 서로를 향하는 시선뿐이었다.

"뭐, 뭡니까?"

먼저 입을 연 것은 시원이었다. 까만 동공이 가만히 자신을 향하고 있는 그 순간을 견디기 힘들었다. 조금 더 정확하게 말해 자신이 그 순간 무슨 짓을 해도 이상하지 않을 것만 같았다.

"……언제까지 계실 거예요?"

"예……?"

데이트라고 말을 했는데도 그 단어를 곧이곧대로 듣지 않은 걸까. 그녀답지 않은 질문이라고 생각하며 시원이 봄을 바라보았다.

"서문봄 씨 일 전부 끝낼 때까지 있을 겁니다."

"오래 걸릴 것 같은데요."
"그렇게 많습니까?"
"아시잖아요."
……자꾸 할 말 없게 만든다. 시원이 입을 꾹 다문 채 봄을 바라보았다.
봄은 흘끔 시원의 시선을 느끼는가 싶더니 다시 일에 집중했다. 타닥타닥, 타이핑 소리가 또다시 조용한 사무실을 가득 채운다.
말은 데이트였지만 사실 그 시간 동안 시원은 아무것도 하지 않았다. 그저 봄의 모습을 눈에 담고만 있었을 뿐이다. 일주일이 7년이라도 되는 사람처럼. 고작 며칠조차 못 보는 게 아쉬워 계속 새겨 두고 싶다는 듯이.
조금만 더 서운한 모습을 보여 주면 좋겠다고 생각했다. 그녀가 슬퍼하는 모습을 보고 싶은 건 아니었지만 자신이 벌써부터 그녀의 빈자리를 느끼는 것처럼 그녀 역시 그러기를 바랐다.
처음부터 똑같은 생각을 한 적도 없었고, 똑같은 속도를 지닌 적도 없었기에 터무니없는 상상이라는 건 잘 알고 있었지만 그럼에도 이 막연한 욕심은 쉽게 지워지지 않았다. 그녀가 자신을 돌아보던 그때부터.
봄바람처럼, 바람결에 흔들리는 꽃나무처럼 살랑살랑 손을 흔들던 그때부터.
"빨리 끝내요."
"……언제는 이게 데이트라더니. 다시 자료 재촉하는 팀장님의 모습으로 돌아오셨네요.”

그녀의 말에 시원이 새어 나오려는 웃음을 겨우 삼켰다. 그래도 데이트라고 자각 중이기는 했구나. 그 별거 아닌 것이 입가의 근육을 얼얼하게 당겼다.

의자에 등을 기대 팔짱을 끼고 고개를 옆으로 살짝 기울였다. 작은 불빛이 그녀의 얼굴 주변에만 모여 있는 것처럼 빛이 난다.

시원이 비스듬한 자세로 파티션에 머리를 기대며 말했다.

“아닌데. 심심하다고 불평하는 애인의 모습인데.”

“…….”

저런 말을 할 사람처럼 안 보였는데.

봄은 키보드 위에 손을 올린 채 타이핑조차 하지 못하고 잠시 동안 멍하니 그를 쳐다보았다. 까만 눈동자 속에 시원이 담겼다. 말을 더듬지도, 당황하지도, 그렇다고 쑥스러운 듯이 얼굴을 붉히지도 않는 남자가 아주 가까운 곳에 있었다.

자신의…… 애인이라는 남자가.

말을 잃은 채 이쪽을 향하는 봄의 시선에 시원의 눈도 그녀에게 닿았다. 짧았던 단발머리가 한 달 남짓 새 꽤 자랐다. 희게 드러났던 목덜미가 어느덧 덮인 것을 보며 시원은 둘 사이에서 자라난 무언가를 느낄 수 있었다.

출장으로 인한 일주일의 부재.

“뭐 해요, 빨리 안 하고.”

아무래도 그녀가 많이 보고 싶을 것 같았다.

07
한 걸음 내딛는 순간

날이 더웠다. 자각하지 못하고 있었는데 한국보다 6~7도가량 기온이 높은 지역에 와 있다 보니 불현듯 이런 생각이 들었다. 벌써 봄이 지나가나.

조금은 서늘하던 날에 그녀를 처음 만났는데 어느덧 시간을 훌쩍 넘어 여름이 다가오려 한다는 것이 신기하기도 했다. 한국으로 돌아가 이렇게 해가 쨍쨍한 어느 여름날이 와도 그녀와 함께 있을 수 있을까 하는 막연한 상상이 봄을 더욱 보고 싶게 만들었다.

봄과는 꾸준히 메일을 주고받았다. 업무와 관련된 내용만 빼곡했지만 간혹 일을 핑계로 통화를 하면서 넌지시 밥은 먹었는지, 별일은 없는지 묻기도 했다.

특별할 것도 없었고 짧은 안부를 묻는 것이 전부였음에도 둘 사이에는 그것이 묘한 긴장이 되었다.

얼굴을 보면 전부 들켜 버릴지도 모를 만큼 귓불이 붉어진다거나 입술이 바짝 마른다거나 했는데, 통화에서는 내색하지 않고 숨길 수 있어 조금은 다행이었다. '안 피곤해요?'와 '괜찮아요.'의 평범한 대화에도 가슴이 일렁이는 이상한 시간이었다.

그러던 중 출장에서 돌아오기 사흘 정도 전부터 봄과의 대화가 끊겼다. 업무 때문에 메일을 보내면 봄이 아닌 다른 사원이 답변을 해 왔고, 사무실로 전화를 걸면 봄의 자리로 걸었음에도 다른 사원이 대신 받았다.

휴대 전화를 통해 개인적인 이야기를 나누어도 되기는 했다. 하지만 멀리 떨어져 있는 와중에 그녀의 생각을 더욱 많이 하다 보니 괜히 어렵고 쑥스럽게 느껴졌다.

그래서 전화를 걸까 말까, 문자 메시지를 보낼까 말까 하다가 멈춘 것만 몇 번이다. 솔직해지기로 했다고 해서 모든 용기까지 다 살아난 건 아니라는 것을 깨달은 순간이기도 했다.

마지막에는 바빠서 그마저도 신경 쓰지 못했다. 그녀 역시 한국에서 많이 바쁘겠거니 하며 얼른 돌아가 얼굴을 봐야겠다는 일념 하나로 남은 일정에 박차를 가했다.

어떻게 사흘 내내 한 번도 메일을 주고받지 못할 수 있을까. 사무실에 붙어 있는 타이밍에 전화를 거는 게 이렇게까지 힘든 일이었나. 그런 생각들이 아예 들지 않은 것은 아니었지만 서로가 서로의 바쁜 일정을 알기에 이해할 수 있었다.

그리고 마지막 일정을 마친 저녁, 내일 오전 비행기로 한국에 돌아갈 생각을 하던 시원이 다시금 사무실로 전화를 걸었다. 퇴근이 임박한 시간이었다. 지금쯤이면 자리에 앉아 퇴근 준비를 하고 있겠지 싶었다.

그러나 들려온 목소리는 역시나 다른 이의 것이었다.

"서문봄 대리는 자리에 없습니까?"

– 대리님 아직 안 오셨어요. 어쩐 일이세요, 팀장님? 내일 오시는 거 아니었…… 아, 혹시 보내 드린 자료에 문제라도……?

"그건 아니고. 지금 며칠째 서문봄 대리가 자리에 있는 꼴을 못 보고 있는데, 대체 어떻게 된 겁니까? 메일도 계속 이수진 씨가 보내는 것 같던데."

– 네? 봄 대리님 입원 중이시잖아요. 모르셨어요?

"예……? 방금 뭐라고 했습니까? 입원?"

객실 침대 위에 앉아 있던 시원이 자리에서 벌떡 일어나며 되물었다.

봄이 사람 속 뒤집는 데에 일가견 있는 여자였다는 걸 한동안 잊고 지냈었다는 뒤늦은 깨달음과 함께.

❁❁❁❁❁

한국 도착까지 남은 몇 시간이 지난 며칠보다 더욱 길게만 느껴졌다. 당장이라도 비행기에 오르고 싶을 정도로 걱정이 머릿속을 잔뜩 지배한 상태였다.

뒤늦게 봄에게 여러 번 전화를 걸었지만 그녀는 받지 않았다. 남겨 놓은 몇 개의 문자 메시지에도 답장은 없었다. 어떤 정신으로 날을 새웠는지도 모르게 아침이 되었고, 비행기에 오르는 내내 시원은 어린아이로 돌아가 손톱이라도 물어뜯고 싶은 심정이었다.

태어난 이래 누군가를 이렇게까지 걱정한 게 처음이었다. 연락이 되지 않는다는 게 이 정도로 초조한 일이라는 것도 처음 느꼈고, 불안에 잠식당하는 듯한 기분도 마지막으로 느껴본 게 언제였는지조차 기억나지 않았다.

– 팀장님이 안 계셔서 과장님께 결재받고 쉬신 지 사흘 정도 됐어요. 과로 때문에 응급실 실려 가셨다더라고요. 부쩍 업무도 많았고, 요새 이사하신다고 정신없어 보이셨거든요.

그렇게 피곤해하는지 몰랐다. 이사를 준비 중이었다는 것도 일절 들은 바가 없었다. 그녀에게 자신이 그런 것조차 말하기 어려울 정도로 거리 있는 사람이었나 싶은 생각이 들자 속이 쓰렸다. 서운한 마음이 쏟아지기도 했다.

하지만 그보다 우선은 그녀의 얼굴을 확인하는 것이었다. 안 그래도 흰 얼굴이 어디가 어떻게, 얼마나 아파 핼쑥해져 있을지 직접 보지 않고는 안심하기 힘들 것 같았다.

누가 환자인지 모를 정도로 초조한 낯빛을 한 채 시원은 비행기 안에서 내내 다리를 덜덜 떨어야만 했다. 비행기가 곧 인천공항에 착륙할 것이라는 안내 방송이 나올 때까지도 긴장은 멈추지 않았다.

✽✽✽✽✽

한국 땅을 밟기가 무섭게 시원이 향한 곳은 회사가 아닌 병원이었다. 업무 관련 자료들은 출장에 동행했던 사원에게 떠맡기다시피 안겨 주고 망설일 틈도 없이 무작정 액셀을 밟았다.

시원은 길게 빠진 도로 위를 거칠게 내달리면서도 속도가 나지 않는 것만 같은 착각에 휩싸였다. 반쯤 열어 놓은 창문 틈으로는 바람이 세차게 날아들었지만 머릿속은 삐걱거리며 느릿하게 사고했다.

차에 타기 직전 혹시나 싶어 전화를 걸었을 때 다행스럽게도 연락이 닿기는 했다. '서문봄 씨?' 하고 긴장한 목소리로 이름을 부르자 그녀는 한 치의 아쉬움이나 미안함도 없는 목소리로 이렇게 말했다.

– 출장 끝나셨…… 아, 잠시만요. 손님이 오셔서. 제가 다시 걸게요.

통화 종료라는 네 글자가 얼마나 허무하게 느껴졌는지 그녀는 모를 것이다. 다시 건다더니 차가 병원에 도달할 때까지도 휴대 전화는 잠잠했다.

목소리는 생각보다 괜찮았던 것 같은데 진짜 괜찮은 건지 확신할 수는 없었다. 그 정도로 알아챌 수 있을 만큼 자신은 눈치 빠른 타입이 아니었다.

혼자만의 추측이나 괜한 망상 같은 것들로 스스로를, 누군가와의 관계를 힘겹게 만들지 말자고 몇 번이나 다짐을 하면서도 핸들을 쥔 손에는 땀이 가득하게 찼다.

보고 싶어. 보고 싶어. 보고 싶어.

사람 속 뒤집는 그 여자.

느리게 굴러가던 머릿속이 일순간 하얗게 비워지는 것 같더니 오롯하게 남은 건 그 생각뿐이었다.

그런데,

"어? 팀장님……?"

……저 여자는 왜 저렇게 아무렇지 않게 인사하는 거지.

병실 문을 열다 말고 멈춘 시원이 현재 상황을 파악하기 위해 빠르게 눈동자를 굴렸다. 그러니까 침대에 누워 있는 봄은 환자인 게 분명했고, 약간 지쳐 보이기는 하는데 예쁘장한 얼굴은 그대로라 심각하게 걱정할 정도는 아닌 것 같았으며, 동그랗게 뜬 눈을 봐서 적잖이 놀란 게 확실했다.

그리고 침대 옆에 서 있는 단정한 슈트 차림의 뒷모습은 분명…….

"김시원 팀장님? 출장 중이시라고 들었는데요."

윤재강 과장이 맞는 것 같고.

고개를 돌린 재강이 시원을 바라보자 시원 역시 그의 시선을 피하지 않고 마주했다. 침대에 등을 기대고 앉아 자신을 보는 봄의 시선이 느껴지기는 했지만 그녀를 향한 걱정이나 반가움보다 왜 이 남자가 여기에 있지 싶은 경계심이 우선이었다.

언제까지고 문을 반쯤 열어 둔 채 복도에 서 있을 수는 없어 우선 한 걸음 안으로 들어왔다. 등 뒤로 문을 닫자 병실이 더욱 고요해졌다. 세 사람의 시선이 잠시 허공에서 이리저리 얽

혔다.
재강은 부드럽게 미소 지으며 악수를 청했다. 떨떠름한 표정을 지은 시원이 그의 손을 잡으며 인사했다. 그리 오래 잡고 싶은 손은 아니라는 듯 금세 놓아 버리기는 했지만.
"윤 과장님이 이 시간에 왜 여기 있습니까?"
"아, 마침 거래처가 이 근처였습니다. 봄 대리가 입원 중이라고 하길래 가깝기도 해서 사무실 들어가기 전에 잠시 들렀습니다."
"별로 안 바쁘신 모양입니다."
자기도 모르게 말끝에 날이 선다. 그걸 느끼면서도 시원은 말투를 부드럽고 유하게 바꿀 마음이 들지 않았다. 돌아오자마자 그녀가 이 남자와 오붓하게 대화하고 있는 광경을 목격하고 싶은 게 아니었다.
"아무리 바빠도 문병은 와야죠. 좀 가까운 사이인 것도 아니고."
"……."
전부터 느낀 거지만 봄에게 아무 감정이 없는 사람이라고는 생각되지 않는다. 아니, 단순히 직장 동료나 선후배의 관계가 아니라 그 이상의 무언가가 있는 것만 같은 느낌. 봄의 입장은 잘 모르겠지만 적어도 앞에 있는 윤재강이라는 남자는 분명 그럴 것이다.
자신과 비슷한 시선으로 그녀를 보고, 자신을 향해 여유 있는 척 띠고 있는 웃음에도 묘하게 날이 서 있는 것을 시원은 느낄 수 있었다. 연애에 둔하다고 해서 이런 것까지 눈치채지 못

할 정도로 바보는 아니었다.

시원이 몇 걸음 더 가까이 다가가 침대 옆에 섰다. 그러자 봄의 모습도 가까워져 그녀의 낯빛, 표정, 작은 움직임 하나까지 잘 보였다. 어느 것 하나 놓치고 싶지 않았다.

가지런히 배 위에 놓인 손을 잡고 싶어졌다. 저 손을 만지작거리면서 걱정스러운 한마디를 건네고 싶었다.

유람선을 탔을 때였나. 커피를 쥔 그녀의 흰 손을 바라보면서 막연한 생각을 한 적이 있었다. 언젠가 저 손을 잡고 싶은 날이 오기도 할까, 그런 생각.

그랬는데 어느덧 정말 그런 욕구를 가슴속에 품게 됐다. 가만히 보기만 하는 게 성에 안 차고, 더 가까워지고 싶은 욕심은 끝이 없어지고.

피곤한 감정 소모에 불과하다고 생각했던 마음들이 자신도 모르는 새 불어난 것을 느끼면서도 시원은 그것을 부담스러워하지 않았다. 자연스러운 정도까지는 아니었지만 꽤 덤덤하게 받아들여 가는 중이었다.

"팀장님은 여기 어떻게 오셨어요?"

재강과 시원의 대화를 그저 지켜보기만 하던 봄이 조심스럽게 입을 열었다.

좀처럼 놀라거나 당황하는 기색을 보이지 않던 여자였는데 저번부터 부쩍 저런 표정을 짓는다. 귀여우라고 하는 거면 꽤 잘 먹혔다. 곰인 줄 알았는데 사실은 여우인 거 아니야? 싶은 생각이 들기도 했다. 확 넘어가 주고 싶을 만큼 예뻐서.

하지만 지금은 100퍼센트 끔뻑 죽어 주기 어려웠다. 이건 마치 남자 친구 몰래 다른 남자와 데이트하다가 현장에서 걸린 것 같잖아. 가짜 연애고, 그녀가 재강에게 아무런 사심이 없을 거라는 걸 짐작하면서도 삐뚤게 나아가는 생각은 붙잡을 길이 없었다.

"제가 못 올 데 왔습니까?"

"그건 아니지만요."

그 와중에 대답은 어찌나 확실하게 하는지.

시원이 말없이 봄을 응시하고 있자 그의 곁에 서 있던 재강이 침대로 더 가까이 다가섰다. 침대 난간을 짚자 삐걱거리는 소리가 듣기 싫게 울렸다. 이제는 침대조차 신경을 긁는다. 각진 어깨가 다부지게 떨어지는 뒷모습을 시원이 날카로운 시선으로 훑었다.

"팀장님도 오셨으니 둘이 대화 나눠. 난 이만 가 봐야겠다. 사무실도 얼른 들어가야 하고."

"얼른 가 보세요. 매번 고마워요, 선배. 아, 과장님."

자연스럽게 선배라는 호칭이 나오다가 멈칫하더니 그 짧은 순간 시원을 살피며 과장님으로 바뀐다. 시원이 그 망설임을 눈치채지 못했을 리 없다. 적어도 봄보다는 눈치 면에서 훨씬 나은 사람이라는 자신감이 있었다.

미간을 좁히며 더욱 인상을 썼다. 입 밖으로 내지는 않았지만 그의 표정이 말하고 있었다. '뭐? 선배애애?' 하고.

언제나 뻔뻔하고, 태연하고, 주변의 반응에 무감하게 반응하는 줄로만 알았던 여자. 그랬던 여자가 자신의 표정을 살피고, 분위기를 파악하고, 때때로 멈칫하며 망설이거나 조심스러운 소리를 내기도 한다.

그러나 시원은 그것들을 고스란히 느끼지는 못했다. 웬일이지 싶은 마음은 들었지만 자신이 변한 만큼 그 커다란 바람이 봄에게도 불었을 거라고는 생각하기는 힘든 듯했다. 단번에 알아차리는 게 쉽지만은 않았다. 자신의 변화만으로도 벅찬 상태였다.

그런 의미에서 아직도 연애 바보라는 타이틀을 내려놓으려면 한참 멀고 멀었다는 것마저…… 그는 알지 못했다.

"그럼 전 먼저 가 보겠습니다. 만나서 반가웠습니다, 김 팀장님."

"예."

살가운 인사가 나오지 않았고, 마음에도 없는 미소를 지어 보이고 싶지도 않았다. 자신이 지금 얼마나 아이처럼 굴고 있는지 충분히 인지하고 있으면서도 그랬다.

재강도 느꼈을까. 아마 느꼈을 것이다. 모를 리 없지. 그럼에도 재강은 여유 있게 고개를 끄덕였다.

그가 병실을 빠져나가며 문을 닫자 이번에는 둘만 남아 침묵을 마주하게 되었다. 시원은 말을 더듬지도 않았고, 괜스레 큰소리를 내지도 않았으며, 그저 묵묵히 침대 위에 누워 자신을 올려다보는 희고 작은 얼굴을 관찰할 뿐이었다.

그래, 그보다 더 정확한 단어는 없었다. 관찰이었다.

"살 만해 보입니다."

"네, 괜찮아요."

"윤재강 과장이 와 있는 줄 알았으면 안 오는 건데."

"윤 과장님이 무슨 상관인데요?"

상관이 왜 없냐고, 내가 지금 당신과 저 사람 사이를 질투하고 있는 게 안 보이느냐고 하고 싶었지만 목구멍에 턱 걸려서 아무 말도 나오지 않았다. 그녀에게 관심이 가고 있다는 걸 인지했고 변화를 느끼는 중이라고는 하지만, 이미 충분히 못난 모습을 보였던 터라 더는 그러고 싶지 않았다.

회복해야 하는 이미지가 아직도 많이 남아 있었다. 그녀와 뭘 어떻게 하고 싶은 게 아니었어도, 그저 신경 쓰이고 마음이 가는 감정을 깨달은 게 전부라 해도 말이다.

눈치 없는 봄에게 심한 말을 할 수도, 못난 소리를 들려줄 수도 없어 시원이 애꿎은 입술만 씹었다. 그러다가 침대 옆에 있던 의자 하나를 끌고 와 털썩 앉았다.

2인실인데 맞은편 침대가 비어 있어 꼭 특실 같았다. 누구의 눈치도 보지 않고 대화할 수 있을 만큼 조용하고 오붓하기까지 했다.

"돈 많네요, 2인실도 쓰고."

"병실이 다 찼대요."

"전 또 무슨 큰 수술이라도 받은 줄 알았습니다. 며칠씩 입원했다고 하길래."

"별거 아닌데 하혈을 했더니 엄마가 놀라셔서 입원할 수밖에 없었어요. 입원한 김에 이것저것 검사도 좀 받았고요."

"자, 잠깐. 하, 뭐요? 어디 안 좋은 겁니까? 문제 있습니까?"

저도 모르게 툭툭 던지면서 심술을 표출하던 시원의 얼굴

위로 당황이 스쳤다. 그녀의 얼굴을 보지도 않은 채 창밖만 내다보던 그가 고개를 휙 돌려 봄과 시선을 마주쳤다. 의자에서 엉덩이를 떼고 반쯤 엉거주춤하게 일어난 자세로 그녀를 내려다보았다.

걱정이 한가득인 얼굴이 그를 점점 더 못생겨지게 만들었다. 그런데도 그 얼굴이 이상할 정도로 멋져 보여 그 순간 봄은 그게 좀 신기했다.

"체력이 바닥까지 떨어져서 그래요. 스트레스 영향도 있고. 그래도 아무 이상 없대요. 내일이면 퇴원해요."

"노, 놀랐잖습니까……."

"말 더듬는 거 간만에 보네요, 팀장님."

"……."

놀란 사람을 놀리기라도 하는 건지, 봄이 살며시 웃었다. 온갖 질투, 걱정, 심술로 가득 차 있던 마음을 단번에 녹이는 미소였다.

차라리 회사에서처럼 딱딱한 얼굴을 하고 사무적으로 대해오면 억지로라도 표정을 굳혀 볼 텐데, 환자복을 입은 채 무방비하게 누워 웃고 있는 얼굴을 보니 못난 남자의 마음은 속수무책으로 무너지고 만다.

지금 자신의 자세가 얼마나 우스꽝스러운지 자각한 시원이 다시금 천천히 엉덩이를 내려 의자에 앉았다. 말까지 더듬었으니 데이트 초반의 그 바보 천치 같던 모습을 상기시켜 준 꼴밖에 더 되었겠는가 싶어 괜히 자괴감이 들려고 했다.

"화나신 줄 알았어요."

"……눈치가 아예 없지는 않네요."

"아, 화나셨어요?"

"났었죠."

어쩌다 보니 과거형이 되어 버렸다. 저렇게 웃는 얼굴을 보면서 전투력을 유지할 수 있는 남자가 몇이나 될까. 아니, 다른 남자들의 사정은 생각하고 말고 할 것도 없이 시원에게는 무리였다.

마음을 조금 가라앉히기는 했지만 그렇다고 해서 이곳에 오기까지 자신이 느꼈던 수많은 감정들까지 사라져 버리는 건 아니었다.

그래서 시원은 고민했다. 그녀의 앞에 서면 언제나 솔직해지자는 다짐을 주문처럼 외우고는 했었는데, 그것이 지금 이 순간에도 해당될 수 있을까 싶어서.

봄은 그런 시원의 얼굴을 바라보면서 아무런 말도 하지 않았다. 그가 무슨 말이든 먼저 꺼낼 것 같은 느낌이 들어서였다. 그래서 일단은 기다렸다. 채근하지 않고 말없이 기다리다 보면 솔직해지기까지 시간이 조금 걸리는 이 남자는 끝에 가서 어떻게든 진심을 털어놓고는 했다.

처음에는 이해되지 않았던 것이 어느 순간부터는 이렇게 차근차근 이해되기 시작했다. 아, 그땐 그래서 그랬구나. 저번에는 그런 이유가 있었겠구나. 혼자 있는 동안 지난 시간들을 되짚다 보니 몰랐던 것들이 머릿속에 쌓였다.

그래서 눈앞에 있는 남자를 보는 시각도 조금씩 달라졌다. 물음표가 느낌표로 바뀌는 건 순식간의 일이었다. 아직 마침표를 찍기에는 섣불렀지만.

"왜 화가 났었는지는 안 물어봅니까?"

전 같았으면 '네.'라고 대답했을 것이다. 타인에 대한 관심을 가지지도, 관계의 진전을 생각하지도 않는 여자였으니까. 감정의 공유보다는 자유롭고 싶은 협조, 약속 정도에 불과했으니까. 되물음이 무언지도 모르던 시기였다.

하지만 지금은 아니다.

"왜 화가 났었는데요?"

"내가 서문봄 씨 애인이니까요."

아무렇지 않게 입에 담던 단어가 묘한 무게감을 갖기 시작했을 때, 봄은 시원의 눈이 더는 흔들리지 않는다는 것을 새삼스럽게도 깨달았다. '애, 애인…….' 하고 낯선 단어를 더듬으며 서투르게 굴던 남자는 없다. 살짝 찡그려진 미간조차 낯설 만큼.

"왜 서문봄 씨가 입원했다는 사실을 다른 사람을 통해서 들어야 합니까. 가짜 연애라고는 해도 애인은 애인 아닙니까? 얼마나 답답했는지 알아요? 하물며 전 서문봄 씨가 이사를 하네 마네 하는 사소하고 개인적인 일조차 들은 기억이 없습니다. 다른 사원들은 다 알고 있었는데도요."

"아, 팀장님으로서 오신 게 아니었어요?"

"팀장이 일개 팀원의 입원 때문에 일정 다 팽개치고 달려오겠습니까?"

"그러니까 애인으로서……."

"예, 애인으로서."

말하다 보니 처음과는 상황이 많이 달라진 티가 났다. 망설이다가 바보 꼴 나는 게 특기였던 시원이 딱 잘라 자신의 마음을 표출하는 중이었고, 조금은 멍한 얼굴로 그런 시원의 변화를 바라보는 봄은 어딘지 모르게 머뭇거리는 구석이 있었다.

하지만 그렇다고 해서 성격마저 바뀌는 건 아니었다. 시원을 바라보던 봄이 등을 조금 세워 앉으며 붉은 입술을 꾹 다물다가 열었다.

"과장님께 결재도 받았고, 일정 때문에 바쁘실 텐데 굳이 번거롭게 보고를 드릴 필요가 있나 생각했어요."

"전 지금 애인으로 왔습니다. 서문봄 씨가 하는 말은 팀장 김시원이 들어야 할 소리 같고."

봄이 시원을 가만히 응시했다. 사람 헷갈리게 하는 어법을 구사하는 것도 아닌데 헷갈리는 건 왜일까. 전처럼 속 모를 사람같이 구는 것도 아닌데. 말의 앞뒤가 다른 것도 아닌데.

하나둘씩 차이를 발견할수록 더욱 가까워지는 것도 같고, 한 걸음 더 멀어지는 것도 같은 이상한 기분이 든다.

"팀장님, 하나만 물을게요."

"예."

"저 걱정하셨어요?"

"……."

시원이 미간을 확 좁혔다. 그럼 대체 여태껏 자신이 무슨 말을 하는 건 줄 알았단 말인가. 온몸으로 걱정했었다는 걸 알리고 있는데도 걱정했었냐고 묻는 질문에 목 끝에서 무언가 치밀어 오르는 듯했다.

그런데도 불구하고 '예.' 한 마디가 나오지 않은 것은 그녀가 정말 눈치도 뭣도 없이 순수하게 직구로 물어 왔기 때문이다. 말투, 눈빛, 행동만으로는 모르겠다는 듯한 얼굴. 곰인 듯 여우인 듯 구는 물음이 그의 말문을 막은 이유의 전부였다. 정확하게 걱정했었다는 '말'이 듣고 싶어서인지 아니면 다른 이유가 있어서인지는 알 수 없었다.

"거……걱……."

웬일로 말이 술술 나온다 했다. 가슴에서 그 말이 얹히기라도 한 듯 시원이 숨을 꿀꺽 삼켰다. 중요한 순간에 말문이 막히는 건 이쯤 되면 병일지도 모르겠다. 다른 것도 아니고 걱정했다는 말이 웬만한 고백 못지않게 힘겨울 줄 누가 알았을까.

시원의 마음속에서 작은 자격지심 같은 게 몸을 웅크리려 했다. 아까까지 이 자리에 서 있던 재강의 모습이 떠올랐다. 꽃을 선물할 때도 이런 비슷한 감정이었던 것 같다. 자신은 그 남자만큼 솔직하게 걱정을 말하지도, 다정하게 웃어 주며 곁에서 있어 줄 줄도 모르는 남자라는 사실이 스스로를 좀먹는 기분.

한 번도 성공한 적 없었던 연애사의 결말이 이런 식으로 영향을 주는 것만 같았다. 그리고 그런 순간이 오면 한 걸음 앞서 오는 것은 봄의 몫이었다.

"저는 걱정 끼치고 싶지 않았어요."

"……예?"

눈을 한 번 깜빡이자 그걸 되묻는 거라 생각했는지 봄이 특유의 태연한 목소리로 다시 말했다.

“걱정하실 거라고 확신한 건 아니었지만, 어쨌든 저는 그랬어요. 별것도 아닌 일로 걱정하게 만들고 싶지 않았어요.”

시원이 얼빠진 표정을 지었다. 익숙한 얼굴이었지만 봄은 이상하게도 그 모습을 퍽 오랜만에 마주하는 기분이 들었다. 있는 그대로 뱉는 말들에는 꼭 저런 표정이 따라붙었다. 그를 따라 한 번쯤은 빙빙 돌려 이야기해 볼까 싶은 생각이 들게 하는.

그런 봄을 바라보며 시원은 여러 가지 생각을 했다. 걱정 끼치기 싫었다는 말이 무얼 의미하는 걸까. 걱정할 자격조차 주고 싶지 않다는 뜻일까. 아니면 자신이 특별하거나 소중해서 괜히 마음 쓰이게 하고 싶지 않다는 걸까. 극과 극을 달리는 두 가지 생각이 머릿속을 어지럽힌다.

대놓고 묻지 못하는 건 앞으로 얼마 남지 않은 시간을 자신이 어떻게 쓰면 좋을지에 대한 답이 너무도 빨리 나와 버릴 것 같아서였다.

정말 만에 하나라도 전자라면 뒤늦게 변하기 시작한 일상이 그대로 멈출지도 몰랐다.

‘사람 헷갈리게 하네, 이 여자.’

하지만 티를 내지는 않았다. 그녀 앞에서 여유 없는 티를 수도 없이 보였다. 연애에 있어 많은 것이 부족한 남자라는 것을 몇 번이나 들켰다.

늦었다고 해도, 그 늦은 순간이 조금이나마 덜 늦은 것이기를 시원은 바랐다. 나이는 충분히 먹었고, 연애라는 것도 늦고 또 늦었다고 생각했던 날들이지 않았는가.

봄을 통해 조금씩 변화하며 그는 때때로 이런 생각을 하게 되었다.

아직 늦지 않았다고.

그녀를 만나며 시작하게 된 것들이 많았으니까.

"서문봄 씨."

"팀장님."

동시에 튀어나온 말에 짧은 침묵이 흘렀다. 서로가 서로의 눈을 바라보았다. 먼저 말하라는 듯한 시선은 같았고, 또다시 말이 겹치지는 않을까 하며 눈치를 보는 것 역시 같았다. 이럴 때 보면 비슷한 것들을 느끼고 있는 게 분명한데 왜 자꾸 속도는 다른 듯하고, 거리는 여전한 기분일까.

침묵 앞에 강한 것은 봄이었다. 그녀는 눈치를 오래 보지 않았다. 웃을 때면 까만 동공이 반짝거렸고, 머리카락이 찰랑거릴 때면 희고 갸름한 얼굴이 이상하게 시선을 잡아끌었다.

시원이 그녀에게 홀린 듯 눈을 깜빡였다.

"저 내일 퇴원할 때 팀장님이 데려다주시지 않을래요?"

"예. ……예?"

단호하던 대답이 잠시 갈 길을 잃었다가 되돌아왔다. 재차 물어도 봄의 표정에는 변화가 없었다. 여전히 마른 등을 꼿꼿하게 세우고 앉은 채 그녀는 시원을 보았다. 그가 되묻는 것도 무리는 아니라는 듯 여유 있는 미소를 짓기도 했다.

시원이 방금 전의 말을 곱씹었다.

그러니까 지금 저 서문봄이, 김시원한테, 데려다 달라고 하는 거 맞지……?

자동차 문을 열어 주려고 했을 때 자긴 손이 없냐 발이 없냐 묻던 그 여자와 동일 인물이 맞는지 의심하지 않을 수 없는 말이었다.

적어도 시원이 알고 있는 서문봄이라는 여자는 저런 대사를 던질 위인이 아니었다. 자신이 챙겨 주려고 하면 오히려 찬바람 불게 거절하지 않았는가. 그녀가 먼저 의지하거나 기대는 건 상상도 해 본 적 없었다.

의심스러운 시선에 봄이 확신을 던진다.

"애인이잖아요."

그리고 시원은 심장 위로 쿵 떨어지는 진심을 들었다.

나…… 진짜 이 여자 애인 해야겠다.

08
오해와 이해 사이

평소였다면 데이트 일정을 잡았을 토요일. 데이트라면 데이트고, 아니라면 아닌 동행의 날. 봄의 퇴원은 그리 번거롭지 않았다.

시원이 병원에 도착했을 때 봄은 이미 가방까지 다 챙겨 그를 기다리는 중이었다. 환자복이 아닌 옅은 하늘색의 블라우스를 입고 있었는데, 그 모습이 이상할 정도로 청량해 보여 갑갑한 병실조차 그 순간에는 퍽 로맨틱한 장소처럼 느껴졌다.

머쓱한 얼굴로 가까이 다가간 시원이 "가, 갈까요?" 하며 말을 더듬었다. 빤히 쳐다보며 웃는 그녀만 아니었다면 머저리 같은 자신의 입을 내리쳤을지도 모른다.

영애는 오지 않았다. 지난밤, 시원이 데리러 올 거라는 딸의 말에 웃음을 꾹 참는 듯한 얼굴로 '그래.'라는 대답을 건넬 뿐이었다. 처음에는 가능할까 싶었던 만남이 생각보다 잘 지속되고 있다는 것을 확인하고 내심 안심한 눈치이기도 했다.

"……이제 진짜 괜찮은 겁니까?"

"괜찮으니까 퇴원하죠."

"……."

우문현답이네.

시원이 그녀를 흘끔 보다가 가방을 건네받아 뒷좌석에 실었다. 그러면서 저도 모르게 조수석 문을 열어 주려 손을 뻗다 멈칫했다. '저도 손 있는데요.' 하고 말하던 그녀가 생각났다. 그 뒤로 한 번도 직접 열어 준 적이 없었는데 왜 갑자기 손이 튀어 나갔는지 모르겠다. 그녀가 자신에게 의지한다는 생각이 들자 마음이 들떠 자꾸 앞서가고 싶은 듯했다.

허공에서 어정쩡하게 멈춘 시원의 손을 물끄러미 보며 봄이 물었다.

"뭐 하세요?"

"파, 팔이 뻐근하네요. 잠을 잘못 잤나……."

손목을 돌리기도 하고 어깨를 주무르기도 하면서 시선을 피하는 사이 봄은 문을 열어 조수석에 올랐다.

하마터면 또 민망한 상황을 연출할 뻔했다. 최대한 바보처럼 보이지 않으려 애를 쓰는데도 그녀 앞에서는 매 순간 왜 이렇게 얼이 빠지는지 알 수가 없다.

우연인 듯 아닌 듯 그렇게 손이라도 겹쳤으면 내심 기분이 좋았을까 싶은 생각이 들기도 했지만 그런 상상을 하는 스스로가 변태 같아 시원이 고개를 내저었다.

운전석에 올라 시동을 걸자 조수석에 앉아 있던 봄이 앞쪽으로 불쑥 손을 뻗었다. 처음 만났던 날 그랬던 것처럼 내비게이션에 주소를 입력하는 모습이 낯익기도, 낯설기도 했다.

그리고 새로 찍힌 주소는 그 모습 이상으로 낯설었다. 이제 겨우 그녀의 주소와 그녀의 집으로 향하는 길목 하나하나에 익숙해진 참이었는데.

"아, 이사했다고 했죠."

"일은 점점 많아지는데 회사가 멀어서 길바닥에 시간을 버리는 기분이었거든요."

"……생각하니까 또 욱하네. 앞으로 이사나 그런 건 좀 미리 말해요."

"왜요?"

언제부터 왜냐고 구태여 묻는 여자가 된 걸까. 전에는 자신에게 왜 그렇게 관심이 없나 싶어 불만스럽더니, 어느 순간 그녀의 질문들에 난처해지고는 했다. 직구로 물어 오면 솔직하게 대답하지 않고 배길 수 없을 것 같았기 때문에.

그러자 봄이 자문자답이라도 하는 양 한 마디를 툭 던졌다.

"애인이라서요?"

"……."

아무리 생각해도 이 여자…… 여우가 맞는 것 같다.

이쯤 되니 그동안 자신에게 보였던 모습이 혹시 내숭은 아니었을까 싶은 생각도 들기 시작한다. 그게 아니고서야 이렇게까지 자신을 당황시킬 수가 없다.

처음에는 애인이라는 단어 자체에 적응하는 게 그렇게 힘들더니 이제는 그녀가 아무렇지 않게 애인이라는 입장을 확인시켜 주는 게 곤욕이었다. 기쁘고 아니고를 떠나 몇 번씩 속에서 쿵쿵 울려 대니 여러모로 심장에 좋지 않았다.

결국 먼저 고개를 돌린 것은 시원이었다. 그렇다고도 아니라고도 말하지 못했다.

그녀의 곁에 한 사람의 남자로 있을 수 있는 시간이, 그녀의 애인으로 그녀에 대해 더 자세하게 알아 가고 사소한 것들을 요구할 수 있는 시간이 얼마 남지 않았다. 그런데도 아직 멀고 먼 느낌이 들었다.

솔직하고 멋진 어느 남자로, 거짓이 아닌 진짜 그녀의 마음을 얻기까지 말이다.

"고맙습니다."

이사했다던 봄의 집은 신축한 지 얼마 되지 않은 작은 규모의 원룸 빌라였다. 여자 혼자 살기에 치안은 좋은 건지, 안심해도 되는 건지 걱정이 산더미다.

차에서 내려 동네를 슥 둘러보던 시원이 뒤늦게 "아." 하며 뒷좌석에서 그녀의 가방을 꺼냈다. 가방을 건네받은 봄이 웃는 얼굴로 고개를 꾸벅였다. 그러는 동안에도 시원은 눈을 끔뻑거리며 그녀를 가만히 보고 있을 뿐이었다.

여우인 게 아니었나. 곰이었던 건가. 여우인 척하는 곰이거나 곰인 척하는 여우일지도.

속이 시끄러웠다. 데려다 달라는 게 용건의 전부일 거라고는 생각지도 못했다. 겸사겸사 데이트를 하면 되겠네 싶었고,

이걸 기회로 홈 데이트 비슷한 걸 할 수도 있지 않을까 하는 터무니없는 꿈을 꿨던 것도 같다.

이제 막 퇴원하는 사람을 데리고 데이트 욕심을 부리는 게 이기적이라는 생각이 들지 않은 것은 아니었다. 그러나 일주일을 못 봤고, 목소리마저 듣지 못했던 탓에 그녀를 향한 갈증이 어느 정도 차오른 상태였다.

'차라도 마시고 가면 안 되나. 더 큰 건 바라지도 않는데. 딱 차 한 잔만…….'

그런 생각과 함께 '김시원. 어서 말해, 어서!' 하고 입안에서 뜨거운 혀를 꿈틀거렸다.

"차…… 차……."

"……?"

까만 눈동자를 반짝이며 마주하고 있는 봄의 얼굴에서는 조금의 다른 생각도 엿보이지 않는다. 빈말이라도 차나 한잔 마시고 가라고 할 생각이 그녀의 머릿속에는 아예 없는 것이다.

그런데도 불구하고 자신은 욕심이 나고, 그녀와 더 같이 있고 싶고, 흘러가는 시간이 아쉽기만 하다. 남은 건 욕심을 어떻게 용기로 바꾸냐인데…….

"차…… 차가 막힐 것 같아서 전 이만……."

아무래도 이번 생에는 힘들겠지.

시원이 속으로 자책했다. 마음 같아선 머리라도 쥐어뜯고 싶었다. 대체 어떻게 생겨 먹은 연애 세포길래 남들은 아무렇지 않게 하는 그 흔한 한마디를 입 밖으로 꺼내지도 못하는 거냐고 내면의 자신을 만나 몇 번이고 몇 시간이고 따지고 싶었다.

하지만 이미 뱉은 말을 주워 담기는 힘들었고, 봄은 의심의 여지조차 없는 태연한 얼굴로 고개를 끄덕였다.

“네, 그럼 회사에서 뵐게요.”

“예…….”

차에 오르며 시원은 ‘이 눈치 없는 여자야…….’ 하며 원망의 화살을 봄에게로 돌렸다. 하지만 그것도 잠시였다. 누굴 탓해야 하는지는 결국 본인이 제일 잘 알고 있었다.

골목을 빠져나와 인적이 드문 길가에 잠시 정차한 시원이 몇 번이나 얼굴을 쓸어내리며 마른세수를 했다.

네가 이러고도 남자냐면서.

❊❊❊❊❊

일상으로 돌아왔다. 흘러가는 시간들은 변함이 없었고 일은 여전히 많았다. 다음 데이트까지는 시간이 좀 남았고, 이 연애가 끝나기까지는 시간이 얼마 남지 않은 오묘한 시기이기도 했다.

시원이 자리에 앉아 탁상 달력을 응시했다. 한 달도 채 남지 않았음을 실감한다. 티 나지 않게 체크해 둔 날짜가 유독 도드라져 보이는 듯한 착각도 든다. 남은 시간을 어떻게 보내야 알찰지에 대한 생각도 하지 못할 정도로 왜 이렇게 세 달이 빠른 거냐며 지난날들에 대한 후회만 늘었다.

진짜 애인이고 싶다고, 진짜 연애를 하고 싶다고, 거짓된 관계가 아니라 진심으로 대하며 서로를 알아 가고 싶다고 생각했다. 그 욕심이 머릿속을 가득 채우기 시작하면서 시원은 점점 여유란 것을 잃어 가는 스스로를 느낄 수 있었다.

수시로 달력을 확인하고, 시간만 나면 봄의 움직임을 좇았다. 이동을 할 때면 잠깐이라도 가까이에서 보기 위해 구태여 그녀의 자리를 지나쳐 갔고, 우연히 눈이 마주치면 짐짓 태연한 척 고개를 돌렸지만 심장은 미친 듯이 방망이질을 해 댔다.

사랑이냐고 물으면 선뜻 사랑이라고 말하기는 어려울지 모르겠다. 하지만 사랑이 아니라서 사랑이라고 정의 내리지 못하는 게 아니었다. 시원에게 사랑은 겪어 본 적 없는 단어였다. 낯선 감정이었기에 쉽게 확신할 수 없을 뿐이었다.

그래도 그런 생각은 했다. 만약 사랑이라면, 이게 진짜 사랑이라면…… 그게 그녀라 기쁘다고.

누군가로 인해 쉽게 좌절하고, 산만해지고, 기뻤다가 우울했다가 한다. 혼을 쏙 빼놓는 그 수많은 변화와 감정들이 싫거나 짜증나지 않는 것만으로도 이미 시원은 봄春이었다.

그래. 그냥 모든 것이 봄, 그녀가 된 것이다.

시원은 점점 더 초조해졌다. 약속한 기한이 끝나기 전에 이 마음을 말하고 싶다는 생각이 들기 시작하면서 더욱 복잡해지기도 했다. 일어나지 않은 일들까지 상상하고 받지 않아도 될 상처를 미리 떠올리는 이상한 기분에도 휩싸였다.

가짜 연애 말고 정식으로 만나 보는 게 어떻겠느냐고 물어볼 생각은 내내 하고 있었다. 하지만 자신이 이렇게 초조해하는 와중에도 봄은 너무도 태연해 보여 섣불리 감정을 전할 수 없었다. 자신의 고백에 '제가 왜요?'라고 받아치거나 '싫은데요.' 하고 차기라도 하면 정신적인 충격을 회복할 수 있을까 싶기도 했다.

나약한 남자라 욕해도 어쩔 수 없다. 이런 게 처음이어서.

생각해 보면 먼저 고백해서 사귄 적이 없었다. 어쩌다 보니 연애, 어쩌다 보니 이별. 가는 사람 안 잡고 오는 사람 막지 않는 인생에서 연애로 인한 고민 같은 걸 해 본 적도 없다.

하지만 지금은 다르다. 누군가로 인해 고민하고 속을 끓인다. 솔직하지 못한 스스로의 타고난 성격을 원망도 하게 되었다. 태어나 처음 느껴 보는 감정의 홍수까지 겪으며 그야말로 요즘 시원의 생활은 요지경이었다. 어디에도 도움을 구할 곳이 없을 만큼 난장판이었다.

어떻게 하면 더 가까워질 수 있을까. 어떻게 하면 남은 기간 안에 이 관계를 완전히 뒤집어엎을 수 있을까.

그런 생각을 하던 시원의 앞에 느닷없는 불만이 하나 들이닥쳤다.

"에이, 그때 아니라고 하는 거 들었는걸."

"아닌 게 아닌 것 같아서 그래. 출장 뒤에 서류고 뭐고 다 상현 씨한테 맡기고 병원으로 달려갔다던데?"

"얼굴이 사색이 됐다던 말도 있었어. 저 냉정한 김시원이."

"어머, 그럼 비밀 연애야?"

출장 전에 사그라진 줄로만 알았던 소문이 슬금슬금 다시 고개를 내밀기 시작했다. 소문의 근원지가 어디인지 알 것 같은 기분이 들기는 했지만 아마 그 하나 때문만은 아닐 것이다.

최근 들어 자신이 그렇게까지 티를 냈나 싶어 스스로를 돌이켜 보기도 했지만 그래 봤자 큰 의미는 없었다. 소문 좀 나면 어때. 실은 내심 그런 심보가 있었기 때문에.

그녀와 제대로 만나고 싶어진 이상 이 소문이 차라리 확 자극제라도 되어 주었으면 좋겠다는 시답지 않은 생각이 들었다. 비겁해 보일지도 모르는 마음, 남자답지 못한 면모가 그렇게 시원의 마음 곳곳에 똬리를 틀고 있었다. 그래도 시원은 개의치 않았다.

봄의 반응을 겪기 전까지는.

시원에게 들이닥친 불만은 소문이 아니었다. 소문으로 인한 봄의 태도였다.

우리 사귄다고 대답하는 건 애초에 바라지도 않았다. 시원은 그녀가 저번처럼 딱 잘라 아니라고 말해도 별수 없다며 묘하게 체념을 한 상태였다. 정식으로 연애를 하게 되면 상황이 달라질 거라고 스스로를 다독이기도 했다.

반복된 소문으로 그녀가 난처해질 수도 있으니 정 불편해한다면 자신이 나서서 해결해 주려는 생각이었다. 그녀 혼자 고민하지 않도록 함께 머리를 맞대거나 방패가 되어 줄 자신도 있었다. 조금씩 자신에게 기대기 시작했으니 이번에도 그래 주겠지 하는 작은 바람을 가졌다.

그런데 봄은 그의 예상을 신선하게도 깨부수었다. 언제나 그의 머릿속 그림을 보란 듯이 비껴가는 그녀임을 잘 알고 있었다. 하지만 이건 그런 문제가 아니었다.

그러니까,
"봄 대리. 저번 회의 자료……."
"메일로 드릴게요."
그녀는,
"저기 서문……."
"제가 지금 급하게 팩스 보낼 게 있어서. 이따가요."
너무 티 나게,
"봄……."
"수진 씨! 이거 틀렸잖아요!"
시원을 피하고 있었다.
"……."
눈이 가늘게 뜨였다. 처음에는 착각인가 싶던 것이 점점 확실해지면서 불만은 더욱 고조되었다.
시원이 봄의 자리로 가까이 다가가면 사람들의 신경이 전부 그곳으로 집중되었다. 저번처럼 드러내고 묻거나 입 밖으로 말을 꺼내는 것은 아니었지만 시선들이 생각보다 노골적이어서 본인들이 모를 수 없게 만들었다.
그래서 생각했다. 혹시 지금의 상황이 불편해서 자신을 피하는 게 아닐까 하고.
저번처럼 그저 아니라고 하면 쉬울 줄 알았는데 그녀에게는 그리 편하게 생각할 일이 아닌 듯했다. 한 번은 쉽지만 두 번은 쉽지 않았던 걸까. 아니, 어쩌면 사람들에게는 반대였을지도 모르겠다. 한 번의 의심은 어렵지만 두 번 이상의 의심은 더 이상 어렵지 않았겠지.

혹시와 혹시가 만나면 설마가 된다. 그리고 설마가 기어코 사람을 잡는다는 걸 우리는 너무도 잘 알고 있지 않은가.

그래도 이런 식의 무시는 달갑지 않다. 그녀와 다투는 것조차 상상해 본 적 없던 시원이다. 진짜 다퉜어도 저렇게까지 모른 척은 안 했을 것이다.

무엇보다 자신의 의지와는 상관없이 만들어진 지금의 이 상황이 시원은 몹시 마음에 들지 않았다. 아무리 생각해도…… 눈조차 마주쳐 주지 않는 건 심해.

대면하는 게 힘들다면 다른 방법도 있다.

시원이 자리에 앉아 휴대 전화를 만지작거렸다. 망설임도 잠시, 봄의 이름을 찾아 문자 메시지를 쓰는 손끝에 힘이 가득했다. 금방이라도 액정을 부술 듯 감정이 잔뜩 실린 상태였다.

[서문봄 씨.]

문자 메시지를 전송하고서 한참이나 봄의 자리를 노려보았다. 말만 걸었다 하면 바쁜 티를 내며 자리를 피하더니 휴대 전화를 확인하는 행동은 꽤 신속했다.

답장이 온 것도 마찬가지로 빨랐다. 성의는 다른 문제였지만.

[네.]

네? 네에? 이게 끝이야?

미간을 잔뜩 구긴 시원이 일이고 뭐고 뒷전으로 둔 채 휴대 전화를 두 손으로 꽉 붙들었다.

[왜 피합니까?]

[뭐를요.]

이 여자가 발뺌까지 아주 수준급이네.

[저요. 저를요. 저 말입니다, 저. 왜 자꾸 저를 피하냐고요.]

뭐든 좋으니 속 시원하게 지금의 기분을 말해 달라고 하고 싶었다. 이 상황이 부담스러운 건지, 아니면 걱정이 되는 건지, 그도 아니면 자신이 뭔가 실수를 했는데 깨닫지 못하고 있는 건지.

아무리 생각해도 소문이 이 거리감의 원인이라는 확신이 든다. 그럼에도 불구하고 막상 덤덤한 답장을 보니 짝사랑 모드에 돌입한 남자의 마음속에서는 '설마 내가 싫어졌나?' 하는 걱정이 고개를 내밀었다. 그녀가 자신을 좋아한다고 한 적조차 없었음에도.

[피한 적 없어요.]

"……."

끝까지 발뺌하는 모습에 저도 모르게 책상을 쾅 짚으며 자리에서 벌떡 일어섰다. 그러자 사무실에 있는 사람들의 시선이 전부 그에게로 향했다. 멈칫하며 잠시 주변을 둘러본 시원이 다시 천천히 자리에 앉았다.

그러는 순간조차 봄은 시원이 있는 쪽으로 고개 한 번을 돌리지 않았다. 아무리 생각해도 고의다. 일부러 움직이지 않는 게 분명했다.

저러면서 뭐? 피한 적이 없다고?

책상에 머리를 박다시피 상체를 숙였다. 시원은 구부정한 자세로 휴대 전화를 쥐고는 열심히 메시지를 적어 내려갔다.

[내가 오늘 내내 서문봄 씨한테 몇 번이나 말을 걸었는지 압니까?]

[우리 대화 좀 합시다.]

[회의실 어때요.]

[서문봄 씨?]

집착을 한다면 이런 느낌이지 않을까. 시원은 태어나 시도해 본 적도 없고 상상해 본 적도 없는 단어를 머릿속에서 짚으며 한참이나 휴대 전화를 노려보았다.

분명 아직 자리에 있는데, 그렇게 바빠 보이지 않는데, 자신의 답장을 읽었을 텐데도 그녀는 아무런 응답이 없었다. 문자 메시지를 보내고, 또 보내고, 시원의 표정이 점점 일그러지기 시작하는데도 봄은 묵묵부답이었다.

"돌겠네……. 나한테 옮은 거야? 안 어울리게 왜 이래, 이 여자."

그렇게 그녀는 끝까지 대답이 없었다.

퇴근 준비를 하면서도 봄은 마음 한구석이 불편한 느낌을 지울 수 없었다. 지난번과 비슷한 상황인 듯했지만 확연하게 다른 부분들이 있어 그때와 똑같이 반응하지 못하는 스스로가 바보처럼 느껴지기도 했다.

차라리 '팀장님이랑 사귀는 거 맞아요?' 하고 솔직하게 물어봐 주면 조금 나았을까. 사람들은 당사자에게 직접 묻지 않고 뒤에서 수군거렸다. 그 말이 자신의 귀에 들리지 않을 거라 생각하고 그러는 것 같지는 않았다. 무슨 질문을 해도 이 입에서 나오는 말을 더는 신뢰하지 못하겠다는 반증 같기도 해서 묻지도 않은 일에 먼저 해명할 필요조차 느끼지 못했다.

물론 솔직하게 물었어도 저번과 똑같이 대답할 수 있었을지는 장담하기 어려웠다. 냉정하게 그런 사이 아니라고 대답했던 그때 미묘하게 변하던 시원의 표정을 봄은 기억했다. 어디까지 공개하기로 정해 놓았던 것은 아니었지만, 적어도 자신의 일방적인 대답이 그의 마음을 상하게 했다는 것을 그녀는 알 수 있었다.

사귀는 것도 아니고, 그렇다고 안 사귀는 것도 아닌 이상한 관계로 정의 내려질 것 같아 봄은 그냥 입을 다물어 버렸다. 언제나 명확하던 서문봄은 사라지고 어느 고민 많은 여자만이 그 자리에 남아 조용히 머리를 굴릴 뿐이었다.

그녀가 선택한 것은 알아서 사그라지길 기다리는 것이었다. 이런저런 해명을 할수록 소문에는 살만 더해질 뿐이라는 것을 이미 알고 있는 나이다. 그러니 최대한 덤덤하고 아무렇지 않게 지금을 지나쳐 가면 되는 일이다.

그래서였다, 시원과 거리를 두기로 한 것은.

처음에는 왜 또 이런 이야기가 나왔을까 싶었다. 진심으로 사귀는 사이도 아니었기에 겉으로 티가 나고 말고 할 일도 없었을 텐데. 회사에서 사적인 이야기를 공개적으로 나눈 적이 있었는지를 되짚어 보았지만 딱히 떠오르는 일도 없었다.

그러다가 조금 시간이 흐르니 하나둘씩 윤곽이 잡혔다. 아무리 숨기려고 해도 숨기지 못한 부분들이 있었을 것이다. 연애 자체가 서툰 두 사람이니 진짜 연애고 가짜 연애고를 떠나 뭐든 조금씩 티가 났을지도.

'헛똑똑이.'

자신을 지칭하는 말이기도 했고, 소리 없이 그에게 전하는 말이기도 했다.

퇴근 후라고는 해도 야근을 빌미 삼아 함께 남은 적이 있었고, 회의실에서 둘만의 대화를 나눈 적도 있었다. 거기다가 자신이 입원해 있던 당시, 시원이 회사 일을 제쳐 두고 병원으로 달려온 것까지 소문이 났으니 이야깃거리는 당사자들이 제공한 것이나 마찬가지였다. 빌미는 너무도 많은 순간, 많은 곳에 있었다.

"봄 대리, 퇴근해?"

"네."

"저기…… 팀장님이랑 같이 퇴근 안 해도 돼?"

"제가 왜요?"

"응? 아, 아니야. 역시 소문이지?"

"……."

퇴근하기 직전이 되어서야 겨우 떠보는 물음 하나. 봄이 가만히 응시하고 있자 동료는 "먼저 갈게에." 하며 슬쩍 몸을 뺐다.

큰일이다, 정말. '역시 소문이지?'라는 물음에 '네.' 한 마디가 나오지 않았다.

힐끔, 봄이 고개를 돌려 시원의 자리를 확인했다. "팀장님, 퇴근 안 하세요?"라는 김 과장의 물음에 "야근합니다. 혼자 있고 싶으니까 다 퇴근하세요." 하고 불통한 말투로 대답을 한다.

시선을 거두기가 쉽지 않아 몇 초 정도 그렇게 응시하고 있자 느낌이 온 건지 시원이 갑자기 고개를 돌렸다. 짧은 순간 눈이 마주쳤다. 하지만 봄은 마치 시선이 엇갈렸다는 듯 자연스럽게 몸을 돌리며 가방을 챙겼다. 급격히 일그러지는 시원의 표정을 언뜻 봤음에도 그녀는 그대로 사무실을 나섰다.

"퇴근하겠습니다."

"내일 봐요."

등 뒤로 들리는 목소리 중 시원의 것은 없었고, 봄은 태연한 척 다시금 그를 돌아볼 자신도 없었다.

– 봄아?

"아, 으응. 엄마."

– 갑자기 조용해서 전화 끊긴 줄 알았어.

"아냐."

봄이 멍하니 하늘을 올려다보다가 다시 정신을 차리며 휴대전화를 제대로 고쳐 잡았다.

– 그럼 반찬만 놓고 가면 돼?

"무거운데 굳이 그러지 마. 내가 이번 주 안으로 가지러 갈게."

– 그럴래? 그게 좋겠다. 할머니랑 할아버지도 너 보고 싶어 하셔. 엄마도 그렇고. ……특히 엄마는 너 없으니까 좀 허전해.

"딸내미 마흔 될 때까지 끼고 살려고 했어? 자주 시간 내서 들를게."

– 야근이니? 무리하지 말고 쉬면서 일해. 집에 일찍 들어가고.

"응, 엄마. 미리 잘 자."

인사를 마치자 건너편이 조용해졌다. 뒤늦게 "저기 엄……." 하고 말을 더 이었지만 이미 통화 종료가 뜨면서 "……마." 소리는 허공으로 사라졌다. 휴대 전화를 손에 꼭 쥔 채 봄이 한숨을 내쉬었다.

난 엄마에게 대체 무슨 질문이 하고 싶었던 걸까.

"……."

아무것도 아닌 척 어떤 걸 물어보아도 지금의 기분을 다 들키고 말 게 분명했다. 엄마란 그런 존재니까.

차라리 입을 꾹 다무는 게 나을지도 모르겠다는 판단과 함께 봄이 휴대 전화를 가방에 넣었다. 그리고 다시 고개를 들자 높이가 가늠되지 않는 높은 하늘이 눈동자를 가득하게 채웠다.

빌딩들의 불빛 때문인지 하늘은 검정색보다 짙은 남색에 가까웠다. 무언가 보일 듯 보이지 않는 아쉽고도 아쉬운 색.

서울의 밤하늘은 별이 쏟아질 것처럼 반짝이거나 하지 않았지만 그 건조한 색감을 뚫고 봄의 마음속으로는 수만 가지의 마음이 쏟아졌다. 처음이고 서툴러서 그렇다는 변명으로 채우기에는 부족하고 부족한 것이 많았다. 그래서 쏟아지는 마음들이 어떻게든 공백을 메우려고 애를 썼다.

하지만 그런다고 채워질 리 없었다. 그녀의 마음은 정답 없이, 가장 필요한 그 남자의 존재 없이 채워질 수 있는 공간이 아니었다.

하늘을 향하던 시선이 회사 건물에 닿았다. 사무실이 있을 법한 방향을 응시하던 봄이 몸을 일으켰다.

퇴근하는 척하면서 회사 근처 쉼터 벤치에 앉아 시간을 보낸 게 1시간은 족히 넘었다. 그에게 발목을 붙잡힌 듯 퇴근하겠다고 나와서는 도착한 곳이 고작 여기였다. 서늘한 바람을 맞으며 어울리지 않게 발빼하던 문자를 다시 보기도 했고, 화라도 난 듯 이해할 수 없다는 양 자신을 바라보던 시원의 곧은 시선을 떠올리기도 했다.

속을 알 수 없는 남자. 마음이 가는 대로 솔직하게 굴지 않는 남자. 그런데 막상 솔직한 진심이 엿보일 때면 이상하게도 그게 이 사람의 매력이구나…… 싶게 만드는 남자.

"……."

말은 한마디도 입 밖으로 내지 않았지만 표정은 몇 초 사이에도 다채롭게 변했다. 서문봄을 알고 있는 사람이라면 누구도 목격한 적 없을 만한 얼굴이었다.

자신이 언제부터 시원의 생각을 이토록 많이 하게 되었는지, 언제부터 그 남자의 서툰 모습들을 매력이라고 느끼게 되었는지 모르겠다. 모든 것은 자신도 알지 못하는 사이에 시작되고 마는 거라지만 막상 겪으니 낯설어도 너무 낯설었다.

사랑하면 닮는다고 하던데. 이게 닮아 가는 걸까. 말도 안 된다고 생각하면서도 시작된 의심은 작은 새싹처럼 분명하게 색을 드러냈다.

그래서? 이게 사랑일지도 모른다고?

심술인지 서운함인지 모를 감정으로 가득 차 있던 시원의 얼굴을 떠올리며 봄은 아무래도 내내 피했던 건 심했을지도 모르겠다는 생각을 했다.

너무 솔직한 게 탈이라면 탈인 성격. 이 성격은 써먹을 수 있을 때 제대로 써먹어야 했다. 그럴 의도는 아니었다고, 그저 소문을 잠잠하게 만들기 위해 생각한 미련한 방법 중 하나였을 뿐이라고 말하고 싶었다.

천하의 서문봄이 떠올린 방법이 고작 그런 것이었다고 하면 비웃을까. 이성적으로 생각하는 게 조금씩 어려워진다고 하면 그는 어디까지 믿을까.

자박자박, 바닥을 딛고 봄이 천천히 건물을 향해 걸음을 옮겼다. 혹시라도 아는 사람을 마주칠까 싶어 조심스럽게 후문으로 향하는 움직임이 흡사 비밀 작전을 수행하는 요원 같기도 했다.

그래, 이쯤 되니 알겠다. 조심스럽고 싶었던 거다. 섣부르게 지금의 관계를 무너뜨리지 않도록 신중하고 싶었다. 소문으로 인해 내 의지와 상관없이 바뀌는 흐름이 아니라 이 마음이 우선시되는 그 변화를 직접 확인하고 싶었다.

그리고 하나 더. 태연하고 딱딱한 자신의 한마디에 이 모든 분위기가 바뀔 수 있다는 것을 인지한 뒤부터였을까. 시원에게조차 감정 없는 목석처럼 보이고 싶지 않아졌다. 사람의 마음이라는 게 이토록 복잡한 건데도 '예.' 아니면 '아니오.'가 세상의 전부인 듯 구는 모습을 이제는 그만 보이고 싶었다.

후문으로 들어선 봄이 로비 쪽을 살폈다. 늦은 퇴근을 하는 몇몇이 드문드문 건물을 나서는 게 보였다. 개발팀에서 오늘 야근하는 사람은 시원 단 한 명이었으니 남은 사람들은 전부 퇴근했을 것이다.

같은 부서 사람을 마주치고 싶지 않았다. 안 그래도 비밀 연애가 어쩌고 하는데, 1시간도 훨씬 전에 퇴근한다던 사람이 이제야 어슬렁거리며 나타난다면 분명 수상하게 볼 게 뻔했다.

태어나서 무언가를 몰래 해 본 적도, 가슴 졸이며 긴장해 본 적도 없었기 때문일까. 고장 난 인형처럼 걸음이 괜스레 삐걱거리는 기분이었다.

엘리베이터로 걸음을 옮기다가 때마침 개발 2팀 사람이 내리는 게 보여 재빠르게 등을 돌렸다. 결국 이쪽은 안 되겠다 싶어 어쩔 수 없이 향한 곳이 비상계단이었다. 힘들 것 같았지만 마음이 앞서서 이미 저도 모르게 계단을 하나씩 밟아 오르고 있었다.

낮은 층에 위치한 사람들은 계단을 통해 내려가고는 했지만 높은 층에 위치한 봄의 부서에서는 계단을 이용해 내려올 사람이 없었다. 봄은 그 부분을 생각해 아는 사람의 눈만 피하면 된다는 일념 하나로 10층에 이르는 높이를 꾸역꾸역 올랐다. 숨이 턱 끝까지 차는 건 금방이었다.

10이라는 숫자가 보이고 비상계단 문을 한 뼘 정도 조심스레 열었을 때, 사무실은 복도부터 이미 불이 꺼져 어두운 상태였다.

'다행이다…….'

적어도 개발팀 사람들은 피한 것 같다. 안도의 숨을 내쉰 봄이 천천히 안쪽을 향해 걸었다.

자리에 가까워질수록 작은 불빛이 보였다. 시원의 자리에만 불 하나가 덩그러니 켜져 있었다. 잘 보이지 않아 조금 더 보폭을 넓히자 여전히 노트북 앞에 앉아 홀로 야근을 하고 있는 그의 모습이 드러났다.

흘끔거리며 살피는 것을 제외하고 멀리서 그를 가만히 바라본 적이 몇 번이나 있었을까. 말로는 애인이라고 하면서, 겉으로는 연애라고 불리는 걸 하면서 그를 유심히 지켜본 적은 얼마 없었던 것 같다.

넓은 보폭으로 다가갔지만 움직임은 조심스러웠고 그와 더불어 숨소리마저 작아졌다.

그럼에도 삐죽하게 날이 선 그의 마음은,

"누구야."

기어코 자신을 알아챘다.

봄이 파티션 너머에 잠시 몸을 숨기려다가 옆으로 걸음을 옮기자 목을 빼며 노려보던 시원의 표정이 단박에 변했다.

알기 어려운 남자였는데 어느 순간부터 올곧게 자신만을 향하는 눈빛이 그의 기분을 쉽게 알 수 있도록 했다. 좋아도 아닌 척, 아쉬워도 만족스러운 척을 일삼던 남자의 어느 변화가 마음속 깊숙하게 전해지자 봄은 다시 오기를 잘했다고 생각했다.

"서문봄 씨……?"

"네, 저예요."

하루 종일 말을 걸어도 무시당하고, 문자를 해도 영혼 하나 느껴지지 않는 짧은 대답만 받았기 때문일까. 자신을 똑바로 바라보며 '네, 저예요.' 하는 봄의 대답에 시원의 입가가 꿈틀거렸다.

야, 자존심이 있지. 김시원, 웃지 마. 스스로에게 엄포를 놓고는 시원이 미간을 확 좁혔다.

"뭡니까? 없는 사람 취급하고 퇴근하더니 왜 다시 왔습니까?"

"그러게요. 다시 갈까요?"

"이 여자가 진짜."

시원이 자리에서 벌떡 일어섰다. 파티션 너머에 서 있는 그녀를 향해 성큼성큼 다가오는 걸음에는 망설임이 없었다.

아무도 없는 사무실에 이렇게 둘만 남은 게 이번이 두 번째던가. 자신의 욕심을 확인하기 전, 용기 내어 그녀를 향해 다가갔던 기억이 났다. 아무것도 아닌 2시간 남짓의 야근이 세상에서 제일 분위기 있는 데이트가 되었던 날.

봄과 한 걸음 정도 간격을 두고 선 시원이 그제야 조금 지친 듯한 기색의 그녀를 확인하고는 잔뜩 찌푸렸던 인상을 폈다. 그녀를 향한 염려는 이제 거의 자동 실행 수준이었다.

"안색이 왜 이렇습니까?"

"아, 계단으로 왔더니 힘들어서 그런가 봐요."

"……10층까지 계단으로요? 엘리베이터 고장 났습니까?"

"아니요, 사람들 눈을 피하느라."

"그게 무슨……."

사람들 눈을 왜 피해야 하는지 이해가 안 된다는 듯 봄을 응시하던 시원이 고개를 돌려 시계를 보았다. 그녀의 퇴근으로부터 벌써 2시간 가까이 지났다.

"어디까지 갔다가 다시 온 겁니까? 뭐 두고 갔어요? 한참 전에 간 사람이 굳이 왜 계단으로……."
"팀장님을 두고 갔어요."
"예……?"
여전히 영문을 모르겠다는 얼빠진 얼굴. 처음 만났을 때가 생각이 난다.
"어디까지 간 것도 없어요. 그냥 내내 회사 근처에 앉아 있었어요. 전부 퇴근할 때까지 시간을 좀 벌고 싶었거든요. 굳이 계단으로 온 건 혹시라도 아직 안 간 사람들을 마주칠 것 같아서였고요."
"……여태껏 밖에서 시간 죽이다가 왔다는 겁니까?"
"네. 오늘 일부러 피했던 거, 문자나 전화 말고 얼굴 보고 제대로 사과하고 싶었거든요. 둘만 있을 타이밍은 없고, 팀장님은 마침 야근이시고. 그래서 시간을 엿보고 있었어요."
"내일 해도 되는 사과를 굳이 오늘 하려고?"
"네, 이유는 모르겠어요."
사실은 다 핑계다. 이유를 모른다는 것도 거짓말. 내일이 있는데 굳이 오늘, 퇴근을 했다가 돌아와서까지 그를 봐야만 했던 이유도 그저 하나다.
그래, 어쩌면 그냥 보고 싶었던 걸지도.
하지만 정말 시원을 닮아 가기라도 하는 건지 봄은 그 한마디를 쉽게 뱉지 못했다. 진심이 되고 나면 이렇게까지 망설이는 순간이 많아지는 걸까. 시원에게 말을 하는 순간조차 봄은 그런 생각을 했다.
"사무실 사람들한테 다시 오는 거 들키면 또 오해 살 거고,

오해 사기 싫어서 피한 게 무색할 정도로 소문에 기름 붓게 될까 봐 조심했어요."

조곤조곤 말하는 목소리가 적막한 사무실에 퍼졌다. 움직이는 건 그녀의 입술 하나뿐이었고, 시원의 시선은 움직이는 것을 따라갔다. 제멋대로 닿는 시선까지는 막을 재주가 없었다.

서문봄이 서문봄답지 않게 말이 많다. 이 말도 안 되는 모습이 이렇게까지 사랑스럽게 느껴지다니.

"이게 조심한 겁니까? 이보다 더 서툴 수가 없는데."

"조심한 거예요."

"아, 조심한 거구나. 다른 사람들이 목격하고 우리 사이 오해할까 봐."

"네."

"나는요?"

짤막하게 묻는 시원의 얼굴이 뭔가 다짐한 듯 결연해 보였다. 이상하게 여유로워 보이기도 했고, 다 놓은 것처럼 보이기도 했으며, 굳건해 보이기도 했다. 저 알 수 없는 표정의 저의가 뭘까 생각하고 말고 할 시간도 없이 흔들리는 봄의 시선 속에서 시원은 성큼 더 가까이 다가왔다.

"서문봄 씨가 이러면 내가 오해하는데."

"네?"

그는 거칠 것이 없었다. 깜빡이는 눈동자에 온전히 자신만이 담겼다는 걸 확인한 순간, 겨우 첫사랑을 시작한 10대 소년처럼 그저 몸을 내던질 생각뿐이었다.

봄의 코앞까지 바짝 다가선 시원이 낮은 목소리로 말했다.

“지금부터 제대로 조심해요.”

“…….”

“이미 늦었지만.”

뒤로 물러서며 눈을 질끈 감았지만 그땐 이미 시원이 입술을 집어삼킨 뒤였다.

09
사각사각, 갉아먹히는 마음

기분이 이상했다.

분명 눈을 감고 있는데도 뜨고 있는 것처럼 시야가 총천연색으로 반짝거렸다. 아무런 움직임도 없이 그저 뻣뻣하게 굳어 있는데도 불구하고 손가락부터 발가락 끝까지 간지러워 견딜 수 없었다.

눈꺼풀이 제멋대로 파르르 떨려 속눈썹의 무게감이 느껴지기도 했고, 입술과 입술이 맞닿은 순간 청각이 곤두서며 혀와 혀가 마찰하는 작은 소리마저 노골적으로 들렸다.

분명 처음이 아니었다. 봄도 그랬고 시원도 그랬다. 비록 한 손으로 꼽고도 손가락이 남을 정도의 연애 경력이었지만 키스조차 해 본 적 없을 정도로 천연기념물은 아니었다.

하지만 달랐다. 어렴풋하게 남아 있던 기억 속의 키스와 지금의 것은 분명한 차이가 있었다. 이렇게 긴장이 되지도 않았고, 이렇게 몸이 멋대로 반응하며 움찔거린 적도 없었다. 생각부터 작은 움직임 하나까지 자신의 의지와는 상관없었던 적이…… 두 사람 모두 단 한 번도 없었다.

서로를 통한 '처음'이 대체 얼마나 더 많아지려고 이러는 걸까. 처음 만나는 타입의 상대, 처음 해 본 제대로 된 데이트, 비록 가짜더라도 처음 두 달을 넘긴 연애를 비롯해 내가 나답지 않게 되어 가는 변화, 처음이 아니지만 처음인 듯한 이 모든 감정들까지.

벌써부터 이러면 앞으로는 얼마나 더 깊어질지 상상하기도 힘들었다. 그런 식으로 아주 자연스럽게도 '앞으로'를 떠올렸다.

커다란 손이 봄의 뺨을 감쌌다. 조금 더 깊게 입을 맞추기 시작하자 천천히 벌어지는 입술이 벌써 자신의 마음까지 전부 허락해 준 것 같아 성적인 것과는 별개의 쾌감이 느껴졌다.

시원이 입을 맞추며 잠시 눈을 떴다. 그러자 눈을 질끈 감은 채 서 있는 그녀의 긴장이 고스란히 보였다. 도저히 입을 맞추지 않고 견딜 수 없을 것 같아 일단 저질렀는데 막상 이런 모습을 보니 이제는 멈추고 싶지 않아 문제였다.

이 미세한 떨림까지 사랑스러운데, 대체 이 여자에게 목석 같다고 했던 남자들은 눈이 어디에 달려 있던 거지. 자신이 종종 떠올렸던 그녀에 대한 감상들은 벌써 새까맣게 잊은 듯, 봄이 들었다면 어이없어했을 생각을 하며 시원 역시 그녀를 따라 다시 눈을 감았다.

뺨을 감싸던 손이 그녀의 뒷목으로 향했다. 부드러운 머리카락 틈새로 손가락을 넣어 제게로 더욱 가까이 끌어당긴 그가 조금 더 집요하게 봄을 파고들었다.

작은 공간을 비집고 혀를 넣으면 봄은 어떻게 응해야 할지 몰라 그저 가만히 있기만 했다. 그러나 그것만으로도 충분했다. 시원은 그녀를 만난 이래 가장 솔직하게 하고 싶은 대로 하고, 움직이고 싶은 대로 움직이는 중이었다.

서로의 호흡이 이렇게 가까운 곳에서 느껴진다는 게 신기했다. 맞물렸던 입술이 잠시 떼어지고, 그 짧은 순간조차 눈을 바로 뜨지 않은 채 감고 있는 그녀가 예뻐 보여 다시 입 맞추기를 몇 번. 피부에 닿는 뜨거운 숨결에 금방이라도 이성을 놓을 것 같았다.

늦게 배운 도둑질에 날 새는 줄 모른다더니. 상상조차 해 본 적 없던 그녀와의 입맞춤에 시원은 어디에서 멈추고 어디에서 빠져야 할지 냉정하게 판단할 수 없었다. 이대로 어디까지 파고들어도 괜찮은 걸까 생각하다 보니 이미 입술이며 입 주변은 축축이 젖어 말랑거렸고, 그 감각은 머릿속을 더 어지럽게 했다.

그 틈으로 봄의 숨이 나직이 토해지는 순간, 마음을 고백하기 전에 몸부터 내쳐지는 일이 생길까 싶어 시원은 아슬아슬했던 끈을 겨우 붙잡았다.

"……."

"……."

두 사람은 그대로 말이 없었다. 눈을 마주쳤고, 그리 밝지 않은 전등 밑에서 조금은 불그스름해진 서로의 얼굴을 찬찬히 확인했다.

시원이 봄의 입가로 손을 뻗어 반들거리는 타액을 슥 닦았다. 키스가 생각처럼 깔끔하고 로맨틱하지만은 않다는 것을 느닷없이 깨달은 기분이었다.

손끝에 살짝 힘을 주자 꾹 눌리는 부드러운 입술이 속을 간질이는 것만 같다. 저도 모르는 새 립스틱을 한참 핥아 먹었는지 빨갛던 입술 색이 조금 죽기는 했지만 그럼에도 불구하고 그의 눈에 봄은 더없이 예뻐 보였다.

이런 순간이 오니 자신의 마음이 한결 더 정확하게 보이는 것 같기도 하다.

……나 제대로 빠졌구나.

하지만 그 분위기는 오래가지 않았다.

"왜 하셨어요?"

"……."

이게 대체 무슨 소리죠. 입 밖으로 튀어나오려는 물음을 겨우 삼킨 시원이 봄의 얼굴을 물끄러미 바라보았다. 깊은 입맞춤 뒤에 꺼내는 첫마디가 '왜 하셨어요?'라니. 물론 예고 같지도 않은 예고를 던지고 느닷없이 시작한 것은 맞지만 중간에는 분명 그녀도 함께 응했다고 생각했는데……?

솔직한 물음일 뿐인지 추궁의 다른 방식인지 알 수 없어 시원이 미간을 좁혔다.

"사랑스러워서 했습니다."

인상을 쓰기는 했지만 입에서는 솔직한 대답이 나왔다. 예상치 못한 시원의 대답에 봄이 눈을 동그랗게 뜬 채 그를 바라보았다. 닭살스러운 말을 건네면서도 표정은 오만상을 하고 있어 그 갭이 실로 대단했다.

"사랑스러워서요?"

"예."

시원의 입을 타고 나올 법한 이야기는 아니라서 재차 물었지만 그의 대답에는 망설임이 없었다. 강조라도 하듯이 강하고 짧게 '예.' 하는 목소리가 낯설게 느껴졌다.

봄이 얼떨떨한 표정을 짓다가 이내 가볍게 웃어 버렸다.

"제가 사랑스럽다니, 남들이 들으면 웃겠어요."

스스로를 낮출 생각은 없었다. 별로 그런 의도가 있었던 것은 아니었다. 그저 어쩌다 보니 그런 반응이 나왔을 뿐.

사귀었던 남자라고는 고작해야 두 명. 지금은 이름도 잘 기억나지 않고, 얼굴도 가물거릴 정도로 그리 비중 있는 인물들은 아니었다. 그래서 별거 아니라고만 생각했는데, 그들이 했던 말이 저도 모르는 사이 마음 깊숙한 곳에 제대로 박혀 있기는 했던 모양이다.

목석이라는 말을 들었다며 그에게 자신의 과거 연애를 아무렇지 않게 이야기하던 날이 있었다. 눈앞에 있는 남자가 이렇게 내 마음을 건드려 올 거라고는 상상조차 하지 못했던 때. 잘 보일 생각을, 예뻐 보이거나 사랑스러워 보이고 싶다는 생각을 추호도 하지 못했던 때.

그래서 지금 이 순간이 착각 같기도, 꿈같기도 했다. 예상해 본 적 없는 장면이라 몹시 낯설었다.

물론 어떤 것도 마음대로 된 적은 없었다. 그래. 살면서 완벽하게 예상 가능했던 것이 하나라도 있기는 했었나. 서로에게 관심도 없고, 무슨 이런 사람이 있나 싶던 남녀가 이렇게 말도 안 되는 타이밍에 예고도 없이 입을 맞춘 뒤 서로를 보고 있는데.

사랑받고 자란 티가 난다는 게 어떤 거냐고 엄마에게 묻던 어린 날의 자신을 떠올렸다. 문득 고개를 내민 기억과 마주하며 봄이 시원을 응시했다. 아까 엄마와 통화를 하면서 묻고 싶었던 건 어쩌면 이런 게 아니었을까 하는 생각이 뒤늦게야 든다.

엄마, 사랑스러워지려면 어떻게 해야 돼?

남들보다 그저 조금 사랑스럽지 못한 여자일 뿐이라던 진솔의 이야기가 귓가에서 윙윙거린다. 언제부터였지. '사랑스럽지 못하면 어때서?' 하던 마음이 '사랑스럽고 싶다.'가 된 것은.

이 남자 때문인 걸까.

뭘까, 이 남자.

남들이 들으면 웃겠다는 봄을 보며 시원은 어쩐지 시큰둥한 얼굴을 했다. 고개가 옆으로 비스듬히 기운다. 그러더니 바보처럼 말을 더듬던 모습은 온데간데없이 직구를 던진다.

"남들이 무슨 상관입니까?"

"……."

"남들 눈에 사랑스럽지 않아도 내 눈에만 사랑스러우면 그만 아닙니까?"

할 말을 잃은 채 멍하니 시원을 보자 그가 망설임 없는 곧은 시선으로 눈을 마주쳐 왔다.

마치 고백이라도 받은 것처럼 마음 한구석이 찌르르 울리는 이상한 말. 다른 사람들 눈이 이상한 거라는, 누가 봐도 사랑스럽다는, 마음에도 없는 말이 아니라 있는 그대로의 솔직한 말.

솔직하지 않았던 사람이 솔직해지는 순간의 진심은 그 어떤 진심보다 더욱 진심 같은 진심이 된다.

"……."

봄은 끝까지 아무런 말도 할 수 없었다.

✽✽✽✽✽

"……님. 팀장님?"

"예?"

"아까 말씀하신 제안서입니다. 무슨 일 있으십니까? 아까부터 얼굴이……."

"제 얼굴이 뭐가 어때서요."

"……아, 아니요. 아무것도 아닙니다."

지금 자신이 어떤 얼굴을 하고 있냐고 물으며 김 과장을 올려다본 시원의 모습은 그야말로 좀비 같았다. 요즘 일이 많기는 했지만 저렇게 얼굴이 썩어 갈 정도는 아니었던 것 같은데…….

김 과장이 한 걸음 뒤로 물러서서 아무것도 아니라며 고개를 저었다. 제자리로 돌아가다가 흘끔 돌아보자 시원은 방금 전처럼 또 정신을 놓고 가만히 허공만 응시하고 있었다.

시원이 아무것도 없는 벽을 바라보다가 슬쩍 시선을 옮기더니 봄의 자리를 살폈다. 눈 마주쳐 주길 바라며 그 자리를 바라보기 시작한 지 얼마나 됐더라. 언제부터인지 모르게 주인을 기다리는 강아지처럼 저 자리로 향하는 시선을 막을 수 없게 되었다.

턱을 괸 시원이 그녀의 뒤통수를 빤히 보다가 입을 맞추던 파티션 너머로 시선을 옮겼다.

뭘까. 왜일까. 그때 자신이 대체 무슨 실수를 했길래 아무런 반응이 없는 걸까. 왜 아무 말도 하지 않아 이렇게 사람을 초조하게 만드는 거지.

남자답게 키스를 하고, 그녀의 말에 솔직한 대답을 했다. 한 걸음이 나아간 게 아니라 그 순간만큼은 전력질주를 했다고 해도 과언이 아닐 만큼 평소의 자신과는 다른 모습이었다.

그 일을 계기로 확 바뀔 만한 무언가를 꾀했는지도 모른다. 저도 모르게 기대를 하고 있었던 것도 같다.

하지만 달라지는 건 아무것도 없었다. 확실한 걸 좋아한다던 여자가 맞기는 한 건가. 봄은 키스까지 나눈 사이라고는 믿기지 않을 정도로 태연했고, 그 일에 대해 단 한 번도 말을 꺼내지 않았다. 오로지 그때 했던, 왜 키스했냐는 물음이 전부였을 뿐.

그날 집에 갈 때까지 별다른 말이 없어 조금 쑥스러운가 보다 했다. 그런데 출근을 한 이후에도 같았다. 평소처럼 업무와 관련된 이야기 외에 아무런 속마음도 보여 주지 않는다.

내심 기대하고 있던 것들이 와르르 무너졌다. 약간의 좌절감이 밀려왔다. 시원에게는 의미 깊은 행동이었고, 용기 낸 말이었기에.

"아무래도 그 대답이 문제였던 것 같지. 그래, 대답이 문제였어. 남들 눈에 사랑스럽지 않아도 된다고 한 게 문제였나? 남들 눈에도 예쁠 거라고 했어야 했던 거야, 아니면 남들 눈이 삔 거라고 했어야 했던 거야? 아, 대체 어디부터 뭘 어떻게 고쳐야 하는 거지……."

혼자 질문하고, 혼자 대답하고, 독백을 했다가 고뇌를 했다가. 시원은 머리를 감싸 쥔 채 아무도 듣지 못할 정도의 작은 소리로 중얼거렸다.

걱정은 산더미처럼 몸을 불리고 있었고, 초조함도 그와 비례하며 함께 몸집을 키웠다. 그녀에게 말실수를 한 게 아닐까 하는 정도에서 그치던 생각들은 어느덧 키스를 한 것부터가 잘못인 게 아니었을까, 파렴치하고 이기적인 변태로 생각하는 건 아닐까 하며 더 깊은 구덩이까지 시원의 발목을 잡아당겼다.

걱정과 서운한 마음이 한데 뒤섞여 심란해질수록 시원이 달력을 확인하는 횟수는 늘었다. 시간이 얼마나 남아 있는지를 확인하면 마음은 더욱 요동칠 뿐이었는데도 이상한 초조함이 자꾸만 그를 그렇게 만들었다. 여유가 무엇이었는지도 기억나지 않을 만큼.

이런 불안한 관계는 때려치우겠다고, 그까짓 거 정식으로 확 고백해 버리면 되는 거 아니냐고 생각을 하다가도 급브레이크를 밟는 것만 몇 번. 확신을 가질 수 없는 마음이라는 게 사람을 얼마나 나약한 겁쟁이로 만드는지 눈뜰 때마다, 숨 쉴 때마다 깨닫는 기분이었다.

다른 사람들은 어떻게 마음을 표현하고 고백하는 걸까. 상대가 자신을 받아 줄 거라는 100퍼센트의 확신 없이도 그런 진심이 나오는 걸까. 거절당한 뒤 그나마 유지하던 관계조차 지켜 낼 수 없을 거라는 걸 알면서도? 그렇다면 그런 용기는 어디서 생기는 걸까.

지금 고백했다가 아직 남은 며칠조차 허무하게 날려 버리게 될까 두려웠다. 그 시간들이 아까웠다. 마음은 자꾸 조급하고 가짜인 지금의 관계가 점점 불만스러워지는데도 최악의 상황을 떠올리면 망설이지 않을 수 없었다. 남은 시간들이라도 제대로 그녀를 보고, 같이 밥을 먹고, 집까지 데려다주고 싶었다.

지킬 수 있는 것만이라도 지키는 안전한 방법과 제대로 사랑해 보기 위해 돌진하는 무모한 방법. 그 사이에 서서 시원은 그저 봄을 바라보는 것밖에 할 수 있는 것이 없었다.

그러던 그의 눈에 요 며칠 자주 목격되는 인물이 있었으니 바로 재강이었다.

처음에는 그저 조금 거슬렸을 뿐인데 어느 순간에는 신경이 쓰여 미칠 것 같았다. 아무 사이도 아니라는 말을 들었는데도 괜히 봄을 들쑤시는 꼴이 될까 봐 눈만 흘기기를 여러 번이었다. 속 좁은 남자가 되지 않기 위해 마인드 컨트롤을 얼마나 했는지 그녀는 평생을 가도 모르겠지.

"봄 대리, 잠깐 시간 돼?"

"네, 괜찮아요."

재강이 봄의 자리로 다가와 묻자 봄이 고개를 끄덕이며 일어섰다. 커피라도 마시려는 건지 복도를 향해 걸어가는 두 사람을 보며 시원이 주먹을 꽈악 쥐었다. 서슬이 퍼런 눈으로 그 자리만 한참을 노려보았다.

착각인 줄 알았다. 우연이 늘다 보니 어쩌다가 두 사람이 함께 있는 장면을 자주 발견하게 되었을 뿐이라고 애써 스스로를 다스리고 다스렸다. 하지만 아니었다. 재강은 이런저런 이유를 들어 분명하게 자주 봄을 불러냈고 그런 식으로 함께 있는 시간을 갖기 시작했다.

무슨 대화를 하는지까지는 미처 알 수 없었다. 그리고 그 내용을 알 수 없다는 점이 시원을 더욱 초조하게 만들었다.

"요즘 봄 대리랑 윤 과장님 자주 붙어 있지 않아?"

"그러게. 이쪽이 아니라 저쪽이었나?"

이쪽이 누구고 저쪽이 누구인지 모르려야 모를 수가 없는 말들. 시원이 흘끔 고개를 돌려 소곤소곤 대화하는 두 사원을 보았다.

저번처럼 쥐도 새도 모르게 소문이 사그라진 건 고맙고 다행인 일이지만 그렇다고 소문의 대상이 바뀌는 것을 바란 건 아니었다. 김시원과 서문봄에서 윤재강과 서문봄으로 옮겨 가는 것을 상상한 적은 결단코 단 한 번도 없었다. 이럴 바에야 자신과의 소문으로 내내 곤란하게 두는 게 나았다.

"하긴, 팀장님보다는 윤 과장님 쪽이 훨씬 설득력 있기는 하지."

"전부터 둘이 엄청 사이좋았잖아. 꽃 선물도 줬었고. 나 가끔 '봄아.' 하고 부르는 것도 들었다?"

"진짜? 저쪽이 확실한가 보네?"

확실하긴 뭐가!

책상을 내리치며 소리라도 지르고 싶은 심정이었다. 두 주먹을 허공으로 치켜든 시원이 잠시 호흡을 길게 내쉬다가 얌전히 손을 내렸다.

도대체 소문이라는 건 왜 이렇게 쉽게 급물살을 타는 걸까. 당사자들을 빼놓고 자기들끼리 열심히 노를 젓는 사원들 덕분에 애꿎은 마음만 사납게 일어섰다.

가짜이긴 해도 지금 나와 사귀는 중이라고 확 밝힐까 하는 생각이 0.5초 정도 들기는 했지만 곧 체념했다. 그녀를 잃는 가장 빠른 방법이 될 테니까.

서로 교감을 하는 키스와 그 이후에 이어지는 묘한 감정, 혹은 진실한 마음 같은 것들. 그리고 그것들을 통해 나누게 될 설레는 일상을 그린 것이 허무했다. 서른다섯이나 먹고 소녀 같은 꿈이나 꾸다니. 나이를 헛먹어도 한참 헛먹었다.

게다가 아직 내 것도 아닌데 빼앗길 것 같은 불안감이 먼저 드는 이상한 상황까지 오고.

"봄 대리 온다, 쉿."

"다들 아무 말도 하지 마. 알았지?"

사원들의 말이 꼭 자신에게 하는 것 같아 시원이 애꿎은 입안의 살만 잘근잘근 씹었다. 긴장이 뭐고, 용기가 뭐고, 연애는 뭐고, 고백은 또 다 뭐야.

어려워도 너무 어려웠다.

✽✽✽✽✽

“저 배 터져 죽어요, 할머니.”

“그래도 더 먹어. 집 나가 살더니 삐쩍 말라 가지고.”

“진짜 배부른데.”

퇴근 후, 주말도 아닌데 모처럼 가족이 있는 곳으로 오자 봄은 그동안 자신이 머물렀던 공간이 얼마나 아늑하고 편안했는지를 새삼스레 깨달았다.

혼자 있다 보면 자유롭다는 생각으로 가득할 줄 알았는데 그것도 잠시, 얼마 가지 않아 가족의 부재가 두 배로 느껴지는 순간이 오고는 했다. 독립의 이유가 회사 때문이었다고는 해도 그걸 계기로 하여 여러모로 느낀 바가 많은 것이 사실이었다.

더 먹네 마네 하는 실랑이로 식사를 마친 뒤 봄은 설거지를 하려다가 영애의 손에 등 떠밀려 욕실로 향했다. 언제는 가족이라더니, 집안일을 시키지 않으려고 이럴 때만 손님 대하듯 한다. 봄이 졌다는 듯 그대로 욕실 안에 발을 들였다.

욕실 문이 완전히 닫히고 좁은 공간이 조용해지자 그제야 혼자만의 사소한 고민들이 떠밀려 오기 시작했다.

머릿속에서 재강의 목소리가 불쑥 튀어나오며 다시금 지난 대화를 상기시킨다.

‘그래서? 너한테 사랑스럽대?’

'네, 저 태어나서 그런 말 처음 들어 봤어요.'

이야기할 곳이 없었다. 최근 들어 부쩍 떠오르는 생각이나 낯선 감정들에 대해 이야기를 해 줄 수 있는 사람도 없었다. 물론 친구인 진솔이 있기는 했지만 헤어진 지 얼마 안 된 사람에게 이런 상담을 하는 건 봄 자신이 내키지 않았다.

가깝지만 멀고, 주관적이지만 객관적일 수 있을 사람. 봄에게 있어 재강의 존재가 마침 그 위치에 딱 알맞았다.

키스를 했다는 말은 쏙 뺀 채 필요한 부분만 정리해 말했다. 혼자만 품고 있는 것보다는 나았다.

'그 사람이 제대로 봤네. 너 사랑스러워, 봄아.'

'……그래요?'

'다른 사람들이 너를 잘 몰라서 그래. 널 아는 사람이라면 모두 그렇게 생각할 거야. 나 역시도.'

'…….'

'사랑스럽다고, 너.'

그렇게 말해 주는 재강에게 고마움을 느끼다가도 다시 시원을 떠올렸다. 같은 말을 해도 표현이 달랐고, 그 표현이 전달하는 감정이란 것이 달랐다.

입에 발린 말이라고는 조금도 할 줄 모르는 그 남자의 한마디가 정말 자신을 여기까지 데려다 놓았구나. 깨달음을 통한 새삼스러운 감정이 1분, 아니, 1초도 모자란 간격으로 계속해서 가슴을 두드렸다.

재강과 대화를 나누며 커피가 담긴 종이컵을 꾹 쥐었다. 그러면 손바닥에 감겨드는 뜨끈한 기운에 금방이라도 화상을 입을 것 같았다.

봄에게 시원이 그랬다. 그의 속도에 움찔 놀라면서도 저도 모르는 새 욕심내 쥐어 버리고 싶을 때가 오지는 않을까, 그러다가 확 데는 건 아닐까 하는 두려움이 들었다. 이러니 설마 사랑일까 싶은 것이다.

깊어지는 생각을 떨쳐 내며 세면대에 물을 틀고 쏟아지는 미온수에 손을 뻗었다. 피부를 적시는 은근한 감각조차 그 남자 같다. 손가락 끝부터 손등, 손목까지 적시며 자연스럽게 감겨드는 게 어느덧 자신을 잔뜩 적셔 놓은 김시원을 떠올리게 했다.

고개를 들어 거울을 보면 시원은 어느새 봄의 곁에 서 있었다. 좀처럼 웃을 줄 모르는 서툴고 무뚝뚝한 남자는 봄의 곁에 서서 세수하느라 젖은 그녀의 잔머리를 매만지며 그답지 않게 웃었다.

그러고 나면 거울 속의 자신은 얼굴을 벌겋게 물들였다. 그런 얼굴을 한 여자는 서문봄이었지만 서문봄이 아니기도 했다. 누군가의 앞에서 진짜 여자가 되어 가는 낯선 기분이었다.

물기에 젖어 번들거리는 분홍색의 입술만이 둥둥 떠다니는 듯했다. 그날 이후로 몇 번씩 이랬다. 어떻게 대응해야 할지 몰라 평소처럼 생활하고는 있었지만 문득문득 그때의 감각들이 되살아났다. 그의 눈빛, 그의 촉감, 그가 했던 믿기지 않는 말까지 전부. 며칠째 딱 곤란할 정도로 마음속에서 그가 범람했다.

"왜 자꾸 따라다녀요."

수건으로 물기를 닦으며 봄이 중얼거렸다. 그는 여전히 거울 속에 있었다. 자신의 곁에 서서 어깨를 으쓱였다. 이런 식으로 하루 24시간 내내 자신의 생각, 자신의 일상을 졸졸 쫓아다녔다.

"하아……."

냉정하게 등을 돌렸다. 달칵, 문을 닫자 집요하게 매달리던 시원의 모습이 그제야 사라졌다.

그리고 예고도 없이 불쑥 의식 속을 파고들었다.

– 여보세요?

"……."

침대에 누워 있다 말고 전화를 받은 봄이 눈을 동그랗게 떴다. 휴대 전화를 귓가에서 떼어 내 발신자를 다시 확인하고 천천히 몸을 일으켰다. 온 집 안을, 자신의 방을 내내 머물던 시원이 상상이 아닌 실감 나는 목소리로 귀 근처에서 울렸다.

눈을 두어 번 깜빡이는 동안에도 대답을 하지 못하자 '서문봄 씨?' 하고 시원이 그녀를 불렀다.

"갑자기 어쩐 일로 전화하셨어요?"

– 우리가 용건이 있어야만 연락할 수 있는 사이입니까?

이 남자가 언제부터 이렇게 적극적이었을까. 언제나 마이너스를 향해 가던 그를 생각하면 그래프가 상승 곡선을 타는 것만으로도 충분히 놀라운 일이었다. 간혹 이렇게 한 걸음 훅 들어올 때의 놀라움은 더욱 비할 바가 아니었고.

침대 위에 앉아 고개를 돌리자 화장대 거울에 비친 자신의 얼굴이 오묘했다. 당혹감으로 물든 것 같기도 했고, 치미는 감정을 어떻게 다스려야 할지 몰라 난처해 보이기도 했다. 저도 모르게 애꿎은 입술만 오물오물 씹고 있었다.

평소 자신을 바라보던 시원처럼 봄이 미간을 살짝 좁히며 거울 속의 얼굴을 마주했다. 그러다가 소리 없이 숨을 뱉었다. 태연하다는 말의 의미가 기억이 나지 않는다.

– 집입니까?

"네, 이제 슬슬 잘까 해요."

– 본가?

"어떻게 아셨어요?"

– 어쩐지. 계속 방에 불이 꺼져 있더라니.

"네?"

– 아닙니다.

무슨 소리냐는 듯 눈동자를 굴리며 그의 목소리에 집중하던 봄이 천천히 침대 헤드에 등을 기대었다. 뒷머리까지 완전히 대고 앉은 채 눈을 감자 그의 숨소리가 더 잘 들리는 것 같아 청각이 곤두선다.

바로 눈앞에 있을 때는 그의 목소리에 집중했었던가, 그의 냄새에 취했었던가. 의식은 완전하게 깨어나기 시작했고, 시작된 생각에는 쉼이 없었다.

– 저기…… 서문봄 씨.

"네, 팀장님."

– 그러니까…… 윤재강 과장 말입니다.

안 그러는 것 같더니 또 망설인다. 말의 시작부터 뜸을 들이기 시작하는 화법이 사람을 얼마나 신경 쓰이게 하는지 모르는 건가. 시원은 간만에 이름값도 하기 힘들 법한 목소리로 겨우 한마디를 올렸다.

– 그…… 뭡니까?

"네?"

무슨 질문이 이래? 허공을 보던 봄이 휴대 전화를 다시 고쳐 잡았다.

"그게 무슨 말씀이신지."

– 요즘 둘이 부쩍 붙어 다니던데요. 툭하면 같이 커피 마시자고 오고, 서문봄 씨 파티션에 딱 붙어서 실실 쪼개기도 하고. 부서도 다르면서.

"……네?"

머리는 좋은 것 같은데 이해력이 부족한 것 아니냐는 듯 건너편에서 시원이 한숨을 푹 내쉬었다. 그럼에도 불구하고 봄의 반응은 그의 뜻대로 돌아오지 않았다. 반복되는 '네?'의 향연에 또다시 이어지는 한숨 소리가 아까보다 한층 더 깊어진 것도 같았다.

– 우리 소문 말입니다. 요즘 잠잠해진 것 같지 않습니까?

하고 싶은 말이 뭘까. 재강에 대한 이야기를 하다가 느닷없이 소문 이야기를 꺼내지 않나. 그가 두서없이 마구잡이로 밸고 보는 것 같아 얼떨결에 대답하는 것만이 그녀가 할 수 있는, 하기 쉬운 전부였다.

"네, 그런 것 같아요."

– 그 이유가 뭐라고 생각합니까?

"흥미가…… 식어서?"

그때도 그랬다. 수군거리는 소리가 신경 쓰이기는 했지만 며칠 정도 들리지 않는 사람처럼 지내니 정말 사그라졌다. 이번에도 그때와 같을 뿐이다. 반응이 없으면 그렇게 차츰 사라지는 게 형태 없는 소문이 아닌가. 이렇다 저렇다 딱 잘라 말하지 않은 게 어쩌면 현명한 대응이었을지 모르겠다고 봄은 생각했다.

하지만 오답이었나 보다. 시원의 반응이 석연치 않았다. 흥미가 식은 게 아니냐고 받아치면서도 봄은 그의 의도를 파악할 수 없어 조금 의아했다. 할 말이 있으면 확실하게 말해 주지. 성격이 어디 가지는 않는 모양이다.

– 서문봄 씨. 사람들의 흥미는 사라지는 게 아니라 옮겨 가는 겁니다.

"옮겨…… 가요?"

– 예. 더 큰 흥미를 유발하는 게 생기면 그쪽으로 옮겨 가면서 자연스럽게 소멸되는 것처럼 보일 뿐이라는 겁니다. 식는 데에도 이유는 있습니다.

"무슨 말인지 잘 모르겠어요."

– 됐으니까 윤 과장이나 조심해요. 나한테 그랬던 것처럼 말로만 조심, 행동으로는 방심하지 말고.

"네?"

– 운전 중이라 이만 끊습니다. 저도 집에 가 봐야 해서.

통화 종료. 점멸하다가 어둡게 꺼지고 마는 화면을 바라보며 봄은 몇 초간 그대로 정지해 있었다.

흥미가 옮겨 간다는 이야기는 뭐고, 재강을 조심하라는 이야기는 또 뭐지. 뜻 모를 말만 하고 끊으니 괜히 머릿속이 혼란스러웠다. 안 그래도 본인 때문에 한참 어지러운 것도 모르고.

"아."

그러다가 불현듯 바로 알아채지 못한 한 가지 생각이 스쳤다. 이제야 집에 간다던 그 말을 그저 야근 탓이라고만 생각했었는데.

'어쩐지. 계속 방에 불이 꺼져 있더라니.'

"설마……."

깨달음은 작은 말 구석구석에 그런 식으로 숨어 있고는 했다.

꼭 찾아 달라는 듯이.

✻✻✻✻✻

재강에 대해 물으면 그녀는 이렇게 말할 것이다.

'좋은 분이죠.'

구태여 묻고 자시고 할 필요도 없었다. 충분히 예상 가능한 대답이었고, 그 대답을 하는 순간 봄이 어떤 표정을 지을지조차 그려졌다. 본인은 신경조차 쓰지 않는데 혼자서만 질투에 사로잡혀 의식하기 바빠 보일 게 분명했다.

잘 보이고 싶었다고 해서 정말 잘 보인 순간이 있었는지 모르겠다. 하지만 못나 보였을 것이라고 느낀 순간에는 분명 못나 보였을 것이다. 원래 안 좋은 예감만이 들어맞는 법이니까.

그리고 봄과 재강을 주인공으로 뒤에서 수군거리며 생겨난 소문들은 그 안 좋은 예감으로 또다시 시원을 안내하는 중이었다. 확률이 100퍼센트일 리 없다고 생각하면서도 머리보다 마음이 앞서게 되어 버린 지금, 눈빛에는 내내 날이 섰다.

"봄아."

시원의 귀가 쫑긋 섰다. 다른 사람들은 미처 듣지 못한 듯했지만 적어도 자신은 정확하게 들었다. '봄 대리.'가 아닌 '봄아.' 하고 부르는 목소리를.

고개를 들어 봄의 자리를 보자 역시나 재강이 있었다. 그는 웃는 얼굴로 봄을 내려다보며 잠깐 괜찮냐는 듯이 손짓했다.

눈이 없어지겠다 싶을 정도로 눈가를 접어 가며 웃는데도 남자다운 느낌이 물씬 풍겼다. 자연스럽게 사람들의 시선이 그쪽으로 향했다. 분하지만 그에게 그만한 매력이 있다는 것은 사실이었고, 자연스레 타인의 관심을 끌어당긴다는 것도 인정할 수밖에 없었다.

그래서 더 불안한가 보다. 봄도 예외일 수는 없을 것 같아서. 그리고 특히, 그가 봄에게 보내는 시선이 너무도 노골적인 듯해서.

둔한 여자다. 그래, 봄은 둔하고 둔해서 느끼지 못한다 해도 이해가 가능했다. 하지만 제삼자로 지켜보는 자신은 그 분위기를 모르려야 모를 수가 없었다.

봄을 향하는 재강의 시선은, 그의 분위기는 자신의 것과 닮아 보였다. 표현법은 달랐지만 속에 들어 있는 알맹이만큼은 똑같았다.

귀엽다는 듯이, 사랑스럽다는 듯이 웃어 주고 있잖아!

대체 언제부터였을까. 이렇게 확 위기감을 느끼게 된 것이. 꽃을 전해 주던 그때부터? 병실에서 마주쳤던 그때부터?

모든 신경을 그쪽으로 세우고 있는 시원의 존재를 느낄 리 없는 봄이 고개를 끄덕이며 자리에서 일어섰다. 요 며칠 내내 그랬던 것처럼 두 사람의 걸음은 자연스럽게 복도 쪽으로 향했다. 등 뒤로 따라붙는 여러 개의 시선을 정말 느끼지 못하는 건지 뒤 한 번을 돌아보지 않았다.

결국 참지 못한 시원이 두 사람의 뒤를 따랐다. 얼마나 눈꼴시린 표정으로 웃으며 대화를 나누는지 똑똑히 봐 줄 테다. 300원짜리 자판기 커피 한 잔에 세상만사를 다 가진 듯 오붓한 시간이라도 보내나 보지?

뭐든 직접 확인해야 성이 풀릴 것 같았다. 소문을 사실로 만들게 가만히 둘 생각은 없었다.

커다란 전면 창으로 햇살이 쏟아져 내려오는 어느 복도. 그곳에 김이 모락모락 나는 자판기 커피를 한 잔씩 든 봄과 재강이 있었다.

지나가던 사람들이 "선남선녀가 따로 없네." 하고 농담 삼아 말하는 것에도 속이 끓었다. 당장 저 가느다란 손목을 붙잡아 이쪽으로 끌고 오고 싶었다.

그래, 망설일 이유가 없다. 마음은 더 이상 헷갈리지도 않았다. 남은 건 앞으로 나아가는 속도를 얼마나 조절하느냐의 문제일 뿐.

그녀가 놀라지 않을 정도로만. 이 관계가 느닷없는 과속에 망가지지 않을 정도로만.

시원이 성큼성큼 그들을 향해 다가갔다. 고민도 걱정도 내던진 걸음에는 봄 이외의 다른 것을 생각하며 망설일 겨를 같은 것이 없었다. 무슨 이야기를 하는 건지 짐짓 진지한 얼굴과 뚫어지게 마주치는 두 사람의 시선을 더는 놔두기 힘들었다.

몇 걸음을 빠르게 내딛자 점점 가까워진다. 입을 열어 그녀의 이름을 부르면 바로 들을 수 있을 만한 거리가 된다. 조금만 더 가면 끌어안고도 남을 수 있을 듯 가까워진다.

그러나 입을 여는 순간, 그녀의 귓전에 닿은 것은 시원의 목소리가 아니었다.

자신보다 조금 더 부드럽고, 조금 더 다정한 말투의…….

"서문……."

"그런 의미에서, 봄아. 나랑 만날래?"

고백.

시원은 그 자리에 멈추어 섰다. 앞과 뒤를 구분하지 않아도 모든 것을 단번에 이해할 수 있을 남자의 물음은 고백이었고, 자신이 아닌 제삼자의 고백 앞에 서 있는 그녀를 보며 시원은 어느 시의 한 구절을 떠올렸다.

때를 놓친 사랑은 재난일 뿐이라고.

10
나와 너에서 우리가 되어 가는 과정

가끔 마주치는 여자애에 불과했다. 여자도 아닌 여자애. 앳된 티를 벗은 지는 꽤 됐지만 재강의 눈에 봄은 언제나 여자애였다.

한껏 꾸민 채 치맛자락을 살랑거리며 다니는 여대생들 사이에서 유독 봄은 수수한 옷차림을 하고 있었다. 등을 덮으며 내려오는 까맣고 긴 머리카락 때문인지, 굳이 짙은 화장을 하지 않아도 뽀얀 얼굴 때문인지는 모르겠지만 조금은 냉소적인 여고생처럼 보이고는 했다. 그게 그녀의 매력이었다.

관심이 갔다. 관심은 갔지만 그게 전부였다. 학점과 스펙을 위한 봉사 활동에 치중하느라 바빴다. 동아리 활동과 관련한 질문과 모임, 의견을 주고받는 많은 자리에서 두 사람은 사적인 이야기를 제대로 나눈 적도 없었다.

선남선녀라는 말에도 무감흥한 얼굴을 보며 재강은 봄이 자신과 비슷한 부류일지도 모르겠다는 생각을 했다. 그리고 그러한 동질감이 관심을 꾸준히 유지할 수 있게 했다. 덜어 내지도, 더 얹지도 않은 채로.

지금에 와서 말이지만 재강도 봄 못지않게 연애 세포가 부족한 남자였다. 동기며 후배들의 고백에도 예의 사람 좋은 미소로 미안하다는 말밖에는 건네지 못했다. 미팅이니 데이트니, 남녀가 같은 곳에 모이면 으레 나오는 이야기들에서 재강과 봄은 그렇게 열외였다.

아니, 그렇게 함께 열외인 줄 알았다.

'알겠어. 용건은 끝이지?'

'어? 으응.'

하필이면 사람들이 지나다니는 교정에서 이별할 건 또 뭐람…….

그 근처에서 담배를 피우던 재강은 원치 않는 자리에 초대받은 사람처럼 갑자기 불편해졌다. 누구도 그들의 이야기에 귀 기울이지는 않았지만 명백한 이별의 장면이었다.

그런데 뭔가 이상했다. 헤어지자고 하는 남자보다 헤어짐을 통보받는 여자 쪽이 너무도 아무렇지 않은 것이다. 잘못 들은 게 아니었다면 사랑스러운 구석이 없다느니, 목석이라느니, 여자가 듣고 태연하기 힘든 말들이 섞여 있었는데도.

재강이 고개를 돌려 그 여자가 봄이었음을 제대로 확인했을 때, 그녀는 마치 기말 과제 다 끝냈냐고 묻는 듯 덤덤한 표정이었다.

연애를 하고 있었는지도 몰랐지만 마지막 순간을 목격하고 나자 재강은 문득 그들의 연애가 궁금해졌다. 아니, 정확하게 말해 서문봄의 연애가.

'……윤재강 선배?'

그러다 우연히 눈이 마주친 순간 재강은 깨달았다. 자신이 겉으로 드러나는 한 꺼풀밖에 보지 못하고 있었음을. 덤덤하게 말하던 목소리와 달리 뒤늦게 눈가가 불그스름하게 물들어 가는 봄의 얼굴을 본 것이다.

아마도 그때부터이지 않았을까.

그녀를 곁에 두고 때로는 친구처럼, 때로는 가족처럼 지켜보고 싶다는 생각을 그때 처음으로 했었던 것 같다.

✻✻✻✻✻

복도 끝 자판기에서 뽑은 300원짜리 커피에 온갖 고민이 가득 담겼다. 홀짝이며 한 모금을 머금으니 설탕이 얼마나 들어갔는지 혀끝으로 인공적인 단맛이 감겨들었다. 썩 좋아하는 맛은 아니었지만 그마저도 아니었다면 입이 더욱 썼을 것 같아 도피처 삼듯 몇 번이나 자판기를 누르고 또 눌렀다. 며칠에 걸쳐 천 원어치 정도 커피를 마시고 나니 어느덧 고민은 완벽하게 연애 상담이 되어 버렸다.

봄 자신이 생각해도 이런 건 모두가 아는 '서문봄'이라는 여자가 입에 담기에 낯선 주제였다. 하지만 그때마다 재강은 옆에 서서 묵묵히 이야기를 들어 주었다. 세 모금이면 끝날 커피를 몇 번씩 나눠 마시면서. 고개를 끄덕이고 또 끄덕이면서.

생각해 보면 대학 시절 때도 그랬다. 장황하게 대화를 나누거나 한 적은 없었지만 재강과는 몇 마디만 주고받아도 든든했다. 남자라고는 할아버지가 전부인 가족이었기 때문일까. 잠자코 귀를 기울이며 옆에 서 있어 주는 아빠 혹은 오빠 같은 듬직한 존재가 그리웠을지도 모르겠다는 생각을 종종 하고는 했다.

"남들은 다 알고 있는 감정일 텐데 유독 저한테만 어려운 기분이 들어요. 아직 혼란의 단계인지 인정의 단계인지도 잘 모르겠고, 그 사람이 진짜 무슨 생각인 건지도 확신이 안 서고. 요즘에는 그 사람보다 제가 더 오락가락하는 것 같아요."

말을 하면서도 지금 내가 무슨 말을 하는 건지 모르겠다는 듯 봄이 한숨을 내쉬었다. 종이컵을 만지작거리는 손이 그녀답지 않게 부산스러웠다.

"내 기분조차 1초가 다르게 바뀌는 게 사람인데 어떻게 다른 사람의 마음에 확신을 갖겠어. 그래서 용기 있는 사람이 대단한 거야. 앞뒤 재지 않고 부딪치니까."

"맞는 말이에요……. 잘 아시네요? 전문가 같아요."

"전문가라면 전문가라고 할 수 있지. 이래 봬도 머리로는 연애 박사야, 나."

“머리로만요?”

“왜? 갑자기 동질감 느껴져?”

“아니요. 당연히 선배가 저보다 낫죠. 최근에 깨달았어요. 제가 저 스스로를 생각보다 과대평가하고 있었다는 걸요.”

마시다 보니 커피가 거의 바닥을 드러낸다. 갈색으로 동그랗게 흔적을 남기는 커피를 보며 봄이 남은 한 모금을 완전히 들이켰다. 설탕 녹인 물처럼 단맛이 입안에 그득하게 찼다. 다시금 꿀꺽, 목울대를 울리며 침을 삼키자 재강이 말했다.

“과대평가되고 있는 건 오히려 나지. 생각보다 둔하고 느리거든. 그래서 내 연애는 언제나 실패의 연속이었어.”

“……지금 선배 이야기 하는 척하면서 저 까는 거죠.”

“어이쿠, 눈치가 없지는 않은데?”

재강이 특유의 사람 좋은 얼굴로 웃었다. 그러면서 다 마셔 비어 버린 종이컵을 손에 들고는 자연스럽게 흘러갔던 어느 과거를 회상했다.

“그리고 말은 바로 해야지. 깠던 건 내가 아니라 너였다, 서문봄. 잊은 건 아니겠지?”

“데미지 전혀 없는 실연도 실연이라면요.”

이 회사에 와서 재회했을 당시, 재강은 너무도 여전한 봄에게 연민 아닌 연민을 느꼈다. 그러면서 동시에 이런 생각을 했다. 연애에 무감흥한 사람끼리 만나 연애를 하거나 적당히 수순 밟듯 결혼까지 해도 나쁘지 않겠다고.

그래서 그때 봄에게 ‘우리 사귈래?’ 하고 고백을 가장한 제안을 했었는데, 그 당시 봄의 거절을 재강은 지금까지도 잊을 수 없다.

'그럴까요? 피차 좋아하지 않는 입장이니 쇼윈도 커플 자격은 딱이네요, 우리. 계약서 가지고 오세요, 선배. 머리 쓰신 김에 결혼 시기나 자녀 계획도 정확하게 세워 오시면 더 좋고요.'

누구보다 덤덤한 말투와 더없을 정도로 이성적인 표정의 콜라보레이션이었다. 당황하거나 망설이는 기색조차 없는 눈빛이 재강을 녹다운시켰다. 자신이 무슨 생각으로 그런 말을 꺼냈는지 너무도 명확하게 꿰뚫는 모습은 재강이 잠시 봄을 과소평가했음을 상기시켜 주고 있었다.

"방심하고 너 만만하게 본 덕에 제대로 한 방 먹었잖아, 나. 그러면서 생각했지. 얘 진짜 마음에 든다. 아, 물론 연애 감정으로 말고."

"알아요. 따지자면 그거죠. 우정, 동지애, 전우애?"

"우정으로 하자. 아무리 동지애, 전우애라 해도 일단 애愛가 붙는다는 사실만으로 가만있지 않을 것 같으니까."

"누가요?"

"김시원."

"아."

봄이 입을 반쯤 벌렸다가 도로 꾹 다물었다.

지금까지 재강에게 연애 상담을 하면서 단 한 번도 시원이라고는 말한 적 없었다. 대상에 대해 파악할 수 있는 모든 요소는 빼고 이야기했다고 생각했는데 어떻게 알았을까. 재강의 입을 타고 그의 이름이 나오자 정곡을 찔린 사람처럼 순간 당황했다.

그 어떤 일에도 웬만해서는 당황하지 않던 봄이 김시원이라는 남자가 엮이는 모든 순간에는 이렇게 인간다운 면모를 보인다. 재강의 눈에는 그게 신선하면서도 귀여웠다.

사실 생각해 보면 모를 수가 없는 일이다. 이미 회사 내부에 시원과 봄에 대한 소문이 몇 차례 돌아다닌 상태고, 자신과 봄이 함께 있는 모습을 볼 때마다 눈에 불을 켜고 달려들 것처럼 으르렁거리는 시원의 모습은 전혀 이성적이지 못했다. 감정을 숨기는 게 서툰 사람이라는 것을 재강은 바로 알 수 있었다.

봄과 시원의 반응이 흥미로운 마음에 일부러 자극한 적도 몇 번 있었다. 짓궂다고 해도 별수 없다. 재강은 원래 그런 타입이었다. 그저 사람들이 바라는 모습 그대로 약간의 가면을 쓰고 있었을 뿐.

그 정도 짓궂은 대가로 아끼는 후배의 이야기를 열심히 들어 주지 않았느냐고 합리화를 해 본다.

"어떻게 알았어요? 팀장님 이야기였다는 거."

"글쎄, 내가 어떻게 알았을까."

"가끔 선배 무서워요."

나도 의외로 둔감한 편이지만 넌 상위 1퍼센트다, 서문봄. 재강이 그녀의 얼굴을 보며 속으로 대꾸했다. 두 사람이 서로 좋아하는 사이라는 걸 그 둘만 빼고 다 알 기세인데, 어떻게 한 치의 의심도 없이 저렇게 신기하다는 반응이 나올까.

그게 또 몹시 귀여워 가만히 있을 수 없다. 그녀의 고민에 함께 발을 담근 김에 어울리지 않는 큐피드의 기분이나마 만끽해 볼까 하는 재강이었다.

"난 김 팀장님이 더 무섭던데. 우리 같이 있을 때마다 한 대 칠 기세로 나 쳐다보잖아. 지금 질투 중이다 광고하면서."

"팀장님이요?"

"반응을 보니 그것도 몰랐구나."

"원래 좀 퉁명스러운 사람이거든요. 아마 잘못 느끼신 걸 거예요."

"과연 그럴까? 굳이 확인까지 시켜 주고 싶어지네."

무슨 말이냐는 듯 유독 동그랗게 뜬 눈으로 자신을 바라보는 봄을 보며 재강은 자신의 연애보다 타인의 연애가 때때로 더욱 즐거울 수 있음을 새삼스레 깨달았다.

언제나 연애에 실패한 이유는 봄과 크게 다르지 않았고, 스스로가 생각하는 윤재강 역시 서문봄과 그럭저럭 비슷한 카테고리로 분류되는 줄로만 알았다. 하지만 이제 와서 보니 아니다. 봄은 어느덧 자신보다 훨씬 앞서 나아가는 중이었다.

김시원이라는 남자를 만나면서.

그때 재강의 시선 끝에 무언가 걸렸다. 봄의 작은 어깨 너머로 멀찍이 서 있는 익숙한 모습. 수시로 자신을 향해 달라붙던 경계와 잔뜩 날이 선 채 투박하게 쏘아보던 눈빛. 그 모든 것이 그곳에 있었다. 시원이었다.

"사람은 꼭 궁지로 몰려야 움직이게 되나 봐."

"네?"

다 비운 종이컵을 입으로 가져다 대며 재강의 시선이 시원에게서 봄에게로 옮겨 왔다. 금방이라도 이쪽을 향해 달려올 태세인 시원을 감지하고 짧은 순간 머리가 빠르게 굴러갔다.

재강이 종이컵 가장자리를 잘근 씹었다. 그러는 사이 시원은 성큼성큼 두 사람이 있는 쪽으로 걸어왔다.

'이젠 직진할 줄도 아네.'

잠시 눈을 감았다가 뜬 재강이 종이컵을 근처 휴지통에 버렸다. 그러더니 "보여 줄게, 내가." 하고 작게 속삭이며 등을 곧게 세웠다.

시원이 가까이 다가서는 순간 재강은 보란 듯 다정한 목소리로 말했다.

"그런 의미에서, 봄아. 나랑 만날래?"

힘 있던 시원의 걸음이 가까운 곳에서 그대로 멈추었다. 재강은 자신의 시선 끝에 걸리는 시원의 구두 앞코를 보다가 고개를 들어 봄과 시선을 마주했다. 그녀의 신경을 시원이 아닌 제 쪽으로 집중시키려는 의도였다.

그러나 멈춰 있던 시원은 전보다 더 빠른 걸음으로 탁, 탁, 바닥을 디디며 가까이 다가왔다.

"선배, 무슨……."

봄이 재강을 올려다보며 뭐라 말을 꺼내려 하자 스킨인지 향수인지 모를 향기가 훅 끼쳤다. 어느덧 코앞까지 다가온 가까운 거리에서 시원이 봄의 손목을 낚아챘다.

"어?"

시원의 손아귀에 힘이 들어갔다. 자칫 놓칠세라 더욱 꽈악 붙들었다. 봄의 얼굴을 살필 여유가 없었다. 깊은 눈이 오로지 재강만을 향했다.

봄에게는 낯선 모습이었다. 눈 한 번을 깜빡이지 않으면서 흡사 맹수처럼 노려보는 듯한 시선이라니.

"안녕하세요, 김 팀장님."

"……."

재강이 유연하게 웃는 낯으로 인사했지만 시원은 어금니를 꽉 물 뿐이었다.

누가 보아도, 어떻게 들어도 고백의 현장이었다. 그 현장을 덮치며 봄에 대한 소유권이라도 주장하고 싶어 저도 모르게 이 사이에 끼어들기는 했지만 마음이 앞서서인지 분노 때문인지 입이 쉽사리 열리지 않았다. 꿀 먹은 벙어리가 된 것 같았다.

"팀장님?"

봄이 시원을 불렀다. 그녀의 목소리에 시원이 더욱 힘주어 손목을 쥐었다.

내 거야.

눈으로는 그렇게 말하고 있었지만 하고 싶은 말들이 목울대에서 찰랑이기만 할 뿐 입 밖으로 나오지를 못했다. 눈빛으로, 손아귀 힘으로, 온몸으로 표출하고 있으면서도 가장 가벼운 입술 하나를 들썩이지 못해 속이 끓었다.

'말해, 김시원. 왜 말을 못 해. 말하라고.'

패기 좋게 잡기는 했는데 그다음 진도를 어떻게 빼야 하는지 머릿속이 멍청해졌다. 난 왜 이 중요한 순간에 망설이는 건가. 설마 겁이 나는 건가. 대체 이유가 뭐지. 스스로에게 물어도 최대한의 감정 표출은 이글거리는 눈빛과 꽉 쥔 손목이 전부였다.

시원이 몇 번이고 속으로 외쳤다. 이 여자가 내 여자다, 왜 말을 못 하냐고, 김시원!

"이…… 이……."

"이……?"

"이…… 이수진 씨가 아까부터 계속 서문봄 씨를 찾았습니다."

"수진 씨가요? 저를요?"

그 모습을 보며 재강이 새어 나오려는 웃음을 꾹 참았다. 직진을 할 줄은 아는데 속도 조절은 서툴고, 천천히 브레이크를 밟는 방법도 모르는 게 확실해 보였다. 고지가 눈앞에 있는데도 갑자기 확 멈춰 서는 시원의 반응을 보며 재강은 웃음이 나올까 괜스레 헛기침을 했다.

봄은 그 말을 곧이곧대로 믿는 모양인지 한 치의 의심도 없는 얼굴을 했다.

"예, 이, 이수진 씨가……."

"무슨 일이지? 딱히 날 찾을 이유가 없을 텐데."

봄의 뒤로 재강이 든든하게 다가서며 시원과 눈을 마주쳤다.

"설마 그거 전달하시려고 이렇게나 다급하게 봄 대리를 찾아오신 겁니까? 팀장님께서 직접?"

"그러면 안 됩니까?"

"안 되는 건 아니지만 의외라서요."

홀로 으르렁대는 맹수 같은 얼굴로 노려보지만 그럼에도 재강의 얼굴에는 미소가 가득이었다. 그게 마치 승자의 여유처럼 보여 시원은 더 속이 탔다. 먼저 고백했다 이거냐고, 자신보다 조금 더 용기 있으면 다냐고, 눈빛으로 쏘아 대고 또 쏘아 댔다.

하지만 시원이 할 수 있는 것은 재강에게 맞서는 더 큰 고백이 아니었다. 일단 봄이 그에게 대답하지 못하게 막는 것 정도. 그러니까 훼방이었다.

"뭐 해요? 찾는다니까. 안 가고 이러고 있을 겁니까?"

"가요. 윤 과장님, 나중에 마저 이야기해요."

"그럽시다, 봄 대리."

……웃기시네. 나중에 마저 이야기하기는 무슨!

시원은 심술 가득한 아이처럼 봄의 손목을 꼭 쥔 채 사무실 쪽으로 성큼성큼 그녀를 이끌었다. 봄이 중간에 "아프니까 이건 좀 놔주세요." 하고 나서야 깜짝 놀라 손에 힘을 풀기도 했다. 그런데 아예 놓지는 않고 살며시 붙든다. 그 손을 놓는 즉시 재강에게로 몸을 돌릴까 불안해서.

그 둘의 뒷모습을 바라보던 재강이 어깨를 으쓱이며 웃었다.

"김시원 컨트롤 타워 붕괴 직전."

✽✽✽✽✽

'대리님을 찾았다고요? 제가요?'

'안 찾았어요?'

'네.'

봄은 자리에 앉아 반복해서 생각했다. 왜 금방 들킬 거짓말을 했을까. 이 정도로 앞뒤 생각 없이 움직이는 사람은 아닌데. 대체 왜 그랬을까.

하지만 아무리 생각해도 마땅한 답이 떠오르지 않았다. 그저 심술이고 장난이라고 치기에는 그와 자신이 그렇게 허물없는 사이가 아니었다. 오히려 신경 쓰고, 눈치 보고, 가끔은 솔직하기 위해 애써야만 하는 사이였지.

그러다 보니 재강이 했던 말이 떠올랐다.

'우리 같이 있을 때마다 한 대 칠 기세로 나 쳐다보잖아. 지금 질투 중이다 광고하면서.'

혹시나 정말 질투라도 했던 걸까 하는 생각이 들기 시작하자 계속해서 꼬리를 무는 생각들은 멈출 줄 몰랐다. 설마, 혹시, 만약과 같은 단어들이 머릿속에서 점철되었다.

사실 질투가 무언지도 잘 모르는 봄이었다. 시샘하거나 부러워하는 감정과 비슷할지도 모르겠다고 나름 머리를 굴리다가, 그게 나쁜 감정인지 좋은 감정인지 구분하기도 어려워 한참을 고민했다.

그러다가 조용히 포털 사이트에 '질투'라는 단어를 검색해 보았다.

질투(嫉妬/嫉妒)

[명사] 부부 사이나 사랑하는 이성(異性) 사이에서 상대되는 이성이 다른 이성을 좋아할 경우에 지나치게 시기함.

"……."

직접 경험한 적이 없어 단어를 곱씹고, 곱씹고, 또 곱씹는 것이 최선이었다.

사랑하는 이성 사이거나 다른 이성을 좋아할 경우라는 전제가 붙어 있었지만 시원이 자신에게 어떤 감정인지 자신할 수 없었고, 자신도 재강에게 별다른 감정이 없으니 이건 해당 사항이 없는 게 아닐까 싶었다. 그러면서도 지나치게 시기한다는 부분에서는 과하게 열을 올리던 그의 모습을 떠올렸다.

여러 가지 생각들이 뒤섞여 내내 혼란스러웠다. 아니, 혼란이라기보다는 정확하게 말해서……

기분이 좋았다.

사전적인 의미는 그 순간 아무런 힘이 없었다. 그저 시원이 표현하는 모든 감정의 원인이 '나'라는 생각을 하자마자 그런 기분이 들었다. 그게 나쁜 의미는 아닐 것이라는 확신도 조금씩 들기 시작했다.

자신의 손목을 꼭 쥐고 있던 그의 힘이 여전히 생생했다. 몸으로 직접 느끼지 않았는가. 그의 시기나 질투, 욕심, 그리고 자신을 사랑스럽다고 했던 조금은 경직된 목소리까지.

다른 사람들 눈에 자신은 여전히 목석일지 모르겠지만 그래도 스스로 생각한 바, 과거에 비해 약간은 눈치란 것이 생긴 것 같아 내심 뿌듯하기까지 했다.

그래. 질투가 불러온 그의 반응만 아니었더라면 쭉 뿌듯했을 것이다.

"저, 팀장님."

"민정 씨, 아까 내가 부탁했던 건 아직입니까?"

"아뇨, 바로 드릴게요!"

"잠깐 드릴 말씀이 있는……."

"나 다녀올 데가 있으니까 김 과장님에게는 따로 전화하라고 전해요."

"네에."

"……."

어디서 많이 본 장면이고, 많이 겪어 본 듯한 기시감이 드는 것이 결코 착각은 아니었다. 누구보다 봄이 제일 잘 알고 있는 분위기였다. 그와 약간의 거리를 두고자 했던 적이 그녀에게도 있었으니까.

아, 이런 기분이었나?

회사이기 때문에 그럴 수도 있지 않을까 생각하며 지난번처럼 퇴근 후를 기다려 보기도 했고, 타이밍이 어긋날 때는 전화를 걸어 보기도 했다. 어느샌가 저도 모르게 그 정도는 할 수 있는 관계라는 생각이 있었던 것도 같다.

하지만 아니었다. 그가 자신을 피한다는 것이 명백하게 느껴지자 참았던 아쉬움이 물밀듯이 밀려왔다. 어디서부터 오해가 쌓인 것인지는 모르겠지만 아무렇지 않게 '질투구나.' 하면서 손을 놓고 있을 상황은 아니란 것을 알 수 있었다.

재강과 있었던 그 순간, 그 말도 안 되는 짓궂은 한마디에 대해 시원이 아무런 말도 꺼내지 않게 되면서 분위기가 마치 침묵시위 같아졌다. 그게 며칠 정도 지속되고 나니 처음에는 서운함이었던 것이 염려와 걱정이 되었고, 급기야는 묘한 분노마저 동반하게 했다.

슬슬 화가 나려 한다. 부글부글 끓는 무언가가 마음속에 웅크리기 시작하는 것을 느낀 봄이 두 주먹을 꽉 쥐었다. 학창 시절 자신과 다투었던 친구들도 이렇게 며칠씩 입을 꾹 다물고 있지는 않았다.

소문도 있고, 회사에서 할 만한 이야기는 아닌 것 같아 어떻게든 따로 대화를 하고 싶었다. 그래서 바로 앞에 있는 사람에게 문자도 보내 보고 전화도 걸어 보았지만 언제나 묵묵부답. 연애가 원래 이렇게 사소한 걸로 꽁하게 되는 것이라는 걸 알리 없는 봄은 더 이상의 시간 낭비를 참고만 있을 수 없었다.

그러던 찰나 기회를 발견했다. 서류더미를 품에 안고 자리로 오던 중 마침 시원이 회의실로 향하는 것을 본 것이다. 그는 통화 중인 듯 휴대 전화를 고쳐 잡으며 회의실 안으로 몸을 숨겼다. 일과 관련된 통화라면 자리에서 하는 타입이니 사적인 통화인 모양이었다.

사실 봄에게는 공적인 통화든 사적인 통화든 중요하지 않았다. 지금 이 타이밍을 놓치면 또 언제 이 마음을 드러낼 수 있을지 알 수 없었으니까.

또각또각, 구두 소리를 내며 봄이 회의실로 향했다. 어깨로 회의실 문을 열고 다짜고짜 안으로 들어가 쾅! 하며 널찍한 테이블 위에 서류들을 올려놓았다. 통화를 하던 시원이 움찔 놀라 봄이 있는 쪽을 쳐다보더니 당황한 목소리로 건너편에 말했다.

"내, 내가 다시 걸게."

눈을 동그랗게 뜨고 봄을 바라보는 얼굴이 적잖이 당황으로 물들더니 이내 짐짓 태연한 척으로 바뀐다. 없는 사람처럼 무시하려고 했는데 둘만 남으니 그게 어려워진 탓일 것이다.

어디 또 도망갈 수 있으면 가 보라는 듯 시원을 뚫어지게 바라보며 봄이 서류 위에 두 손을 짚었다.

"뭐가 문제죠?"

대체 자신을 피하는 이유가 뭔지, 무슨 생각인 건지, 언제까지 피할 생각인지, 묻고 싶은 것이 너무도 많았다. 하지만 하나씩 묻기에는 마음이 급했고 잠시나마 잊은 듯했던 서운함까지 치밀었다. 내가 원래 이렇게 감정적인 사람이었나 싶어 봄은 그 순간 스스로가 꽤 낯설었다.

봄의 질문이 뭘 의미하는지 모르겠는지 잠시 그녀를 보던 시원이 작은 손 아래에 깔린 서류들에 그제야 눈치껏 입을 열었다.

"아직 서류 확인도 안 했는데 벌써부터 뭐가 문제냐고 물으면……."

"이거 말고 우리요."

서류 이야기가 아니었냐는 듯 멍청하게 눈을 깜빡이던 시원의 마음속으로 갑자기 '우리'라는 단어가 강하게 파고들었다. 자연스럽게 나온 그 말은 봄과 자신을 예고도 없이 하나로 묶어 버렸다. 저요, 팀장님이요, 따로 말하자면 얼마든지 나타낼 수 있을 존재를 봄은 아무렇지 않게 우리로 만들었다.

시원이 봄을 가만히 살폈다. 그러자 반대 입장이었던 나날이 떠올랐다. 이리저리 피하던 그녀 앞의 자신이 딱 저런 얼굴이었을까 싶다.

딱히 복수를 하려는 생각은 없었지만 어쩌다 보니 역지사지까지 온 것 같아 기분이 묘했다. 어딘지 모르게 심술이 난 것 같기도 하고, 불만이 있는 것 같기도 하고, 안달이 난 것 같기도 한 저 얼굴이 오늘도 예쁘고 사랑스럽다. 이래서 최대한 얼굴을 안 보려고 했던 건데.

기껏 등을 돌리고 앉았던 마음이 무장해제되고 만다. 시원이 저도 모르게 표정을 슬쩍 풀었다. 그러는 와중에도 아직 심기가 불편하다는 건 나타내고 싶었는지 입을 더욱 일자로 굳게 다물고 대뜸 의자를 빼내 앉았다.

삐딱하게 앉아 테이블 위에 팔을 괸 시원이 심드렁한 목소리로 물었다.

"거절했습니까?"

"뭐를요?"

"윤 과장 고백 말입니다. 거절했냐고."

사실은 저게 궁금했나 보다. 며칠을 기다리고 기다리고 또 기다려서 얻어 낸 물음이 저거다. 고백의 결과.

물끄러미 바라보자 시원이 괜스레 시선을 피하다가 흘깃 눈치를 본다. 자신이 생각해도 조금 어이없기는 한 모양이다. 그러면서도 못 물어볼 것을 물어봤냐는 듯 미간에 더욱 힘을 준다.

그는 불만스런 표정으로 대답을 재촉했다. 그 순간 그의 얼굴을 보면서 봄이 무슨 생각을 했는지도 모른 채.

"아니요."

"……아니요?"

시원이 의자에서 벌떡 일어나 테이블을 두 손으로 짚으며 재차 "아니요? 아니요?" 하고 몇 번이나 되물었다. 그의 반응에 봄은 힐끔거리며 괜히 벽만 보았다.

여기까지 오니 알겠다. 재강이 말했던 의미를. 시원이 보이는 반응의 근원지를.

퉁명스러운 말투 속에서 무엇이 그리 불만이었는지를 파악하고 나니 답지 않게 그가 귀여워 보인다. 자신에게 사랑스럽다고 했던 말이 이해되지 않았던 순간만큼 그가 들으면 이 역시 이해하지 못할 마음이겠지.

거절을 하지 않았으니 아니라는 말이 틀리지는 않았다. 물론 그렇다고 수락을 한 것도 아니지만 말이다. 애초에 진짜 고백이 아니었으니 이마저도 다 부질없다. 재강이 판을 깔고 그 위에 봄이 살며시 숟가락을 올리는 형상이었다.

"그럼 윤 과장이랑 잘해 보시죠. 아, 우리 만나기로 한 기간은 이제 쓸모도 없겠네. 어차피 일주일 정도밖에 안 남았는데 그거 굳이 채워서 뭐합니까? 연극도 할 만큼 했겠다. 그냥 여기서 끝내 버리고 진짜 연애나 잘 시작하세요, 서문봄 씨는."

"……팀장님 지금 화내시는 거예요?"

"제가요? 저, 전혀?"

그럼 말이나 더듬지 마시든가.

짐짓 당황한 기세로 대꾸하는 시원의 격한 반응에 봄이 눈을 깜빡이며 그를 한참이나 바라보았다. 화가 났거나, 삐쳤거나, 둘 중 하나는 맞는 것 같다. 묘하게 비꼬는 것도 그렇고 쉼 없이 따지듯 뱉어 내는 말들의 향연도 그랬다.

봄은 '일주일 정도밖에 안 남았는데'라는 말을 한 번 더 곱씹었다. 그래도 날짜를 세고는 있었네.

신경 쓰는 것이 결코 나 혼자만의 일은 아니었구나 싶어 묘하게 안도했다. 이래도 그만, 저래도 그만, 말 그대로 아무것도 아닌 날짜에 불과하진 않을까 하며 자신도 모르게 걱정 아닌 걱정을 했었나 보다.

솔직하지 못했던 남자가 조금씩 솔직해지는 과정을 보았고, 태어나 처음으로 누군가 해 주는 질투라는 것도 목격했다. 거기다 이런 식의 실랑이까지 하고 나니 친구들에게 연애 상담을 해 주었을 때 몇 번이나 입에 담던 이야기들이 새록새록 떠올랐다.

아, '진짜 연애'라는 건 이렇게 사소하게 시작해 마음을 시끄럽게 만드는구나.

봄이 웃었다. 소리 내지는 않았지만 입꼬리가 자연스럽게 위로 올라가면서 저도 모르게 미소가 지어졌다. 눈가가 축 처지면서 예쁘게 초승달처럼 접혔고, 흰 뺨은 사랑스럽게도 동그래졌다. 숨소리조차 나지 않는 미소에 시원은 잔뜩 뿔을 내고 있던 표정을 잠시 거두었다.

예쁘다. 예쁘지만 분하고, 분한데 그게 더욱 예쁘다. 고백받았다고 저렇게 좋을까 싶다.

아, 또 분하다.

"서문봄 씨, 할 말 끝났으면……."

"기간은 채워야죠."

"예?"

웃는 얼굴로 봄이 말했다. 눈앞에 그녀를 즐겁게 하는 무언가라도 놓인 듯했다. 태어나 처음 남자를 보고 사랑스럽다고 느낀 여자의 표정이었다.

시원은 아마도 몰랐을 것이다. 그도 그럴 것이, 솔직하지 못한 게 언제나 단점 중 단점이었던 남자에게서 그런 면모를 찾게 될 줄은 봄 자신조차 꿈에도 몰랐으니 말이다.

"주 1회는 데이트하기로 했잖아요, 우리. 정해 놓은 계획이 흐트러지는 게 싫다고도 하셨고."

"그건……."

"말을 이렇게 막 바꾸시는 분인 줄은 몰랐는데요."

지금 누구 놀리냐는 듯 시원이 봄을 향해 고개를 확 치켜들었다. 그러다가 이상할 정도로 오늘따라 예쁘게 웃는 그녀의 모습에 다시 입을 꾹 다문다.

원래 남의 여자가 되면 더 예뻐 보이는 건가. 이거 약 올리는 건가. 염장인 건가. 평소에는 잘 웃어 주지도 않더니 다른 남자한테 고백받고 와서는 왜 저렇게 예쁘게 웃는 걸까. 열받게.

그만 꼬셨으면 좋겠다. 안 그래도 남은 일주일이 충분히 초조하고, 선수를 빼앗긴 고백에 속이 쓰릴 지경이니까.

"서문봄 씨, 미안하지만 내가 별로 데이트를 하고 싶지 않……."

"전 하고 싶어요."

"……?"

당돌한 말에 시선을 마주친 순간, 시원은 이미 한참 전부터 자신이 이 관계에서 을이었다는 사실을 자각했다. 그녀와 자신은 조금도 동등한 선상에 있지 않았고, 솔직하지 못한 자신은 앞으로도 무수히 많은 순간 그녀를 이길 수 없으리라는 것도 알았다. 물론 그 무수히 많은 순간을 자신과 함께해 주지는 않겠지만.

그리고 그녀의 빨알간 입술이 짧은 대답에 마침표를 찍을 때, 그는 깨달았다.

"데이트."

이 여자…… 절대 곰 아니야.

11
춘풍春風

시원이 자리에 앉아 탁상 달력을 뚫어지게 응시했다. 달력에 표시된 빨간 동그라미를 볼 때마다 마치 죽을 날을 받아 놓은 사람 같은 기분이 든다. 동그라미 말고 하트로 바꿔 보면 조금 나을까 싶어 빨간 펜을 들어 슥슥 고쳐 보다가 이게 뭐 하는 짓인가 싶어 관두었다.

언제부터였는지 모르게 휘둘리고 있다. 서문봄이라는 여자에게.

시한부 연애라는 자각을 너무 늦게 한 것은 아닌가 싶었다. 처음부터 이렇게까지 빠질 줄 모르고 결정한 일이었기 때문에 시간이 흐를수록 휘몰아치는 감정들에 더욱 정신없었다.

미리 훗날을 내다볼 수 있었더라면 그날 말도 안 되는 그녀의 제안을 딱 잘라 거절했을 것이다. 괜한 시간 낭비, 감정 낭비 같은 건 하지 말자고. 하지만 그러지 못했고, 이제 와서 말이지만 다시 돌아갈 수 있다 해도 기억에 남은 시간들을 바꾸고 싶지는 않을 것 같았다.

이미 알아 버린 감정에 대한 것은 후회만이 아니었다. 지난 세 달이 30여 년을 가볍게 제치지 않았는가. 분하지만 분명 사랑이었고, 다시 이 감정을 모르던 당시의 자신을 마주할 생각은 없었다.

정말 이상한 일이었다. 누구보다 이성적이고 덤덤하던 자신을 잃었다. 완전히 다른 사람이 되었다. 피곤하고, 답답하고, 매 순간 감정 조절 능력이 바닥을 치는 사람이 된 것이다. 그런데도 이런 자신의 모습으로부터 벗어나고 싶지만은 않다는 것은…… 정말, 정말 이상한 일이었다.

회의실에서 나누었던 대화를 떠올렸다. 데이트가 하고 싶다고 당당하게 말하는 모습은 언제나 당차고 두려울 것 없어 보이는 서문봄 그 자체였다. 그렇게 자신에게는 어려운 것들이 그녀에게는 유독 쉬웠다. 그래서 더 다른 세계 사람 같았고, 그래서 자꾸 시선이 갔다.

'전 하고 싶어요, 데이트.'

그녀의 말이 머릿속을 점령하기 시작한 뒤 1시간에도 수십 번씩 표정이 변했다. 정말 며칠 안 남았구나. 마지막 데이트구나. 쉴 새 없이 실감했다. 가짜이기는 하지만 연인으로 둘만의 시간을 보낼 단 하루가 지나는 무게감이란 생각했던 것보다 실로 무거운 것이었다.

그때 봄이 파일을 들고 시원의 자리로 다가왔다. 기분이 이랬다가 저랬다가 해서 종잡을 수 없는 자신과 다르게 뚜벅뚜벅 걸어오는 모습이 어찌나 태연한지 또다시 누군가 '넌 을이야. 을이라고!' 하고 외치는 것만 같아 괜히 뿔이 날 지경이었다.

시원의 책상 위에 파일을 내려놓으며 봄이 말했다.

"이거 결재해 주세요. 그리고 데이트는 언제가 좋을지 말해 주시면……."

"누가 남의 여자랑 데이트한다고 했습니까?"

얼마나 속 좁은 남자로 보일지 충분히 예상 가능했음에도 시원은 끝내 그 말을 뱉고 말았다. 35년 동안 한 번도 이런 적 없던 자신을 쫌생이, 밴댕이로 만드는 이 여자의 능력이 문제인 걸까. 아니면 그냥 자신이 이 정도밖에 안 되는 남자인 걸까.

한 마디를 할 때마다 수십 가지의 생각이 따라붙는 시원의 마음을 아는지 모르는지 봄은 여전히 아무렇지 않은 얼굴이었다.

"누가 남의 여자인데요?"

"누구긴 누굽니까, 서문봄 씨지. 고백 거절 안 했다면서."

"받아 줬다는 말도 안 했어요."

표정이 단박에 변했다. 시원은 저도 모르게 말까지 더듬으면서 "아, 안 받아 줬습니까?" 하고 느슨하게 풀어진 얼굴로 봄을 보았다.

그 미묘한 표정 변화가 어느새 자신의 눈에 다 보이기 시작하면서 봄은 재강이 만든 이 사태가 더없이 좋은 기회임을 재차 깨달았다. 전에는 왜 몰랐을까. 이 남자가 보여 주는 미묘한 말투, 시시때때로 달라지는 감정들을.

봄이 저도 모르게 슬쩍 웃자 갑자기 무언가 생각났다는 듯 시원이 느닷없이 미간을 확 좁혔다.

“잠깐. 그렇다고 거절한 것도 아니잖아요. 아, 혹시 이거 어장 관리입니까?”

“……됐으니까 결재나 해 주세요. 바빠요.”

말을 말자.

진짜 마음먹고 어장 관리라도 했으면 어떤 반응이었을지 궁금하네. 물론 그럴 만한 능력치도 되지 않지만.

사랑스럽다는 말을 들어 본 정도, 목석에서 겨우 벗어난 정도다. 애초에 어장 관리라는 단어는 서문봄과 거리가 멀었고 그 비슷한 것도 흉내 낼 자신은 없었다. 게다가 자신이 이렇게 김시원이라는 남자를 놀려 볼 수 있다는 것만으로도 이미 몇 년 치 낯설음을 끌어다 쓴 기분이었다.

그동안 남들이 어떤 연애를 하는지 상상하거나 떠올려 봤다면 지금은 내 연애가 전부다. 다른 사람들은 모르겠다. 적어도 내 연애, 서문봄의 연애는 이런 식인가 보다.

연애가 한 사람에게 맞추어 정해지는 게 아니라는 것을 깨달아 가고 있다. 그러니까 지금 봄이 겪는 이 연애 방식은, 반응은, 전부 시원을 만나면서 두 사람이 함께 만들어 낸 것이다. ‘내’ 연애 방식 말고 ‘우리’의 연애 방식이다.

다른 누군가를 만나게 되면 또 변하고 마는 것이 이 연애 방식일지 모르겠다. 그러나 봄은 시원과 구축해 낸 자신들만의 형태를 계속 유지하고 싶었다.

앞으로도 쭈욱.

함께.

어장에 걸린 물고기, 혹은 완벽하게 을이 되어 버린 미련한 사나이로 남을 것 같던 시원이 느닷없이 봄의 자리로 성큼성큼 걸어온 것은 퇴근을 앞두고였다. 그렇게 움직이기까지 나름대로 계산을 해 보려고 혼자서 꽤 애를 썼다.

하지만 애초에 누군가를 좋아하고 마는 일에 계산이 가능할 리 없다. 어떻게 하는 게 최선일지, 그녀가 자신에게 뭘 바라는 마음으로 그런 태도를 보였는지 머리로 한참 생각하다가 결국 백기를 들었다. 아무래도 곰은 자신인 것 같다.

자리에 앉아 봄의 뒷모습을 바라보면서 문득 알아챈 것이 있었다. 어느 순간부터 재강이 보이지 않는다는 것이었다. 며칠이 지났는데도 잠잠하다. 하루에 한 번씩은 꼭 봄의 파티션 위에 팔을 걸치고 배알 꼴리게 '봄아.' 하던 인물이었는데.

고백했으니 됐다 이건가. 일단 질렀으니 여유라 이건가. 왜 갑자기 보이지 않는 걸까.

그러다가 자신을 지나치는 사원들의 대화 속에서 힌트를 얻었다.

'윤 과장님 왜 안 보이셔?'

'이번 주 내내 미국 출장이라던데?'

'아, 진짜?'

어째서 개발팀 사원들이 영업팀 과장의 등장을 궁금해하고 기다리는지는 몇 번을 생각해도 모르겠지만, 어쨌든 그것은 시원에게 기회였다. 거절을 한 것은 아니지만 받아 준 것도 아니라고 했다. 욱하는 마음에 어장이 어쩌고 하는 말을 하기는 했지만 기왕 을이 되기로 했으니 그 위치를 제대로 활용해 보는 것도 나쁘지 않을 것이다.

비록 회사 일정 때문이기는 해도 고백한 상태로 자리를 비운 것은 재강 본인이니 중간에 인터셉트를 당해도 할 말은 없을 것이다. 이 중요한 타이밍에 없어진 사람이 문제지, 내내 그녀의 곁을 지키고 있던 자신은 아무 죄가 없다 이 말이다.

며칠 남지 않았다. 재강의 존재를 의식하는 와중에 그녀와의 남은 시간까지 자신을 압박해 오니 가만히 있기 힘들었다. 눈 뜨고 코 베이는 것만은 막아야 하지 않겠는가. 고백의 선수를 빼앗긴 것만으로 충분했다. 자존심은 구겨질 대로 구겨졌고, 감정이란 놈은 이미 제멋대로 널을 뛴 지 오래였다.

더는 끌고 있을 시간이 없었다. 하루라도 빨리 봄을 제 사람으로 만들고 싶어 바짝 안달이 났다.

그래, 데이트는 당장 내일 해 버리는 게 좋겠다.

그렇게 생각하며 입을 열었더니,

"내일은 안 돼요."

……란다.

"내일은 왜 안 됩니까? 그러면 모레는?"

"모레도 안 돼요."

다 안 된다고 할 거면 대체 나한테 날짜는 왜 정하라고 한 건데!

시원이 불만 가득한 얼굴로 봄을 보며 파티션을 손으로 꽉 쥐었다. 겨우 결심을 하니 이런 식이다. 이것도 일종의 밀당인 건가? 도대체 이 여자를 이기려면 어떤 방법을 써야 할지 더더욱 알 수 없어진다. 물론 처음부터 결코 쉬운 여자는 아니었지만 말이다.

"그러면 언제 되는 겁니까?"

한차례 양보하듯이 물러난 시원의 반응에 봄이 잠시 탁상 달력을 확인했다. 시원의 시선이 봄을 따라서 그녀의 달력으로 향했다.

아, 시원의 달력과 같은 28일에 표시가 되어 있다. 동그라미도 하트도 아닌 시크한 V 표시. 저건 긍정적인 의미일까, 부정적인 의미일까. 사적인 약속조차 그 달력 속에서는 공적으로 보여 또다시 초조해진다. 날짜를 재차 확인하면서 정말 시간이 얼마 남지 않았음을 상기했다.

"음……. 28일밖에는 안 되겠네요."

잠깐, 28일이라면 방금 전 달력에 표시되어 있던…….

"정말 그날밖에 안 됩니까?"

약속된 세 달이 끝나는 날이다. 그러니까 그녀와의 마지막 데이트가 곧 이 연애의 마지막이라는 말.

"네, 그 전에는 전혀 시간을 낼 수가 없어요."

참 덤덤하고 냉정하게도 대답한다.

시원은 잠시 주변을 둘러보았다. 혹시나 이 대화를 누가 들을까 싶어서였다. 하지만 다들 퇴근 준비로 어수선해 이쪽을 신경 쓰는 이는 다행히도 없었다.

잠시 안도한 시원이 인상을 확 찌푸리며 다시 봄에게만 들릴 정도로 말했다.

"어차피 그날밖에 안 되는 거였으면 처음부터 내 선택권 따위는 없었던 것 아닙니까? 이러면서 나한테 데이트 날짜 정해서 말해 달라고는 대체 왜……."

"내일부터 출장이잖아요."

"예?"

"네."

"……누가?"

"저요."

금시초문이라는 듯한 시원의 표정에 봄이 어이없다는 듯 말했다.

"직접 결재해 주셨잖아요."

"아까 그 출장이 서문봄 씨였습니까?"

"네. 내일 바로 출발하라면서요."

약간 위험하다. 공과 사는 누구보다 잘 구분하던 김시원이 이렇게 혼을 빼놓고 있다. 아무리 정신이 나갔다고 해도 어떻게 일과 관련된 부분에서 이렇게까지 빈틈을 보일 수 있는 걸까. 연구소 건과 관련해 결재를 한 기억이 났지만 그게 봄이었다는 사실은 미처 머릿속에 입력하지 못했던 모양이다.

하지만 일 잘하는 남자로 보이고 싶다. 봄에게 한심한 인상을 주고 싶지는 않아 시원이 짐짓 아무렇지 않은 척했다. 아주 잠깐 잊었을 뿐이라는 듯이.

"그, 그랬지. 압니다."

……전혀 아닌 것 같은데. 아무리 봐도 몰랐던 눈치인데.

봄이 불신의 눈으로 시원을 보다가 다시금 달력을 확인하고는 역시 마땅한 날이 없다는 듯 고개를 주억거렸다.

"누구 덕분에 내일 아침 일찍 구미로 내려가 봐야 해서요. 데이트는 28일에 해요."

"선택의 여지가 없네……. 그렇게 하는 걸로 합시다……."

대답에 영 힘이 없다. 봄이 힐끔 시선을 들어 시원의 안색을 살폈다. 아주 당당하게 내일 데이트하자고 하더니 갑자기 앞이 턱 가로막힌 현재의 사정에 못내 서운한 모양이었다. 28일에 하자는 말이 너무 태연하게 느껴져 더욱 그럴 수도 있겠다.

봄이라고 그 28일이 어떤 날인지 모르는 것이 아니었다. 매일 자리에 앉을 때마다 마주하는 달력이 하루에 한 번씩 꼬박꼬박 머릿속에 입력시켜 주고 있었다. 연극의 끝이라고.

하지만 끝이 있어야 시작도 있는 법 아닌가?

봄의 속을 알 리 없는 시원이 아무렇지 않은 척하면서도 어깨를 추욱 늘어뜨렸다. 처진 입꼬리며 금세 우울해지는 표정이 더 이상 솔직할 수 없을 정도라 자꾸 웃음을 유발한다. 역시 솔직하지 못한 건 저 못난 입뿐인가 보다.

신기했다. 누군가로 인해 답답했다가, 즐거웠다가, 서운했다가, 기쁘기도 한 게. 그걸 몇 번씩 겪어도 좋을 것 같다는 생각이 드는 게.

함께 지내는 동안 봄이 파악한 바에 따르면 시원은 서운해도 절대 제 입으로 서운하다고 할 인물이 아니었다. 자신이 출장에서 돌아오는 순간까지 내내 저렇게 입을 댓 발은 내밀고 있을지도. 그렇게 생각하니 차라리 조금 더 솔직한 자신이 용기를 내는 편이 나을 것도 같다.

"대신 오늘 집에 같이 갈까요?"

"예?"

"집에 같이요."

"그러니까 서, 서문봄 씨 집에 초대하겠다는……."

"……건 절대 아니고요."

"아."

슬슬 고삐 풀릴 기미가 보인다 싶더니 중간이 없다, 중간이. 하지만 그런 걸로 시원을 나무랄 수 없는 봄이었다. 아직 솔직하게 말하지는 않았지만 어찌 되었든 봄은 자신의 마음을 깨달은 상태였다. 게다가 그의 마음까지 눈치채기 시작한 순간부터는 설레는 마음을 걷잡을 수 없었다.

사람 사는 게, 누군가를 좋아하는 게 다 이런 거 아니겠느냐고 생각하며 봄이 시원을 보고 웃었다.

"같이 퇴근하실 거죠?"

누가 이 여자를 목석이라고 했는가. 살살 웃어 가면서 같이 퇴근하겠냐고 묻는 그녀의 모습처럼 달콤한 건 본 적이 없다. 서문봄은 김시원이 살면서 겪어 본 모든 것을 통틀어 가장 달콤하고 사랑스러웠다. 사물, 사람, 이 세상에 존재하는 모든 것들을 전부 끌어 모아도 그럴 것이다.

자신이 우물 안 개구리였던 것이라 해도 좋다. 그 우물에 비치는 모든 게 이 여자 같기만 하다면.

"크, 크흠. 제가 좀 많이 바쁩니다. 그렇지만 서문봄 씨가 정 같이 가고 싶다면 그렇게……."

"그럼 됐어요."

"예?"

시원이 눈을 동그랗게 뜨며 되물었다.

"많이 바쁘시다면서요. 괜히 무리하지 마세요. 저 혼자 갈게요."

순순히 그러자고 하는 게 민망해서 아닌 척하는 나쁜 버릇이 또 나오고 말았다. 봄 역시 그런 시원을 어느덧 다 파악한 뒤였다. 하지만 알면서도 받아 주고 싶지 않았다. 자신으로 인해 솔직하게 변해 가는 그의 모습을 더 많이 보고 싶었다.

나도 이렇게까지 변해 버렸으니까.

시원의 얼굴이 벌겋게 부글부글 끓었다. 못 이기는 척 그녀가 그러자고 할 줄 알았던 모양이다. 서문봄이 언제 그렇게 만만한 인물이었냐고 물으면 절대 긍정의 대답은 못 할 군번이었으면서.

결국 그는 또다시 졌다. 그리고 아마 또다시 질 것이다.

"제, 제가 데려다주고 싶습니다."

"그래요? 그러면 같이 가요. 사실은 저도 같이 가고 싶었거든요."

여우.

여우.

여우!

이 여자가 언제부터 이렇게 사람을 들었다 놨다 했을까. 시원이 얼빠진 표정을 지었다.

봄이 자신의 뜻대로 움직여 주지 않는 것은 언제나 같았다. 그러나 묘하게 이리저리 자신을 휘두르는 것 같은 기분은 최근 들어서야 느끼기 시작한 것이었다. 고의인지 아닌지 모르겠지만 어느 쪽이든 능력이라면 능력이었고, 자신은 그녀 앞에서 무능력했다.

분하지만 봄의 입에서 어쨌든 같이 가고 싶었다는 대답을 들었으니 그것으로 됐다. 시원은 먼저 내려가 있을 테니 천천히 나오라고 말하며 자신의 자리로 돌아갔다.

코트와 차 키를 챙기며 팀원들에게 '저 먼저 갑니다!' 하고 외치는 그의 얼굴이 뻔뻔할 정도로 기분 좋아 보여 봄은 시선을 뗄 수 없었다. 점점 더 깊숙이 마음에 들어오는 시원이 신기했고, 그의 앞에서 때때로 톡 쏘는 대응도 할 수 있게 된 스스로가 새삼스럽고도 대견하게 느껴졌다.

'나한테도 이런 면이 있었나.'

몰랐던 모습을 발견하기 시작한 것은 봄 자신도 마찬가지였다.

차에 오르자마자 시동을 건 시원이 제일 먼저 라디오 주파수를 107.7에 맞추었다. 내비게이션은 굳이 설정하지 않았다. 봄의 집 정도는 이제 익숙했다. 봄과 관련된 것들이 어느새 몸에 익은 사람과도 같은 작은 행동들. 그게 낯설면서도 자연스러워 봄은 기분이 이상했다.

함께 집으로 돌아갈 때면 봄은 항상 라디오를 들었다. '라디오 틀어도 될까요?' 하고 묻던 첫 만남과 조용히 노래를 흥얼거리며 창밖을 바라보던 그녀의 옆모습이 시원의 머릿속에는 꽤 인상 깊게 각인되어 있었다.

그는 차에 탈 때마다 자연스럽게 그 모습을 떠올렸고, 언제나 라디오 주파수를 107.7로 맞춰 둔 채 봄이 없을 때조차 그녀와 듣던 라디오 방송을 들었다. 그녀와 함께 있을 때 배경음악처럼 깔리던 음악이 선곡되어 나오면 그녀가 하던 것처럼 혼자 흥얼거리기도 했고, 그러다 보면 그녀를 옆에 태우고 달리는 기분도 느낄 수 있었다.

고작해야 세 달이었다. 데이트라는 이름으로 둘만의 시간을 보냈던 것은 그중 열 번 남짓. 따지고 보면 몇 번 되지도 않는다.

그럼에도 언제나 집으로 돌아가는 순간이면 이 차에 함께 있었고, 차에 타면 언제나 같은 라디오를 들으며 같은 방향으로 향했다. 별것 아니라고 생각했던 시간들이 시원의 손가락 끝에 전부 스며들어 있었다.

"틈틈이 전화해서 보고해요. 보고서가 다는 아니니까 구두로라도 중간보고는 꼭 하라는 겁니다."

……그냥 목소리 듣고 싶으니까 전화하라고 하면 안 되나.

봄이 운전 중인 시원의 옆모습을 바라보다가 고개를 끄덕이면서 "네." 하고 대답했다. 꽃을 오는 길에 주웠다고 하며 주던 그때에 비하면 한결 나아진 것이지만, 그럼에도 두어 번은 쿡

찔러야 본심을 내뱉고 마는 그의 성격은 쉽사리 바뀌지 않을 듯했다.

물론 봄은 다른 사람의 성격을 억지로 바꾸려 드는 타입이 아니었고, 그럴 생각도 없었다. 누구에게도 변화를 강요할 권리는 없다. 날 위해 이 정도도 못 해 주냐고, 나는 변했는데 왜 너는 변하지 않는 거냐고 나무랄 자격도 없다.

하지만 듣고 싶은 말, 보고 싶은 행동을 꿈꾸는 것 역시 죄는 아니지 않은가. 그것을 위해 약간의 유도는 얼마든지 가능한 일이었고, 봄은 그를 유도하는 방법을 배웠다.

시원이 그 유도에 잘 걸려 주는 것이 천만다행이었다. 아닌 척도 잘하지만 사람을 대할 때 그리 어렵게 구는 법도 없다. 조금만 지내보면 알 수 있다. 호감인지 아닌지 의심하기에 충분한 언사가 서툰 자존심, 금방 무너질 귀여운 허세를 가미한 일종의 포장에 불과하다는 것을.

지금까지 누구도 그런 그의 모습을 알아주지 못했고, 유일하게 인정해 준 사람이 봄이었다.

봄의 사랑스러움을 깨달아 준 남자가 시원이었던 것처럼.

"아, 그리고 이건 별 뜻 없이 묻는 건데……."

보통 시원이 저렇게 운을 떼면 무조건 별 뜻이 있다는 말이니 결코 흘려들어서는 안 된다. 봄이 가볍게 듣는 척하면서 힐끔 그를 보았다.

시원이 핸들 위에서 두어 번 초조하게 탁탁 손가락 끝을 튕기더니 앞만 본다. 잠깐조차 이쪽을 볼 여유가 없다는 듯이. 혹은 시선을 피해야만 할 수 있는 이야기라는 듯이.

"윤 과장 고백은…… 거절할 겁니까?"

"왜요?"

"그냥 묻는 겁니다, 그냥. 거절한 것도 아니고 받아 준 것도 아니라고 하니까 무슨 생각인지 아주 살짝 궁금하기도 하고."

……표정을 보니까 전혀 '아주 살짝'이 아닌데. '몹시 많이' 궁금한 것 같은데.

봄이 저 멀리 보이기 시작하는 자신의 동네 초입을 바라보면서 말했다.

"잘해 보라면서요."

"아니, 그건!"

"여기서 내려 주시면 돼요. 잠깐 마트에 들렀다가 가려고요."

"서문봄 씨, 아직 내 말 안 끝났……."

"태워 주셔서 감사합니다."

차를 세우기가 무섭게 내리는 봄을 보며 시원이 어이없다는 표정을 지었다. 그리고 속으로 굳건하게 다짐을 했다. 일부러 대답을 회피하거나 속을 뒤집으려는 거라면 순순히 넘어가 주지 않겠다고.

시원은 붉으락푸르락한 얼굴로 혼자 씩씩거리다가 차에서 내렸다. 마트 안으로 들어가려던 봄이 멈칫하며 그를 보았다. 뚜벅뚜벅 가까이 다가온 시원이 봄의 곁에 선 채 마트 쪽을 가리켰다.

"안 들어가고 뭐 합니까?"

"제가 묻고 싶은데요. 왜 안 가고 이쪽으로 오세요?"

"저도 마침 장 볼 게 있어서요. 냉장고가 텅 빈 참이라 이것저것 사야 합니다."

"굳이 여기서요?"

"예, 우리 동네에는 마트 같은 거 없습니다."

"마트 없는 동네가 어디 있……."

복수인 걸까. 봄이 말을 끝내기도 전에 시원이 마트 안으로 들어갔다. 입구에 덩그러니 남은 봄이 멀뚱멀뚱 그를 바라보다가 카트를 하나 챙기며 뒤를 따랐다.

살 게 있다더니. 서성거리기만 하는 그를 보아 하니 전부 뻥이다. '그럼 그렇지.' 하는 생각과 함께 봄이 시원을 지나치며 카트를 밀었다. 그제야 아차 싶었는지 시원이 빠르게 가까이 다가와 봄의 카트를 대신 밀었다.

"왜요?"

"같이 좀 담읍시다. 계산만 따로 하면 되지."

말은 그렇게 하면서 딱히 카트에 담을 게 없는지 마트 내부만 슥 둘러본다. 저 연기가 언제까지 지속될지 궁금하기도 하고 귀엽기도 해서 봄은 모르는 척 고개를 끄덕였다.

필요한 것들을 카트에 하나씩 담으면서 마트를 돌다 보니 신혼부부 같다. 예상치 못한 생각이 갑자기 치고 들어오자 시원의 얼굴이 벌겋게 달아올랐다. 뭐야, 나 왜 이렇게 김칫국부터 마셔! 뺨이 화끈거려 고개를 휙휙 저었다.

그러고 보니 데이트다운 데이트에만 집중하느라 정작 같이 장을 보거나 하는 건 처음이었다. 기회가 없었던 것은 둘째 치고, 애초에 이런 걸 로망으로 생각조차 하지 못하는 연애 초보

들이기도 했으니.

제아무리 계획을 세워도 결국 빈틈을 공격하는 건 미처 준비되지 못한 상황들이다. 예상에 없던 일들은 예상 가능한 일보다 더욱 강하게 심장을 난타한다. 바로 지금처럼.

시원이 얼굴을 식히려 숨을 크게 들이쉴 때였다.

"그런데 팀장님."

"예, 예?"

날짜를 확인하며 우유 하나를 카트에 담던 봄이 그의 모습을 보고는 영문 모르겠다는 표정을 지었다.

"얼굴이 왜 이렇게 빨개요. 더워요?"

"아, 아닙니다. 전혀. 절대."

"갑자기 말은 또 왜 이렇게까지 더듬으시고……."

"왜, 왜 불렀는데."

그녀에게 머릿속까지 들여다보는 재주가 있는 것도 아닐 텐데 혼자서 뜨끔했다. 아직 제 마음도 제대로 전달하지 못한 주제에 신혼부부 같다는 생각을 하고 있던 걸 들키기라도 하면 그 부끄러움은 평소의 바보 같음에 비할 바가 못 될 것이다.

벌건 얼굴을 감추지도 못한 채 시원이 턱을 치켜들자 봄이 말했다.

"근데 왜 자꾸 은근슬쩍 저한테 반말하세요?"

"예……?"

이건 전혀 예상도 하지 못했다. 그녀의 질문이 방심하고 있던 부분을 찌르고 들어와서 순간 시원은 말문이 턱 막혔다.

언제부터 그러기로 확 마음을 먹고 시작한 건 아니었지만 어느샌가 저도 모르게 그렇게 되어 있었다. 물론 계기가 있기는 했지만 봄이 그렇게 눈치 빠르게 제 말투를 알아챌 거라고는 미처 생각하지 못했다. 깍듯하게 존대하던 사람이 가끔 반말을 섞어서 쓰는 게 얼마나 귀에 생경하게 들리는 줄도 모른 채.

"요즘 부쩍 느꼈거든요. 아, 뭐라고 하는 건 아니고요."

"뭐라고 하고 있는데, 지금……."

"저도 그냥 궁금해서요."

받은 만큼 주려는 의도는 아닐까 의심해 보지 않을 수 없다. 자신이 했던 말들을 이렇게 한두 번씩 그대로 응용해서 받아칠 때면 시원의 머리로는 퀘스천 마크가 떠올랐다. 대놓고 뭐라고 하는 것보다 문득 '어?' 하게 만드는 게 더 효과 있다는 것을 마치 잘 알고 있는 사람 같았다. 봄은 여러모로 대단했다.

"혹시 싫었습니까? 싫다고 하면 주의하고. 아니, 주의하겠습니다."

"저 불과 몇 초 전에 말했어요. 그냥 궁금해서라고요. 싫어서 그런 건 아니었어요."

별 뜻이 있어서 그러는 건 아니라는 말이 자신에게 있어 부끄러움을 감추기 위한 거짓말이라면 봄에게는 한 치의 거짓도 없는 있는 그대로의 것인가 보다. 정말 가볍게, 궁금해서 묻는 거라고 강조하며 싫지는 않다고 덧붙이는 말에 시원은 조금 더 솔직해질 수 있었다.

"그……."

"그?"

"윤 과장이 '봄아.' 하고 부르는 걸 볼 때마다 속이 뒤틀려서 저도 꼭 하고 싶었습니다. 친근하게 말 놓거나 이름으로 부르는 거……."

"……."

"아니, 뭐, 그렇다고……요."

망설이다가 '요'를 작게 붙이는 모습을 가만히 보던 봄이 "으음." 하고 혼자 알 수 없는 반응을 보였다. 좋다, 싫다, 딱 잘라서 말해 주면 좋겠는데 정작 말은 않은 채 카트를 끌면서 마저 장을 본다.

왜 반응이 저게 끝이지? '싫어서 그런 건 아니었어요.'는 좋다는 반응도 아니잖아?

괜히 봄의 기분을 상하게 만든 건 아닐까 걱정되기 시작했다. 시원은 그 자리에 서서 봄의 뒷모습을 물끄러미 바라만 보았다. 뭐라고 운을 떼야 할지 모르겠어서. 어느 부분에서 대꾸도 하기 싫을 정도로 마음이 상한 건지 제대로 파악도 되지 않아서. 어떻게 사과를 해야 할지도 알 수 없어서.

그러자 자신을 따라오지 않고 그 자리에 가만히 서 있는 시원이 의아했는지 봄이 카트를 끌다 말고 뒤를 돌아보았다. 그는 입을 다문 채 하고 싶은 말을 꾹 참는 어린아이처럼 자신을 바라보고 있었다.

"왜 그렇게 보세요."

"서문봄 씨가 싫다고 하면 다시 존대해도 괜찮으니까 말하라고……요."

처음 봤을 때보다 더 눈치를 많이 보는 기색이다. 귀여운 허세와 패기 넘치는 자세는 곧 나약함 뒤로 숨는다. 한 번도 좋아한다거나 사랑한다는 말을 듣지 못했음에도 그의 마음이 이렇게 느껴진다. 둔하디둔한 자신을 이 순간 세상에서 제일 눈치 빠른 여자로 만드는 유일한 남자.

봄이 웃었다.

"저야말로 괜찮으니까 신경 쓰지 말고 편하게 하세요."

"……."

"어차피 저보다 세 살 오빠잖아요."

"오…… 오……."

오빠라는 단어가 생각보다 신선한 충격이었나 보다. 시원이 그 단어를 재차 말하지 못한 채 연신 말을 더듬다가 그대로 삼켰다. 어쩌면 봄이 지금까지 봐 온 시원의 모습 중 제일 바보 같았을지도 모르겠다.

넋이라도 나간 듯 멍하니 서 있던 시원이 "계속 그러고 계세요."라며 혼자 카트를 끌고 계산대로 가는 봄을 보다가 뒤늦게야 조급한 걸음으로 따라붙었다.

표정이 순식간에 변했다. 방금 전까지 죄지은 사람처럼 우울해 있더니 그 얼굴은 온데간데없이 사라지고 자꾸 씰룩이며 올라가려는 입꼬리를 애써 내리는 남자만이 그녀의 곁에 서 있었다.

계산대 위에 물건을 하나씩 올리는 봄의 옆에서 자신의 물건도 함께 올리며 시원이 짐짓 기분 좋은 목소리를 냈다.

"그러면…… 제가 어차피 세 살 오빠니까 이제부터 오빠라고 불러 주는 겁니까?"

"아니요."

"예, 당연히 아니…… 예? 아니요?"

"이건 제 거 아니고 이분 거니까 따로 계산해 주세요."

냉정하게 자신의 물건만 따로 빼서 카드를 내미는 봄의 모습이 또다시 처음 알아 가던 그때와 겹쳐진다. 시원이 기분 좋던 표정을 다시금 아까처럼 우울하게 늘어뜨렸다. 입꼬리가 올라갔다가 내려갔다가 1분 사이에도 퍽 바쁘다.

"왜 아닙니까? 아, 아니지, 말 놓아도 된댔지. 대체 왜 아닌데?"

"12,030원입니다. 봉투 드릴까요?"

"예, 주세요. 서문봄 씨, 대체 왜 아니냐니까?"

봄을 신경 쓰랴, 계산하랴, 정신이 없다. 계산을 마친 봄이 먼저 입구로 걸어가자 마음이 급해진 시원이 카드를 받고는 다급하게 물건을 집어 담으며 뒤를 따랐다.

"그렇게 말 잘하는 사람이 왜 아니냐는 질문에는 꿀 먹은 벙어리처럼 굴어?"

"팀장님."

"어."

"어?"

"어는 너무 정이 없나. 그러면 응."

"응?"

입구 앞에서 장 본 것들을 한 손에 들고 마주하는 남녀의 대화가 참으로 독특하다. 지나쳐 들어가는 사람들이 신혼부부의 싸움인가 싶어 흘끔거리다가 안으로 사라졌다.

봄은 시원의 말을 그대로 따라 하며 되물었고, 당당하게 말을 놓던 시원은 그녀의 반응에 순간 주춤했다.

"펴, 편하게 하라고 아까 서문봄 씨가 그랬잖아……요."

"네, 편하게 하세요."

이 여자가 지금 날 데리고 장난하는 건가. 시원이 눈을 가늘게 떴다.

"세 살이나 오빠니까 편하게 하라고 하면서 정작 오빠라고는 안 불러 주겠다 이 말인 거고."

"네. 오빠 소리에 집착하지 마세요."

"그러면 윤 과장처럼 '봄아.' 하고 부르는 건 되는 거고?"

"안 되고요."

"다행이다. 그거라도 안 된…… 응?"

"네."

"……지금 이게 무슨 말이지. 아무리 들어도 '네.'의 타이밍이 아니었는데."

갑자기 말 바보가 된 기분이다. 한국말인데도 한국말이 아닌 기분이고, 외계어나 외국어는 아닌데 이해가 잘 되지 않는다. 시원이 비어 있는 손으로 뒷머리를 긁적였다.

"말만 편하게 하시라는 거였어요. 편하게 이름 부르다가 회사에서 실수할 수도 있지 않겠어요?"

"……."

절대 그럴 일 없다는 말이 나오지 않는 걸 보면 그나마 양심은 있는 모양이다. 하지만 재강이 그녀의 이름을 부르는 게 못내 부러웠던 시원은 그녀의 대답이 썩 만족스럽지 않다는 듯 불만 가득한 얼굴로 서서 움직이지 않았다.
"안 가세요?"
"……서문봄 씨가 가면 오빠도 갈 거야."
평소의 '서문봄 씨'라는 호칭과, 그가 듣고 싶은 티를 팍팍 내는 '오빠'라는 말과, 굳이 말은 편하게 해야겠다는 듯 내뱉는 '갈 거야'의 조합까지.
이리저리 짬뽕시켜 놓은 듯한 괴상한 문장에 봄이 저도 모르게 새어 나오려는 웃음을 겨우 참았다.
서른다섯이나 먹은 남자가 하는 행동은 꼭 열다섯 중학생 같다. 이래서 남자는 나이를 먹어도 애라고 하는 걸까. 남자 가족이라고는 할아버지밖에 없는 봄은 시원과 연애다운 연애 비슷한 걸 하면서 새삼 그런 명언들을 깨달아 가고 있었다.
못 산다, 정말. 저 말도 안 되는 오만상이 왜 귀엽게 보이는 걸까.
"네, 그럼 전 먼저 갈게요."
"집까지 내가 그거 들어다 줄 테니까 같이……."
"괜찮으니까 얼른 가세요, 오빠."
"오, 어……?"
시원이 입을 떡 벌렸다. 그리고 봄도 얼굴을 슬쩍 붉혔다. 태어나서 누군가에게 오빠라고 불러 본 역사가 없는 인물이다. 그가 자꾸 듣고 싶어 하는 것 같아 슬쩍 부르기는 했는데 면역력이 없기는 봄 자신도 마찬가지였다.
얼굴이 확 달아오를 것 같아 성큼성큼 집을 향해 걷던 봄이 "아." 하며 무언가 생각났다는 듯 고개를 돌렸다.

시원은 그녀가 더 할 말이 있나 싶어 설레는 얼굴로 눈을 동그랗게 떴다. 기대감이 가득한 표정이었다.

"그리고 이건 미리 말을 못 드려서 죄송한데요."

"어. 아, 아니. 응."

"마트 앞, 주차 단속 구역이에요."

"……."

봄은 잠시 얼이 빠진 시원을 향해 "그럼 진짜 들어갈게요." 하고 몸을 돌렸다. 등에 한참 동안이나 시원의 시선이 따라붙는 것 같아 더 이상 뒤를 돌아본다거나 하지는 않았다.

그럼에도 미련 없이 집으로 들어가 버리던 초기와는 확연하게 다른 무언가를 느낄 수 있었다. 시원이 그녀의 등을 보면서도 자꾸만 웃게 되는 이유였다.

차를 세워 두었던 자리로 다시 돌아갔을 때 그를 기다리는 것은 '견인이동통지서'라고 적힌 노란 종이였다. 그의 차는 흔적도 없이 사라진 뒤였다. 그럼에도 시원은 나사 하나 빠진 사람처럼 그 자리에 장 본 것들을 들고 서서 연신 웃었다.

"아……. 오빠도 집에 가야 되는데……. 아, 난감하네. 이 오빠는 어떻게 가라고……."

마치 태어나 오빠 소리를 처음 들어 본 사람 같은 모양새. 자기 자신을 오빠라 칭하며 중얼거리는 그의 모습은 흡사 미친 사람 같았지만 정작 본인은 아무래도 좋았다.

그 흔한 오빠 소리가 새롭게 들리는 순간이었고, 그 흔하고 흔한 연애라는 것이 사람을 어디까지 쥐고 흔들 수 있는지 새삼 느끼게 된 순간이었다.

돌연 불어오는 바람에 비닐봉지가 부대껴 바스락거리는 소리를 냈다.

그 순간 모든 것은 봄 때문이었다.

그래. 봄春이어서였다.

12
그럼에도 불구하고

살면서 '사랑'에 대해 얼마나 생각해 왔었는지를 문득 되짚어 본다. 수치로 환산할 수 없고, 정도로 어림잡아 보기도 힘든 단어.

친구들의 연애 상담을 해 주면서 그것이 단순한 연애인가 사랑인가에 대한 고민을 했던 때가 적어도 한 번 이상 있었을 것이다. 그 많은 순간들을 전부 기억하지는 못하지만 아무렴 한 번도 없었을까.

사람은 누구나 내가 겪지 못했거나 모르는 것에 더욱 호기심을 가지고 응하며 무한한 상상력에 발동을 건다. 누구보다 무던하고 덤덤하기로 유명했던 봄도 내면에서는 종종 그랬다. 티가 나고 나지 않는 것의 차이일 뿐이었다.

연애는 해 봤지만 사랑은 해 보지 않았다. 연애와 사랑이 별개일 수 있다는 것은 성인이 되고 나서야 알았다. 보통은 청소년기에 애틋한 첫사랑을 해 보기 마련이라는데 그 흔한 첫사랑도 제대로 겪지 못하면서 더욱 냉정한 시선을 가지게 되었다. 무드, 낭만 같은 것들과 이성이 공존하기 힘든 분야가 바로 그쪽 분야라는 것도 그때 절감했다.

사랑은 준비된 사람들이나 할 수 있는 것이라고 생각했다. 자신은 누군가를 사랑할 준비도, 사랑을 받을 준비도 되어 있지 않은 상태였을 것이다.

그럼에도 사랑과 연애는 다르다는 확신이 좋아하지 않는 상대의 고백을 받아들이는 것조차 가능하게 했다. 비록 일주일도 지속하지 못했다 하더라도.

적어도 시원을 만날 때까지는 그 같은 생각이 여전했다. 그를 사랑하고 싶은 마음도 없었고, 누군가를 만나 갑자기 사랑에 빠질 수 있을 거라는 기대를 한 적도 없었다.

그래서 제안이 가능했다. 연애도 회사에서 일하던 것처럼 스케줄에 따라 이행할 수 있을 것이라 생각했기 때문이다.

하지만 감정의 스케줄은 주인의 의도와는 다르게 흘러갔다. 갑자기 휘몰아쳐 혼을 빼거나 때때로 예고도 없이 펑크를 내 아무것도 할 수 없게 만들었다.

이제 와서 알게 된 것이지만 사랑은 특히 준비되지 않은 사람들을 덮치는 아주 괘씸한 놈이다.

마음의 준비를 할 때는 어디 계속 기다려 보라는 듯이 비웃으며 지나치는 주제에 모든 것을 내려놓고 아무런 기대도 하지 않는 그 순간 갑자기 들이닥친다. 때로는 소나기처럼 쏟아져 모든 감정을 적시기도 하고, 때로는 우박처럼 내려와 온몸을 아리게도 만들었다.

그럼에도 그 못돼 먹은 사랑을 봄은 욕할 수 없었다.

어느덧 그게 시원이라서.

"……."

봄이 침대에 걸터앉은 채 한참 동안 휴대 전화를 응시했다. 연락처에는 김시원이라는 이름 세 글자가 떠 있었고, 어두워지기 시작하던 화면이 결국 까매지자 이내 사라져 버렸다.

이렇게 아무것도 하지 않고 가만히 생각만 하면 쉽게 꺼지는 걸까. 머릿속에 파고든 그는 좀처럼 암전 속으로 숨을 생각을 하지 않는데.

시원이 어찌나 쨍쨍하게 자신을 비추며 자리를 잡고 앉았는지 가끔 이마에서 미열까지 나는 것 같았다. 머릿속이 화창하다 못해 때때로 약간은 덥기까지 했다.

반복되는 그의 생각 속에서도 봄은 어느 타이밍에 전화를 걸면 좋을지 곰곰이 고민했다. 회사 일로는 아무렇지 않게 연락이 가능했는데 막상 개인적으로 하려고 하니 통화 버튼을 누르는 게 쉽지 않았다.

아직은 너무 이르지 않을까, 이 시간에는 많이 바쁘지 않을까 등등 여러 가지 이유를 가져다 붙이며 제일 적시가 언제일지를 따지고 따져 보느라 시간을 보내 버렸다. 새삼스럽게도 이제 와서 말이다.

원래 이런 것까지 신경 쓰는 타입이 아니었는데 그와 함께 지내면 지낼수록 내가 나 같지 않아지는 기묘한 변화를 겪는

다. 이런 건 시원의 전매특허였던 것 같은데.

구미에서의 일정은 대충 마무리 지어졌고, 틈틈이 시원에게 전화를 걸어 중간보고를 했다. 분명 업무와 관련된 통화였지만 꼭 마지막에 가서는 공과 사를 구분하지 못하고 사적인 말만 했다. 그렇게 공이 어쩌고 사가 어쩌고 하던 남자가 맞나 싶을 정도로 시원이 먼저 그랬다. 밥은 먹었는지, 신발은 편한 걸로 신었는지 같은 것들이었다.

굳이 잘 보이려고 하지 않아도 자연스럽게 나오는 그 물음들이 둘을 더욱 애틋하고 가까워지게 했다. 시원에게는 안달이었을 것이고 봄에게는 설렘이었을 것이다. 심장 부근이 자꾸 쿵쿵거려서 열이 더 오르는 것 같았다. 마음을 온전히 줘 버렸다는 자각을 한 뒤로 줄곧 이 상태였다.

아마 시원은 스스로의 마음을 깨달아도 먼저 고백하지 못할 것이다. 언제나 거리낌 없는 것은 봄의 역할이었고, 그는 사람이 어디까지 서툴 수 있는지의 정석을 보여 주기라도 하듯 항상 도망 아닌 도망, 밀기 아닌 밀기에 힘쓰는 쪽이었다.

두 번은 물어야 진심을 말하는 그가 처음부터 솔직한 마음을 내보일 수 있을까. 그만큼 용기를 낼 수 있을까.

그런 생각의 끝에서 봄은 아무래도 좋다는 결론을 내리고는 했다. 누가 먼저 고백을 하고, 누가 더욱 솔직해지냐는 것은 봄에게 있어 더 이상 중요한 것이 아니었다.

정해진 답은 없다. 자신은 시원을 파악했고, 그걸 사랑이라고 느낄 수 있었으니.

누군가에게는 솔직하지 못한 삐딱한 남자일지 모른다. 하지만 적어도 그의 반응들은 봄에게로 와서 못난 사랑스러움이 되었다.

그래, 내 눈에만 사랑스러우면 됐지. 내가 그에게 그런 것처럼.

그때였다. 바라만 보고 있던 휴대 전화가 느닷없이 진동하기 시작하더니 전화가 걸려 왔다. 재강이었다.

"선배?"

– 출장 마치고 왔더니 봄 대리가 안 보이네?

"이번에는 제가 출장이네요."

시원에게 전화를 걸면 무슨 말로 운을 떼어야 할지 고민이었는데 그 틈을 치고 걸려 온 재강의 전화가 그녀를 조금 진정시켰다. 마음이 갑자기 편해지는 것을 느끼며 봄이 침대 위로 풀썩 누웠다.

– 내가 치고 온 사고는 잘 수습했어?

"선배 일부러 그랬죠. 어차피 당분간 미국에 가 있을 테니 나는 모른다?"

– 며칠 사이에 부쩍 눈치가 늘었네. 잘됐나 보다.

"잘되게 하려고요."

– 아직은 아니지만 곧 그렇게 만들겠다는 뉘앙스? 이야, 방금 좀 멋있었다. 요새 애들 말로 이런 걸 걸크러시라던데.

"서른셋인데 알 건 다 아네요?"

– 서른다섯 먹은 남자 만나는 애가 지금 날 나이로 공격해?

"아……."

본인도 이미 서른둘이나 먹었으니 나이 이야기를 꺼내는 건

같이 죽자는 것이나 마찬가지다. 봄이 방금 건 실언이었다며 사과 아닌 사과를 하고는 웃자 재강이 건너편에서 따라 웃는 소리가 들렸다.

확실한 계기는 재강이 마련해 주었다지만 깨닫거나 마음을 먹는 건 나 아닌 누군가 대신 해 주지 않는다. 아무것도 모르고 바보처럼 놓치거나 후회하는 일은 하지 않을 수 있을 것 같아 다행이다. 다짐하고 나니 그런 마음이 가득했다.

봄이 휴대 전화를 귀에 바짝 붙인 채 침대에 누워 천장을 올려다보았다. 형광등이 하얗게 방 안을 밝힌다. 계속 바라보니 회색의 동그라미를 온 벽에 덕지덕지 덧바르는 느낌이다. 눈을 감아 보아도 암흑 속에서 동그라미 모양의 형광등이 내내 둥둥 떠다녔다.

꼭 시원 같았다. 계속 바라보면 이상하게 더 못 보겠고, 그렇다고 눈을 감는다 해서 사라지는 것도 아닌 것이. 사랑하는 사람들은 이렇게 눈동자 어딘가에 문신처럼 박혀 어디든 따라다니는 걸까.

“선배.”

– 어?

“어쨌든 고마워요.”

– 고마운 거면 고마운 거지, 어쨌든은 왜 붙어?

“너무 초강수였거든요. 팀장님이 며칠이나 입을 꾹 다물고 심술을 부렸는지 몰라요. 부작용이 있었으니 일단은, 어쨌든.”

– 일단은? 어쨌든? 이거 고맙다는 의미인지 괜한 짓을 했다고 욕하는 건지 헷갈리기 시작하네.

"눈치도 참."

어딘지 모르게 벽이 있는 것처럼 굴던 봄이 느긋하게 한 걸음 뒤로 물러선 듯 느껴진다. 때로는 그녀의 솔직함이 누군가에게 독일 수도 있겠다는 생각을 하기도 했던 재강이지만, 적어도 지금 이 순간은 아니었다.

어째서 김시원이 서문봄의 앞에 나타나게 된 것인지 알 것도 같았다. 신이란 작자도 다 뜻이 있으니 그랬겠지. 절대 어울릴 수 없을 것 같은 저 독특한 조합이 남들과 같은 사랑이라는 엔딩을 향해 가게 되었으니.

자신이 알던 봄이 점점 사랑스러워져 감을 느끼며 재강이 친오빠라도 된 듯 정말 뿌듯한 목소리를 냈다.

– 잘 풀리려는 것 같아 다행이기는 한데 진짜 서문봄의 취향은 알다가도 모르겠다.

"저도 제 취향을 최근에 알았어요. 좀 독특하기는 하죠."

– 좀? 그걸 좀이라고 하면 서운하지.

다정한 목소리에 장난이 밴다. 지금과 똑같은 목소리로 자신의 고민을 들어 주던 재강을 떠올리며 봄이 말했다.

"우리 저번에 했던 말 기억나요, 선배? 사랑스럽다는 말에 대한 이야기요."

– 너한테 사랑스럽다고 했다며.

"그걸로 충분해요."

– 충분해?

"네. 제가 그 사람에게 바라는 게 얼마 없더라고요. 더 솔직해 줬으면 좋겠지만 솔직하지 못한 것도 그 사람 자체잖아요.

무분별할 정도로 냉정하고 마음에도 없는 소리 못 하는 나를 사랑스럽게 봐 준 것처럼 나도 있는 그대로의 팀장님을 사랑스럽게 보려고요.”

– 허…….

“그 사람이 했던 말 그대로요. 모두가 날 사랑스럽게 보지 않아도 괜찮아요. 그 사람 눈에만 사랑스러우면 그만이니까.”

– 너 이거 염장인 건 알고 하는 거지……?

당황한 목소리로 너 되게 낯설다고 하는 재강의 말에 봄이 평소의 그녀답지 않게 소리 내어 웃었다. 사랑에 빠진 여자가 어디까지 변할 수 있는지를 몸소 목격한 듯 재강이 처음에는 놀리는 듯하다가 이내 평온하게 말했다.

– 사랑을 주는 대로 이렇게 성장할 줄 알았다면 그때 진심인 척 진짜 들이대서 사귀어 볼 걸 그랬다. 너무 강력한 상대라 쉽게 두 손 들어 버렸어, 내가.

“누가 사귀어 준대요?”

– ……와, 너 진짜 장난 아니다.

마음이 어디로 가면 될지 방향을 확실하게 정하고 나니 확신은 더 큰 확신이 되었다. ‘어떻게 하면 좋을까.’ 싶던 것들이 ‘이렇게 하면 되겠구나.’가 되었다. 그 모든 것들이 그녀에게 시원의 몫까지 용기를 전해 주고 있는 듯했다.

봄이 침대 위를 뒹굴며 생각했다.

보고 싶어요.

시원에게 전화가 온 것은 재강과 통화를 마치고 1분도 채 되지 않아서였다. 그가 먼저 연락을 해 올 줄은 몰랐다. 이제 막 해가 지기 시작하는 창밖을 바라보며 봄이 통화 버튼을 눌렀다.

"네, 팀장님."

– 대체 누구랑 그렇게 통화를 오래 했는지부터 듣고 싶은데. 아, 혹시 윤 과장?

이건 공적인 전화가 아닌가 보다. 다짜고짜 묻는 게 저거인 걸 보니.

"전화하셨었어요?"

– 몇 번이나 했는지는 안 궁금하고?

전 같았으면 "네, 안 궁금해요." 했을 텐데 이제는 아니다. 모르쇠로 일관했다가 또 붉으락푸르락하며 휴대 전화를 잡고 씩씩댈 것 같아 봄이 아이 달랜다는 마음으로 되물었다.

"몇 번이나 하셨는데요?"

– ……네, 네 번?

이 심통을 진짜 받아 줄 줄은 몰랐다는 듯 시원이 짐짓 당황했다. 이러니저러니 해도 자신의 앞에서 당황하는 게 이제는 귀여울 지경이라 봄은 자신의 콩깍지를 인정하고 침대에서 몸을 일으켰다.

"이쪽 사정이 많이 궁금하셨나 봐요. 낮에 말씀드렸던 것과 딱히 차이가 없어서 더 보고드릴 이야기도 없는데."

– 일 때문에 전화한 거 아닌데.

"그럼요?"

다 알면서도 모르는 척 묻는 스스로의 모습에 새삼스레 감탄하며 봄이 침대에서 내려왔다. 천천히 걸어가 객실 화장대 앞에 서서 자신의 몰골을 살핀다. 조금 초췌하기는 하지만 그와의 통화 때문인지 표정은 폈다. 웬만한 화장품보다 효과 좋은 상대다.

– 내일 데이트…… 무슨 일이 있어도 절대 잊지 말라고.

내일을 이야기하는 목소리가 사뭇 진지하다. 휴대 전화를 손에 든 채 봄이 다시금 화장대 거울 속에 비친 자신을 보았다. 동그랗게 뜨인 눈과 방금 전보다 살짝 상기된 얼굴.

“절대 안 잊었어요.”

별말도 아니다. 그냥 데이트 약속을 잊지 말라는 것뿐이다. 그런데 봄에게는 그것이 ‘보고 싶어.’라는 말로 들렸다. 김시원 언어 같은 걸까. 그가 돌려서 말해도 사실은 하고 싶은 말이 무엇이었는지 알 것 같은 기분이 들었다.

– 서문봄 씨, 내일 도착 예정 시간은?

“여기서 점심 먹고 출발해요.”

– 늦게도 오네.

솔직하게 묻고 싶어진다. ‘보고 싶으세요?’ 하고. 그러면 그는 뭐라고 대답할까. 이미 온몸으로 보고 싶다는 것을 표현하는 그에게 말로도 해 보라고 하면 과연 그대로 말해 줄까.

“혹시 보…….”

– 기다리고 있을게.

하지만 때로는 이렇게 보고 싶다는 말보다 더 보고 싶다는 표현이 있다.

날 기다리겠다는 말.

– 더 이야기하다가는 끊기 싫어질 것 같으니까 이만 끊어야겠네. 오빠는 오늘도 야근을 할 예정이라서.

"오…… 뭐요?"

– 내, 내일 봅시다.

민망했는지 다급히 통화가 종료되었다. 다시 까맣게 꺼진 화면을 보면서 봄은 생각했다. 어쩌면 자신보다 더 솔직한 것은 시원일지도 모르겠다고. 그는 그만의 방식으로 계속해서 표현을 하고 있었을지도 모르겠다고. 자신이 끝까지 일 이야기만 하는 동안에도 그는 틈틈이 팀장이 아닌 남자 김시원의 모습이었다.

그것보다 더 솔직한 표현이 어디 있을까.

보고 싶어. 그 한마디면 될 것을 데이트 잊지 마, 늦게도 오네, 기다릴게와 같은 몇 가지의 표현으로 전한다. 보고 싶어요. 그 한마디면 될 것을 굳이 '보고 싶으세요?' 하고 물으려던 자신처럼.

서툰 사람들의 서툰 말들이 무언가를 완성해 간다.

오빠를 강조하는 목소리를 떠올리면서 봄이 결국 화장대 앞에 쪼그려 앉아 웃었다.

보고 싶다고요.

✻✻✻✻✻

시원은 초조했다. 내일이면 그녀를 만날 수 있다는 반가움이나 기쁨과 별개였다. 어느 순간부터 똬리를 틀기 시작한 초

조합은 시간이 흐를수록 몸집을 부풀렸다.

언제나 시작과 끝은 함께한다. 무언가가 끝나야만 또 다른 무언가가 시작된다. 봄을 만나면서 새삼스럽게 깨달은 사실이었다.

감정이 어디 하나는 결여된 사람처럼 누군가로 인해 기쁜 게 뭔지, 슬픈 게 뭔지도 모르고 살아온 지난날의 자신과 끝을 냈던 세 달 전. 그 끝은 동시에 봄과의 시작이었다.

그리고 그 깨달음들이 지금은 시원을 불안하게 하는 원인이 되었다.

내일 이 관계가 완전하게 끝나 버리고 나면 그 뒤에 기다리고 있는 시작은 과연 무엇일까. 그녀에게 솔직한 마음을 고백한다는 것을 전제로 해도 만나야 할 시작은 최소 두 가지 경우의 수를 안고 있었다.

사실은 나도 같은 마음이었다며 흔쾌히 연극을 벗어던지고 새롭게 진짜 연애를 하는 것. 아니면 그 이상의 관계는 생각해 본 적 없다며 냉정하게 공적인 관계로만 남는 것. 그 둘이 가장 커다란 후보였고, 확률은 50:50이었지만 시원이 받을 충격은 그 오차가 몇 배에 달하는 가정들이었다.

오면 오고 가면 가는 것이 시원이 만난 사람들이었다. 그리고 시원이 사람들을 대하는 태도였다. 내게 와 주는 게 이토록 고맙고, 내게서 가 버리는 것이 이렇게 두렵게 느껴지는 사람은 결단코 단 한 명도 없었다.

그동안 자신이 얼마나 오만하고 무신경했는지를 뼛속까지 아리도록 알려 주는 여자가 나타날 줄 알았더라면 조금이라도 마음의 준비를 했을 텐데.

퇴근 시간이 다 되었을 때쯤 나누었던 통화는 크게 나쁘지 않았다. 하지만 제일 먼저 하고 싶었던 보고 싶다는 말은 끝내 꺼내지 못했다. 사랑한다는 것도 아니고 기껏해야 보고 싶다는 건데 그 표현조차 이렇게 힘들어서야 과연 긍정적인 결과를 기대할 수 있을지 모르겠다.

봄이 자신에게 꽤 호의적이라는 사실을 어렴풋하게 느끼면서도 그것을 확신까지 끌고 가지는 못하는 시원이었다.

“돌겠네.”

봄이 보고 싶었지만 볼 자신이 없었고, 내일이 어서 왔으면 하면서도 오지 않았으면 싶었다. 모순되는 마음들이 소용돌이쳤다. 그녀를 향한 욕심과 처음으로 사랑에 빠져 쉽게 용기 내지 못하는 미련한 마음이 이리저리 뒤섞였다.

마음을 깨달은 순간부터라도 적극적으로 대시해 볼 것을 그랬다. 행동이 서툴면 말이라도 잘하는 연습을 할 것을 그랬다. 말이 힘들면 조금이라도 더 다정하게 굴어 볼 것을 그랬다. 이미 차이는 결과를 받아 놓은 사람처럼 시원은 온통 지난 시간들에 대한 후회만 떠올렸다.

그러다가 말이 씨가 될 것 같은 생각이 들어 세차게 고개를 저었다. 해 보지도 않고 미리 땅을 파는 습관 같은 건 없었다. 아무리 그래도 거기까지는 가지 말자. 크게 숨을 들이마시고 내쉬었다.

생각해 보니 태어나서 고백이라는 걸 해 본 역사가 없다. 몇 번의 연애도 항상 상대가 먼저 고백을 해 와서 기꺼이 받아 주었던 기억뿐이다.

떨리는 마음으로 진심을 전달하는 게 이렇게나 힘든 일이라는 걸 알고 나니 세상의 모든 연인들이 대단하게 느껴진다. 어떻게 고백했을까. 어떤 고민을 거치고, 얼마나 떨리는 과정을 겪으며 이루어 낸 쾌거일까.

불이 꺼진 사무실에는 시원 혼자였다. 일은 다 끝냈는데도 사무실에서 쉽게 벗어날 수가 없다. 조용한 장소에서 혼자 고민만 거듭하기를 오랜 시간. 일단 내일 그녀를 만나야 하니 뭐라도 준비해야겠다는 생각이 들었다.

'아, 반지 같은 거라도 준비할까?'

고백할 때 쓸 만한 것을 생각하다가 결론이 반지로 흘렀다. 보석 같은 걸 사서 여자에게 주는 남자들을 미련하게 생각하던 입장인 시원이 그들의 수순을 고스란히 밟고 있었다. 그녀에게 점수를 따기 위해서라면 뭔들 못 할까.

이번에는 오다가 주웠다는 시답잖은 말은 빼자. 솔직하게, 진지하게, 용기 있게. 몇 번의 다짐과 함께 왼쪽 가슴을 주먹으로 탁탁 쳐 본다.

하지만 반지를 사 본 적이 없는 시원에게는 뭐 하나 쉽지 않았다. 쉽지 않다 못해 어려웠다. 그래서 아이디어가 떠올라도 그걸 실행으로 옮기는 게 고역이었다.

물론 그렇다고 이도 저도 하지 않고 손을 놓을 수는 없다.

시원이 다시 깊은 한숨을 내쉬며 휴대 전화를 쥐었다. 그러고는 도움이 될 만한 인물을 찾아 통화 버튼을 눌렀다.

– 어, 오빠.

별다른 인사 없이 전화를 걸어도 괜찮을 만큼 가까운 사이. 동생인 예원이었다.

"늦었는데 갑자기 미안. 통화 괜찮지?"

– 괜찮아. 드라마 보고 있었어.

"……반지 말이야."

– 반지? 느닷없이 무슨 반……. 어, 어? 잠깐만!

통화 도중 갑자기 부산스러워지더니 전화 너머로 들리던 텔레비전 소리가 사라졌다. 달칵, 문 닫히는 소리가 이어지는 걸 보니 거실에서 방으로 들어온 모양이었다.

– 방으로 왔어. 갑자기 무슨 반지인데? 오빠 설마 봄이 언니한테 청혼하려고? 벌써 결혼해?

"청혼이라기보다는……."

……고백인데.

아직 제대로 고백도 하지 못한 사이라는 걸 예원이 알 리 없으니 솔직하게 말할 수도 없다. 이미 연애 중인 것으로 알고 있던 그녀에게는 느닷없이 튀어나온 반지라는 키워드가 곧장 청혼으로 이어지는 듯했다. 게다가 혜숙이 예원에게 이미 예비 새언니라고까지 설명했을 테니 그런 결론도 이상하지는 않다. 애초에 자신과 봄은 소개팅의 가면을 쓴 선 자리에서 만났으니까.

"아무튼 중요한 건 그게 아니라."

– 응, 응.

"여자들은 보통 어떤 반지를 좋아해? 역시 알이 큰 게 좋겠지?"

– 그거야 사람마다 다르지. 취향이라는 게 있으니까. 게다가 그냥 커플링이냐, 청혼용 반지냐, 결혼반지냐에 따라서도 다르고.

“반지면 다 같은 반지지, 뭐가 그렇게 달라.”

– 달라. 절대 달라.

“어렵네…….”

예원은 자신이 알던 오빠답지 않게 사뭇 진지하기까지 한 시원의 모습에 조용히 숨을 죽였다. 정말 고민 중인가 보다. 일단 떠보는 게 아니라 진지하게 묻고 싶어서 전화한 것 같으니 장난은 치지 말자 싶었다.

“그러면 사이즈는.”

– 사이즈?

“어, 사이즈. 여자들 반지 사이즈가 어떻게 돼.”

– ……그거야말로 다 다르지. 봄이 언니 사이즈 몰라?

“몰라. 평균이 있을 거 아니야.”

– 봄이 언니가 그 평균인지 아닌지 어떻게 알아. 키가 평균이고 몸무게가 평균이면 손가락도 평균인 줄 아니? 이 오빠 아는 게 뭐야, 대체.

“아, 그럼 어쩌냐고. 본인한테는 절대 직접 물어볼 수 없는 상황인데.”

– 왜 나한테 짜증이야. 직접 왜 못 묻는데. 그냥 물어보면 되잖……. 아니다. 이거 서프라이즈지? 반지 사이즈 물어보면 누가 들어도 반지 사주려고 그러나 싶기는 하다.

“어……. 알 방법이 없나?”

– 주문 제작 아니면 일단 사서 줘 보고 나중에 사이즈 맞는 걸로 바꾸든가 해야지.

"주문 제작……은 또 뭐야. 뭐가 이렇게 복잡해."

시원이 깊은 한숨을 내쉬었다. 남들은 쉽게 사서 주는 것 같았는데, 왜 반지 하나도 자신이 사려고 하면 이렇게까지 힘든 걸까. 괜히 반지 때문에 차이는 일이 발생할 수도 있으니 이런 건 아예 도전조차 안 하는 게 낫지 않을까. 온갖 생각이 어지럽게 떠올랐다.

꽃은 이미 줬고, 그녀가 무얼 좋아하는지조차 제대로 모르는 머저리라 반지 말고는 마땅한 선물이 생각나지 않는다. 그녀의 마음을 단번에 사로잡으려면 무엇이 필요한지 알고 싶다. 정답이 정해져 있다면 그렇게 할 텐데.

한숨 소리 뒤로 아무런 질문도 들리지 않자 이번에는 예원이 먼저 입을 열었다. 난생처음 연애다운 연애를 하느라 고생하는 오빠가 안쓰럽고도 기특하다. 여동생이 아니라 약간 누나의 마음 같았다.

– 주문 제작은 특이 케이스인 거고. 일단 매장 가서 디자인 고르고 사이즈 있는지 확인해 봐. 있다고 하면 바로 구입할 수도 있어.

"아, 가서 마음에 드는 걸 바로 살 수 있다고? 그러면 일단 가 봐야겠다."

시원이 자리에서 일어났다. 망설일 시간조차 없었다. 걸어 놓았던 겉옷을 들어 팔을 끼워 넣었다. 휴대 전화를 고쳐 잡으며 주머니에 차 키도 챙겨 넣었다.

불을 끄자 잠시나마 사무실이 완전한 암흑이 되었다. 그리고 슬슬 커다란 창을 통해 들어오는 옆 빌딩의 빛이 여러 자리들의 까만 실루엣을 강조시킨다.

사무실에서 나와 엘리베이터 버튼을 누르자 예원이 물었다.

– 언제 줄 건데?

“내일.”

그러자 전화 너머에서 잠시 멈칫한다.

– ……내일? 내일 줄 반지를 지금 하루 전, 그것도 이 밤중에 고민하는 거야? 이 시간에 문 연 매장이나 있겠어?

“그래서 지금 다 망했다는 거야?”

뭘 또 이렇게까지 극단적으로 받아들여. 예원은 시원과 대화를 하면서 때때로 ‘저게 진짜!’ 싶었다. 오빠고 뭐고 없다는 듯이 굴고 싶어지는 것이다. 바로 지금처럼.

– 누가 망했대? 답답해서 그런다, 답답해서. 준비성 없이 즉흥적으로 반지 사겠다는 게 누군데. 그리고 어쩌다가 망했다고 쳐. 누가 들으면 나 때문에 망한 줄?

“야이, 씨……. 끊어.”

– 그래, 끊어라, 끊어! 내가 도와주나 봐라! 드라마까지 포기하고 들어와서 들어 줬더니!

예전에는 이런 식으로 자주 다퉜다. 나이를 먹기 시작한 뒤로는 나름 괜찮았는데 바짝 조급해지니 본연의 모습이 나오는 모양이다. 이래 놓고 다시 아무렇지 않게 연락할 것을 뻔히 알아서 시원은 크게 신경 쓰지 않았다. 아마 예원도 전화를 끊자마자 시원을 싹 잊고 드라마에 집중할 것이다.

예원의 말이 하나도 틀리지 않아 더 발끈했는지도 모르겠다. 이 늦은 밤에 뭐라도 하지 않고는 못 버틸 것 같아 뭐 마려운 강아지처럼 안달이다. 이래서야 당장 내일이 닥쳐도 입이나 제대로 뗄 수 있을까.

뒷머리를 신경질적으로 벅벅 긁으며 엘리베이터에 오르려는 순간이었다. 휴대 전화가 진동했다. 방금 전 통화 때문에 예원이 다시 걸었나 싶어 확인하면서 엘리베이터에 올랐다.

액정에 뜬 이름은 서문봄.

"……!"

엘리베이터 안에서는 통화가 힘들다. 시원이 당황하며 막 닫히던 문을 다급하게 열고는 허겁지겁 엘리베이터에서 내렸다. 등 뒤로 문이 닫히거나 말거나 신경 쓸 겨를도 없이 통화 버튼부터 눌렀다.

"여보세요?"

– 팀장님, 저예요.

"알아, 서문봄 씨인 거. 이제 잘 준비?"

– 아직이요.

언제부터 자기 전에 통화를 했는지 아주 자연스럽게 잘 준비 중이냐는 물음이 나온다. 조용한 밤에 나누는 통화는 그 나름대로의 분위기가 있다. 게다가 내내 보고 싶고 듣고 싶은 목소리이지 않았는가. 끊기 싫어질 것 같아 서둘러 끊어도 그 마음이 사그라지는 것은 아니다.

괜히 목소리만 들어도 입가에 웃음이 걸리는 기분이다. 입가를 당기며 소리 없이 웃은 시원이 내려가는 버튼을 다시 누를 생각도 하지 않고 벽에 등을 기댄 채 굳게 닫힌 엘리베이터 문만 바라보았다. 사방이 어둡고 적막했지만 그는 자신의 주변이 전부 반짝이는 착각에 휩싸였다.

– 집이세요?

"아니, 회사."

– 아직까지 야근이에요?

"뭐…… 이것저것 좀 정신이 없어서."

갑자기 왜 이렇게 다정하게 챙겨 주는 기분이 들까. 저녁에 통화할 때만 해도 이 정도는 아니었던 것 같은데. 뭐가 있는 건 아니겠지.

시원은 갑자기 불안해지기 시작했다. 그리고 언제나 슬픈 예감은 틀린 적이 없다는 듯 고스란히 찾아든다.

– 죄송해요, 팀장님.

그러니까 다짜고짜 죄송하다는 말부터 하면 이유를 듣기도 전에 심장이 쿵 내려앉는다고.

"뭐, 뭐가요."

당황하니까 저도 모르게 전처럼 존대까지 나온다.

침을 꿀꺽 삼키면서 휴대 전화를 제대로 고쳐 잡았다. 주변이 반짝이는 것만 같던 착각이 순식간에 걷히면서 복도는 온전한 어둠이 되었다. 시원의 청각은 온통 휴대 전화 너머 봄의 목소리로 향했다. 날카롭게 곤두섰다. 모든 신경이.

– 아무래도 내일 못 갈 것 같아요.

"뭐?"

내일 데이트를 잊지 말라고 신신당부를 하면 뭐하나. 못 오겠다는 한마디면 계획이며 다짐이 와르르 무너지고 마는데.

정말로 무언가 내려앉는 소리를 들은 것도 같다. 시원이 어이가 없다는 듯이 크게 헛웃음을 짓더니 휴대 전화를 꽉 쥐었다. 목소리가 흥분으로 약간 떨렸다. 지금 나랑 장난하는 것도 아니고!

“왜요. 왜 못 오는데. 연구소에 문제 생겼어? 아니면 구미역에 폭파 사고라도 났나? 터미널도 있잖아. 테러래? 대체 문제가 뭔데.”

뚜뚜.

“여보세요? 서문봄 씨? 안 들려?”

아무런 말이 들리지 않아 귀에서 휴대 전화를 떼어 확인했다. 그랬더니 통화 종료가 뜬다. 그 네 글자를 확인하는 순간 시원은 속에서 열인지 뭔지 모를 것이 확 치미는 것을 느꼈다.

……내일 못 올 것 같다고 통보하더니 이 여자가 이제는 전화까지 끊어?

다시 통화 버튼을 눌렀다. 신호가 가기는 가는데 받지는 않는다. 또다시 얼굴이 뜨끈해지는 걸 보니 감정 컨트롤이 안 되는 모양이다. 그래도 이건 아니지 싶어 시원이 다시금 숨을 크게 들이쉬었다.

무슨 일인지, 그쪽에 문제가 생긴 거라면 왜 팀장인 자신에게 미리 언질을 하지 않았는지, 하나씩 차근차근 물어보자. 그래. 팀장 김시원의 가면을 쓰고 물으면 조금이나마 이성적일 수 있을 것이다.

그런 식으로 짧은 순간 나름의 생각을 정리하는 사이 통화가 연결되었다.

“서문봄 씨, 화를 내려는 건 아니니까 잘 들어요. 다짜고짜 못 온다고 하면 내가 놀라니까 대체 무슨 이유인지 자세히 설명을…….”

그때 땡, 소리와 함께 갑자기 엘리베이터가 시원이 머무는 층에 섰다. '응?' 하면서 통화를 하다 말고 엘리베이터로 시선을 두었다. 모두 퇴근한 이 밤에 사무실로 오는 사람은 대체 뭐지.

시원이 잠시 말을 멈춘 사이 엘리베이터 문이 열리면서 밝은 빛이 복도로 쏟아졌다. 살짝 미간을 찌푸렸다. 그리고 좁은 시야로 마치 후광이라도 등에 업은 듯한 인물이 내리는 게 보였다.

"죄송해요. 엘리베이터에 타니까 하나도 안 들리네요."

"……서문봄 씨?"

봄이었다.

눈을 감았다가 다시 떠서 확인해 보아도 분명한 봄이다. 자신이 아는 그 봄. 방금 전까지 목소리를 들었던 바로 그 봄.

내 봄.

"이게…… 어떻게……. 왜 여기 있……."

"아까 말씀드렸는데 못 들으셨어요? 아무래도 내일 못 올 것 같다고요."

"응……?"

"보고 싶었어요."

"……."

"당장 보고 싶어서 내일까지 기다릴 수가 없었어요. 오늘 오지 않고는 못 버티겠더라고요. 저녁에 통화하자마자 짐 챙겨서 왔어요. 무작정 회사로 오기는 했는데 퇴근하셨으면 어쩌나 했네요."

얼떨떨했다. 시원은 이 여자가 지금 무슨 말을 하는 건가 싶은 얼굴이었다. 절대 봄의 입을 타고 나올 리 없을 것만 같은 말들이다. 자신이 그렇게 용기를 내 꺼내려고 해도 쉽게 하지 못했던 말을, 자신의 몫까지 지금 그녀가 하고 있다.

꿈만 같은 일이다. 아무리 봐도 현실성이 떨어졌다. 그럼에도 움직이는 그녀가 절대 허상은 아니라는 확신이 든다. 헛것 주제에 저렇게까지 예쁘게 웃으면 그건 진짜 반칙이니까.

넋이라도 나간 듯 여전히 휴대 전화를 들고 있는 시원을 보며 봄이 어깨를 으쓱였다. 무슨 반응이라도 하라는 뜻이었다.

"나 혹시 괜히 왔어요?" 하고 묻는 얼굴을 어디부터 깨물어야 할까. 말해 봐야 입 아픈 질문을 하는, 언제부터 여우가 다 됐는지 모를 저 여자를 대체 어떻게 해야 지금 이 마음을 진정시킬 수 있을까.

봄의 등 뒤로 엘리베이터 문은 닫힌 지 오래였고, 시원은 믿기지 않는다는 듯 주춤거리며 그녀에게 다가갔다.

어둠 속에서도 그녀의 얼굴은 명확하게 보였다. 사람 돌기 딱 좋은 표정으로 "나만 보고 싶었나 봐요." 하고 말한다.

그 모든 게 고백이다. 그녀가 하는 말, 그녀가 짓는 표정까지 모든 게.

시원이 갑자기 그녀에게 확 돌진하듯이 다가서 끌어안자 봄이 뒤로 밀려났다. 닫힌 엘리베이터 문에 등이 닿으며 묵직하게 쿵, 울리는 소리가 났다. 그건 문과의 마찰음 같기도 했고, 누구의 것인지 모를 심장이 바닥까지 떨어지는 소리 같기도 했다.

봄의 작은 얼굴을 두 손으로 가득 감쌌다. 손가락 끝에 닿는 뺨의 느낌, 스치는 귓불조차 인내의 끝을 재촉한다. 그대로 얼굴을 비스듬히 기울이며 깊게 입을 맞췄다.

보고 싶다는 말에는 아무런 대답도 못 했다. 내일 못 온다는 말이 오늘 왔기 때문이라는, 이런 짓궂은 장난조차 나무랄 수 없을 정도로 기뻤다. 얼굴을 보는 순간 모든 걸 다 가진 듯했다.

입술과 입술이 닿았다가 떨어지고, 살며시 벌어진 입술 틈으로 말캉하게 혀를 비집어 넣는 모든 행위가 벅차고 또 벅찼다. 질척이는 소리가 차 안에서 함께 있을 때 깔리던 배경 음악만큼이나 달콤하게 귓전을 울린다.

시원은 정신없이 그녀의 입술을 탐하면서도 자꾸만 올라가는 입꼬리를 주체할 수 없었다.

"미안, 말로는 표현할 자신이 없어서."

잠시 떼어진 입술 사이로 나직하게 속삭인 시원이 다시금 그녀의 얼굴을 감싸 쥐고 뜨거운 호흡을 나누었다.

자신은 졌다.

그리고 그녀 앞에서 완벽한 패배자일 수 있어 누구보다 행복했다.

13

그래도 내게는 따스한 봄

언제나처럼 봄을 데려다주겠다는 명목과 함께 시원의 차는 그녀의 동네로 향했다. 조수석은 어느샌가 완벽하게 봄 전용석이 되었고, 그녀가 옆에 앉아 있을 때면 시원은 모든 걸 다 가진 사람처럼 만족스러운 얼굴이었다.

라디오는 여전히 107.7. 늦은 밤의 라디오 채널을 맡고 있는 단아한 목소리의 DJ가 방금 흘러나왔던 노래를 소개하고 있었다.

분명 함께 들었는데도 그게 무슨 곡이었는지 금방 까먹어 버렸다. 모든 신경이 오른손으로 집중된 탓이었다.

한 손으로만 운전을 하면서 나머지 한 손은 봄의 손을 맞잡았다. 이렇게까지 손을 꼭 맞잡은 적이 여태 있기나 했었나. 손목을 낚아채도 보고, 무작정 입을 맞춘 적은 두 번이나 되는데 정작 서로 손바닥을 마주 댄 채 손에서 전해지는 온기를 느껴 본 적은 없었던 것 같다.

순서가 뒤죽박죽이었지만 아무래도 좋았다. 그녀의 손을 잡고 나니 비로소 완전히 내게 와 준 느낌이다.

누군가의 손을 잡는다는 것. 별것 아닌 것 같은 그 행동이 사람과 사람 사이에 있어 얼마나 큰 유대감과 신뢰를 쌓는지 지금에 와서야 깨닫는다. 많은 것을 깨달았다고 생각했는데 아직도 한참 멀었다.

그냥 느끼기만 하는 것이 아니라 배워 가는 것 같다.

누군가를 사랑하며 살아가는 방법을.

「자, 오늘은 '솔직함'에 대해 이야기해 볼까요? 솔직해진다는 게 사실 말로는 쉬운데 막상 내 일이 되면 쉽지 않죠. 여러분은 내가 얼마나 솔직한 편일까에 대해 생각해 본 적 있으신가요? 사람들이 나에게 얼마나 솔직할까에 대해서는요?」

라디오 소리만이 가득했다. 봄과 시원은 그저 손만 잡은 채 아무런 말도 하지 않았다.

그래서일까. 차 내부는 라디오 소리를 빼면 이상할 정도로 조용했고, 그러다 보니 볼륨을 키우지 않아도 바로 옆에서 말하는 듯 DJ의 목소리가 더욱 선명하게 들렸다.

마치 시원의 오랜 고민을 들여다보기라도 한 듯한 이야기. 괜히 침이 꿀꺽 넘어갔다. 안 그래도 봄에게 더 솔직하게 굴지 못하는 스스로의 태도가 답답한 참이었다. 겨우 잡고 있는 이 손이 최대한의 솔직함일지 모를 정도로.

「내가 솔직하게 대하면 상대도 그만큼 솔직하게 대해 줄 것 같죠. 그렇지만 우린 언제나 그 기대를 저버리는 많은 사람을 만나요. 내가 아무리 솔직하게 굴어도 상대는 얼마든지 날 속일 수 있어요. 양심상 거짓말까지는 못 하더라도 꼭 감추고, 아닌 척하고, 회피하죠. 하지만 여러분, 그것도 거짓말의 일종이에요. 오해를 사는 순간 특히 그렇죠.」

누가 지금 내 이야기를 하나……. 아니, 난 그래도 악의는 없었는데…….

신경을 쓰지 않으려고 해도 그다지 낯설지 않은 주제에 자꾸만 귀가 쫑긋 선다. 어디 더 이야기해 보라는 듯 시원이 묵묵히 앞만 보고 액셀을 밟으면서 라디오에 귀를 기울였다.

「그러다 보면 혼자만 솔직한 내가 약자같이 느껴져 억울할 때도 있을 거예요. 하지만 걱정 마세요. 솔직하지 못한 사람들일수록 겁이 많거든요. 솔직했다가 피해를 볼까 봐, 상처를 받을까 봐, 걱정에 사로잡혀 결국은 거짓된 모습을 보이거나 스스로를 약자로 몰고 가요. 물론…… 상대방 입장에서 '좋은 사람'이라고 하기는 힘들겠죠?」

라디오를 끌까 생각했다. 괜히 자신이 표현한 적 없었던 깊은 속내까지 봄에게 다 들키는 기분이다. 자신이 얼마나 나약한 사람인지 굳이 보여 주고 싶지는 않다.

하지만 이 타이밍에 라디오를 끄는 게 더 이상해 보일 것 같아 괜히 초조해졌다.

'얼른 음악이나 틀어!'

「성북구에 사는 6849님의 문자입니다. '저 요즘 만나는 남자가 그래요. 보고 싶다, 좋아한다, 몇 번을 말해도 맨날 딴소리만 해요. 솔직하게 표현했으면 최소한 자기도 그 정도는 해 줘야 하는 거 아닌가요?' 라고 하시네요. 어우, 억울한 게 여기까지 느껴져요.」

빨간 불에 잠시 정차한 시원이 흘끔 봄을 보았다.

"서문봄 씨, 혹시 뒷번호가 68……."

"……아니거든요."

어지간히 찔리기는 했나 보다. 사연의 일부일 뿐인데도 설마 봄이 아닐까 싶었다.

그렇게까지 묻는다는 건 자신도 봄이 어떻게 해 주는지 잘 알고 있고, 자신이 그에 비해 얼마나 못나게 굴었는지도 모르지 않는다는 반증이다. 알면서도 실행으로 옮기지 않는 남자가 더 별로다. 혼자서 거기까지 결론을 내고 나니 갑자기 이곳이 무덤인가 싶어진다.

신호가 바뀌었다. 다시 액셀을 밟는다. 그러면서도 오만 가지 생각을 떨치지 못한 시원이 봄의 손을 더욱 꽈악 쥐었다. 그런 시원의 반응이 귀엽고도 재미있는지 봄이 놀리고 싶은 마음을 꾹 참으며 그가 힘을 주는 만큼 저도 힘주어 손을 맞잡았다.

느껴지는 그녀의 작은 힘에 심란한 표정의 시원이 저도 모르게 슬쩍 웃었다. 제아무리 못났어도 이렇게 든든하게 손잡아 주는 그녀가 있는데 무엇이 문제일까.

차 안에 잔잔한 배경 음악이 깔리면서 DJ가 웃음기 섞인 목소리로 말한다.

「음악 들려 드리기 전에 한 가지 덧붙일게요. 여러분, 그들을 '좋은 사람' 이라고 하기는 힘들지 몰라요. 하지만 '좋아하는 사람' 이 될 수는 있으니 꼭 조심하세요.」

✽✽✽✽✽

집 앞에 차를 세워 두고 내린 지 오래였으나 봄과 시원은 벌써 인사만 몇 번째였다. 들어가. 먼저 가세요. 들어가는 거 보고. 가시는 거 보고요. 이 같은 대화가 몇 번이나 반복되었다. 전에는 보기 힘든 광경이었다. 서로가 헤어지기 아쉬워 마음에도 없는 가라는 말만 여러 번 주거니 받거니 하는 이런 모습은 상상조차 하지 못했다.

그러던 중 시원이 생각했다. 그래. 이제는 솔직하게 용기를 내기로 다짐했잖아. 바보처럼 제대로 꺼내 보지도 못했던 그 말을 오늘은 꼭 해 보자.

시원은 차 한잔 마시고 가도 되겠냐는 그 말이 사랑한다는 고백만큼 힘든 남자였다. 누군가에게는 입만 열어도 쉽게 나오는 말이겠지만 또 다른 누군가에게는 크게 심호흡을 하거나 마음을 먹어야 가능했다.

두 주먹을 꽉 쥐었다. 이 노고를 그녀가 알아줬으면 하는 마음으로 입을 열었다.

"차…… 차……."

"차라도 마시고 갈래요?"

"어?"

하지만 이번에도 그녀가 빨랐다. 전에는 무슨 말을 하려는지 전혀 눈치채지 못하던 봄이 이번에는 시원의 속마음을 훤히 읽은 사람처럼 그가 하려던 말을 정확하게 먼저 건넸다. 시원이 얼떨떨한 얼굴로 봄을 바라보다가 저도 모르게 "응." 하고 대답했다.

자신의 바보 같은 대답에 봄은 참으로 솔직하게 웃었다. 다른 사람이었더라면 비웃나 싶었겠지만–애초에 다른 사람 앞에서 이 정도로 바보 같은 적도 없었지만– 적어도 봄이 웃을 때면 시원은 그 웃음을 조금도 의심하지 않았다. 오히려 홀린 듯했다. 이건 그녀에게 완전히 빠지기 전부터 그랬다. 이상하게 저 미소만 보면 '뭐야, 왜 저렇게 예쁘게 웃어.'라는 생각이 먼저 들었으니.

"……모르는 새 여우가 다 됐네, 서문봄 씨."

"원래 그런 게 다 상대적인 거잖아요. 누가 심각할 정도로 곰이라서 저도 여우가 될 수 있었나 봐요."

"누가."

"본인 아닌 척이 특기인 누구요."

"……."

한번 깨달은 건 쉽게 잊지 않는 타입. 봄은 본인이 느낀 바와 할 수 있는 모든 표현을 다 했다. 구태여 부끄러워하거나 무슨 여우냐면서 마음에도 없는 소리를 하지도 않았다. 원래의 서문봄에 저런 면모까지 더해지니 안 그래도 꼼짝 못 하던 자신의 손발이 그녀의 매력에 더욱 꽁꽁 묶이는 기분이 든다.

더 꽉 묶어 주면 좋겠다. 숨 쉬고 그녀를 보는 것 말고는 아무것도 할 수 없게.

"그래도 이제 안 해."

"뭐를요?"

"좋은데 싫은 척. 그러고 싶은데 그러고 싶지 않은 척."

"……."

"기쁜데 기쁘지 않은 척까지 다."

마음을 표현하는 방법도 참으로 여러 가지다. 솔직하지 못하던 그의 단점이 어느덧 이렇게 장점으로 승화되었다.

시원은 봄이 생각할 수 있는 한정적인 표현을 벗어나 다양한 방법으로 자신의 마음을 드러냈다. 그게 이제부터 솔직해지겠다는 약속 같기도 해서 그저 듣기만 해도 기쁨이 옮는다.

그러니까 저 말은, 지금 너무나 기쁘다는 것.

"그러니까 빨리 가자."

"어디를요?"

"서문봄의 방."

"……."

"이, 이상한 생각은 절대 안 했어. 진짜야. 빨리 차 마시고 싶어서 그래, 차."

"차요?"

"뉘앙스가 이상한데. 나를 차라는 게 아니고……."

"따라오세요."

혼자서 쩔쩔매는 걸 즐기는 게 분명하다. 봄이 허둥대는 시원을 가만히 보다가 먼저 걸음을 옮겼다. 건물 입구로 들어서면서 손짓까지 한다. 같이 올라가자고. 어서 오라고.

그녀를 두고 집을 향해 가던 어느 날, 처음으로 등을 돌려 자신을 바라보면서 손을 흔들어 주던 그때처럼 손끝이 하늘거렸다.

설레었다.

두 개의 까만 머그컵을 두고 나란히 침대 밑에 앉았다. TV조차 켜지 않아 아무런 소리 없이 고요했다. 그 때문에 커피를 마실 때면 목으로 넘어가는 소리가 너무 적나라하게 들려 조금 민망하기도 했다.

그럼에도 두 사람은 간간이 주고받는 대화를 멈추지 않았다. 갑자기 확 가까워진 관계에서 무슨 말을 어떻게 해야 할지 낯설었지만 그게 전부 처음 겪는 진짜 사랑 때문이라는 걸 알았기에 괜찮았다.

"거절은…… 제대로 했어?"

내내 묻고 싶은 걸 참고 있었다는 듯 이런저런 이야기로 주제를 뱅뱅 돌리던 시원이 그제야 본론을 꺼냈다. 별 뜻 없이 묻는 거라는 통하지도 않을 변명은 싹 제외한, 있는 그대로의 물음이었다.

"무슨 거절이요?"

"지금 무슨 거절이냐고 물은 거야? 고백에 아무런 대답도 안 하고 어장 관리 중이던 여자가?"

"아아, 그거."

"……아아, 그거어? 이 여자 봐라."

시원이 눈썹을 들썩이며 봄의 방향으로 몸을 돌려 앉았다. 그리고 이글이글 눈빛을 불태웠다. 입을 열지 않고도 눈으로 말을 한다.

던지는 족족 반응해 줄 테니까 어디 계속 자극해 봐. 오늘 서문봄 어장 관리의 끝을 보자고.

도전이라도 할 기세인 시원의 시선에 봄이 슬쩍 웃으며 입을 열었다.

"그거 윤 과장님 장난이요."

"장난?"

"팀장님이 자꾸 솔직하지 못하게 구니까 확인시켜 준다면서 해 본 말이었다고요. 진짜 고백이 아니라 김시원이 어떻게 반응하는지 보기 위한 장난."

"그게 장난이었다니."

어이없다는 듯 중얼거리는 그의 반응에 봄의 표정이 잠시 진지해졌다. 그는 나름대로 고민이 많았을지 모르는데 그게 장난이었다는 고백을 너무 아무렇지 않게 해 버렸나 싶다. 그냥 던진 돌에도 개구리는 맞아 죽는다는데, 지금 눈앞에 있는 개구리가, 아니, 시원이 딱 그 상황인가 하는 생각이 뒤늦게야 들었다.

"죄송해요. 미리 말씀을 드렸어야 했는데."

"미리 무슨 말씀?"

"윤 과장님이 그때 한 말이 사실은 진짜 고백이 아니었다는 말이요. 화내시는 게 당연해요. 난 진지했는데 이제 와서 그게 장난이었다고 하면 누구나 배신감……."

"응……? 나 화 안 났는데."

"화 안 나셨어요?"

시원과 봄이 서로 눈을 동그랗게 뜨고 마주 보았다. 분명 화가 날 상황인 것 같은데 왜 화가 난 게 아니라고 할까 싶어 봄은 의아했다. 방금 전에 되게 어이없는 반응이었던 것 같은데.

"그럼요?"

"기뻐하고 있었는데."

"기뻐요?"

기뻐하는 얼굴 같지는 않았는데 싶어 봄이 시원의 얼굴을 살폈다. 그러다가 문득 알 것 같은 기분이 들었다. 지금의 기쁨은 그러니까 안도가 동반된 것이다. 얼떨떨한 얼굴을 통해 그런 생각을 언뜻 엿보았다.

함께 지내면서 그가 짓는 표정 속 의미를 하나씩 찾아가는 것도 꽤 즐거운 일이었다. 다른 사람까지는 모르겠지만 적어도 김시원을 파악하는 것만큼은 자신할 수 있을지도 모르겠다. 기쁠 때 어떤 표정인지, 마음에도 없는 말을 할 때는, 서운할 때는, 안도하거나 기분 좋을 때는 어떤 표정인지까지 전부.

“어, 기뻐. 진짜 고백이 아니라 장난이었다며. 속앓이한 게 조금 억울하기는 한데, 어쨌든 윤 과장이 진짜 서문봄 씨를 좋아하는 게 아니라면 내가 윤 과장과 씨름하지 않아도 된다는 거잖아.”

“그거야 그……렇죠?”

“다행이다, 진짜……. 남자들끼리 주먹다짐이라도 해야 하나 했는데.”

“요즘 누가 여자를 사이에 두고 주먹질을 해요. 그러면 100퍼센트 그 여자는 둘 다 안 만나고 폭력 안 쓰는 다른 남자 만나러 갈걸요.”

“아, 안 멋있나?”

“주먹 쓰는 게 뭐가 멋있어요. 영화가 사람 다 망치네요.”

“……영화에서 본 건 어떻게 알았지.”

“팀장님이면 충분히 그러고도 남…… 어라?”

웃는 얼굴로 말하다 말고 봄이 멈칫했다. 시원은 왜 그러냐는 듯 눈을 동그랗게 떴다.

“우리 방금 되게 아무렇지 않게 대화하지 않았어요?”

“아무렇지 않은 게 신기할 이유가 있어?”

“있죠. 평소였다면 대화가 이렇게까지 순조롭지 못했을 거예요. 이번에는 팀장님이 속마음을 전부 말해 줬잖아요. 지금 어떤 기분인지, 어떤 고민을 했었는지까지 다요.”

“……아.”

“장족의 발전이 이럴 때 쓰는 말인 것 같네요.”

시원의 얼굴이 괜히 벌겋게 달아오른다. 스스로도 인식하지 못할 만큼이었다. 이번에는 솔직하게 전부 말하자고 마음을 먹은 것도 아니었다. 그녀의 이야기를 듣다 보니 아주 자연스럽게 그렇게 되었다.

확신이 불러온 결과이거나, 그녀의 능력이거나, 완벽하게 안도함으로써 미련한 자신으로부터 한 걸음 벗어날 수 있게 된 것이거나. 어떤 것이든 득이었으면 득이었지, 독이 될 것은 없었다.

"장족의 발전을 한 김에 하나 더."

"……?"

"그럼 우리 이제 연극이 아니라 제대로 된 여…… 여…… 연인인 거지."

오래 유지된다 했다. 의식이라는 걸 하기 시작한 순간 다시 원래대로 돌아왔다. 바보처럼 연인이라는 단어 하나를 쉽게 뱉지 못해서 말을 더듬고 말았다.

이게 아닌데 싶었는지 시원이 옆에 놓여 있던 커피를 한 모금 마셔 목을 축였다. 바보 같지만 그럼에도 사뭇 진지한 얼굴이었다.

"아니요."

"……아니라고?"

이게 무슨 청천벽력 같은 소리인가. 보고 싶어서 당장 올라온 그녀였고, 그런 그녀를 향해 말 대신 깊은 키스로 마음을 다 보여 준 자신이었다. 게다가 손도 잡았고, 이렇게 집 안까지 들어올 수 있게 해 주었으면서.

그런데 뭐? 연인이 아니야?

시원이 미간을 확 좁히며 아니긴 뭐가 아니냐는 얼굴로 봄을 응시했다. 납득할 만한 이유라도 대 보라는 반응이었다.

"정작 제대로 된 말은 못 들었어요."

"아."

"뭔지 모르겠죠?"

봄이 살며시 웃으며 묻는다. 장난이라면 장난이었고 도발이라면 도발이었다.

시원은 그녀가 말하는 '제대로 된 말'이 무얼 뜻하는지 바로 알 수 있었다. 저것조차 눈치채지 못하면 연애고 뭐고 싹 포기해야지. 그 정도면 정말 그녀에게도 민폐일 것이다.

하지만 봄은 언제나처럼 그가 바로 알아채지 못할 것이라고 생각했나 보다. 답을 기대한 건 아니라는 듯 자신이 먼저 말하려 "사라……."까지 말을 꺼냈을 때였다. 시원의 얼굴이 확 가까이 다가온다 싶더니 그녀에게 입을 맞췄다.

봄이 눈을 동그랗게 떴다. 이제 입 맞추는 것 정도는 아무것도 아니라는 듯 너무 자연스러워서 더 놀랐다.

"팀……."

쪽.

다시 입을 열려고 하자 이번에도 막아 버린다. 할 말이 있으면 어디 또 해 보라는 듯 웃는 얼굴이 그답지 않게 능청스러워 보이기까지 한다. 눈을 가늘게 뜨며 그를 바라보자 더 할 말 없으면 이제 자신 차례라는 듯 시원이 봄의 시선을 완벽히 장악하며 올곧은 눈 속에 그녀를 담았다.

조금은 장난스럽게 쪽, 쪽, 입술을 짧게 맞대던 그가 이번에는 천천히 다가왔다. 갑작스럽지는 않았지만 그렇다고 해서 긴장이 되지 않는 것도 아니었다. 그의 얼굴이 점점 가까워지고 숨소리가 피부 결에 닿자 봄이 그대로 눈을 감았다.

시원은 자신의 두 입술을 이용해서 그녀의 얇은 윗입술을 깨물었다. 그리고 혀를 내밀어 도톰한 아랫입술을 한 번 핥았다. 말캉하면서도 따뜻한 기운에 봄이 서서히 입술을 열자 시원이 봄의 보드라운 머리칼을 매만졌다. 입술 틈을 파고들어 뜨거운 입속을 혀로 구석구석 건드리면서도 어루만지는 손길은 몹시 부드러웠다.

처음 만났을 때는 흰 목선을 전부 드러내던, 차갑게만 느껴졌던 단발이 자신을 만나는 사이 어느덧 이만큼 자랐다. 금방이라도 어깨에 닿을 듯한 머리칼을 손가락 사이사이로 쓸어 내면서 시원은 지난 시간들을 돌이켰다.

손을 잡을 생각조차 하지 못했던, 머릿결을 어루만지는 상상조차 하지 못했던, 눈에 밟히거나 보고 싶어 속이 쓰릴 거라 예상조차 하지 못했던, 이렇게 사랑에 빠질 줄은 꿈에도 몰랐던 그 시간들.

시원이 봄의 머리에서 손을 내려 작고 마른 등을 부드럽게 매만졌다. 그리고 입천장이며 입 안쪽의 여린 살들, 가지런한 치열, 혀 아래쪽의 뜨거운 곳까지 전부 빨아 당길 듯이 탐했다.

깊게 입을 맞추니 문득 움찔하고 작게 몸이 떨려 오는 게 느껴져 어깨를 더욱 가까이 끌어당겨 안았다. 그러자 작게 숨이 터진다. 따뜻하다 못해 조금은 뜨거운 숨결이 시원에게 고스란히 전해졌다.

이렇게 끌어안으면 품에 쏙 들어오는, 아무리 입을 맞추고 맞춰도 갈증이 날 정도로 달콤한 여자였을 줄이야.

입술을 천천히 떼어 내고 눈을 마주치자 불그스름한 얼굴이며 반들거리며 젖은 입술이 더없이 사랑스럽다. 시원이 그녀의 입술을 한 번 더 쪼옥 소리가 나도록 빨아 당기더니 웃으면서 말했다.

"사랑해."

그를 알고 지낸 이래 이렇게 솔직한 말을 들은 적이 있었나.

봄이 눈을 깜빡이면서 시원을 응시했다. 시원은 평소의 그처럼 말을 더듬지도 않았고 괜히 시선을 피하거나 하지도 않았다. 방금 전 연인이라는 단어 하나를 입에 담기 쑥스러워 쩔쩔매던 남자는 마치 깊은 입맞춤으로 마법에서 풀려난 왕자처럼 온데간데없이 사라졌다.

시원의 입에서 사랑한다는 말이 저렇게 당연하게, 진실하게 나올 줄은 생각조차 하지 못했다.

괜스레 얼굴을 붉히며 시원을 바라보았다. 그녀가 마주한 그의 눈빛은 세상 가장 사랑스러운 무언가를 바라보는 듯 행복으로 가득했다.

그 순간 쑥스러워진 것은 오히려 봄이었다.

"순서가 바뀐 것 같지 않아요?"

"무슨 순서?"

"고백한 다음에 입을 맞춰야죠. 일단 입부터 맞추고 사랑한다고 하는 게 어디 있어요."

"서로 좋아하기도 전에 연애부터 한 사이야, 우리. 키스 먼저 하고 고백하는 정도는 애교 아닌가?"

"갑자기 말문 트였어요?"

"말문 트인 김에 쭉 해야겠다. 언제 다시 바보로 돌아갈지 몰라."

본인이 바보 같다는 걸 알기는 하냐는 듯 봄이 참지 못하고 웃자 시원이 계속 그렇게 웃으라는 듯 봄을 품에 끌어안으며 말했다.

"그동안 나처럼 사랑에 둔한 여자로 지내 줘서 고마워. 아무와도 사랑에 빠지지 않고 나 만날 때까지 그 자리에 혼자 있어 줘서 고마워. 그날 날 만나러 그 자리에 나와 줘서 고맙고, 비록 가짜 연애였더라도 나한테 먼저 만나 보자고 제안해 줘서 고마워. 그래서 당신을 알아볼 기회를 만들어 준 것도 고마워. 난 용기 없고 미련한 남자라 서문봄이 아니었다면 분명 바보처럼 그 기회도 놓치고 말았을 거야."

"……."

"결과적으로 부족한 나를 이렇게 사랑스러운 여자 옆에 머물 수 있게 해 줘서."

"……."

"다 고마워."

그동안 표현하지 못했던 걸 지금 다 표현하려는 걸까. 한 번의 고백으로 부족했는지 연달아 터지는 시원의 진심은 앞으로도 들어 보지 못할 커다란 고백이 되어 봄의 가슴으로 스며들었다.

내가 있고 싶어서 그의 곁에 있었을 뿐인데 그는 '있게 해 주었다'고 말한다. 부족한 자신을 내 옆에 머물 수 있게 해 주어 고맙다고, 마치 내가 그의 자리를 만들어 주었기에 가능했다는 듯이 말한다.

그게 또 그렇게 사랑스러울 수가 없다.

시원의 품에서 잠시 벗어난 봄이 그의 얼굴을 붙잡고 그대로 입을 맞추었다. 그녀가 먼저 입을 맞출 거라고는 상상도 못 했는지 시원이 눈을 동그랗게 뜨며 평소처럼 바보 같은 표정을 지었다.

웃음이 터진 봄이 몇 번 더 그의 입술 위에 버드 키스를 하며 속삭였다.

"사랑해요."

"……."

"그리고 나도 많이 고마워요."

당신에게.

당신을 사랑할 수 있게 해 준 모든 순간에게.

❀❀❀❀❀

"세상 오래 살고 볼 일이다."

"왜?"

"내가 서문봄한테 염장을 당하고 있잖아. 평생을 살아도 너한테 이런 이야기는 못 들을 줄 알았는데."

"너 그거 무슨 의미야."

봄이 머그잔을 손으로 쥐며 진솔을 보았다. 진솔은 에이프런 주머니에 손을 넣고 비스듬히 앉은 채 어깨를 으쓱였다. 알아들었으면서 뭘 모르는 척이야? 그렇게 묻는 얼굴이었다.

간만에 진솔을 만나 그간 있었던 일들을 이야기했다. 연애 상담은 재강에게 했다지만 어쨌든 가장 친한 친구는 진솔이었고, 기왕 제대로 연애를 시작하게 되었으니 소식은 전해야 했기에.

만나지 못하고 있던 그 세 달 사이에 이렇게나 많은 일이 있었다고 설명하니 처음에는 흥미롭게 듣던 진솔이 이내 시큰둥한 얼굴이 되었다.

"어쨌든 결론은 너도 이제 솔로가 아니라는 거잖아!"

진솔은 거의 울부짖듯이 그렇게 말했다. 카페에 와 있는 다른 손님들이 둘을 흘끔 보다가 고개를 돌렸다.

"여기 네 카페거든, 이진솔. 조용히 해. 손님 다 떨어져 나가겠다."

"어차피 동네 장사라서 괜찮아. 자주 오는 손님들은 내 심보 다 알거든. 아까부터 나오는 음악 들으면 몰라? 나 우리 카페에서 절대 사랑 노래 안 틀어. 무조건 이별 노래지."

"어쩐지……. 계속 축축 처지더라……."

스스로를 이별 찬양론자라고 칭하는 진솔은 아직도 10년 연애가 끝났다는 후유증에서 쉽게 벗어나지 못했다. 그렇게 오랜 시간 지지고 볶아도 결국은 다 헤어지고 만다. 지금 그렇게 좋아 죽어도 결국은 끝이 있다. 이게 진솔이 외치는 말들이었다.

한 남자에게 20대를 전부 쏟고 나니 지난날의 감정 소모가 허무하게 느껴져 마음 한 곳이 텅 빈 것 같다고 했다. 속이 시원하기는 한데 오히려 그만큼 감정을 다 써 버려 무던해진 것 같아 썩 좋지만은 않다고.

“그래도 네 이야기라 그런가, 그나마 낫다. 누가 나한테 연애의 ‘연’만 꺼내도 입부터 틀어막고 싶었는데.”

“나는 괜찮아?”

“연애 이야기라기보다는 고생담 같잖아. 서로 삽질하고 미친 듯이 감정 소모하다가 이제야 겨우 평온해진 사람들한테 욕을 할 수도 없고.”

“이미 욕하고 있는 것 같거든.”

“웬일이래. 너 전에 비해 눈치 엄청 늘었다?”

“죽을래?”

봄이 그렇게 말하며 눈을 흘기자 진솔이 웃으면서 제 앞에 놓인 얼음물을 들었다. 그러면서 얼음을 오도독 씹어 먹으며 태연하게 봄을 보았다.

“될 놈은 되나 봐. ‘인사 잘하신다.’ 이게 어떻게 여기까지 왔지?”

“그러게. 지금 생각하면 시작이 좀 그랬어.”

“또라이도 다 짝이 있다는 거지.”

“이진솔…….”

가장 가까운 친구라서 뭐든 다 말하는 편이지만 자신 못지않게 거리낌이 없는 타입이라 대화를 하다 보면 말려들기 일쑤다. 자신에게 말려드는 시원이 이 모습을 본다면 놀랄지도. ‘서문봄 씨가 못 당하는 친구도 있어?’ 하고 물을 게 뻔했다. 저

둘을 붙여 놓으면 100퍼센트 시원이 당할 것 같으니 웬만하면 마주치게 하지 말아야지 싶은 생각이 든다.

“이따가 이 근처에서 맥주나 마실까? 1시간 뒤면 알바생 오거든. 맡기고 나가면 돼, 나는.”

“미안, 나 곧 가야 해. 팀장님이 이 근처로 오신대.”

그 말에 진솔이 “허, 참 나!” 하면서 기가 막힌다는 듯이 고개를 저었다.

“너 데리러 온다고?”

“응.”

“너 서문봄 맞아? 내 친구 맞니?”

“왜 그래?”

“예전에 어땠는지 기억 하나도 안 나? 전에는 누가 데리러 온다고 하면 난 발이 없냐고, 직접 가도 되는데 왜 데리러 오냐고 하던 애였잖아, 너.”

진솔의 말을 듣다 보니 시원과의 처음이 생각난다. 맞다. 원래의 서문봄은 그런 여자였다. 차 문을 열어 주려는 시원에게도 난 손이 없냐고 하던, 눈치도 없고 내숭도 없던 그런 여자였다. 지금 생각해 보면 그 당시 시원이 적잖이 당황했던 것 같다. 그 특유의 얼떨떨한 얼굴로 뻘쭘하게 서 있던 게 이제야 기억난다.

그 뒤에도 비슷한 상황이 있었다. 그가 조수석 앞에서 괜히 팔운동을 하는 척 어깨를 돌렸던 때. 아, 그것도 그거였나? 무안했겠네. 그때는 몰랐던 사실들이 이제 와서야 하나둘씩 보이는 게 새삼 신기하기까지 하다.

"어차피 이 근처에서 데이트하기로 해서 그래."

"데이트……. 오랜만에 들어 보는 단어가 아닐 수 없구나……."

"아무래도 너 연애하고 싶은가 본데……."

"미쳤어? 죽어도 안 해. 이 세상에 연애처럼 쓸데없는 게 없다니까? 너나 해, 연애!"

"으응, 그래."

못 보던 사이에 감정 기복이 더 심해졌나 하는 생각을 하던 중이었다. 테이블 위에 올려놓았던 휴대 전화가 진동 벨처럼 드르륵 움직였다. 확인하니 시원이다. 이름을 보자마자 저도 모르게 미소가 걸린다. 그런 봄의 얼굴이 낯설어 진솔은 잠시 놀랐다.

"네, 팀장님. 도착했어요? 아, 거기요? 카페 근처네요. 지금 나갈 테니까 거기 계세요. 네, 알겠어요."

휴대 전화를 가방에 넣으며 겉옷을 챙긴 봄이 몸을 일으켰다. 진솔이 얼떨결에 같이 일어나면서 별일이라는 듯 물었다.

"너 아주 좋아 죽는다?"

"그래?"

"전화만 받고도 그 얼굴이라니, 직접 만나면 입이 귀에 걸리겠네. 표정 관리 좀 해. 깜짝 놀랐다."

"음악이나 좀 바꿔. 카페 분위기 점점 우중충해져. 그럼 나 갈게."

봄이 막 몸을 돌려 나가려고 할 때였다. 진솔이 "아, 그리고." 하면서 잠시 봄을 불러 세웠다.

"응?"

"말은 이렇게 해도 나 네 행복 엄청 빈다. 알지."

"……알아."

"어휴, 알기는 뭘 알아. 가 버려!"

퉁명스러운 말투가 애정 표현임을 안다. 시원과 다른 듯하면서도 비슷하다.

이런 식으로 주변 사람들의 작은 공통점 하나를 발견했다. 여러 가지 방식으로 조금씩 솔직하지 못하게 군다는 점이었다. 그래서 봄은 더 이상 솔직한 사람과 솔직하지 않은 사람들을 딱 잘라 구분할 수 없었다.

누구에게나 솔직하지 못한 부분들이 있다. 더없이 솔직하게 표현하는 누군가도 때때로 솔직하지 못하다.

그게 사람이구나 싶었다.

봄이 웃으며 인사를 하고는 카페 문을 열었다. 선선한 바람을 느끼면서 밖으로 나간 그녀가 몇 걸음 걷지 않아 저쪽을 향해 손을 흔들었다.

카페 안에서 창문으로 그 모습을 보던 진솔의 눈에 훤칠한 누군가가 들어왔다. 봄이 말했던 남자가 저 사람이구나 싶어 시선이 갔다. 친구가 태어나 처음으로 진짜 사랑에 빠졌다기에 상대가 어떤 사람일지 내심 궁금하던 차였다.

"뭐야, 꽤 생겼네."

두 사람은 서로를 보더니 가까이 다가가 화사하게 웃었다. 얼굴만 봐도 좋다는 듯이 굳이 참지 않았다. 그러고는 서로의 손을 잡는다. 끌어안거나 어루만지는 노골적인 애정 표현은 없었지만 그저 진심으로 웃거나 손을 꼭 맞잡는 모습만으로도 괜히 지켜보는 사람까지 심장이 간지럽다.

멀어지는 두 사람의 모습을 보던 진솔이 테이블 위에 놓여 있던 얼음물 속의 얼음을 입에 넣고 오도독 씹었다.

"미쳤나 봐……. 부럽고 난리야……."

시원이 봄의 손을 꼬옥 잡으면서 앞을 보고 걸었다. 이제 손을 잡는 것 정도는 망설이지 않고 할 수 있게 된 것이 기쁘다. 주춤하거나 고민하지 않아도 된다는 사실이 행복하다.

봄도 마찬가지인지 자신이 손에 힘을 주면 그만큼 꽉 맞잡아 온다. 온기로 반응을 해 주니 그마저도 감격스럽다.

웃음기를 얼굴에 매단 시원이 흘끔 봄을 보며 말했다.

"그런데 아까 카페에 같이 있던 건 누구? 친구?"

"네, 친구요. 친구 가게거든요."

"그럼 말을 하지. 들어가서 인사라도 하고 나오는 건데. 그냥 와 버렸네."

"나중에요. 준비도 안 된 상태에서 만났다가 팀장님 크게 다쳐요."

"……내가 다쳐? 왜? 나 뭐 잘못했어?"

"말을 말자."

좀 나아졌나 싶다가도 가끔씩 이렇게 바보 같다. 공과 사 구분이 확실해도 너무 확실했다. 회사에서는 완전히 안정을 되찾아 다시 카리스마 있는 팀장 김시원으로 돌아갔는데도 둘만 있으면 잠시 동명이인의 다른 김시원이 몸속에 들어오는 것 같을 때가 있다.

"그러고 보니 서문봄 씨도 은근슬쩍 반말하네?"

"안 되니?"

"와, 안 되니? 안 되니이이?"

"영화 시간 늦어요. 얼른 가요, 팀장님."

"방금 그 여자 누구야. 내가 모르는 여자가 나왔어. 나 충격 먹었다니까?"

"먼저 갈게요."

물론 너무 달콤할 때도 또 다른 김시원이 들어온 것 같기도 하다. 그러니까 예를 들면,

"그렇다고 진짜 나 두고 혼자 가면 어떡해, 이 여자야. 예쁘면 다야?"

지금처럼.

시원이 봄의 뒤에서 계속 말을 걸다가 성큼성큼 큰 걸음으로 다가가 다시 봄의 손을 꽉 쥐었다. 봄이 잠시 그의 손을 놓아도 그게 영영 놓는 게 아니라는 걸 알아서 선뜻 다시 붙잡는 일이 이제는 어렵지 않았다. 언제든지 잡을 수 있는 손이었다.

옆으로 다가와서 손을 잡는 시원을 보며 봄이 모르는 척 물었다.

"예뻐요?"

"예뻐."

새삼스럽게 그가 많이 변했다는 생각이 든다. 봄이 눈을 깜빡이면서 뚫어지게 쳐다보자 시원이 뒤늦게 얼굴을 붉혔다. 벌겋게 달아올라서는 괜히 민망했는지 "뭐, 뭐. 왜." 하면서 또 말을 더듬는다. 맞네, 그 김시원.

"아무것도 아니에요."

"아무것도 아닌 게 아니었잖아. 뭔데, 왜."

반복해 물으면서도 쥐고 있는 손만큼은 절대 놓지 않는 그의 반응에 모든 게 너무도 많이 변했음을 깨닫는다.

모르는 척 고개를 내저은 봄이 웃음을 꾹 참으며 앞만 보고 걸었다.

"어? 웃잖아, 지금. 왜 웃었는데!"

'진짜' 연애를 하는 중이었다.

14
언제나와 같은 시간, 그리고

어느 날 통화 중에 영애가 물었다.

– 요즘은 데이트 안 해?

당황한 봄이 저도 모르게 "응?" 하고 되물음으로 대답을 대신했다.

– 전에는 데이트할 때마다 어디 갔는지, 뭐 하고 있는지, 전부 사진 찍어서 보내 주고 그러더니 통 잠잠하길래. 싸웠니? 요즘에는 안 만나?

"아."

그 생각을 못 했다. 전에는 말 그대로 보여 주기식의 연애, 그러니까 가짜 연애였다. 영애에게 잘 만나고 있다는 것을 보여 주기 위해서 매번 사진을 찍어 보내 주거나 하는 식으로 연애하는 티를 냈던 것이다.

그런데 정작 진짜 연애를 시작하니 그렇게 해야 된다는 생각이 전혀 들지 않았다. 의무가 아니었기 때문이다. 밥을 먹거나 함께 공연을 보는 건 똑같았지만 마음은 아니었다. 어느덧 둘만의 시간에 자연스럽게 녹아들다 보니 누군가에게 보여 주어야 한다는 생각을 하지 않게 되었다.

맛있는 음식을 먹으면 이 사람이 어떤 걸 빼놓고 먹는지, 어떤 음식을 특히 좋아하는지 저도 모르게 주시했다. 공연을 볼 때면 함께 집중하고 함께 감동하며 온전히 그 시간에, 그러니까 '같이' 있다는 사실에 취했다. 그러다 보니 남아 있는 사진이 하나도 없었다.

인증이라는 걸 할 생각조차 하지 못한 것이다. 추억을 마음속에 차곡차곡 쌓기 바빠서.

이러다가 가짜 연애보다 더 서툰 진짜 연애가 될지도 모르겠다. 이제부터라도 다시 이것저것 남겨야겠다는 생각이 들었다. 나중에 시간이 흘러 그때 우리가 무얼 했는지는 기억하고 싶으니까.

추억이라는 건 손에 잡히는 게 아니니 아무것도 남아 있지 않은 것보다는 나을 것이다. 일찍부터 의무처럼 행동하던 것이 오히려 좋은 습관으로 거듭나 줄지도.

"그런 거 아니야, 엄마. 요즘 우리가 자꾸 깜빡하네. 다음에 만나면 꼭 찍을게."

좀처럼 '우리'라고 하는 법이 없는 봄이 시원을 만나면서 부쩍 '우리'라고 한다. 그 대답을 듣고 나서야 안심이 됐나 보다. 전화 건너편에서 영애가 알았다고 대답했다. 보지 않아도 혼자 고개를 끄덕였을 것이다.

그러면서도 노파심이 완전히 사라지지는 않는지 영애는 정말 만에 하나라도 싸웠다면 꼭 잘 화해하라는 말까지 덧붙였다.

괜히 걱정만 안긴 것 같아 봄이 머쓱하게 뺨을 긁적였다.

"싸운 거 아니라니까."

– 엄마가 걱정돼서 그래……. 아, 맞아. 이 기회에 집으로 데리고 오는 건 어때?

"응? 집에?"

예상치 못한 영애의 말에 봄은 문득 예원의 집에 방문했던 날을 떠올렸다. 그때는 시원에게 이만큼 특별한 감정을 가지고 있지도 않았다. 그럼에도 좀처럼 긴장하는 법이 없던 자신은 조금 긴장했었다.

그런데 이 시점의 시원은 오죽할까. 그가 자신의 가족을 만나는 상상을 하니 그 긴장의 정도가 감도 잡히지 않았다.

가족과 함께 있는 그의 모습을 통해 자신이 알지 못했던 면모를 발견하게 된 것은 참으로 좋은 기회였다고 생각한다. 그를 알아 가는 데 분명 영향이 있었을 것이다. 그렇다면 반대로도 그렇겠지. 가족과 함께 있는 자신을 보고 시원이 어떤 생각을 할지 문득 궁금해졌다.

두렵거나 걱정되지는 않았다. 봄은 가족을 사랑했고, 가족과 함께 있는 순간 누구보다 가장 평온하고 완벽한 모습일 것임을 자신했다. 온전하게 나를 알아주는 사람들 사이에서 더욱 솔직하고 더욱 가치 있게 빛을 발할 것이다.

그런 모습을 보여 주고 싶다는 생각도 들었다. 너무 허물없어 보이지는 않을까 싶은, 단점을 보이고 말지는 않을까 하는 걱정 같은 건 없이.

있는 그대로의 나를 보고, 그 모습 그대로를 그가 사랑해 주었으면 좋겠다고 생각했다.

– 그래, 데리고 와 봐. 할미도 보구 싶다.

– 나도 보고 싶다!

영애의 목소리 뒤로 할머니와 할아버지가 말하는 소리가 들렸다. 스피커폰으로 통화하는 중이었나 보다. 괜히 동네방네 연애한다고 광고하는 것 같아 민망했다.

– 들었지? 우린 언제든 괜찮으니까 둘이 날짜 잘 정해서 알려 줘. 대환영이라고 꼭 전해 주고.

"물어는 볼게."

가족들의 목소리는 기대에 잔뜩 차 있었다.

그리고 내심, 봄 역시도.

✽✽✽✽✽

점심시간. 시원과 봄은 사무실에서 둘만 빠져나와 회사에서 조금 떨어진 식당에 왔다. 영애에게 들은 말을 전달도 할 겸 짧게 식사하는 동안이라도 오붓하게 있고 싶어서였다. 잦은 소문의 주인공들이 쏙 빠져 버렸으니 이쯤 되면 공개 커플이라고 해도 무방할지 모르겠다.

"그래서 일단 팀장님께 묻고 대답해 드리기로 했어요."

식사를 거의 마쳤을 때쯤 꺼낸 봄의 말에 시원이 턱을 괴더니 잠시 생각에 빠졌다.

"으음."

바로 그러자고 할 줄 알았는데 의외로 대답이 없다. 반응이 궁금했던 와중이라 의아함은 더욱 커졌다. 대답을 하지 않는 건 싫다는 의미일까. 서로의 마음을 확인했어도 이 정도면 정식으로 인사드리러 가자는 것처럼 들릴 법하니 역시 부담스러운 걸까.

자신이 예원을 만났던 것은 거의 연애의 조건 때문이나 다름없었으니 딱히 억울할 것도 없다. 이런 걸 주거니 받거니 하며 따지려는 것도 아니었다.

그래도 내심 마음이 개운하지만은 않던 순간, 시원이 잠시의 침묵을 멈추고 입을 열었다.

"그냥 통보했어도 되는데."

"네?"

봄이 무슨 말이냐는 듯 눈을 동그랗게 뜨고 시원을 응시했다.

"그냥 날짜 정해서 나한테 통보하듯 말했어도 충분했을 거라는 말이야. 서문봄 씨가 내 눈치 보는 게 처음이라 그런가, 불편해."

"불편해요?"

"불편해. 그냥 평소처럼 막 대해 주면 좋겠어. 며칠, 몇 시까지 오세요. 이렇게."

"……내가 언제 팀장님을 막 대했어요."

"엄청 막 대했는데."

처음에는 조금 당황했는데 말을 하다 보니 장난인 걸 알겠다. 봄이 눈을 흘기자 시원이 그제야 웃었다. 요즘 부쩍 장난이 늘고 있다. 전 같았으면 이런 모습은 상상도 하지 못했을 텐데.

내가 몰랐던 모습이 이렇게나 많았다는 걸 하루하루 깨달을 때마다 기대감이 커진다. 다른 모습에 실망하면 어쩌나 하는 걱정은 한 번도 해 본 일이 없었다. 어떤 모습을 보여도 받아들일 자신이 생긴 탓이었다. 그 정도 각오도 없이 시작한 것이 아니라서 그렇다.

나의 전부를 보여 주고 싶을 만큼.

"그럼 어른들께는 언제라고 말씀드릴까요?"

"언제든이라고 해 줘."

못 말린다는 듯 봄이 웃는 얼굴로 휴대 전화를 쥐고 한 글자씩 눌렀다. 언제든 괜찮다고 하니 가족들 편할 때가 언제인지 알려 달라는 내용이었다.

수신인 엄마. 전송 완료. 대답을 기다리기만 하면 된다.

아직 시간이 남았으니 근처에서 커피나 마시자며 시원이 자리에서 일어났다. 봄이 고개를 끄덕이며 그를 따라 가게 밖으로 나왔다.

날이 좋다. 이 좋은 날 누군가와 함께라는 게 몇 배는 날을 더 화창해 보이게 만든다.

나란히 걷던 봄이 문득 시원을 바라보며 물었다.

"부담스럽지는 않아요?"

"무슨 부담?"

"우리 가족 만나는 거요. 엄마도 계시고, 할머니도 계시고, 할아버지도 계시거든요. 전부 어른들이라서 혹시 많이 부담되는 거면……."

"서문봄 씨도 내 동생 부부를 만났는데 나라고 서문봄 씨 가족을 못 만날 이유는 뭐야. 어차피 언젠가는 뵐 분들인데."

언젠가는 뵐 분들. 미래를 약속한 것도 아닌데 마치 벌써 그렇게 하기로 한 사람처럼 말한다. 우리가 계속 함께인 건 너무도 당연한 일이고, 그렇게 지내다 보면 결국은 그래야 되지 않겠냐는 듯이.

그게 동의 없는 무례로 느껴지지 않는다. 믿음으로 느껴질 뿐이다.

때때로 예고도 없이 찾아오는 그의 든든한 구석에 마음으로 기대며 봄이 과거의 자신처럼 똑 부러지는 직구를 날려 보기로 한다. 달라진 자신에게 익숙해진 탓인지 전처럼 눈치 없는 척 바른 말만 하면 시원이 움찔하는 게 즐겁다.

"우리는 다르죠."

"다르기는 뭐가 달라."

"그때의 전 팀장님한테 아무 감정도 없었으니까요. 생각처럼 부담되지 않았어요."

"……설마 감정이 요만큼도 없었을까."

"없……."

"아니, 말하지 마. 안 들을 거야. 이응도 꺼내지 마."

서둘러서 대답을 막아 버리는 시원을 보며 봄이 웃음을 꾹 참았다. 더 놀렸다가는 또다시 나잇값이 뭐냐고 되물으며 잔뜩 심술을 부릴지도 모른다.

어느덧 시원의 툴툴거리는 모든 표현이 귀엽게만 보이는 지경에 이르렀다. 누군가와 연애를 하거나 사랑에 눈이 멀면 콩깍지라는 게 생긴다고 하더니 이게 딱 그건가 보다.

진짜 연애를 하고 나니 정말 남들이 하던 것들을 그대로 하고 있다. 보았던 것, 들었던 것에 불과했던 모든 것들이 전부 내 것이 되었다.

길바닥에 널리고 널린, 모두가 하는, 그야말로 흔하디흔한 연애에 불과한데.

그게 이렇게나 좋은 것이었다니.

“그때 예원 씨가 물어봤던 거 있잖아요. 팀장님이 왜 좋냐고요.”

“아, 서문봄 씨가 대답 안 하고 나한테 비수 꽂았던 그거.”

“지금이라면 대답할 수 있을 것 같아요.”

“진짜? 뭔데?”

시원이 아닌 척 눈을 빛냈다. 조금 토라진 티를 내고 싶었는지 그렇게까지 관심이 있는 건 아니지만 어디 말이나 해 보라는 듯한 반응이었다. 듣고 싶어 근질거린다는 게 여기까지 느껴질 정도인데도 말이다.

사실 따지자면 이유가 없는 건 그때나 지금이나 다르지 않다. 그때는 그를 사랑하게 될 줄 몰랐기 때문에. 지금은 있는 그대로의 모습을 사랑하게 되었기 때문에. 그래서 사람들은 사랑에 빠진 이유를 말하지 못하나 보다.

내가 사랑하는 당신의 모든 것을 전부 말하기 벅차 그냥 마음에 담고 나 혼자 느낀다. 그리고 그저 사랑한다는 말, 한 번의 포옹이나 한 번의 입맞춤으로 그 모든 이유를 설명한다.

그냥 너여서라고.

그럼에도 불구하고 꼭 말해야만 한다면…… 아마도 이 이유.

"비밀이요."

"뭐?"

누구보다 솔직하지 못하고, 그러면서도 누구보다 솔직한 게 더없이 사랑스러워서.

*****

과일 바구니며 이것저것 선물을 가득 사 들고 현관으로 막 들어서는 순간이었다. 시원은 그대로 굳었다. 동그랗게 뜨인 눈동자는 그가 얼마나 당황했는지를 알려 주고 있었다.

"어, 엄마가 대체 왜 여기에."

"표정은 꼭 엄마가 아니라 귀신을 본 것 같다?"

혜숙이 영애와 봄의 옆에서 마치 그 가족의 일원처럼 자연스럽게 시원을 맞이하고 있었다.

얼떨떨한 얼굴로 가만히 서 있자 봄이 시원의 선물을 옮겨 받으면서 들어오라고 말했다. 영애 역시 뭐 하고 있느냐며 시원을 향해 손짓했다. 시원은 혜숙을 의아하고 수상한 눈으로 흘끔거리며 안으로 들어섰다.

뭘 이렇게 많이 사 왔느냐고 하면서 가족들은 시원을 제일 먼저 식탁으로 안내했다. 오느라 고생했다고, 일단 밥부터 먹여야겠다고 말이다. 처음 만나는 사이 같지 않고 마치 아들이나 손주 대하듯 하는 게 흔히 떠올릴 수 있는 전형적인 따뜻한 가족의 느낌이었다.

조심스레 따라간 식탁 위에는 진수성찬이 차려져 있었다. 누가 보아도 중요한 손님을 위한 식사인 듯했고, 누구든 이런 식탁을 본다면 대접받고 있다는 느낌을 받을 수밖에 없을 정도였다.

시원이 봄의 옆에 앉아 가족들을 보고 말했다.

"이렇게까지 준비하지 않으셨어도 괜찮은데요. 환영해 주셔서 정말 감사합니다."

"그래서 이렇게 준비할 것 없이 그냥 평소 먹던 대로 줘도 된다니까요. 영애 너도 이것저것 만드느라 이게 무슨 고생이야."

예의를 갖춰 웃는 얼굴로 인사하자 옆에서 혜숙이 초를 친다. 아무리 생각해도 오늘 이 자리에 아들을 응원하기 위해 온 것 같지는 않다. 아군인지 적군인지 헷갈리기 시작한다. 여기에 온 저의가 뭐냐고 눈으로 물어도 모른 척하는 엄마다.

식사가 녹록지 않겠다는 생각을 하고 있을 때였다. 옆에서 얼른 먹으라고 시원의 앞으로 갈비를 밀어 주던 할머니가 말했다.

"어이구, 그래도 어떻게 먹던 대로 줘. 우리 봄이가 생전 처음 데리고 온 남자 친구인데."

"남자…… 친구……."

시원이 얼굴을 붉히면서 저도 모르게 기쁜 기색을 표했다. 봄의 남자 친구라는 것도 그랬고, 생천 처음 데리고 왔다는 부분에서도 그랬다. 그녀나 자신이나 가족에게 이성을 소개시킨 일이 전무하다는 것을 누구보다 서로가 잘 알고 있다. 그런데도 그걸 직접 확인하니 기쁜 건 어쩔 수가 없다.

속도 없이 입이 귀에 걸리도록 웃는 시원을 보며 영애와 봄의 조부모는 보기만 해도 만족스럽다는 듯 따라 웃었다. 그러고는 "아." 하며 얼른 먹으라는 듯 고갯짓을 했다. 하나둘 수저를 들고 제대로 식사를 시작했다.

이것저것 가리지 않고 복스럽게 잘도 먹던 시원이 문득 혜숙을 흘끔 보았다. 제 엄마가 함께 있어서 오히려 더 불편하다는 걸 눈치챘는지 영애가 질문이 있기도 전에 먼저 말했다.

"종종 우리 집에 와서 같이 식사도 하고 수다도 떨다가 가고 그랬어요. 그래서 할머니, 할아버지와도 부쩍 친해졌고. 나한테도 가족이나 다름없어서 오늘 같이 저녁이나 먹을까 하고 부른 거니까 엄마한테 너무 뭐라고 하지 말아요, 시원 씨."

"아, 아닙니다, 어머님."

호칭 연습이 필요한 건 아닐까 했는데 막상 닥치니 아주 자연스럽게도 어머님 소리가 나온다. 혜숙은 그런 시원을 보며 '생각보다 바보는 아니네.' 하고 생각했다. 그러고는 아들 들으란 듯이 말했다.

"원래 안 오려고 했는데 인사 가기로 했다고 나한테는 일언반구 없길래 괘씸해서 왔다. 이걸 어떻게 엄마 친구한테 듣게 해?"

"엄마, 좀……. 죄송합니다. 저희 엄마가 주책이시죠."
"저걸 아들이라고."
"아들 체면 좀 살려 주시라고."
"봄아, 넌 대체 이런 애 어디가 좋니? 내 아들이지만 난 아직도 그게 의문이다?"
분명 인사를 온 건 시원이건만 혜숙과의 사이에서 자꾸 웃고 있자니 봄이 인사를 온 것 같기도 하다. 각자의 가족이 모인 식탁이라 상견례 같았을 수도 있는데 어쩌다 보니 그저 한 가족의 식사처럼 자연스러워졌다. 하나도 어색하지 않았다. 신기할 정도였다.
혜숙과 영애의 영향이었을까. 허물없는 친구 사이인 두 어머니 덕분인지 격식 같은 건 저 멀리 치워 버린 자리에 온통 웃음만이 가득했다. 누구에게도 꾸미거나 거짓된 표정은 없었다.
처음부터 혜숙이 원한 모습 그대로였다. 봄을 자신의 가족으로 만들고 싶었고, 사랑해 마지않는 친구인 영애와도 가족처럼 지내고 싶었다.
처음에는 욕심인 줄로만 알았던 일이, 시작은 있어도 진전은 없을 줄로만 알았던 일이, 이렇게 현실화되어 눈앞에 펼쳐지고 나니 그동안의 답답함이 한 번에 해소되는 느낌이었다.
영애야, 너를 만나려고 그랬나 보다. 너희 모녀를 만나려고 그랬나 보다. 굳이 입 밖으로 꺼내지 못한 말이 입안에 맴돈다.
"시원 씨, 더 줄까요? 그거 잘 먹는 것 같은데."
"너 아까부터 계속 그렇게 부르더라. 시원 씨가 뭐야, 시원

씨가? 쟤 내 아들이야. 편하게 불러."
"그래도 어떻게 대뜸 그래."
"얘 봐. 그럼 처음부터 봄아, 봄아, 하고 있는 난 뭐가 되니?"
"아, 그런가?"
영애가 잠시 머뭇거리는가 싶더니 얼른 편하게 불러 보라는 혜숙의 재촉에 "시원아." 하고 불렀다. 시원은 그저 "예." 하고 대답했다. 본인도 그게 편하다는 듯이 고개까지 꾸벅이면서. 딸의 남자 친구라기보다 친구의 아들을 대하는 느낌이기는 했지만 나쁘지 않았다. 혜숙을 가운데에 둔 사이로도, 봄을 가운데에 둔 사이로도 완벽할 수 있을 것 같은 예감이 들었다.
"예비 장모와 예비 사위의 사이가 무척 좋네? 질 수야 없지. 봄아, 너 잠깐 시원이랑 자리 바꿔. 나랑 앉자."
"무슨 소리야, 엄마. 서문봄 씨, 절대 가지 마. 무조건 내 옆에만 딱. 알았어?"
모두가 함께인 식탁 앞에서 어느 누구도 행복하지 않은 사람이 없었고, 가장 행복한 한 사람을 고를 수도 없었다. 각자에게 하나씩 행복이 찾아들었다.
혜숙의 생각처럼.
마치 처음부터 이렇게 만나질 사람들이었던 것처럼.

"그래서 결혼은 언제 하게?"
"컥. 콜록, 콜록."
식사 후 커피를 마시다 말고 그대로 사레들렸다. 커피가 코로 나올 것 같은 따끔한 통증을 느낀 시원이 옆에서 봄이 건네주는 티슈를 받았다. 입가를 닦으며 어른들을 향해 “예, 예?” 하고 되물었다. 봄의 앞에서나 더듬던 말투가 저도 모르게 나와 버렸다.

하면 안 될 질문을 한 거냐는 듯 의아한 표정으로 쳐다보는 할아버지를 혜숙이 거들었다.

“뭘 그렇게 놀라. 결혼 안 하고 연애만 할 거야? 요즘은 그런 커플도 많다지만 엄마는 이런 데서 구식이라 그건 좀 그래.”

“아니, 그게 아니라. 저희 만난 지 이제 겨우 세 달 넘었어요.”

……정식 연애는 얼마 안 됐고 말이죠.

차마 할 수 없는 말은 그저 속으로 삼킨 채 시원이 봄과 눈을 마주쳤다. 오늘 이렇게 대화랄 것 없이 서로 눈만 바라본 게 벌써 몇 번째더라. 봄은 눈이 마주칠 때마다 그랬던 것처럼 아무런 말 없이 그저 웃기만 했다. 도와주지 않을 거라는 듯이. 어떻게 하는지 지켜보겠다는 듯이.

속으로 잠시 ‘저 여자가.’ 싶기는 했지만 물끄러미 바라보며 슬쩍 웃는 얼굴이 예뻐서 아무런 말도 할 수가 없었다.

미션을 자랑스럽게 클리어하고 정식으로 서문봄의 남자가 되겠다. 그런 다짐이 재차 단단하게 고개를 든다.

“누가 당장 하래니?”

“그냥 물어보는 거니까 부담 갖지는 마. 봄이 너도.”

혜숙이 한마디 하면 옆에서 영애가 자연스럽게 그것을 감싼다. 그녀들이 과거에 어떤 친구 사이였는지 구구절절 다 듣지 않아도 알 수 있을 것 같다. 연인과는 다르게 하나인 느낌이다. 시원은 그렇게 자신이 몰랐던 혜숙의 모습을 보았다. 엄마가 아닌 누군가의 '친구' 박혜숙을.

그녀는 영애의 옆에서 조금 푼수 같았다. 마치 10대나 20대의 어린 소녀, 숙녀를 보는 듯했다.

혜숙은 아들의 앞이라는 것도 잊은 채 마치 만담하듯 영애와 주거니 받거니 하면서 봄에게, 그리고 시원에게 말을 걸거나 대답을 거들었다. 그 모습은 상당히 신기하고 신선했다.

"봄아, 네가 대답해 봐. 혹시 부담되니?"

혜숙의 물음이 봄에게로 향했다. 시원이 그녀를 흘끔 바라보자 봄이 여유롭게 웃으며 고개를 저었다.

"부담 없어요. 결혼을 뭐, 할지 안 할지도 모르는 거고요. 그렇죠, 시원 씨?"

……이런 식으로 나오겠다 이거지.

한번 여우 같다고 말하기 시작하자 이제는 아주 자유자재다. 봉인되어 있다가 깨어나기라도 한 것처럼 봄은 때로는 곰 같았고, 때로는 여우 같았다. 아니, 사실 그녀가 보이는 모습이 진짜 곰인지 곰인 척하는 여우인지조차 분간하지 못하니 그마저도 확실하지는 않다.

처음 만났던 순간부터 그녀에게 휘둘리지 않은 적이 없었던 자신이다. 그녀가 자신을 사랑한다는 사실 하나라도 제대로 알고 있는 게 다행일 정도였다.

하지만 차근차근 성장하고 있다. 봄만큼은 아니지만 그래도 그녀를 만나서 한 발씩 앞으로 나아가는 걸 느낄 수 있었다. 봄이 보기에는 아직도 한참이나 멀었겠지만. 열 걸음이 한 걸음 같아 보이겠지만.

봄이 알아주기만 한다면 아무래도 좋다. 서로 사랑하는 속도가 달라서 누군가가 뒤처지거나 금방 지쳐 버리는 게 아니라면 말이다.

적어도 이 속도에 서로의 마음은 무관하다. 그저 조금 더 그녀를 사랑해 줄 수 있도록 내가 변하자는 욕심이나 상처 주지 말자는 의지 같은 것들이 몇 가지 요소가 되어 있을 뿐.

그러니까 앞으로도 자극해 줘, 서문봄 씨. 그만큼 내가 더 성장할게.

"올봄은 거의 다 갔고, 너무 덥거나 추울 때도 좀 그럴 것 같으니…… 돌아오는 내년 봄 정도가 어떨까 합니다."

"네?"

시원의 태연한 대답에 놀란 봄이 저도 모르게 되물었다. 살짝 장난을 걸어 보고 싶은 마음은 있었어도 이런 대답이 나올 거라고는 생각하지 못한 듯했다.

마냥 바보같이 굴 줄만 알았는데, 가족들 앞에서 이렇게 자신을 당황시킬 줄이야.

뭘 그렇게 놀라냐는 듯 봄을 바라보는 시원의 표정이 덤덤하다. 기세가 단번에 역전되었다. 그의 입에서 나오는 결혼 이야기가 낯설고 적응되지 않는다.

차분하게, 그리고 빠르게 머리를 굴렸다. 김시원이라는 남자의 성격상 저런 말은 수습용이던가, 진심이던가.

그래. 저런 표정으로 하는 말의 대부분은,

"너무 늦지 않겠어? 내년이면 너 서른여섯이고 봄이는 서른셋이야."

"결혼하기 딱 좋을 나이죠."

……진심이다.

연애 앞에서는 아무 말도 하지 못하던 남자가 어른들의 힘을 등에 업은 건지 아무렇지 않게 결혼 시기를 논한다. 예고도 없고 미리 보기도 없이 갑자기 본론으로 들어가 버린다.

묘하게 웃고 있는 얼굴 속에서 약간의 장난이 보이기는 했지만, 적어도 가족들을 앞에 두고 마음에도 없는 소리를 할 남자는 아니다.

"팀장님."

봄이 시원의 손을 꽉 잡으며 그에게만 들릴 정도로 작게 불렀다. 어금니를 꽉 문 것 같기도 한 목소리에 시원이 저도 모르게 뜨끔하며 슬쩍 고개를 돌렸다. 분명 예쁘게 웃고 있지만 등골이 오싹하다.

둔하던 사람들이 한번 속도를 내면 감을 잡기가 힘들다. 이게 빠른 건지 느린 건지 헷갈린다. 초보 운전다웠다. 고속도로와 시내에서 체감하는 차의 속도가 엄연히 다르다는 것을 인지하지 못하는 사람들 같았다.

그런 의미에서 시원은 지금 고속도로 위였고, 생각 없이 질주 중이었다.

애들 나이가 어떠네, 결혼은 어느 시기가 좋네, 어른들이 이야기를 나누는 틈으로 시원을 잡은 손에 더욱 힘이 가해진다.

"저랑 상의 좀 하시죠?"

"하, 하하……. 커, 커피가 쓰네. 이상하게 갑자기 사약 같네……. 어머님, 저 사약 한 잔, 아, 아니, 커피 한 잔만 더 주세요…….”

아직은 초보들의 연애.

그 성장의 속도가 가끔은 너무 빨랐다.

✽✽✽✽✽

그리고 몇 달 뒤.

툭.

“뭡니까?”

“뭐기는 뭡니까? 열어서 보면 바로 알 텐데.”

느닷없이 근처 카페로 재강을 불러낸 시원이 대뜸 테이블 위로 흰 봉투 하나를 건넸다.

의아한 얼굴로 봉투를 내려다보던 재강이 ‘설마.’ 하는 표정을 지었다. 시원은 설마가 사람 잡는 모습을 구경하고 싶다는 듯 의기양양한 표정이었다.

흰 봉투 앞에는 반짝이는 각인으로 이렇게 적혀 있었다.

“우리…… 결혼합니다……?”

“예, 우리 결혼합니다.”

“…….”

대결한 적도 없는데 어째서일까. 이상하게 그 순간 시원은 승자의 얼굴이었다.

15
솔직, 달콤하게

테이블 위에 놓인 흰 봉투, 그리고 이미 확인까지 다 마친 듯 펼쳐진 청첩장. 그것을 가운데에 두고 두 남자가 서로를 마주했다.

시원은 어딘지 모르게 당당한 모습으로 가슴을 편 채 앉아 있었고, 재강은 이 사람이 왜 이러나 싶은 눈으로 그런 시원을 바라보았다. 가끔 열 살 먹은 조카에게 모른 척 져 주면 이겼다고 착각하며 저런 표정으로 자신을 보던데. 약간 비슷한 것 같기도.

재강이 피식 웃으며 청첩장을 챙길 때였다. 카페의 문이 열리며 봄이 안으로 들어섰다. 그 순간 시원이 반색을 하면서 그녀를 향해 손을 들었다. 서로의 얼굴을 확인하고 환하게 웃는 걸 보니 저렇게 좋을까 싶다.

두 남자의 테이블로 다가온 봄이 재강에게도 인사를 하고는 시원의 옆에 앉았다. 이제 그 모습이 구태여 말하기 입 아플 정도로 자연스럽다.

"갑자기 윤 과장님이랑 웬 카페예요? 두 분이 이런 데 와서 커피를 마실 만큼 친한 사이는 아니었던 것 같은데."

"내 말이 그 말이야. 김 팀장님이 웬일로 커피를 사겠다고 데리고 와서 무슨 일인가 했더니……. 이거."

"어? 청첩장 벌써 받았어요?"

손에 들린 청첩장을 두어 번 흔들자 봄이 눈을 동그랗게 떴다. 안 그래도 자신이 조만간 돌리려고 했는데 그걸 벌써 줬냐는 듯 시원을 쳐다보기도 했다. 시원은 아까부터 그랬듯 어깨를 으쓱이며 만족스러운 표정이었다.

"애예요?"

"뭐?"

"지금 그 표정이요. 윤 과장님 이겼다고 생각하는 거잖아요."

"틀린 말은 아니지. 내가 이겼잖아. 서문봄 씨 이제 조만간 법적으로도 내 거 되는 건데."

"그때 그 고백은 가짜라고 몇 번이나……."

"가짜 연애도 연애였는데, 가짜 고백은 고백 아니야?"

정식으로 연애를 시작한 지도 어언 몇 달. 잊은 줄 알았던 당시 재강의 고백은 그동안에도 몇 번이나 수면 위로 떠올랐다.

연애를 하면 유치해진다더니. 시원은 봄이 상상할 수 있는 속 좁은 남자 친구의 모든 모습들을 다 보여 주었다. 작은 다툼이 있을 때마다 재강의 고백 이야기가 나오면 치를 떨었다. 그게 벌써 몇 번이었던가.

그런 식으로 진짜 연인다워진 날들이었다. 사랑하고, 다투고, 질투하고, 토라지고. 남들이 하는 건 전부 다 했다. 남들이 하지 않는 것조차 할 기세로 뒤늦게 시작한 30대의 연애는 그렇게 매일이 롤러코스터였다.

나이를 먹으면 연애에 덤덤해진다고 누가 그랬던가. 제대로 된 첫 연애 앞에서 나이가 무색할 정도로 철없는 두 사람이었는데.

시원과 봄의 가짜 연애 이야기까지 이미 다 들은 뒤여서 그런가. 재강은 그들의 실랑이에도 눈 하나 깜빡이지 않으며 조용히 앞에 놓인 커피만 마셨다. 결혼도 전에 벌써 부부 싸움의 목격자가 된 기분이다.

"이제 넘볼 생각 없습니다."

"넘봐도 못 줍니다."

"하아……."

머리가 지끈거린다는 듯 봄이 고개를 저었다. 나이를 거꾸로 먹는 분이 여기 계셨네. 가만히 좀 있으라며 테이블 밑으로 허벅지를 찌르자 그제야 입을 꾹 다문다.

"그나저나 결혼이 생각보다 빠르네요, 김 팀장님?"

"얼른 같이 살고 싶었……."

"나이가 나이잖아요."

이 여자가 다시 목석 콘셉트로 돌아가려는 건가.

주책일지도 모르겠다는 생각을 뒤로하고 아직 솔로로 연명 중인 재강의 앞에서 연애의 설렘과 결혼에 대한 기대를 마음껏 발산할 계획이었다. 하지만 나이가 나이라는 봄의 낭만 없는 대답에 그의 말은 갈피를 잃었다. 본래의 서문봄이 어딜 가겠나.

"무엇보다 부모님들을 이길 수가 없더라고요. 올해는 넘기지 않았으면 좋겠다고 하셔서요."

"선선하고 좋을 때지. 축하해."

"고마워요, 선배."

이거 약간 그건가 싶다. 김시원에게 먹이를 주지 마세요……?

시원은 눈을 가늘게 뜨고 두 사람의 대화를 가만히 들었다. 선후배 사이라고 해도 서로 죽이 잘 맞아 질투심이 일어나는 건 막을 도리가 없다. 결혼하면 괜찮겠지, 괜찮아지겠지, 그러면서 결혼을 만병통치약 수준으로 생각하는 중이었다.

화기애애한 대화 속에서 자신을 뚫어지게 쳐다보는 시원의 시선을 느낀 재강이 웃음을 꾹 참으며 말했다.

"아무튼 제일 먼저 청첩장을 받은 게 저인 것 같으니 영광이네요. 축의금 두둑하게 챙겨 꼭 가도록 하겠습니다, 김 팀장님."

"꼭 와서 행복한 모습 누구보다 제대로 봐 주셔야 합니다. 우리 결실에 지대한 몫을 한 분이니."

"아, '질투 유발'이요?"

"예, '고백'이요."

네가 뭐라고 하든 난 이미 너를 잠정적 라이벌로 마음에 둔

지 오래였다는 듯 시원이 눈빛을 강하게 빛내며 고백이라는 단어에 힘을 주었다. 약간의 질투 유발이 하고 싶었을 뿐인데 그걸 시작으로 이렇게 솔직한 감정을 발산해 주니 재강으로서는 묘하게 뿌듯하기까지 하다.

이렇게 남의 연애에만 흥미를 가져서는 안 되는데 시원이 자꾸 그렇게 만든다. 자신보다 나이가 많은데도 연애 앞에서 어딘지 모르게 철없는 아이가 되는 그의 모습이 더욱 그 흥미를 자극하는 것도 같다.

재강은 생각했다.

나도 사랑에 빠지면 저렇게 되는 걸까?

"저 봄 대리한테 그런 감정 없대도 그러십니다."

"그게 더 수상합니다. 이렇게 예쁜데 어떻게 그런 감정이 없을 수가 있습니까?"

그 와중에 이렇게 예쁘단다. 봄이 고개를 절레절레 저었다.

"봄이가 예쁘긴 하죠."

"뭐? 예뻐? 아니, 잠깐. 봄이?"

이번에는 당신이 뭔데 내 여자한테 예쁘다고 하느냐는 반응이다. 게다가 '봄이'라는 다정한 호칭에 발끈하기까지.

거짓 고백일 때도 그랬지만 시원은 참 재강에게 여러모로 잘 휘둘렸다. 둘 다 연애 바보인 건 비슷한 것 같은데 그래도 한결 솔직한 재강 쪽이 우위인 느낌이랄까. 장난인 걸 봄조차 뻔히 알겠는데 시원은 덫을 놓는 족족 다 걸려들었다.

봄이 옆에서 시원의 팔을 탁 쳤다. '창피하니까 그만 좀 하시죠?'라는 말이 눈 속에 가득 담겼다.

꼼짝하지 못하고 입을 꾹 다무는 시원의 표정에 재강은 결국 웃음을 참지 못했다. 눈앞에 펼쳐지는 한 장면 한 장면을 보며 '아, 이런 남자이기 때문에 가능했나.' 하는 생각이 들었다.

그가 아니었더라면 이룩하지 못했을 그림이고, 절대 만나볼 수 없었을 서문봄의 모습이었다. 김시원이었기 때문에 서문봄이 변하는 게 가능했다. 시원의 과거는 모르지만 적어도 봄에 대해서는 잘 알고 있던 재강이었기에 그 변화를 두 눈으로 확인하니 감회가 새로웠다.

어른스럽고 냉철한 타입을 만날 줄로만 알았다. 그래서 서로의 실리를 따지며 이성적인 연애를 할 거라고 생각했다. 그동안 봐 왔던 봄이라면 그러고도 남았을 것이라고 제멋대로 생각했다. 진짜 사랑에 빠진 여자가 얼마나 사랑스러울 수 있을지 예상도 하지 못한 채.

그런데 시원은 누구도 보지 못했던 봄의 모습을 끌어냈다. 그게 이 남자가, 김시원이 서문봄의 남자일 수밖에 없는 이유인 것이다.

입을 가리며 어깨까지 들썩이고 웃자 시원의 미간이 확 좁혀졌다. 웃는 이유를 모르니 자존심이 구겨지는 기분이다.

"왜 웃습니까?"

"김 팀장님이 귀여워서요."

"……예?"

생각지도 못한 대답에 시원이 질색하며 등을 뒤로 쭉 뺐다.

"서문봄 씨한테 그럼 감정 안 든다고 했던 게 설마…… 그쪽이 아니라 이쪽…….”

“……그렇다고 남자에게 관심이 있는 건 아닙니다.”

가슴 앞으로 두 팔을 올려 엑스 자를 만드는 시원을 보며 봄이 한숨을 푹 내쉬었다. “서문봄 씨, 아무래도 위험한 건 나였던 것 같아. 빨리 날 지켜.”라고 말하는 저 입을 어떻게 틀어막을까 잠시 고민하지 않을 수 없었다.

“윤 과장의 마음은 받아 줄 수가…….”

“……아니라니까요.”

못 말리는 남자.

곧 이 남자와 결혼을 한다.

✲✲✲✲✲

창문을 닫아 놓으니 바람 부는 소리가 창문 틈으로 존재감을 드러냈다. 날씨가 심상치 않은 것 같아 이러다 내일 비라도 오는 게 아닐지 괜히 걱정도 들기 시작했다.

하지만 속에서 삐죽이 고개를 내미는 걱정과 달리 식탁 앞에 서로를 마주 보고 앉은 두 사람의 얼굴은 더없이 평온했다. 그보다 행복할 수 없을 정도로.

결혼식 하루 전이었다. 긴장도 되고 설레기도 하는 그 밤을 함께 보내는 중이었다. 봄이 만들어 준 저녁을 맛있게 먹었고, 커피가 담긴 머그컵을 하나씩 손에 쥔 채 눈을 마주치며 웃거나 했다.

그러고 보니 어느덧 머그컵 하나도 흰색, 검은색, 이렇게 커플이다. 언제 이렇게 남들이 하는 걸 다 하고 있었지. 그런 생각과 함께 그리 오래지 않은 지난 몇 달을 돌이켜 본다.

진지하게 누군가를 만나 연애를 하게 될 거라고는 상상조차 해 보지 못했는데, 채 1년도 되지 않아 결혼을 코앞에 두고 있다니.

예전 같았으면 번갯불에 콩 구워 먹는 것도 아니고 그런 게 무슨 의미가 있냐고 했을 시원과 봄이다. 하지만 막상 그게 내 일이 되고, 이 사람이 정말 내 사람이구나 하는 확신을 갖게 되니 물리적인 시간은 전혀 중요하지 않았다.

겪지 않으면 알 수 없었을 너무도 많은 것들을 알게 되었다. 모르고 살았더라면 이토록 소중한 모든 순간도 함께 놓치고 말았을 것이다.

시원이 머그컵을 들고 자리에서 일어나자 봄의 시선이 그를 따라갔다. 그는 싱크대로 걸어가며 일어나려는 봄을 향해 앉으라는 듯 가벼이 손짓을 했다.

“서문봄 씨는 앉아서 커피나 마저 마셔. 설거지는 내가 할게.”

싱크대 안에 빈 머그컵을 내려놓은 시원이 아까 먹었던 저녁 그릇들까지 하나씩 씻기 시작했다. 세제를 묻히고 달그락거리는 소리를 내며 설거지하는 모습이 어쩐지 그와 어울리지 않는 것 같아 낯설고도 신기하다.

항상 자신이 서 있던 자리에 그가 서 있다. 자신만의 공간에 그가 오는 것도 몇 달째 적응 중인데, 저렇게 내 집 주방에 서서 그릇을 씻고 있는 김시원이라니.

"상상도 못 해 본 모습이에요."

"나라고 이런 내 모습을 상상이나 해 봤겠어?"

"아, 그런가?"

봄이 머그컵을 쥔 채 푸스스 웃자 설거지를 하던 시원이 흘끔 고개를 돌려 뒤를 돌아보고는 미소 지었다.

저렇게 사랑스러운 웃음소리를 들을 수 있다면 설거지 그 이상도 못 할 게 없다. 보기만 해도 만족스럽고, 마음이 꽉 차는 상대는 처음이다. 그리고 단연 마지막일 것이다.

당장 앞으로 다가온 결혼임에도 뒤늦은 망설임이나 고민 같은 건 없었다. 살면서 이 정도로 확신을 가져 본 일이 몇 번이나 있었나. 일과 관련해서는 언제나 자신만만했지만 그마저도 이 정도의 확신은 아니었을 것이다.

어떻게 머리로 하는 계산보다 언제 변할지 모르는 사람의 마음이 더 확실하게 느껴질까. 시간이 흐를수록 이만큼씩 커지는 신뢰의 근원지는 어디일까.

사람이 사람에게 부리는 마법 같았다. 누군가와 사랑에 빠진다는 것은.

어쨌든 이 집에서 생활하는 마지막 날이다. 시원은 이미 집을 정리했고, 봄은 아직 계약 기간이 남아 있었지만 운 좋게도 집주인과 이야기가 잘 끝나 생각보다 일 처리가 쉬웠다.

이상할 정도로 모든 게 척척 진행되어 이렇게까지 순조로워도 괜찮을까 싶다. 하지만 여기까지 오는 게 더뎠으니 이 정도는 누려도 되지 않을까 하는 생각도 들고. 괜한 불안까지 떠안지는 않으려고 그럴 때마다 서로의 손을 더욱 꼭 잡았다.

식을 올리고, 신혼여행을 다녀오고, 그러고 나면 예쁘게 꾸린 집에 들어가 매일 아침 함께 눈뜨고 함께 잠들겠지. 아침에는 햇빛으로, 밤에는 별빛으로 샤워하면서 살아 있는 자가 느낄 수 있는 천국을 만끽하게 되겠지.

이런저런 행복한 상상을 해 보아도 현실이 그보다 더 행복할 것 같아 마음이 벅찼다. 메리지 블루Marriage Blue는 완전히 다른 사람들의 이야기였다.

"나 오늘 어디 가서 자? 이제 집도 없는데."

거품이 묻은 그릇들을 물에 씻어 내면서 시원이 말했다. 슬쩍 떠보는 것 같기도 한 말투가 아직도 영 서툰 연기력을 고스란히 보여 준다. 몇 달을 만나고도 그게 봄에게 통할 거라 생각하는 모양이다.

"집이 왜 없어요. 있잖아요."

"설마 나더러 우리 신혼집에 먼저 들어가서 자라는 거야? 그 차갑고, 쓸쓸하고, 외로운 집에? 서문봄 없는 보금자리에?"

"요즘 부쩍 말이 많아진 것 같아요. 부쩍 말이 는 것도 같고."

"요즘 부쩍 냉정해."

"그건 원래요."

서문봄 성격이 어디 가겠냐는 듯 시원이 일부러 더 달그락거리며 그릇을 씻었다. 차곡차곡 그릇을 쌓으면서 '나 확 그릇 깨 먹는다?' 하고 시위라도 하듯 요란한 소리를 내기도 했다.

그래도 등 뒤가 잠잠하다. 눈 하나 깜빡이지 않고 멀뚱히 커피를 마시고 있을 게 뻔하다.

마지막 그릇까지 다 씻어서 올린 시원이 수도를 잠갔다. 그리고 나는 언제쯤 서문봄을 이길 수 있을까에 대해 고뇌하며 오늘도 졌다는 듯이 솔직한 말을 겨우 꺼냈다.

"……나 오늘 여기서 자고 갈까?"

너무 노골적으로 들렸을 것 같아 차마 고개도 바로 돌리지 못했다. 손에 묻은 물기를 머쓱하게 슥슥 닦으면서 대답을 기다려 보지만 역시나 침묵.

언제까지 먹이를 안 주려고 저러나 싶어 발끈하는 마음에 고개를 휙 돌린 시원이 그 순간 저도 모르게 멍하니 입을 벌렸다.

"서문봄 씨…… 뭐 해?"

"뭐 하는 걸로 보여요?"

끔뻑끔뻑. 시원이 느릿하게 눈을 깜빡였다. 그의 눈동자 속에 봄의 모습이 비쳤다. 그녀는 침대 아래에 요를 펼치고 고개를 들어 시원과 눈을 마주쳤다. 그 모습이 너무도 태연하고 자연스러워 시원은 눈앞에 펼쳐진 장면을 의심할 수 없었다.

"이건……."

"자고 가겠다는 거 아니었어요? 이불 다시 치울까요?"

"아, 아니, 아니."

당황한 시원이 말까지 더듬으며 고개를 저었다. 그대로 뚜벅뚜벅 걸어가 이불 위에 털썩 앉아 절대 다시 못 치운다는 듯 봄을 바라보기까지 했다. 그런 모습이 또다시 나이만 먹은 애처럼 느껴져 봄이 속으로 웃음을 삼켰다.

"팀장님이 먼저 씻으실래요, 제가 먼저 씻을까요?"

"머, 먼저 씻어."

감정을 숨기는 게 어렵다. 아무렇지 않아진 것 같다가도 이렇게 불시에 말을 더듬고 마니 말이다. 벌겋게 얼굴을 붉힌 시원이 대충 무슨 생각을 하는지 알 것 같다는 듯 봄이 고개를 절레절레 저으며 먼저 욕실로 향했다.

처음에는 정말 곰 같았는데 시간이 흐를수록 일취월장이다. 연애 고수라 불리는 여자가 있다고 한들 제 눈에 봄보다 더한 여자는 없을 것이다.

탁 소리와 함께 욕실 문이 닫히자 시원이 그제야 긴장을 풀었다. 큼직한 손으로 그녀의 이불을 스윽 매만졌다. 그리고 생각했다.

"아……."

이 여자는 내가 평생 못 이기겠구나.

침대 아래에 앉아 등을 기대고 작은 방을 슥 둘러보았다. 제 손바닥만 한 향초가 하나 있고, 회사에서 본 것과 같은 탁상달력이 저쪽에 하나. 하얀 시계 속 초침은 소리도 내지 않고 조용히 360도를 돈다.

모든 것에 그녀의 손길이 묻어 있다. 어느 것 하나 서문봄의 것이 아닌 게 없다. 커다란 가구와 작은 물건들, 그리고 여기에 이렇게 앉아 있는 자신까지. 모든 게 서문봄의 것이다. 그녀의 온기가 묻어나 있는 그녀의 것.

그녀에게 소유욕을 느낀 적은 많아 익숙하지만 자신이 그녀의 소유여도 좋다는 생각은 여전히 낯설다. 누군가는 누군가의 물건일 수 없고, 소유물이 될 수 없다는 것을 잘 알면서도 이 순간 서로가 서로를 가지게 되었다는 사실이 시원을 벅차게 했다.

내일이면 온전히 그렇게 될 것이기에 더욱.

그런 생각들로 몇 분이나 보냈을까. 시간이 흐르는 것도 느끼지 못한 채 봄의 공간 곳곳을 살피다 보니 욕실 문이 열렸다.

젖은 머리를 수건으로 올리며 나오는 봄을 본 순간 시원은 숨 쉬는 방법을 잠시 잊었다. 눈도 깜빡이지 않고 봄을 바라만 보자 그녀가 힐끔 시선을 준다.

"팀장님, 난생처음 보는 표정을 짓고 계시네요."

"나도 처음이야, 서문봄 씨 이런 모습."

몇 걸음의 간격을 두고 있어도 향기가 여기까지 나서 딱 죽을 맛이다. 가만히 보고만 있을 수가 없다.

시원이 성큼 다가가 봄을 끌어안으려 두 팔을 내밀었다. 그리고 안기 바로 직전, 팔을 허공에 든 채 그대로 멈추었다. 그 짧은 순간 무슨 생각을 한 건지 잠시 망설이더니 도로 팔을 축 내린다.

"왜 그러세요?"

"아니, 땀 냄새라도 나면 어쩌나 싶어서. 깨끗하게 씻고 나왔는데 그건 좀."

얼굴은 뽀얗고, 입술은 분홍색에, 가만히 올려다보는 눈동자는 얼마나 맑고 깊게 반짝이는지. 말로 다 하기에 표현이 부족하다. 당장 품에 안고 여기저기에 입을 맞추고 싶은 충동이 일었지만 참았다.

인내해 본다. 그래도 아직은 이성과 가까운 남자라는 자부

심으로 스스로를 잘 다스리면서.

"그럼 지금이라도 씻고 오세요, 팀장님."

"어, 어어."

잘…… 다스리려고 하면서.

시원이 씻고 나왔을 때쯤 봄은 머리를 다 말리고 피부 정돈 중이었다. 확실히 남자와 여자는 씻는 시간에서 차이가 난다는 걸 새삼스레 깨달으며 봄이 그에게 고개를 돌렸다. 그는 허리에 타월 하나만을 두른 채였고, 젖은 머리를 수건으로 대충 털어 내고 있었다.

멀뚱히 쳐다보며 의외로 당황하지 않는 봄의 모습에 '오호라.' 하고 장난기가 발동한 것은 시원이었다. 저처럼 얼굴이라도 벌겋게 물들일 줄 알았는데 역시 내 여자는 내 여자다. 만만하지 않다.

"왜 이렇게 무방비야?"

"뭐가요?"

"조심해. 나 이거 치우면 완전 알몸이야."

웃는 얼굴로 하는 위협은 위협적이지 않았던 걸까. 봄이 침대에 걸터앉은 채로 웃자 시원이 "이 여자가 겁도 없이?" 하고 받아치며 가까이 다가갔다.

어느덧 바로 앞까지 온 시원을 올려다보는 봄의 화장기 없는 맨얼굴이 말갛고 예쁘다.

"예뻐 가지고."

시원이 두 손을 뻗어 봄의 뺨을 감쌌다. 허리를 숙여 그녀의 입술에 가볍게 입을 맞추고 떼어 내자 같은 샴푸 냄새가 코끝을 맴돈다.

입술이 떨어지고 콧등이 맞닿자 웃음이 터졌다. 봄이 눈가를 접으며 웃는 얼굴로 시원과 눈을 마주쳤다. 더 이상 사랑스러울 수 없을 것 같은 표정을 짓는다.

"그래서 어떻게 조심하면 돼요?"

입맞춤 뒤에 하는 질문이라기에는 무방비를 넘어 도발적이기까지 하다. 콧등을 그대로 몇 번 부빈 시원이 입술이 재차 닿을 듯 아슬아슬한 거리에서 조용히 말했다.

"최선을 다해서 조심해 봐. 물론 소용없겠지만."

말을 끝내자마자 시원은 봄의 등을 받쳐 안으며 그대로 눕혔다. 침대가 생각보다 크지 않아 봄을 눕히면서 시원이 그 위로 함께 오르자 매트가 약간 요동쳤다. 허리에 두르고 있던 타월이 침대 가장자리를 타고 바닥으로 소리도 없이 낙하했다.

두 팔로 상체를 지탱한 채 봄을 내려다보는 시원의 눈빛이 다정함으로 가득 빛났다. 아래에서 그런 그를 올려다보는 봄의 눈가에도 미소가 번진다.

"분위기가 꼭 그렇네요."

"꼭 그럴 거야."

"허니문까지 하루인데 그것도 못 참아요?"

"우리가 언제는 순서를 제대로 지킨 적 있었어? 이번에도 그러지, 뭐. 선 허니문, 후 결혼식."

"이럴 때만 말을 잘…… 으음……."

시원이 아랫입술을 아프지 않게 살짝 깨물어 오물거리자 봄이 말을 멈추었다. 끝이 흐려진 그녀의 목소리는 이내 아랫입술을 시작으로 혀를 내밀어 깊게 파고드는 그의 열기에 완전히 연소되었다.

아직 아무것도 하지 않았는데 혀끝까지 뜨거워 금세 열이 전이된다. 닿은 혓바닥이며 훑어 지나가는 치열 구석구석까지 자신을 남기고 그렇게 서로를 나눈다. 키스만으로 서로의 영혼을 교환하는 느낌. 시원과 입을 맞출 때면 봄은 그런 기분이 들었다.

입맞춤이 평소보다 진해지자 발가락 끝이 저릿해진다. 한쪽 무릎을 세워 다리를 접자 시원의 단단한 허벅지가 닿았다.

바보처럼 말을 더듬거나 얼굴을 벌겋게 붉히던 남자와는 또 다시 거리가 멀어진다. 남자라는 걸 인식하고 있었음에도 한층 더 남자로 다가오는 순간의 긴장감은 가끔 봄마저 말문이 턱 막히게 만들고는 했다.

"긴장했네, 서문봄 씨."

"……팀장님은 생각보다 태연하시고요."

"서문봄 씨 생각이 어느 정도였는지는 모르겠지만 아마 아닐걸."

촉촉하게 젖은 입술을 손가락으로 가볍게 훑은 시원이 그녀만큼 조금 상기된 얼굴로 웃었다.

초반에만 해도 언제나 아닌 척하기 위해 애써 웃는 얼굴을 감췄었다. 일부러 굳은 표정을 짓기도 하고, 퉁명스러운 목소리를 내기도 했다. 자신의 마음을 들키는 게 억울한 사람처럼, 내가 이 관계의 약자가 되어 가는 걸 인정하고 싶지 않아서.

하지만 이렇게 마음이 가는 대로 행복하게 웃으니 마주하고 있는 사랑스러운 얼굴도 따라서 웃는다. 이 간결하고도 자연스러운 변화를 조금 더 빨리 받아들이지 못했던 시간이 아쉬워진다. 갈증이 나고, 보고 있어도 보고 싶어진다.

처음 만났을 때보다 꽤 많이 자란 머리카락을 그녀의 귀 뒤로 넘기며 동그란 귓바퀴에 입을 맞췄다. 혀를 내밀어 한 번 핥고는 도톰한 귓불을 잘근 깨물자 봄이 미약하게 인상을 썼다.

귓전에도 쪽, 쪽, 간지러운 소리를 내니 태연한 표정을 짓고 있는 게 힘든 듯했다. 그게 몹시 귀여워 시원은 모르는 척 한참 귓가를 괴롭혔고 봄이 뭐라고 하기 직전에야 목덜미로 내려왔다.

한쪽 팔로 지탱하면서 남은 한 손을 상의 속으로 넣자 마르고 밋밋하지만 부드러운 배가 만져진다. 귀엽다고 생각하며 손가락으로 배꼽 주변을 어루만지던 시원이 나직이 물었다.

“내 손 차가워?”

“아니요.”

“아까보다 말이 되게 짧아졌네?”

누구 놀리냐는 듯이 눈을 가늘게 뜨며 흘기자 짧은 입맞춤으로 대답을 대신한다.

조금 더 여유 없어지면 좋겠다. 조금 더 놀리고 싶고, 조금 더 안달 내는 얼굴이 보고 싶다. 조금 더 얼굴을 붉혀 줬으면 좋겠고, 조금 더 자신과 함께 있는 순간을 느껴 준다면 좋겠다.

브래지어 위로 가슴을 조심스레 주무르자 내색하지 않으려 하던 얼굴이 점점 홍조로 물든다. 괜히 마른침이 넘어간다. 더 장난치려고 했던 마음이 사그라지는 건 순식간이었다.

손을 등 뒤로 넣어 후크를 단번에 풀고 브래지어를 올리자 그 안에 숨겨져 있던 봉긋한 가슴이 드러났다. 제 손안에 담길 정도의 아담한 가슴이 그토록 사랑스러워 보일 수가 없다.

봄이 부끄러운지 한쪽 팔을 들어 눈을 가렸다. 손 내리라고 하면 또 얼마나 새침하게 자신을 흘길까.

누구에게도 없는 경험이다. 처음이기에 더 생경하게 느껴질 그녀의 기분이 자신에게도 전해진다.

시원이 소리 없이 웃으며 그녀의 가슴 위로 고개를 내렸다. 부드럽게 어루만지면서 손안에 가득 부여잡고 벌써부터 볼록하게 일어난 유두를 사탕처럼 입안에서 굴렸다. 혀끝으로 살살 간질이기도 하고, 혓바닥으로 꾹 눌러 핥아 올리기도 했다.

눈만 가린 채 작게 숨을 토해 내는 봄의 미약한 반응이 깊숙이 잠자고 있던 욕구를 더욱 요동치게 만든다. 누구도 이렇게 안고 싶은 적 없었고, 누구도 이렇게 애틋한 적 없었고, 누구도 자신을 이렇게 솔직하게 만든 적이 없었다.

그녀를 보며 해 왔던 생각들이 여전히 자신에게 물음을 던진다.

이 여자, 정말 뭘까.

시원은 아이처럼 가슴을 빨았다. 단순히 핥는 것에 지나지 않던 소리가 조금 더 노골적으로 변하자 봄의 작은 방에 민망하고도 야한 분위기가 번졌다.

봄이 저도 모르게 "으응." 하고 앓는 소리를 내자 딱 죽을 맛이었다. 다 벗고 있으니 고개를 조금만 내려도 제 변화가 고스란히 눈에 보여 더 그랬다. 여기서 약간만 더 밀착해도 봄은 전부 알아챌 수 있을 것이다. 원래 자신은 자주 '척'을 하지만 결국은 그 '척'이 힘든 남자니까.

"하아……. 지금 일부러 그런 소리 내는 거죠……."

"그 정도로 여유 있지는 않은데, 내가."

"으, 아닌 것 같은데……."

"말이 더 짧아졌고."

"뭐……."

앙탈 같기도 하고 투정 같기도 하다. 이런 모습을 보게 될 줄은 몰라 시원이 웃음을 참지 못하고 어깨를 들썩였다. 아랫도리 사정은 그리 만만한 게 아닌데 봄의 모습에 웃을 여유가 다 나온다.

봄의 허리를 살짝 받치듯이 안고는 바지를 내렸다. 헐렁한 잠옷 바지가 시원의 손에 의해 쉽사리 벗겨졌다. 맨다리가 시원에게 닿자 기분이 이상한지 봄이 가느다란 다리를 움츠렸다. 시원은 그런 그녀에게 더욱 바짝 붙으며 발갛게 익은 뺨에 입을 맞췄다.

속옷 틈으로 손을 넣자 손가락 끝이 금방 젖는다. 언제부터였는지 모르게 축축해진 곳을 손가락으로 슥 훑었더니 미끌거리는 애액이 묻어났다.

"아, 팀장님, 잠깐만……."

"잠깐이 늦었는데."

한 번도 누군가의 손이 닿은 적 없던 곳이다. 속옷 사이로 들어온 것만으로도 움찔했는데 젖은 느낌과 함께 그의 손가락이 자극을 가해 오자 견디기 힘들었다.

봄이 저도 모르게 허리를 비틀면서 시원의 어깨를 잡았다. 그가 느릿하게 손가락을 움직이자 저도 모르게 가쁜 숨이 터졌다. 다리를 모으려고 해도 단단히 자리를 잡고 있는 그 때문에 어느덧 모두 세운 두 다리만 바르르 떨렸다.

"기분이 너무…… 아, 정말 잠깐만요."

"여기 잔뜩 젖어서 귀여워. 놀리는 게 아니라 진짜."

"이상하고, 불편하고, 읏……."

"이것도 벗을까?"

대답을 바라고 한 질문은 아니었는지 말하기가 무섭게 시원이 속옷마저 벗겨 버렸다. 탐스러운 엉덩이가 그대로 침대 시트에 닿았고, 잔뜩 젖은 그녀의 은밀한 장소로 향하는 손가락은 조금 더 움직이기 수월해졌다. 아래가 뻐근해서 잠깐씩 미간이 찌푸려졌지만 못 참을 정도는 아니라 조금 더 몸을 배배 꼬는 그녀의 귀여운 반응을 음미하고 감상하고 싶었다.

이런 모습으로 자신의 인내심을 끝까지 몰아세워 줬으면 좋겠다는 생각이 들었다. 그러면서도 그녀의 얼굴이 어쩔 줄 몰라 일그러지는 것을 더욱 지켜보고 싶기도 했다.

자신의 안에 이런 식의 가학성과 피학성이 공존했었나 싶은 새로운 깨달음을 갖다가도 어이가 없어 입술 새로 웃음이 새어 나왔다.

중지를 조금 더 세워 틈을 가르고 넣을 듯 말 듯 휘저으며 속도를 내 움직이자 봄의 소리가 점점 다급해졌다. 웬일로 먼저 두 팔을 뻗어 자신을 끌어안기까지 한다. 매달리는 듯한 자세로 끙끙 앓는 게 그렇게 예쁠 수가 없어 아무래도 인내심 테스트는 실패로 끝나겠구나 하는 행복한 예감이 들었다.

손가락을 움직이는 속도가 빨라지자 찔꺽거리는 부끄러운 소리가 난다. 손가락을 적신 채로 시원은 나직한 숨을 토해 내며 끊임없이 봄을 흥분으로 몰아넣었고 스스로의 열기를 참아 내려 애썼다. 금방이라도 이 따뜻하고 축축한 곳으로 들어가고 싶어 머리가 지끈거렸다.

"아, 잠깐, 아……!"

"미치겠네."

잠깐만 멈춰 보라면서 고개를 젓는다. 울먹이는 소리를 듣자 하니 끝의 끝까지 몰아세우면 왈칵 눈물을 터뜨릴 것도 같다. 그런 식으로 울리고 싶은 건 아니라 잘 달래 가며 천천히 예뻐해 줄까 하는 순간이었다.

바르작거리는 봄의 움직임이 커진다 싶더니 침대 가장자리 쪽에 걸쳐져 있던 두 사람이 쿵, 하는 소리와 함께 밑으로 떨어졌다.

"아야……."

"괜찮아? 안 다쳤어? 서문봄 씨, 아파?"

"하나만 물어봐 주세요."

미간을 찌푸린 봄이 시원을 흘겼다. 졸지에 봄을 올려다보는 자세가 된 시원이 그녀의 밑에 깔린 채 눈을 마주쳤다. 마침 아까 깔아 두었던 이불 위라 아프다거나 하지는 않았다. 거의 다 벗은 상태로 봄이 그의 위에 올라앉아 있다는 게 새삼 부끄러워졌다면 부끄러웠을 뿐.

그렇게 눈을 마주치던 두 사람이 동시에 웃어 버렸다. 그토록 농밀하고 야한 분위기 속에서 느닷없이 침대 아래로 추락이라니. 분위기를 깨는 방법도 가지가지다. 그래서 더욱 우리답고.

"지금 엄청 야해."

"네?"

"우리 말이야. 아래가 닿아 있잖아. 서문봄 씨 지금 잔뜩 젖…… 으읍."

"대체 왜 이럴 때는 말을 돌려서 할 줄도 모르는 건데요."

봄이 두 손으로 시원의 입을 틀어막았다. 이상할 정도로 이런 순간에는 말을 더듬는 법도 없다. 생각해 보면 유독 이런 분위기가 잡히거나 키스할 때 또박또박 흔들림 없이 말을 하던 시원이었다. 이성보다 본능이 앞선 상황에서 유려한 말솜씨를 자랑하기라도 하는 걸까.

"아래만 벗고 있으니까 더 야해. 팔 들어 봐."

"팔이요?"

그의 말대로 순순히 팔을 올리자 시원이 잠옷 상의와 함께 어깨에 걸쳐져 있던 브래지어를 완전히 벗겨 냈다. 완전한 나신이 된 두 사람이 서로의 몸을 바라보다가 눈을 마주쳤다.

"예쁘다, 우리 봄이."

언제나 서문봄 씨라고 부르던 입에서 처음으로 '우리 봄이'라는 말이 나왔다. 뭐라고 할 줄 알았는데 그의 복근을 두 손으로 짚은 채 올라앉아 있는 봄은 얼굴만 벌겋게 물들일 뿐이다. 어쩔 때는 곰 같고 어쩔 때는 여우 같더니, 이럴 때는 또

토끼 같다. 어디까지 사랑스러우려고.

시원이 봄의 허리에 팔을 둘러 더 끌어당기며 상체를 세웠다. 붉어진 얼굴부터 새하얀 몸, 가느다란 손가락 끝까지 모든 게 다 예뻐 잘근잘근 삼키고 싶다.

손을 잡고 손가락 끝에 입을 맞췄다. 달콤하다. 손가락 끝이 달콤한 건지, 그냥 그녀가 달콤한 건지, 이 순간이 달콤한 건지 구분도 되지 않을 정도로.

"사랑해."

예쁘다는 말보다, 달콤하다는 말보다 더 솔직하고 무거운 말을 건네자 봄이 웃는다. 봄이 아니라면 이 입을 통해 나올 수 없을 것 같은 고백이다. 언제나 처음처럼 건네면 처음처럼 웃어 준다. 다 벗은 채 자신의 위에 앉은 자태로도 웃는 건 꼭 수줍은 소녀처럼.

봄이라는 이름이 이토록 잘 어울리는 여자는 세상 어디에도 없을 것이다.

"그대로 앉아서 할래? 아래에서 보는 모습도 예쁜데."

"뭐라고요?"

"농담이야. 예비 신부의 소중한 허리인데."

"아……!"

시원이 봄을 소중히 끌어안더니 그대로 자세를 바꿔 순식간에 그녀의 위로 올랐다. 눈 깜빡할 사이 그의 아래에 눕혀진 봄이 눈을 끔뻑거렸다.

사랑이 뚝뚝 묻어나는 시선이 위에서 자신을 내려다보니 피할 공간이 없다. 졌다는 듯 두 손을 뻗어 뺨을 감싸 쥐고 입을 맞췄다. 두 팔로 몸을 지탱하고 있던 시원이 그대로 눈을 동그랗게 뜨다가 입꼬리를 올렸다.

"나 아직 말 안 끝났는데."

"네?"

"예비 신부의 소중한 허리인데 미안하다고. 처음인데 지켜 줄 자신이 없어서. 내일 우리 고생 좀 하자."

"팀장님, 잠깐……!"

그가 품고 있는 뜨거운 열기가 확 덮쳐 오는 것을 느끼며 봄은 눈을 질끈 감았다.

그 후로 봄아, 봄아, 하면서 몇 번이나 이름을 불렀는지 모른다. 몇 달 동안 부르지 못했던 다정한 목소리를 전부 쏟아 낼 것처럼. 만나지 못했고, 존재조차 알지 못했던 지난 시간들을 전부 담아내기라도 한 것처럼. 간절하고, 따뜻하고, 간지럽게도 불렀다.

사랑한다는 말에 목이 멨다. 다급한 숨을 토해 내며, 머릿속이 다 녹아 버릴 만큼 달콤하게 사랑한다고 말하며 깍지를 끼고 입술을 부볐다. 온몸을 가득 채우는 그 순간조차 그는 그 소중한 말을 빼놓지 않았다.

"앗……!"

머릿속이 하얘진다.

사랑해.

그 말에 세상에 둘만 남겨진 기분이었다.

마지막
이러니저러니 해도 결국은 해피 엔딩

"어, 영애야. 여기야."

"오래 기다렸어?"

"방금 왔어."

카페의 전면 유리창을 통해 쏟아지는 햇살이 눈부시다. 공기 중에 떠다니는 먼지 한 올까지도 눈에 보일 듯한 날이었다. 몸이 나른하게 느껴지고, 향기로운 커피는 마음을 한층 더 차분하게 만들어 주는 그런 날.

안으로 들어와 맞은편에 앉는 영애를 보며 혜숙은 그녀와 재회했던 날을 떠올렸다. 서로의 우정이 다른 사랑까지 만들어 낼 수 있을 것이라고는 미처 예상도 하지 못했던 날.

조금은 뜬금없이 추진한 일이었다. 막무가내일지라도 혜숙은 그 당시의 욕심을 굳이 숨기고 싶지 않았다. 앞을 내다보는 혜안이 있는 것은 아니었지만 이상하게 내 사람 같은 생각이 들었다. 영애도, 봄도. 이제 와 보니 정말 가족이 되려고 그랬나 싶은 게 새삼 신기하기까지 했다.

"내 건 언제 시켰어?"

"근처 다 왔다길래 방금 시켰지."

"센스 있다, 내 친구. 아, 이제 사돈인데 자꾸 입에 안 붙네. 나 어쩌지?"

"난 이미 아까도 '영애야.'라고 불렀는데 어때서."

"그런가?"

영애가 컵의 손잡이를 잡고 레몬차를 한 모금 마셨다. 그러더니 잠시 창밖을 보고는 "날씨 좋다." 하고 중얼거린다.

주름 하나 없는 것 같았는데 앞에 앉아서 빤히 보니 둘 다 나이를 참으로 많이 먹었다. 넌 하나도 안 늙었다고 웃으면서 얼굴을 마주하던 게 고작 몇 달 전일 뿐인데도 세월의 흐름을 깨닫게 되는 건 정말 한순간이다.

나이를 먹을수록 시간의 흐름에 무뎌진다고들 한다. 어릴 때는 하루하루가, 조금 나이를 먹고 나면 한 달이, 1년이, 그러다가 나이를 잔뜩 먹고 나면 10년, 20년조차 눈 깜빡할 사이에 흘렀다는 걸 깨닫는다. 시간이 흐르는 걸 지켜보는 것이 아니라 내가 이미 그 시간 속에 들어와 있는 느낌이다.

그나마 다행인 것은 그토록 빠른 시간을 함께 달려 주는 누군가가 곁에 있다는 사실이다.

"애들 도착했을 시간인데 연락이 없네. 역시 밥 먹여 보내게 집에 들렀다 가라고 할 걸 그랬나?"

"온몸이 천근만근일걸. 내일 퇴근하면서 저녁이나 먹으러 오라고 해."

"신혼여행 끝나자마자 바로 출근이라니. 얼마나 힘들까."

"한 팀에 둘이나 빠진 탓에 바쁘다고 하니까."

영애와 혜숙은 시간을 확인하며 시원과 봄을 주제로 이런저런 대화를 나누었다. 피곤할 테니 굳이 올 것 없다고, 도착하자마자 가서 짐 정리하고 푹 쉬라고는 했지만 내심 보고 싶었고, 그 와중에 밥이나 제대로 해 먹을지도 걱정이었다.

그러나 그보다 더 큰 걱정은 신혼여행지에서 과연 아무런 일 없이 싸우지 않고 잘 있다가 왔을지였다. 그 걱정은 영애보다 혜숙에게 더 컸다. 못난 아들놈이 괜히 며느리 속이나 뒤집지 않으면 다행일 텐데 싶었던 것이다.

"김 서방이 애도 아니고."

"애야, 걔."

"되게 어른스럽던데. 우리한테도 싹싹하고, 봄이한테는 더 잘하는 것 같고. 옆에서 봄이 챙기는 것 보면 내가 다 고마울 정도야."

"내 아들을 그렇게 예쁘게 봐 주니 고맙긴 하다, 영애야……."

둘을 만나게 할 때도 그랬고, 연애 중이라고 할 때도 그랬고, 결혼을 앞두었을 때도 그랬다. 이제는 묵묵히 멀리서 행복한 아이들을 지켜보기만 하면 되는데 이상하게 불안했다.

슬픈 예감은 틀린 적이 없다는 노래 가사도 있다고는 하지만…… 설마 아니겠지.

"우리 처음 둘 만나게 할 때 걱정했던 건 생각도 안 나? 그런데도 그 서툰 애들이 인연은 인연이었는지 서로 잘 맞춰 가면서 여기까지 온 것 봐. 기특하잖아. 앞으로도 잘해 나갈 거야."

"그렇겠지? 그래도 봄이 만나서 사람 된 것 같던데. 좋으면 좋다, 싫으면 싫다, 표현도 는 것 같고."

"정 걱정이면 먼저 전화해 볼까? 무사히 잘 다녀왔는지?"

영애가 웃으면서 묻자 혜숙이 고개를 끄덕였다. 시원이 누굴 닮아 그렇게 귀여운지 이제야 알겠다. 학창 시절에도 그랬지만 혜숙은 감정이 표정에 전부 드러나서 알기 쉬웠다. 봄이 시원을 통해 느꼈던 사랑스러움도 아마 이런 게 아니었을까 하는 생각을 해 본다.

주머니에서 휴대 전화를 꺼내 '사랑하는 딸'이라고 적힌 저장명을 누른다. 통화 연결 중이라는 글자가 뜨는 것을 보면서 영애가 혜숙과 눈을 마주치고 웃었다.

사소한 행복이 도처에 깔려 있다.

진짜 가족 같았다.

❀❀❀❀❀

"응, 엄마. 무사히 도착했어. 알았어, 내일 퇴근하는 길에 갈게. 아, 시원 씨? 지금 잠깐 뭐 사러 가서 옆에 없어. 전화 왔었다고 전할게. 응, 내일 봐."

"……하."

옆에 버젓이 있는데도 없다는 대답이 참 자연스럽다. 시원이 막 현관문을 열려고 손을 뻗다가 입을 떡하니 벌린 채 기가 막힌다는 얼굴로 봄을 보았다.

봄이 통화를 끝내더니 고개를 돌려 그와 눈을 마주쳤다.

"왜요? 할 말 있어요?"

"그럼 없겠어?"

"네."

"뭐? 네에?"

문 안 열고 서 있을 거면 저리 비키라는 듯 봄이 옆으로 시원을 밀면서 현관문을 먼저 열었다. 그러더니 자신의 가방만 딱 챙겨 냉큼 안으로 들어가 버렸다. 현관 앞에 멍하니 서 있던 시원은 문이 막 닫히려고 하자 그제야 정신을 차리고는 그 사이로 몸을 비집어 넣어 안으로 따라 들어갔다.

지금 이 분위기는 신혼여행지에서 돌아올 때부터 시작되었다. 찬바람이 휘몰아치는, 그러니까…… 쉽게 말해 '부부 싸움'이었다.

불과 몇 시간 전까지만 해도 봄과 시원은 귀국을 앞두고 둘만의 달콤한 시간을 보내고 있었다. 해변을 함께 거닐면서 다음에 기회가 된다면 이날을 기념해 둘이서 꼭 다시 오자는 약속도 주고받을 정도로 만족스럽고 즐거운 시간이 아닐 수 없었다. 순간순간이 소중해서 앞으로 함께 지낼 일분일초도 꼭 그렇게 아껴야지, 진심을 다해야지, 그런 생각을 하고 있기도 했다.

그랬던 둘 사이가 틀어지게 된 근본적인 원인은 우선 시원에게 있었다.

시원은 여행지 근처에서 봄에게 줄 만한 액세서리 하나를 샀다. 아무 생각 없이 지나치다가 우연히 쇼윈도 너머로 발견한 그것을 본 순간 봄에게 주고 싶다는 생각이 머릿속을 꽉 채웠다. 그래서 혼자 있는 시간을 틈타 서프라이즈 선물이랍시고 몰래 구입했다. 환하게 웃어 주는 얼굴이 보고 싶었고, 기뻐하면서 예쁘게 호선을 그리는 입술에 입도 맞추고 싶었다.

그러나 제 버릇 개 못 준다고 했던가. 꽃다발을 사서 퉁명스레 뻗대며 주던 습관이 정말 저도 모르게 불쑥 튀어나와 버린 것이다.

'이게 뭐예요?'

'뭐, 뭐긴. 목걸이지.'

'그러니까요. 갑자기 웬 목걸이?'

'저기 모래사장에 떨어져 있던 거 주웠어. 예쁘잖아. 서문봄 씨 해.'

'…….'

그때만 해도 어쩐지 순순히 받는다 생각했다. 무슨 생각으로 그걸 받았는지, 그 목걸이를 어떻게 할지는 예상조차 할 수 없었다. 비행기를 타고 상공을 나는 동안에야 알아챘으니.

'아까 준 목걸이는 어디다 두고 안 해?'

'그거요? 아까 안내소에서 분실물 신고하고 넘겼죠. 딱 봐도 새거던데, 주인이 찾을 것 같아서요.'

'아아, 그랬…… 뭐어어어어어?'

비행기 안에서 느닷없이 큰 소리를 내자 마침 지나가던 승무원이 작은 목소리를 부탁하기까지 했다. 뻘쭘하게 사과를 하면서도 시원의 표정은 스스로 관리하기 힘들 정도로 무너졌다.

다툼은 그때부터 시작이었다. 내가 진짜 떨어진 걸 주워서 줬겠느냐, 그게 어딜 봐서 떨어져 있을 만한 물건이냐, 시원은 열변을 토했고, 봄은 어이없다는 듯 좋게 선물이라고 주면 되지, 연애의 '연'도 모르던 시기에 써먹던 시답잖은 발언을 왜 뱉었느냐고 받아쳤다.

연애할 때도 서로 그러려니 하고 넘어갔던 일이 결혼을 하기가 무섭게 부부 싸움의 주제가 되었다. 아직도 자기를 모르냐는 말과 왜 아직도 솔직할 줄 모르느냐는 말은 창과 방패가 되어 서로 찌르고 막기를 반복했다.

"……."

"……."

같이 씻자는 야하고 귀여운 농담을 주거니 받거니 해도 부족할 신혼이었지만 두 사람은 집에 도착하기가 무섭게 눈도 마주치지 않고 개인행동을 했다. 한 명은 침실에 있는 욕실에서 씻었고, 다른 한 명은 거실 옆에 있는 욕실에서 씻었다. 각자 젖은 머리를 털거나 옷을 갈아입으면서도 마치 철저하게 구역이 나뉘어 있는 사람처럼 굴었다.

봄은 태연하게 움직였고, 1시간도 채 지나지 않아 슬슬 눈치를 보기 시작한 건 시원이었다. 사소한 모든 다툼에서 시원은 언제나 약자였다. 적어도 양심은 있어 싸움의 원인이 자신의 못난 성격이라는 걸 인정은 하고 있기 때문이었다.

하지만 평소 싸웠을 때보다 더 냉랭했다. 또박또박, 냉정하게 자신의 잘못을 짚어 주던 그녀가 이렇게 입을 다물어 버리니 어쩔 줄 모르겠다. 한 번도 이런 식으로 없는 사람 취급을 한 적은 없어서인지 그런 모습이 낯설었다.

결혼하면 변한다는 말을 이렇게 확인하게 되는 건 아니겠지. 연애 때도 보여 준 적 없을 정도로 차가워 별별 생각이 다 들었다. 원래도 종종 차가웠지만 오늘은 유독 신혼집이 냉동 창고처럼 느껴져 등이 내내 서늘했다.

"아, 밥……."

그러면서도 저녁은 차려 준다. 식탁 위에 놓인 따뜻한 밥과 반찬, 국을 보고는 시원이 주춤거렸다. 평소였다면 '뭐 해요? 앉아요.' 할 텐데 아무런 말이 없다. 괜스레 그녀를 힐끔거리며 맞은편에 앉았다.

마음이 좀 풀린 건가 싶어 입을 열려다가도 눈을 살짝 내리깐 채 식사에만 집중하는 흰 얼굴을 보면 입이 도로 딱 다물렸다. 챙길 건 다 챙겨 주면서 눈을 마주치지 않으니 더 가시방석이라 엉덩이가 따끔거려 죽을 맛이었다. 대놓고 화를 내 주면 나을 텐데. 사람 피를 말린다.

밥을 씹는 건지 돌을 씹는 건지 모를 정도로 적막만이 가득한 저녁 식사였다. 시원이 흘끔 봄의 얼굴을 살폈지만 봄은 묵묵히 식사만 할 뿐이었다. 처음에는 쌍방이 싸우는 느낌이었다면 시간이 흐를수록 기세가 기울어 완벽히, 그것도 일방적으로 시원이 눈치를 보는 그림이 되었다.

일단 대화의 물꼬라도 틀까 싶어 설거지라도 내가 하겠다고 말을 걸어 보려 했다. 하지만 식사를 마치기가 무섭게 일어난 봄이 달그락거리며 그릇부터 씻는 바람에 그마저도 타이밍을 놓쳤다. 그렇게 한참 등만 바라본 것 같다.

"아, 아하하. 되게 웃기네."

늦은 밤, 소파에 앉아 예능 프로그램을 보던 시원이 어색하게 웃으면서 곁눈질로 봄을 살폈다. 3인용 소파 가장자리에 떨어져 앉은 두 사람은 가운데 자리를 비워 둔 채 내외라도 하는 양 굴었다.

분위기를 풀어 보려 시원이 크게 혼잣말을 하기도 했지만 봄은 눈 한 번을 깜빡이지 않았다. 평소였다면 대충 먼저 져 주거나 그러려니 하고 넘어갔을 봄도 이번에는 단단히 마음을 먹은 듯했다.

누구도 먼저 사과를 하지 않았다. 먼저 사과를 해야 될 사람이 정해져 있는 기분이기는 했지만 아예 모른 척으로 일관하는 봄의 강수에 시원은 나름 쫄았다면 쫄아 있는 상태였다. 여자친구보다 와이프가 더 무섭다는 게 이런 걸까 따위의 생각을 하면서 말이다.

사실 말로 하는 사과는 제일 쉬우면서도 제일 어렵다. 입 밖으로 내고 나면 아무것도 아닌데 입에 올리기까지가 힘들다. 그게 결코 지는 행위가 아니라는 것을 깨달은 지 오래였음에도 시원에게는 종종 그랬다.

봄은 그걸 제대로 알려 주기 위해서라는 듯 입을 더욱 꾹 다물었다. 솔직하지 못하게, 이런 식으로 표현하는 게 얼마나 사람 속을 뒤집는 행위인지 어디 네가 느껴 보라고.

하지만 웃기게도 함께 있는 자리를 굳이 애써서 피하지는 않았다. 꼴도 보기 싫으면 처음부터 한 공간에 있지 않으려 했을 텐데 시원은 은근슬쩍 봄의 주변을 맴돌며 따라다녔고, 봄은 한 마디도 하지 않으면서 시원의 시야 안에 있었다.

싫다와 밉다는 명백하게 달랐다. 미워 죽겠어도 얼굴은 봐야겠으니.

시원이 봄의 곁으로 조금 더 붙으려 엉덩이를 살짝 들썩일 때였다. 가만히 텔레비전을 보던 봄이 자리에서 일어났다. 당황한 기색으로 다시 엉덩이를 딱 붙이고 고개를 들자 그녀가 한 치의 미련도 없이 몸을 돌려 침실로 들어갔다.

"……."

미워 죽겠어도 얼굴은 봐……야 하는 게 아니었나?

묵직한 엉덩이가 몇 번을 더 들썩였다. 봄이 침실로 들어간 순간부터 텔레비전은 눈에 들어오지도 않았다. 애초에 무슨 내용이었는지 집중도 되지 않았고.

결국 안 되겠다 생각한 시원이 리모컨을 들어 전원을 꺼 버리고는 곧장 침실로 뚜벅뚜벅 걸어갔다. 그러나 자신감 있던 발걸음과 달리 손잡이를 돌려 문을 여는 행동은 꽤 조심스러웠다.

최대한 소리 나지 않게 문을 연 시원이 문틈으로 봄을 확인했다. 봄은 벌써 침대에 누워 눈을 꼭 감은 채 잠을 청하고 있었다.

원래대로면 저 침대에 함께 누워 있어야 하는데. 자신의 품에 봄을 끌어안은 채 여기저기에 입을 맞추고 달콤한 말들을 주고받다가 노곤한 잠에 빠져야 하는데.

설마 오늘 이대로 화해하지 않고 자 버릴 생각인가 싶어 불안했다. 싸움이 하루를 넘어간 적이 없었기 때문이다. 그러면 정말 돌이킬 수 없어질 것 같아 괜스레 심장까지 쿵쿵 뛰는 듯했다.

살금살금 방 안으로 들어온 시원이 침대 위에 누우려 이불을 살짝 들추자 봄이 눈도 뜨지 않고 말했다.

"내려가요."

"어?"

잘못 들은 줄 알았다. 시원이 한쪽 무릎을 침대 위에 걸친 자세로 멈췄다. 봄을 빤히 바라봤지만 그녀는 여전히 눈을 감은 채로 입만 달싹일 뿐이었다.

"침대에서 내려가라고요."

이렇게 냉정한 건 정말 오랜만이다. 그녀를 처음 만났던 초기에나 느꼈던 찬바람.

시원이 머뭇거리며 다리를 침대 아래로 내렸다. 그러고는 침대 옆에 멀뚱히 선 채 진지한 목소리를 냈다. 정확하게 말해 진지하지만 비굴한 목소리를.

"바닥 딱딱해."

"알아요."

"서문봄은 더 딱딱해."

"그것도 알아요."

"……."

가만히 봄을 바라만 보던 시원이 에라, 모르겠다는 듯이 이불을 확 들추고는 침대 위로 올라왔다. 놀란 봄이 눈을 뜨고 시원을 보았으나 아랑곳하지 않은 그는 몸을 침대에 누이며 봄에게로 바짝 다가가 붙었다.

"떨어지시죠?"

"그래도 차라리 이렇게 내려가라, 떨어져라, 말이라도 해 주니 살 것 같다. 입 꾹 다물고 눈도 안 마주치는 그 일분일초가 아주 지옥이었어."

"아직 반성 안 했잖아요."

"미안해."

"뭐라고요?"

"미안……합니다. 제가 잘못했습니다."

정중하게 사과를 하겠답시고 나오는 존대에 봄이 저도 모르게 나오려는 웃음을 참았다. 그리고 시원은 그 좋은 타이밍을 놓치지 않았다. 이미 어느 정도 화가 풀려 가는 중이었구나. 그런 생각이 들자 그녀에게 조금 더 바짝 붙어야겠다는 결심이 선다.

옆에 딱 붙어 누운 시원이 봄의 머리 아래로 팔을 비집어 넣었다.

"뭐예요?"

"팔이, 어우, 왜 이렇게 허전하지. 팔이 아까부터 계속 휑한 게 좀 이상하네."

말도 안 되는 핑계를 대면서 굳이 팔을 밀어 넣은 시원이 봄에게 팔베개를 해 주었다. 머리 아래를 받치고 있는 그의 단단한 팔을 얼떨결에 베고 눕게 된 봄이 천장을 멀뚱멀뚱 쳐다보다가 어이없다는 듯이 웃어 버렸다. 웃지 않으려고 했는데 뻔뻔함이 귀여워 보일 지경이라 헛웃음이 터져 버린 것이다.

솔직하지 못해도 이런 구석은 가끔 시원의 사랑스러운 매력이 된다. 어떤 의미로든지 아이 같은 사람이라서.

"참 나."

"봐. 웃으니까 예쁘잖아."

"안 웃어도 예쁜 거 다 알고 있어요."

"……소크라테스가 참 좋아할 만한 여자야. 자기 자신을 잘 알아."

그렇게 말을 못하는 사람이 이렇게 가끔 말문이 터진다. 평소처럼 분위기가 풀어지자 또다시 술술 나오는 말들에 봄이 결국 표정을 완전히 풀었다.

솔직하지 못한 것도, 솔직한 것도, 민망해하는 것도, 능글맞은 것도 전부 김시원이라는 사람이 가진 모습이다. 어느 한 모습만 그 사람이라고 하기 힘들 정도로 다양한 모습을 가지고 있고, 또 그 다양한 모습을 전부 만난 것이 자신이라는 사실이 오늘도 마음을 가득하게 채운다.

눈을 마주칠 때마다 느꼈던, 서로가 서로에게 특별하다는 진심을 이런 식으로도 깨닫는다.

"팔 안 저려요?"

"안 저려."

"이건 솔직한 대답이에요, 솔직하지 않은 대답이에요?"

"중간이라고 하면 좋을 것 같은데."
"중간은 또 뭐예요?"
"아직은 안 저리지만 곧 저릴 것 같고, 저리다고 해도 팔을 뺄 생각은 없으니까. 저리다고 하면 빼라고 할 거잖아, 서문봄 씨가."
못 말린다는 듯이 웃은 봄이 시원의 팔을 붙잡더니 자신의 뒷목 아래에 받치고 다시금 제대로 머리를 누였다.
"팔베개는 머리 아래가 아니라 이렇게 목 아래에 하는 거예요. 혈액 순환 포기하고 내일 이쪽 팔 아예 안 쓰고 싶은 게 아니라면 이렇게 해요."
"……어디서 팔베개를 많이 해 본 여자처럼 잘 아는 게 몹시 수상해. 솔직하게 말해. 누구야."
"피차 30년 연애사에 뭣도 없었다는 걸 다 아는데. 같이 죽자는 거죠?"
"나 오늘 여러 번 죄짓는다."
분명 출발은 비슷했던 것 같은데 성장에는 많은 차이가 있다. 정신을 차리고 보면 봄은 어느덧 이 관계의 우등생이 되어 시원을 이끌고 있었다. 어떤 설레는 감정에도 눈 하나 깜빡이지 않을 것 같던 사람이 깨달음 앞에 당당해지고, 용감해지고, 그러면서 자신이 할 수 있는 모든 포용력을 동원해 상대를 품는다.
서툴면 서툰 대로 사랑스럽고, 능숙하면 능숙한 대로 사랑스럽다. 그래서 눈을 감았다 떠도 바로 옆에, 고개만 돌리면 숨결이 닿는 곳에 이토록 아름다운 그녀가 있다는 것이 믿기지 않는다.

“서문봄 씨, 난 전생에 나라를 구한 걸까?”

“왜요?”

“내가 어떻게 이런 여자를 만나고, 이런 여자에게 사랑받고, 이런 여자의 남편이 될 수 있었을까 싶어서.”

이렇게 솔직할 줄 알면서 왜 가끔 못난 버릇이 나오는지 모르겠다. 애정 표현으로 이렇게까지 마음을 울릴 줄 아는, 누군가를 사랑하고 보여 줄 줄 아는 남자이면서.

봄이 시원의 품에 안긴 채로 “으음.” 하더니 입을 달싹였다.

“그럼 저는 전생에 나라를 팔아먹은 걸까요? 팀장님 만나서 이 고생을…….”

“……이 여자가 진짜.”

시원이 발끈하자 봄이 눈을 똑바로 마주쳤다.

“어때요, 기분이.”

“……?”

“마음에도 없는, 솔직하지 못한, 못난 말을 들은 기분이 어떠냐고요. 직접 사고도 주워 왔다고밖에는 할 줄 모르는 못난 김시원 씨.”

“아.”

“다시는 그러지 말아요. 진심이 날 더 기쁘게 하니까.”

아무 말도 하지 못한 채 봄을 바라만 보았다. 말로 하려고 하면 수없이도 다양한 표현으로 자신을 혼낼 수 있는 여자가, 그저 몇 마디로 깨닫고 반성하게 한다.

이런 기분이었나 싶어 그저 꼬옥 끌어안자 봄이 시원의 품에서 뒤척거렸다.

"왜 그래?"

의아한 시원의 시야에 잠옷 속에 숨겨져 있던 목걸이가 보였다. 언제부터 하고 있었는지 모를 목걸이를 그의 앞에 내보이며 봄이 웃었다.

"분실물로 맡겼다는 건 거짓말이었어요. 누가 봐도 직접 사 온 게 확실한데 내가 바보도 아니고 그걸 맡겼겠어요?"

"……와, 나 제대로 당했네."

"일명 '세 살 버릇 여든까지 갈 것 같은 김시원 길들이기' 작전이랄까. 좀 길긴 해도 타이틀 그럴듯하죠?"

"두 번만 그럴듯했다가는 남편 피 말라 죽겠어."

앓는 소리를 내는 게 귀엽다. 봄이 다시 평소의 모습으로 돌아와 예쁘게 미소 지었다. 마주 보는 시선이 달콤해 괜히 심장인지 어딘지 모를 곳이 간지럽다.

시원의 품에 더욱 깊게 얼굴을 묻으며 안겼다. 뺨에 닿은 그의 가슴에서 자신만큼이나 일정한 속도로 쿵, 쿵, 박동하는 게 느껴진다.

서로 다른 사람이 만나 같은 순간을 영유하며 닮아 가고, 맞춰 가고, 변해 간다. 부르던 호칭이 변하기도 하고, 대하는 말투가 달라지기도 하고, 감정의 속도도 가끔은 빠르게 휘몰아치다가 잠시 맴도는 등 언제나 내가 알던 모습으로만 남아 있지 않기도 한다.

그럼에도 불구하고 그 많은 변화가, 때로는 놀랍기도 하고, 때로는 감격스럽기까지 한 그 변화가 사랑스러워 모든 것을 감내하고 싶어진다.

내 속마음을 다 들켜도 좋을 만큼이었고, 훤히 들여다보고 짓궂게 놀려 오든, 수줍게 답해 오든, 아무래도 좋을 정도로 깜빡 눈마저 멀게 만들었다.

봄의 머릿속에 오래전 엄마에게 물었던 질문이 떠올랐다. 사랑받고 자란 티가 난다는 게 무엇이냐는, 어느 어린아이의 원초적이고도 호기심 가득한 물음.

그건 어른이 된 지금도 여전히 어렵지만, 적어도 한 가지는 알겠다.

"팀장님, 좋게 말할 때 거기서 손 빼요. 은근슬쩍 손이 어디로 들어오는 거예요."

"언제는 솔직하라며."

"누가 그렇게 몸만 솔직하래요?"

"몸이라도……."

"야."

사랑을 받는다는 게 이런 거라는 사실 정도는.

"방금 그거 다시 말해 봐."

"뭘요."

"방금 나 부른 거."

"야……?"

"한 거 하자."

어느 장단에 맞춰야 할지 모를 정도로 말 바보였다가, 청산유수였다가. 시원은 봄에게 휘둘린다고 하겠지만 사실 봄은 무수히 많은 시간을 시원에게 휘둘리는 중이었다. 웃을 때는 웃는 대로, 찌푸리면 찌푸리는 대로, 다양한 모습들에 빠졌다가, 베였다가, 물들었다가 하면서 온전하게 그의 여자로 모든 감정들을 만끽했다.

때로는 속이 뒤집히거나 어지러울 정도로 머리가 핑 돌았지만 그마저도 좋아서 답이 없었다. 이미 꽉 붙들린 후였다. 숨 막힐 정도로 더 붙들어 주었으면 좋겠다는 말도 안 되는 생각까지 들었다.

옷 속으로 손을 넣은 시원이 봄의 쇄골께로 흘러내린 목걸이에 쪽, 입을 맞췄다. 조심스레 내밀어진 혀가 목걸이 주변을 살살 핥고, 오목하게 패인 쇄골을 빨아 당기기도 했다.

입술로 목걸이를 물어 장난을 치는 것 같더니 그대로 얼굴을 가까이 해 봄의 목덜미에 파묻었다. 숨소리가 피부 결에 닿고 귓가로 전해지자 새치름하던 봄의 표정에도 미약한 변화가 생겼다.

결국 따스하게 닿는 체온에 못 이긴 봄이 그의 넓은 어깨를 두 손으로 꽉 붙들자 시원이 슬쩍 미소 지으며 입술을 부볐다. 그리고 속삭였다.

쪽.

"사랑해."

숨결마저 더없이 행복한 온도를 띠었다.

✻✻✻✻✻

개발 1팀은 오늘도 분주하고 살벌했다. 사무실에서 살벌하다는 말이 나오는 게 조금 이상할 수도 있겠지만 그보다 더 적절한 표현은 없었다.

찬바람이 불었다. 지뢰밭에 있는 듯도 싶었다. 누구 하나 잘못 밟으면 터질 것처럼 공기가 아슬아슬했고, 죄 없는 말단 사원들은 '사랑과 전쟁' 주인공들의 눈치만 보며 벌벌 떨었다.

아, 물론 지금은 사랑 없는 그냥 전쟁.

"그러니까 이걸 지금 주시면서 내일까지 처리하라고 하시면 어떡하냐고요."

"봄 과장, 여기 회사고 사무실이야. 목소리 좀 줄여."

"저 지금 조용히 말하고 있거든요. 팀장님 목소리가 더 커요. 아무튼 내일까지 절대 무리예요. 연구소 사람들은 퇴근도 안 해요? 욕은 저 혼자 먹어요?"

"일하면서 이렇게 감정적으로 나올 줄은 몰랐는데. 실망이네."

"저야말로 사적인 일로 이렇게 복수하시는, 공과 사 구분이 저언혀 안 되는 분이었다는 걸 새삼 깨닫네요. 개념이 아주."

"뭐? 개념?"

"왜요? 찔리세요? 전 공과 사 구분하는 그 개념 말씀드린 건데."

알 만한 사람은 다 아는 사내 부부. 그리고 알 만한 사람들이 입을 모아 말하는 사내 부부 싸움. 분명 회사 일로 싸우는 듯한데 가만히 들어 보면 그냥 본인들 일로 싸우는 거다. 대체 어제는 또 무슨 일이 있었기에.

시원이 팀장으로 발령되어 왔을 때부터 알던 사람들, 그리고 그전부터 서문봄의 매사 덤덤한 행동을 봐 왔던 사람들은 이 장면을 처음 목격하고 경악을 금치 못했었다. 기 싸움이 엄청났던 것이다.

하지만 이제는 이마저도 익숙한지 다들 각자의 일을 하며 시선조차 돌리지 않는다. 고성을 지르며 싸우지 않는 게 어디야.

그저께 입사한 신입 사원이 김 차장의 옆으로 오더니 떨리는 목소리로 물었다.

"저…… 차장님, 저 두 분 말리지 않아도 될까요?"

"어, 그냥 둬도 돼. 일상이야."

"저게요? 싸우시는 것 같은데요……?"

"원래 부부 싸움은 칼로 물 베기라고 했어. 괜히 끼어들면 네 등만 터져. 고래 싸움에 새우 등 터진다는 속담을 몸소 실천하고 싶어?"

"아, 아니요. ……어? 예? 두 분이 부부세요? 결혼하셨어요?"

"부부라 일컫고, 보통은 원수라 부르지."

"원수요……?"

김 차장이 귀엽다는 듯 아직 파릇파릇한 20대 신입 사원의 등을 아버지처럼, 삼촌처럼 토닥였다. 네가 어쩌다가 우리 팀으로 와서 이렇게 살얼음판을 걷는지 모르겠다며, 집 안에서 새는 바가지가 밖으로 나와 회사에서도 새는 모습을 보고 있으니 내가 다 부끄럽다는 듯이.

"할 거면 팀장님 네가 하시든가요."

"네가? 하시든가아?"

신입 사원과 김 차장이 시원의 자리를 다시 바라보며 동시에 한숨을 내쉬었다.

사내 연애, 사내 부부, 앞으로는 결사반대다.

"아직도 삐쳤어?"

"말은 바로 하셔야죠. 제가 삐친 게 아니라 팀장님이 삐쳤잖아요."

"말은 바로 하자. 삐친 게 아니라 서러운 거지."

운전석과 조수석에 나란히 앉아 집으로 향하는 차 안. 두 사람은 10여 분 정도 말이 없다가 겨우 대화를 시작했다. 회사에서부터 냉기가 감돌더니 차 안까지 이어져 둘 다 내심 신경은 쓰이는 중이었다.

시원은 운전을 하면서도 봄을 쳐다보며 억울하다는 표정을 지었고, 봄은 그런 그를 보며 '또, 또 저 수법.' 하고 속으로 생각했다.

"나 무릎도 아프고, 어깨도 아프고, 진짜 여기랑 저기랑 다 아파서 죽겠다니까."

"안 죽었잖아요."

"누구 마누란지 독해."

"진짜 독한 꼴 좀 보여 주고 싶은데 협조하실래요?"

서슬이 퍼런 봄의 말에 앓는 소리를 내던 시원이 입을 꾹 다물었다. 몇 년 정도 같이 살다 보니 이제 엄살이 통할 시기는 한참 지나고도 남았거늘, 그 사실을 가끔씩 잊는다. 철이 들듯 말 듯 그렇게 들지 않은 채 나이만 먹었다.

지난밤이었다. 시원이 은근슬쩍 봄의 위로 올라타며 '할까?' 하고 조심스레 분위기를 잡았다. 그러나 내내 야근을 하고 와 피곤한 봄은 고개를 저으며 '졸려요.' 하고 거절했다.

그 말을 그대로 들었어야 했다. 웬만해서는 심각할 정도로 솔직한 봄이니 진짜 졸리구나, 재워야겠구나 하고 그 정도는 파악할 줄 알아야 했다.

하지만 눈치 없는 건 다시 태어나야 할 문제였던 걸까. 시원은 그녀의 말에도 아랑곳하지 않고 '무리 안 가게 조심해서 할게.' 하며 일단 옷 속으로 손부터 넣었다.

결국 봄이 '아, 진짜 김시원!' 하고 이름을 외치며 그를 확 밀어 버렸다. 쿵, 하는 소리와 함께 중심을 잃고 시원이 바닥으로 떨어진 것은 당연한 일이었다. '아프잖아!'라는 말에 돌아오는 대답은 그저……

'침대 밑으로 내려간 김에 오늘은 거기서 자요.'

……였을 뿐.

"남편을 그렇게 밀어 버리다니."

"남편이 아니라 남자 친구일 때도 얼마든지 밀 수 있었어요, 저는."

"바닥에서 자면 온몸이 얼마나 쑤시는데."

"엄청 잘 자던데?"

"진짜 너무해, 서문봄 씨."

"진짜 피곤했어요. 눈치 없는 남편 때문에 훨씬 더."

남편과 대화를 하는 건지 애와 대화를 하는 건지 알 수가 없다. 이쯤 되면 거의 키우는 수준인데.

연애할 때도 하나부터 열까지 솔직하게 표현하는 법을 알려주기 위해 노력했었다. 아마 그 노력은 매번 종류만 달리할 뿐, 평생을 가도 끝나지 않을 거라는 생각이 든다.

하지만 이런 미래를 미리 알 수 있었다 해도 결과는 같았을 것이다. 이 사람과의 평생을 포기할 생각은 없었을 테니.

"알았어. 안 해. 이제부터 안 할 거야. 절대 안 해."

"진짜 안 해요? 저 오늘은 괜찮은데."

"할래."

……나이만 먹은 저 철부지 남편이 아직은 이렇게까지 귀엽게 느껴져서.

"어린이집 들렀다가 바로 엄마한테 가요. 손녀 보고 싶다고 난리세요. 사랑이 데리고 와서 같이 저녁 먹자고 하셨어요. 아, 어머님도 오셨대요."

"나 오늘 또 엄청 털리겠네."

"무슨 아들이 자기 엄마 만날 때마다 걱정부터 하는지 정말."

고개를 절레절레 저으며 웃은 봄이 자연스럽게 손을 뻗어 라디오 주파수를 107.7에 맞추었다. 익숙한 음악이 흘러나왔다. 등을 기대면서 저도 모르게 노래를 따라 흥얼거리다가 '아!' 하는 순간 시원이 말했다.

"처음 만났던 날 같네."

"맞죠, 그 노래?"

서로가 서로를 보며 뭐 이런 사람이 다 있을까 생각하던 때였다. 피곤하지 않을 정도로만, 세 달만 딱 채우고 편하게 지내자고 생각했던 날이었다. 그 세 달이 3년이 되고, 30년을 목표로 하게 될 것을 예상하지 못한 채.

바보처럼 말을 더듬던 남자와 기대는 법을 몰랐던 딱딱한 여자. 그 둘은 어쩌면 그때부터 이렇게 나란히 앉아 같은 곳을 바라보며 앞으로 나아가기 시작했던 것인지도 모르겠다.

"지금 생각해 보면 당신 그때 참 예뻤는데."

"그때? 지금은요?"

"……어, 예, 예쁘지. 예뻐."

"말은 왜 더듬으실까?"

흘겨보는 봄을 놀리던 시원이 오른손으로 그녀의 왼손을 잡았다. 틈이 나는 모든 순간 이렇게 닿아 있을 요량이라는 듯이 꼬옥.

그러면 봄도 조용해졌다. 말보다 더한 진심이 전해지는 손이었기 때문에.

"장난이야. 지금도 예뻐."

"……."

"진심이야."

"알아요."

"사랑해."

"……그것도 알고요."

살짝 웃으며 대답하는 얼굴에 당장이라도 입 맞추고 싶다.

시원이 봄의 손을 꽉 쥐며 "아, 예뻐!" 하면서 부르르 떨었다.

액셀 위에 올린 발에 조금 더 힘을 실은 그가 속도를 내 달렸다. 빠르게 도로의 가장자리를 달리자 이리저리 떨어져 있던 벚꽃 잎들이 바퀴 주변으로 바람을 날리며 크게 흩어졌다. 창밖으로 눈이라도 내리는 듯한 풍경에 감탄하며 흘러가는 시간을 느껴 본다.

라디오 속 사랑 노래가 영영 끝나지 않을 것처럼 달콤하고, 따뜻하고, 간지럽고,

사랑스러운 봄이었다.

Fin

작가 후기

꽤 오래 품고 있던 글입니다. 가벼운 마음으로 쓰기 시작했지만 끝을 내려 마음먹은 어느 시점부터는 손가락 하나 움직이기 버거웠던 글이기도 합니다.

짧고도 길었던 몇 달, 저에게는 참 많은 일이 있었습니다. 이 한 편의 귀여운 로맨스가 탄생하는 사이에 저는 이것저것 다양한 것들을 잃고 그만큼 얻었습니다.

첫 작품 《안아 주고 싶은 밤》을 출간할 때만 해도 '병상에 누워 내가 누구인지도 모르면서 나만 보면 반가워하는 우리 할머니'라고 적었는데, 지금은 내용이 이렇게 달라지네요.

따뜻하고 평화로운 곳에서 푹 쉬고 계실 우리 할머니.

소중한 사람을 잃은 대신 많은 깨달음을 얻었고, 앞으로 나아갈 다짐의 계기를 마주하게 되었습니다.

사실 작년 내내 제자리걸음을 하고 앓는 소리만 내며 시간을 허투루 써 버린 기분입니다. 사랑스러운 봄을 쓰고 싶었는데 그런 마음으로는 봄이 아닌 겨울밖에 표현할 수 없을 것 같아 끝을 향해 가는 속도가 더디고 더뎠네요. 그래도 그런 감정적 경험들이 있었기에 오히려 이 글이 세상 빛을 보는 시기가 적절해졌는지도 모르겠습니다.

잃어야 얻을 수 있고, 아파야 강해질 수 있고, 겪어야 느낄 수 있습니다. 성장이라는 단어는 10대, 20대 때나 어울리는 거라고 생각했는데 그렇지만은 않은 것 같아요. 말하지 않고 있는 그 수많은 시간 속에서 어떤 생각을 하고, 어떤 성장을 해 가는지는 결국 본인만 아는 거니까요.

그런 의미에서 저는 지금 조금 더 성장했고, 또 어떤 방향으로는 여전히 철이 없습니다. 봄이처럼 감정적으로 하나씩 배워 가며 능숙해지고 싶고, 시원이처럼 그럼에도 불구하고 꾸준히 애 같고 싶기도 합니다. 때때로 넘치고 때때로 모자라는, 들쑥날쑥한 지금 모습 그대로 제가 느끼는 감정 하나하나를 다음에도 꼭 담을 수 있었으면 하는 바람입니다.

여러모로 부족한 글을 오늘도 읽어 주시는 분들이 있어 정말 감개무량합니다.

사계절 내내 마음만은 따뜻한 봄이기를 바랍니다.

2017년 초봄
안은찬